Para aquele que cumpre **todas** *as suas promessas. Cuja presença ocupa cada parte do meu ser e cuja bondade sustenta meus pés no chão, assim como o universo inteiro. Obrigada por, mais do que me tornar forte no — por vezes angustiante — processo de espera pela concretização de uma promessa, também* esperar *comigo.*

Para meu pai e minha mãe, Rubens e Andrezza, por serem a base da nossa família e deixarem um legado para que eu e Isaque seguíssemos. Sei que sou a realização de um sonho de vocês, mas tê-los como pais e como amigos é a realização do meu sonho.

Para meu futuro marido. Esse livro sempre foi planejado para você. Espero que a nossa família seja um testemunho da bondade de Deus na Terra, e que juntos possamos cumprir a missão e viver a promessa.

Há quatrocentos anos, a Terra entrou em colapso e a humanidade perdeu o seu lar. Mandada para o exílio pela própria natureza, que se virou contra ela, a humanidade foi forçada a deixar seu planeta e buscar abrigo no satélite mais próximo: a Lua.

Com sua avançada tecnologia, os humanos se tornaram capazes de viver na árida superfície do satélite, e ali estabeleceram sociedades. Com o tempo, descobriram um povo que já habitava aquele lugar: os lunares. Reclusos nas grandes e intermináveis cavernas subterrâneas, esse povo tinha uma anatomia muito similar à dos humanos, tendo como única diferença sua pele pálida e cinza.

Com a ajuda dos recém-chegados da Terra e sua tecnologia, os lunares emergiram para a superfície e, por um tempo, as duas raças conviveram em paz, construindo uma sociedade nunca antes vista naquele satélite. Até que, certa noite, tudo mudou. Ruas foram tomadas, lanças empunhadas e gritos de guerra ecoados.

Um grupo guerreiro de lunares localizado na cratera de Kepler, intimidados pelo grande crescimento e avanço dos terráqueos, rompeu a amizade entre os povos. Atacaram a cidade humana recém-construída, tomando posse de suas construções e tecnologias, e, então, iniciaram o que se tornaria o Império Lunar. Os humanos foram poupados ao jurarem lealdade aos lunares e forçados a viver nas mesmas cavernas nas quais um dia os encontraram.

Assim, a humanidade se tornou escrava em um mundo estrangeiro, aguardando pela promessa de que, um dia, retornariam para casa.

Já o Império Lunar cresceu em poder e magnitude e, invicto por mais de duzentos anos, era sustentado por quatro casas. Juntas, elas eram...

OS CLÃS

DA LUA

SARA GUSELLA

"Irei em vossa ajuda,
cumprirei a minha promessa
e vos trarei para casa."

JEREMIAS 29:10

CAPÍTULO 1
A PRINCESA LUNAR

Um pequeno robô-nuvem de modelo M4 percorria de forma agitada um dos largos e luxuosos banheiros do palácio real. Ele tinha um armazenamento infindável de informações e servia à Sua Alteza, a princesa Taluya, mantendo-a em segurança, registrando suas memórias e atualizando toda a sua agenda. O volume de dados guardados e eventos em curso desenvolveram no pequeno robô de uma roda só uma personalidade um tanto quanto ansiosa.

— Três minutos para o fim da imersão — disse, sua voz mecânica soando pela sala.

— Eu estou ciente, M4 — outra voz robótica, dessa vez feminina, respondeu.

A última, porém, não tinha corpo, era uma inteligência artificial que estava conectada a quase todos os dispositivos do palácio. Nesse momento, suas ondas sonoras eram vistas em um painel retangular suspenso acima de uma larga banheira preenchida por um líquido cinza até a borda.

Os três minutos se passaram e uma movimentação começou a ser vista no tanque. O líquido cinza foi agitado, bolhas subiram à superfície e pequenas ondas foram produzidas. De dentro, emergiu um corpo humanoide puxado por mãos mecânicas presas ao teto. Uma mulher coberta por um líquido prateado foi levantada pelos cabos, parando suspensa no ar. Seus olhos estavam fechados, cobertos por uma faixa translúcida, e pelo seu semblante percebia-se que ela já havia feito aquilo inúmeras vezes.

O líquido escorreu pela pele de tonalidade acinzentada. Um compartimento no teto se abriu e dele saiu um cabo, que passou por cima do corpo da mulher, secando-a.

O tanque abaixo dela se fechou com placas de metal e, no instante seguinte, as mãos mecânicas a soltaram. A princesa caiu em pé graciosamente sobre o local. Taluya tirou a máscara, conectada ao seu nariz através de um pequeno tubo de ar, e abriu os olhos. Usava um biquíni prateado, deixando à mostra o corpo magro, e seu cabelo verde caía até o ombro, os fios ainda cobertos pelo líquido.

— Banho de mióxio finalizado — a inteligência artificial informou.

— Estamos a três horas do baile. — O pequeno e agitado robô correu até ela, que descia do topo da banheira até o chão.

— Eu sei, M4. — Ela encostou o indicador em cima do robô. — Não precisa me lembrar disso a cada dez minutos. Até parece que é você quem vai escolher um esposo!

— Gostaria de repassar a lista dos pretendentes?

— Não. — Taluya se virou, com o cenho franzido, prestes a entrar no chuveiro. — Neste momento gostaria apenas do seu silêncio.

— Pode deixar, minha senhora.

O robô interrompeu seus movimentos e ativou o modo silencioso, recolhendo sua única roda para dentro de sua estrutura.

A princesa tomou um banho rápido, apenas para retirar os resíduos de mióxio restantes e lavar os cabelos empapados por aquela mistura de cinza e verde desbotado que lhe parecia a coisa mais deprimente já vista. Por sorte, os pintaria logo.

Ao sair do banho, se enrolou em seu roupão e deixou o banheiro pela porta arredondada da frente. Entrou no quarto enquanto ouvia o pequeno robô sendo ativado atrás de si.

Ela respirou fundo e fitou o cômodo à sua frente, aproveitando a sensação de estar completamente sozinha poucas horas antes de ser vista por tantos. Ali, naquele instante, ela podia sentir o frio na barriga embrulhar o estômago e a ansiedade do que aconteceria à noite embaralhar seus pensamentos, mas a partir do momento em que saísse por aquela porta teria de ser perfeita. Ela sabia disso, então retesou o maxilar, tentando não pensar no baile até que o evento chegasse. Era a noite que definiria o restante de sua vida? Sim. Ela estava sendo usada como peça política em um jogo de clãs que lutavam por poder? Com certeza, afinal, era uma princesa e sua vida se resumia a isso, aquela não era uma surpresa. Existia o lado bom disso tudo, é claro, ela tentava lembrar a si mesma. As roupas e a atenção eram algo com que Taluya sabia lidar; eram as armas que ela tinha e era com elas que lutaria.

— Cinco e meia, minha senhora. As cabeleireiras humanas estão à porta — M4 avisou.

— Permissão para deixar as servas humanas entrarem. — A inteligência artificial se fez ouvir e, ao contrário do robô, parecia haver um certo desprezo em seu tom.

— Permissão concedida — Taluya respondeu.

Para ela, não importava o que falavam dos humanos no palácio, suas cabeleireiras eram as maiores artistas que conhecia. Trabalhava com elas há anos, e o simples anúncio de suas presenças já era o suficiente para alegrá-la.

A porta deslizou para o lado e duas figuras entraram acompanhadas por um droide carregador. Ruth e Abe, duas senhoras nos seus sessenta anos, usavam aventais alaranjados manchados com diferentes tons de cinza, e tinham semblantes firmes e dóceis ao mesmo tempo. Humanos eram sempre peças intrigantes para a princesa e, como servos terráqueos não eram permitidos no palácio, o contato com as cabeleireiras era o único que ela realmente tinha com a raça.

— Alteza. — As duas prestaram reverência.

— Minhas artistas. — Taluya se aproximou e pegou em suas mãos. — Meu cabelo precisa desesperadamente de vocês.

— Estamos à disposição — Ruth falou com um sorriso contido e empurrou o droide carregador de formato achatado e metal levemente enferrujado até o centro do quarto. Apertando um botão, um compartimento ao centro se abriu, de onde saiu uma cadeira estofada. — O que a senhorita gostaria de mudar?

— Eu ainda não sei. — A princesa se aproximou e se jogou na cadeira, sem demonstrar uma careta de desconforto ao sentir a precariedade do assento. — Mas precisa ser único, um cabelo que eu nunca tive antes. Hoje é uma noite muito importante, entende? — Se virou para as mulheres. — E o que vou usar, bem como a forma como vou aparecer, se tornará tendência pelo amanhecer. Eu preciso estar perfeita.

O sorriso minguou de ambas as cabeleireiras e Taluya sentiu que havia pena no olhar que dirigiram a ela, o que a irritou.

— Enfim, nada novo na vida de uma princesa, quem sabe não beneficie até o negócio de vocês! Então vamos pensar juntas, está bem? — Forçou um sorriso, balançando a mão.

— O que acha de uma franja? — Abe falou, abrindo as gavetas do droide e revelando tintas e tesouras.

— Talvez. — Taluya semicerrou os olhos, tentando imaginar.

— Que cor você prefere? — Ruth perguntou, começando a molhar o cabelo da jovem na pequena bacia que também havia saído do droide.

— Eu não sei. Não aguento mais o verde, nunca gostei, na verdade. Minha irmã insiste que ele é importante por ser a cor natural da maioria dos lunares e ser a cor da bandeira de nosso império. Mas essa é a minha noite, o meu baile. E o verde nunca foi a minha cor. — Deu de ombros.

— E qual é a sua cor, Alteza? — Ruth indagou com um sorriso.

— Eu posso não ter muito controle sobre a minha vida, mas da minha aparência cuido eu, e o prazer de surpreender ninguém vai tirar de mim. — Sua mente girava como engrenagens.

— Não esperaria menos.

— Rosa. A cor desta noite será rosa.

CAPÍTULO 2
VESTIDA DE BRANCO

Estava combinado: o cabelo de Taluya seria cortado um pouco mais curto, acima do ombro; também teria uma franja rente a sobrancelha e todos os fios tingidos de rosa. Isto era mais do que o suficiente para surpreender algumas pessoas, calar outras e ser o principal assunto da cidade na manhã seguinte. Já que ela preferia não esperar muito dessa noite, essa seria sua única expectativa.

Os seus fios já haviam sido tingidos e Ruth os lavava outra vez. As cabeleireiras, apesar das idades similares, tinham cabelos extremamente opostos. Ruth ostentava longas madeixas que desciam até a cintura, presas em uma trança; já Abe tinha metade do cabelo raspado, e a outra metade jogada para o lado, não mais longa do que a altura da orelha. Os cabelos de ambas, porém, eram grisalhos, sem sinal de qualquer tintura ou alteração na cor.

— O cabelo dos humanos é estranho, a cor muda com o tempo, não é?

— Nossos cabelos envelhecem conosco. Não são como os dos lunares, que nunca perdem a cor esverdeada, mesmo na velhice. Mas para nós isso não é algo ruim, alteza, pelo contrário: ele nos lembra daquilo que tão facilmente podemos esquecer.

— Que é?

— Que somos humanos, não lunares. Que essa ainda é a nossa essência, a nossa verdade.

— Por isso não pintam — Taluya assentiu, fitando as mulheres.

Humanos eram criaturas pálidas, de hábitos estranhos e, como diziam no palácio, intelecto consideravelmente inferior ao dos lunares, mas não era isso que a princesa via quando olhava para eles. Eles eram orgulhosos, mesmo não tendo muito do que se orgulhar, e profundamente apegados à sua história. Do pouco que entendia sobre eles, esse parecia ser o seu mecanismo de defesa, e disso ela entendia muito bem.

— Exato, é uma das coisas que não negociamos, pelo menos não em nosso clã. — Abe respondeu.

— Meu cabelo também é diferente. — Ela soltou, levada por um devaneio. — Ele não é naturalmente verde como os dos outros lunares, é preto escuro. Ouvi que existem outros lunares assim, alguma diferença genética, eu acredito.

Com os olhos fechados, a princesa não notou as duas cabeleireiras encarando uma à outra, com suas sobrancelhas arqueadas.

— É, deve ser algo assim. — Abe pigarreou.

— De qualquer forma, é meio irônico, cabeleireiras que não podem pintar o cabelo. — Taluya provocou, enquanto seu cabelo era secado pelas válvulas de calor do robô-carregador.

— Não temos problema com isso, pois temos a senhorita e o seu cabelo para criarmos e testarmos o quanto quisermos — Ruth falou, abrindo um sorriso gentil.

A princesa sorriu de volta, pensativa, refletindo sobre como se sentia confortável e até grata por tê-las por perto, mesmo que, como lunar, esse pensamento devesse ser abominável.

Taluya estava sozinha em seus aposentos, as mulheres haviam partido e a roupa da noite já estava escolhida. Ela podia ouvir pela sacada o burburinho dos convidados chegando, e M4 rodopiava à sua volta, parecendo genuinamente animado com o evento. Se ele ao menos soubesse que, de todas as festas luxuosas frequentadas por Taluya, aquela era secretamente a que ela mais gostaria de evitar, se pudesse. Ser robô certamente era mais fácil do que ser mulher. Pelo menos naquela noite.

Ela encarou o reflexo confiante no espelho à sua frente que ocupava toda a parede do cômodo. Ele não falhava em mostrar cada detalhe. O penteado e a cor se encaixaram com perfeição nas feições da princesa, como se tivessem sido feitos para ela. O vestido branco que escolheu contrastava com sua pele prateada e contornava seu corpo com diferentes fendas, deixando muito de sua pele à mostra nas costelas e pernas. Ela forçou um sorriso, o mais sedutor e confiante que conseguiu produzir, e por um momento quase convenceu a si mesma, mas então voltou ao semblante sério e apreensivo, sabendo que ele expressava com mais verdade suas emoções naquele momento.

— Está magnífica, minha irmã.

Pelo reflexo do espelho, ela viu alguém se aproximar e deu um pulo, sendo pega de surpresa. Parada à porta estava uma figura esbelta de pele cinza como a dela e com cabelos esverdeados que desciam além da cintura. Era a irmã mais velha de Taluya, a herdeira ao trono, princesa regente Caluya.

Ela trajava um justo vestido escarlate nas cores de Copernicus, o clã de seu marido. Como esposa pertencente àquele clã e regente do Império, aquilo significava que, naquele momento, Copernicus estava no trono. Todavia, a lealdade de Taluya não estava atrelada à sua irmã e, como solteira, ela ainda não pertencia a nenhum dos clãs. De acordo com a tradição, em seu baile dos clãs, ela deveria trajar branco para representar sua neutralidade em relação às diferentes casas governantes. Seu clã seria definido naquela noite, por meio da escolha de um marido.

— Obrigada. — A mais nova se virou, fazendo uma pose. — Gostou do cabelo? — Balançou os fios com as mãos.

— Eu já esperava algo do tipo, admito. — A irmã revirou os olhos. — Fico feliz que manteve a tradição do vestido branco. Mamãe ficaria orgulhosa.

Taluya engoliu seco e desviou o olhar. Apenas a menção da Imperatriz fora o suficiente para fazer suas pernas tremerem de leve e ela se sentir uma criança indefesa e perseguida novamente.

— Não importa o que eu vestisse, ela nunca teria orgulho de mim — ela respondeu com rispidez, os olhos ainda vidrados no chão.

— Bobagem. Agora, me diga: está nervosa? E seja sincera comigo. — Caluya se aproximou da irmã e levantou seu queixo com ternura, ação que não era muito própria dela. — Tem estado calada nos últimos dias. Calada até demais para você.

Taluya afastou o olhar, não sabia como ser sincera com a irmã após passar tantos anos tentando agradá-la. E entendia, no fundo, que não era sinceridade que Caluya buscava, mas submissão, saber que ela cumpriria perfeitamente o seu dever naquela noite.

— O que quer que eu diga? — Ela coçou a palma das mãos. — Eu estou nervosa. É um sistema que não me dá muita escolha, e nada nunca me foi tão precioso quanto isso.

— Você tem escolha, sim, é por isso que é você quem está usando branco, e não os homens. Eles são objetos em uma vitrine, e você é aquela que vai escolher qual levar para casa. Apesar de que sabe que tenho minhas preferências pessoais e gostaria muito que, para o bem do Império, você as seguisse, caso deseje.

— O representante do Kepler — Taluya respondeu, com o rosto fechado e a decepção no olhar. Não era sua escolha, afinal.

— Isso nos daria mais influência e autoridade no exército, que tem se tornado perigosamente independente nos últimos anos.

— E então se resume a isso mesmo, apenas um movimento político.

— Tudo é político, minha irmã, caso ainda não tenha percebido. Por que nossa escolha por um marido não seria?

— Porque, com tantas demandas a serem cumpridas, não sobra espaço para o amor. Sobra?

O rosto de Cal se alterou. Por um momento ela pareceu vulnerável e incerta, mas então abriu um sorriso milimetricamente calculado e se afastou, pegando nas mãos da irmã.

— O amor vem com o tempo, eu te garanto. Mas esta noite é importante, Taluya. Essa escolha é um ato de amor ao nosso império, ao nosso povo. Os vermes humanos não param de crescer e se reproduzir, tentando a todo custo tomar o nosso lar. O fortalecimento dos clãs garante que o Império Lunar, o império de nosso pai, permaneça invicto e forte, como sempre foi. O clã que você escolher esta noite fará isso.

A princesa mais nova abaixou o olhar e fitou sua mão entrelaçada à da irmã. Seus diferentes tons de pele cinza contrastando, os dedos mais finos e mais longos de Cal cobrindo os dela. Ela amava seu império, devia sua lealdade a ele, e por mais que tivesse uma secreta dificuldade em ver os humanos como "vermes", também não concordava com os rumores de tentativas de expansão e tomada de controle. A Lua pertencia aos lunares e, como princesa, faria sua parte para garantir que continuasse sendo assim.

— Tudo bem. — Ela suspirou, sem nenhum sorriso ainda à vista. — Farei o que for necessário pelo meu Império. Talvez seja até surpreendida no processo.

— Falou como a princesa que é. — A irmã sorriu, satisfeita. — Está pronta?

Taluya soltou as mãos dela e voltou a encarar seu reflexo no espelho. Vestido, cabelo e feições: todos impecáveis. Seus lábios traçaram um singelo sorriso. Era a princesa Taluya e tinha um dever a cumprir: ser perfeita naquela noite.

CAPÍTULO 3
O MAR DA SERENIDADE

ELLIOT

O pôr do sol lunar era refletido sobre a água escura do mar da serenidade, localizado nas bordas do território iluminado do satélite. A alguns quilômetros ao norte podiam ser vistas as grandes placas de metal que energizavam a redoma translúcida que cobria toda a cidade lunar, tecnologia que funcionava para aquela região inteira, permitindo uma atmosfera mais amena e que deixava o céu sempre com uma coloração arroxeada. Construída sob a superfície da água estava a usina Alpha 2, que era responsável por levar energia a todo o setor norte do lado iluminado da Lua. Já estava no horário de encerramento dos turnos de trabalho humano e era possível ver ao longe naves que chegavam ao grande palácio Imperial, onde aconteceria o luxuoso baile dos clãs.

Alguns humanos com roupas gastas e semblantes cansados estavam enfileirados um ao lado do outro em uma estreita ponte que passava por cima da água, com dois guardas lunares caminhando por entre eles, observando um a um com atenção.

— Quem foi o responsável pela trave no sistema de hoje? Falha que atrasou a distribuição de energia em três ruas no setor de Copernicus — o guarda que caminhava mais rente a eles perguntou de forma ameaçadora.

Sua pele, diferente da dos humanos, era cinzenta e opaca, ele vestia uma armadura verde-escura e seus cabelos esverdeados saíam um pouco pelo capacete. Seu semblante estava marcado por repulsa e raiva e ele cuspiu nos pés de um dos humanos antes de falar novamente.

— Vocês sabem muito bem, seus ratos espaciais, como o nosso trabalho aqui é observado. A nossa usina é responsável por levar energia a todo o extremo norte da cidade, inclusive à zona de sua gente. — Ele abaixou o olhar com desprezo. — E eu não tolerarei falhas nem atrasos, não quando toda a cidade pode ser afetada.

Ele continuou a caminhar, de forma ameaçadoramente próxima dos humanos, o rosto a alguns centímetros de distância, esperando a entrega do culpado.

Elliot, um humano de madeixas loiras e olhos castanho-claros, tinha as mãos fechadas em punhos por trás do corpo, se segurando com todas as forças para não reagir. Ele percebeu que o senhor ao seu lado, Maurice, um idoso de setenta e quatro anos do clã da África, tremia levemente, com os olhos fechados.

— Maurice, não... — Ele sussurrou o mais baixo que pôde, mas já era tarde.

— Fui eu, senhor. — O idoso abriu os olhos, tomado por um ímpeto de coragem e levantou as mãos.

— Não... — Elliot resmungou, com o semblante perdendo o brilho.

— Ora, então encontramos o imprestável — o guarda lunar respondeu, com um sorriso raivoso no rosto. — Qual a sua justificativa, rato?

— Eu... eu estava cansado, fui desatento — o idoso admitiu, abaixando o rosto.

— Ótimo, está claro que não tem mais capacidade de servir ao Império Lunar como deveria — o guarda falou e virou o corpo de costas para o homem, pensativo.

Elliot notou quando ele moveu a mão até a arma no coldre, mas não houve tempo para agir.

— Então não é mais necessário. — O guarda virou o corpo de uma vez e atirou na cabeça do idoso, cujo corpo virou em um baque e caiu na água.

Os humanos exclamaram, perplexos, e começaram a se agitar, querendo fugir. Com os olhos em fúria, Elliot virou o rosto para o guarda e pulou em cima dele antes que o segundo guarda conseguisse interferir. Ele desarmou o lunar, que caiu estatelado no chão, jogou a sua arma para longe e começou a socá-lo no rosto, de novo, de novo e de novo.

— Maurice era avô e pai, seu idiota! Ele era o melhor de todos aqui. O melhor! — A cada palavra ele socava o guarda novamente, cujo rosto já estava manchado de sangue azulado.

Elliot só parou ao ouvir o som do gatilho ativado próximo à sua cabeça. O segundo guarda, que não passava de um lunar adolescente, estava parado em cima dele, com a arma firme, mas com as mãos trêmulas.

— Saia de cima de mim, Ramsdale — o guarda rosnou, abaixo dele. — Ou Unix ali não vai hesitar em tirar sua vida. Não nos importa quem o seu pai seja, lideranças humanas não valem nada para nós.

Elliot respirou de forma pesada e, empurrando o lunar mais jovem, saiu de cima do líder, limpando os punhos manchados de sangue na blusa.

— Você o assassinou, sem qualquer aviso prévio! Isso é contra o sindicato de defesa dos humanos, a lei diz que temos direito a pelo menos um julgamento.

O guarda lunar se levantou com a ajuda do subordinado e começou a rir de forma excessiva, cuspindo sangue.

— Mas eu não o matei. Eu o matei, rapazes? — Ele virou o rosto para a fileira de trabalhadores humanos, que desviaram o olhar. — O maldito do velho nem tinha mais controle do seu corpo e acabou caindo na água. Aí, infelizmente, já era tarde para salvá-lo. Não foi? — Ele reforçou, incisivo, limpando o sangue do rosto nas mãos e a esfregando na face dos primeiros humanos mais próximos.

— Sim, senhor — eles responderam aos poucos, trêmulos, enquanto Elliot permanecia calado.

— Ótimo. Fiquem avisados que qualquer pessoa que não performe o seu trabalho com perfeição pode muito bem ser tragada pelo mar da serenidade. Espero o dobro da produtividade amanhã. Agora, vão! — Ele balançou as mãos, enojado, e os humanos, que já estavam em fila, voltaram a caminhar em direção à precária estação de aerotrem, que estava situada logo na entrada da usina.

— Você. — O guarda puxou Elliot pela camisa antes que ele acompanhasse o grupo. — Se eu fosse você, não voltaria para trabalhar amanhã, escória. Se aparecer aqui de novo, eu te mato.

Com o maxilar retesado, o humano se recusou a fazer contato visual com o guarda e empurrou o ombro para trás, saindo de perto dele. O coração de Elliot batia acelerado no peito e suas mãos tremiam pela adrenalina quando desceu as escadas ao lado de seus companheiros de trabalho. Eles o olhavam admirados pela sua coragem, mas ninguém ousava dizer uma palavra, guardas lunares ainda os observavam ao longe. Enquanto estivessem na superfície, nenhum humano estaria realmente a salvo dos olhares do Império.

Uma série de hologramas era refletida acima da plataforma de aerotrem, brilhando em uma escala de cinco metros no céu, enquanto os humanos esperavam pelo veículo. Eram todas propagandas do Império, lembrando de alguma data específica ou reforçando a superioridade de um dos clãs. A imagem mudou e o céu ficou limpo por alguns instantes, até que o rosto de um lunar com longos cabelos verdes que caíam pelos ombros e uma coroa prateada na cabeça apareceu, com o semblante sereno.

"Há quatrocentos anos o pequeno planeta Terra entrou em colapso e os humanos perderam o seu lar. Ao chegarem aqui se depararam com o grande Império Lunar, que recebeu os estrangeiros de forma amigável e pacífica. Porém, os humanos tiveram medo de nós e buscaram nos dominar, querendo tomar posse de nossa tecnologia para fazer da Lua um novo modelo do seu antigo planeta. Para preservar o nosso Império, o clã Copernicus fez o que foi necessário: retirou o poderio de guerra dos humanos e propôs um tratado segundo o qual os lunares permaneceriam na superfície e os humanos ficariam com as cavernas, para ali construírem sua nova casa. As cavernas foram cedidas de bom grado pelo Império, tendo o serviço e a lealdade dos humanos como retorno. Nos últimos séculos, os humanos têm sido servos fiéis ao Império, formando uma parte vital da nossa sociedade."

A imagem mudou e um humano jovem apareceu, acompanhado de vários outros que iam surgindo lentamente atrás dele.

"Sou humano com coração lunar", o do centro falou. "Sou humano com coração lunar", os de trás repetiram.

Elliot fez uma careta e sentiu seu estômago embrulhar, já tinha uma ofensa na ponta da língua, mas guardou sua raiva e olhou para baixo.

— Dá para acreditar em toda essa baboseira? — disse o rapaz ao seu lado, Julian, um mauricinho do clã da Europa que havia sido designado para o mesmo setor que ele.

— O quê? Eles mudarem a palavra "escravos" para "servos fiéis"? — sussurrou em resposta, com os olhos fixos no guarda lunar a distância, que o encarava com uma careta.

— Não, o Imperador. Essa gravação é antiga, ele não é visto há anos, muitos dizem que já está morto faz um bom tempo.

Elliot resmungou em resposta e virou o rosto. A política lunar não lhe importava, tudo o que importava era sair dali, deixar aquele maldito planeta. E, naquela noite em específico, deixar aquela plataforma. Havia outro lugar onde ele deveria estar.

O aerotrem chegou, para o alívio de todos, e o grupo de mais de trinta homens humanos adentrou o veículo, se despedindo do controle dos guardas lunares, pelo menos por um tempo. Era nas poucas horas da noite que eles podiam, de certa forma, ser livres. O trem se moveu velozmente, afastando-se da região das usinas e partindo em direção ao conglomerado de prédios, hologramas, arranha-céus e naves que cobriam o horizonte. Ao centro de tudo, mais alto do que qualquer outra construção, estava o magnífico palácio imperial, cuja torre chegava quase a encostar no limite da redoma. Saindo da região dos mares, o trem passou por uma pequena parte do distrito de Copernicus, o clã da política e dos historiadores, e entrou na região mais precária da cidade, a zona dos humanos. Os prédios eram enferrujados e as construções se sobrepunham umas às outras, pontes haviam sido construídas no meio das ruas e hologramas saltavam em todas as direções. O trem parou no último ponto e todos os homens puderam respirar aliviados; haviam chegado no mais próximo que tinham de casa naquele planeta estrangeiro.

Acompanhado de um grupo de cinco homens que pertenciam a seu clã, Elliot saiu da estação e caminhou pela rua até o final, onde pequenos caminhões da cor azul, com a identificação "transporte para o clã da Europa", estavam parados. A zona humana na superfície não passava de poucas ruas utilizadas para comércio e serviço, mas ninguém morava lá; a população humana era grande demais para isso.

Com os pensamentos ainda fixos no velho e bondoso senhor que havia sido assassinado ao seu lado e ponderando como daria a notícia para a família, algo chamou a atenção do homem. Em cima de uma hamburgueria, do outro lado da rua, dois hologramas brilhavam. O primeiro era de cenas de acidentes aéreos com a manchete:

Pânico nos céus. Quarta nave aérea em perfeito estado despencou do céu em pleno voo apenas nesta semana. O mau funcionamento ainda não pode ser explicado, já que todas não aparentavam qualquer defeito, mas há boatos de que engenheiros de Grimaldi começaram a investigar o caso.

Ao lado dele, porém, surgiu o que realmente captou sua atenção: o holograma de uma bela jovem lunar, com olhos escuros como o mar da serenidade, levemente estreitos nas pontas, um cabelo verde que caía até os ombros e um vestido curto de cor alaranjada, que ressaltava suas pernas. Ela dançava e girava, com um sorriso largo no rosto, enquanto a voz do narrador dizia:

"Hoje é o grande dia! O baile dos clãs da mais jovem princesa, Taluya Knox, onde ela vai escolher o afortunado dentre os quatro clãs lunares para se casar. Aposte agora e ganhe até vinte mil ciclos! Qual será a nova casa da princesa? Kepler? Grimaldi? Tycho? Ou será Copernicus, como a irmã? Apostem! Apostem!"

— Elliot, pare de babar na princesa e vamos! — O condutor do caminhão gritou para ele da janela, com um sorriso nos lábios. — Você só tem algumas horas. O seu pai e a equipe já estão te esperando.

Irritado, o rapaz revirou os olhos e subiu no veículo.

— É claro. Temos um baile para invadir.

CAPÍTULO 4
O IMPERADOR ESQUECIDO

— Antes de irmos, tem algo que precisa fazer — Caluya falou quando as duas irmãs saíram dos aposentos da princesa mais jovem. Havia um certo receio em sua voz.

Nos corredores, funcionários passavam agitados de um lado pro outro, enquanto algumas naves de convidados começavam a chegar no exterior do palácio.

— O que é?

— Papai quer vê-la. Ele insistiu com veemência nisso — falou a mais velha com relutância. — Mas, se não quiser, podemos...

— Não — Taluya a cortou. — Eu quero vê-lo. Quero muito, por favor.

— Tudo bem. — Caluya bufou, como se tivesse perdido uma batalha. — Vamos, então, eu te acompanharei até a porta.

— Não precisa.

— Eu faço questão. — Ela sorriu de forma fria e determinada, mostrando que não valia a pena discutir. — Eu só não gosto da ideia de você sozinha com ele — explicou-se, enquanto elas caminhavam em direção ao luxuoso elevador translúcido situado ao fim do corredor.

O palácio real era uma construção levemente circular, com os corredores das alas circundando o espaço e levando para diferentes cômodos, enquanto no vão central, aberto por todos os andares e descendo até o saguão principal, estavam os dois elevadores.

— Papai não é uma pessoa ruim — Taluya falou no elevador, enquanto elas viam os andares do palácio passarem pelo lado de fora do vidro. — Ele só está doente.

— Ele não está mais em condição de governar, isso, sim. Mas seu orgulho o impede de admitir isso.

— Ele luta por sua vida como um lobo do deserto. — A princesa deu um sorriso triste. — É de Azan Knox que estamos falando, ele não vai desistir tão fácil, e deveríamos nos alegrar por isso, não? — Seu olhar de dúvida encontrou o da irmã.

— Bom, me entristece vê-lo nesse estado. Ele está tão diferente! A verdade é que mal consigo olhá-lo porque mal o reconheço.

— Eu sei. — Taluya colocou sua mão no ombro da irmã. — Dói em mim também. E você tem feito um ótimo trabalho cuidando de tudo por ele. Tenho certeza de que, quando se recuperar, ele vai reconhecer isso.

— Eu espero — Caluya disse. Naquele momento, ela não parecia nada mais do que uma garota indefesa e ferida.

— Um pai doente é melhor do que pai nenhum, é o que eu tenho tentado pensar. — A mais jovem deu um sorriso triste.

O elevador parou no último andar, a mais alta das três grandes torres do palácio lunar. O vidro se abriu, revelando um largo corredor azul sem janelas, com apenas uma porta no fim e dois guardas com a insígnia imperial.

As irmãs caminharam em silêncio até eles, que prestaram continência, e nenhuma palavra precisou ser dita. A alta e grossa porta atrás deles foi aberta e Taluya entrou sozinha, deixando a princesa regente para trás, esperando-a.

Ela até entendia sua irmã. Toda aquela proteção e exclusão já era bizarra o bastante. Entrar naquele cômodo, que parecia mais uma ala hospitalar do que um aposento real, dava arrepios. Contudo, ainda era o seu pai ali, apesar do que a doença havia feito com ele.

O quarto tinha um tom quase fantasmagórico. Era iluminado apenas por filetes de luzes neon que percorriam o teto e havia cabos por todos os lugares. Tal tropeçou em dois deles no momento em que entrou. Ela, então, levantou o olhar e o viu. Em uma maca que levitava do chão estava uma figura que um dia havia sido um lunar, um pai e um Imperador. O homem de pele prateada tinha o corpo todo inchado, dos dedos dos pés à cabeça, semelhante a um balão prestes a sair flutuando. Nas dobras de seu corpo, pareciam crescer fungos e bolhas. Ela acreditou que isso se deu pela falta de mobilidade por tanto tempo. Seus olhos mal podiam ser abertos devido ao inchaço, mas isso não impediu que eles se enchessem de lágrimas ao ver a filha mais nova.

— Taluya — chamou com a voz falha.

— Papai!

A garganta dela ardeu pela dificuldade em segurar o choro. Enfrentando cada cabo no caminho, ela se aproximou da cama. Os cabos estavam ligados em diferentes partes do corpo do Imperador e todos saíam de um grande cubo prateado, encostado na parede. Era a inteligência artificial que o mantinha vivo, impedindo que a doença consumisse todo seu corpo. Não havia botões em volta ou algo que explicasse para Taluya como aquilo funcionava; havia apenas um visor negro circular, que parecia observar tudo.

Segurando a cauda do vestido branco com uma mão, após caminhar com dificuldade, ela alcançou o pai. Ou o corpo do que um dia havia sido ele.

— Minha filha — falou com voz rasgada. — Está tão linda!

— Obrigada, papai. Fico feliz por ter me chamado. — Ela conteve o ímpeto de tocá-lo; sabia que não podia, devido à doença.

— Hoje é o seu baile dos clãs, não é mesmo?

— É sim, meu senhor.

— E como está se sentindo?

— Um pouco nervosa. Facilitaria tudo ter você lá comigo.

O homem fez sons que ela não pôde reconhecer, mas achou que ele ia começar a chorar.

— Mas está tudo bem. — Ela moveu as mãos, lutando mais uma vez para não encostar nele. — Eu estarei lá por você, meu pai. Honrarei o seu Império com a minha escolha. Vou garantir que tudo esteja bem até que você volte a governar. — Ela sorriu, um sorriso triste.

— Não!

— O quê? — Ela abaixou o rosto.

— Não faça nada por mim, nem por sua irmã.

— Como assim? — Ela ficou confusa. — Tudo o que eu faço é por vocês. Pela nossa família — ela repetiu o credo deles.

— Nesta noite, não faça. Você vale mais do que uma conquista de... agh! — Ele gemeu de dor, um dos cabos parecia pressionar ainda mais forte sua pele. Respirou, recuperando o controle. — Você vale mais do que uma conquista de clãs.

Taluya respirou aliviada. De certa forma, isso era tudo que ela queria ouvir naquele dia. Saber que alguém a via de verdade, que para pelo menos alguém ela valia mais do que os seus deveres.

— Obrigada — foi tudo que conseguiu dizer, com a voz embargada.

— É mais especial do que pensa, minha princesa. Mais especial do que todos nesse palácio.

Uma lágrima desceu rolando no rosto da jovem.

— Não é isso que todo pai diz à sua filha? — Ela esboçou um sorriso triste e colocou uma madeixa rosa para trás da orelha.

— Não, porque nesse caso é verdade. Espero que um dia entenda isso.

— O que quer dizer?

— Eu queria ter sido mais honesto com você... argh! — Os cabos começaram a pressioná-lo com mais força, causando ainda mais dor. E a filha teve a impressão de que só paravam quando o homem se calava.

Ele virou o rosto inchado, puxando a respiração violentamente, como se lutasse contra uma força invisível.

— A Gravidade — falou em um tom baixo, quase um sussurro. — Ela é tudo que eu deixo para você. É tudo que eu tenho para te dar. Se aprender a ouvi-la, talvez ela te leve para casa.

Uma dor voltou a percorrer o corpo do homem, dessa vez ele não emitiu nenhum som, apenas parou de falar e fechou os olhos, encostando o corpo na cama.

À sua frente, Taluya não conteve mais as lágrimas. Seu pai, seu tão amado pai, havia enlouquecido por completo.

— Eu já estou em casa, papai, eu já estou em casa. — Ela respondeu, com o rosto molhado, mas de alguma forma sentiu que não convenceu nem a si mesma.

O Imperador nada respondeu. Ela observou por mais alguns segundos sua figura imóvel e, então, saiu dos aposentos.

CAPÍTULO 5
OS CLÃS DA LUA

As trombetas da marcha real preencheram os ouvidos de Taluya à medida que caminhava lado a lado com a irmã pela grande ponte de metal lunar. A ponte ligava a torre leste ao grande e magnífico jardim suspenso do palácio. O chão aos seus pés reluzia de cores à medida que pisava, e naves de passeio flutuavam ao redor da ponte, preenchidas com a orquestra imperial. Os músicos tocavam com toda vida que tinham, parecendo ignorar até mesmo a altura em que estavam. Toda a viva e agitada capital lunar se estendia à sua volta: os altos e luminosos prédios pontiagudos, vistos de cima como estalagmites pulsando em cor; as dunas de areia a distância, cercando a cidade e delimitando a região não habitada; e, por fim, o céu sempre negro e estrelado, vestindo a noite como o último detalhe da paisagem.

A maioria dos convidados já estava no jardim, enquanto outros chegavam naquele mesmo momento em suas naves. Quatro grandes hologramas estampavam o local, um em cada extremidade. Primeiro, a grande bandeira verde do clã de Kepler, o clã militar, responsável pelo exército imperial, brilhava em meio aos tons roxos da paisagem. Abaixo do holograma, estavam seus representantes, todos trajando finas fardas, em diferentes tons de verde.

Ao lado de Kepler, estava o clã de Grimaldi, coroado com o holograma de seu brasão roxo. Eles eram o clã da tecnologia, e isso era visto em suas roupas de nanopartículas, que mudavam o tom de roxo à medida que se moviam, e na quantidade de droides que os acompanhava.

À direita, brilhava alto no céu o brasão azulado de Tycho, clã da infraestrutura e comércio, seguido abaixo pelos membros: homens e mulheres lunares com penteados esvoaçantes e roupas azuis.

O último clã, com o maior holograma de todos, era Copernicus. A cor escarlate brilhava no céu, com os seus membros ocupando o maior espaço e trajando as mais finas roupas vermelhas. Era o clã da princesa mais velha e, por isso, o clã que governava o Império atualmente.

Taluya caminhou por eles, cumprimentando-os com olhares e sorrisos, feliz em ver as reações à sua nova aparência. As mulheres a olhavam ora com inveja, ora com admiração. Alguns homens sentiam-se admirando uma criança fantasiada, enquanto outros, um alimento em uma vitrine. Diferente do que esperava, nenhuma das reações a agradou ou fez diminuir o incômodo que crescia em seu estômago. Ela se sentia exposta e ao mesmo tempo escondida, todos a contemplavam e tinham opiniões sobre ela, mas ninguém de fato a via. Ela estava devidamente protegida em sua imagem perfeita, e saber disso a fazia se sentir um pouco mais segura.

Ela caminhou com a irmã até o palanque de pedra alva posicionado na borda do jardim, onde passaria boa parte do baile, conhecendo o representante de cada clã.

— Pelo Império Lunar — a princesa regente sussurrou para a irmã mais nova, reforçando suas expectativas para a noite, e em seguida se afastou para se juntar ao clã do marido.

— Pelo Império Lunar — Taluya repetiu para si mesma enquanto puxava o ar e fitava todas as pessoas à sua volta. — Vamos acabar logo com isso.

A música continuou a tocar, uma mistura de orquestra clássica com batidas eletrônicas. A alta sociedade lunar se divertia com a bela vista da cidade e a comida que era servida por droides.

O primeiro clã a se aproximar do palanque foi o de Kepler, o clã militar. Um grupo de quatro pessoas caminhou até Taluya, todos homens e mulheres de longos cabelos verdes, trançados até o quadril. No Império Lunar, quanto mais honrado um soldado era, maior seria o seu cabelo.

Um homem de aparência mais velha e pele enrugada deu um passo à frente. Um jovem que parecia ter o dobro do tamanho dele, cujos músculos aparentavam mal caber na farda verde e dourada que usava, o acompanhou.

— É uma honra conhecê-la, princesa — o homem mais velho falou, fazendo uma reverência.

— A honra é minha, general Aio. Muito já foi falado no palácio sobre a excelência com a qual governa seu clã e nosso exército.

— É muita graça sua, alteza. — O homem pareceu encabulado, não esperava o elogio. — Agora, por favor, deixe-me apresentar o representante escolhido por nosso clã. — Sorriu orgulhoso para o homem ao seu lado.

— À vontade.

— Eu me chamo Juno, minha princesa. — Sem delongas, o homem se aproximou e pegou a mão de Taluya, depositando ali um beijo invasivo e molhado. — Ao seu dispor.

Tal puxou a mão em um ímpeto, deixando o homem surpreso.

— É um prazer — disse de forma desgostosa.

— Minha senhorita — o velho continuou —, Juno é o maior e mais experiente guerreiro que temos em nosso clã. É o campeão invicto de todos os torneios keplernianos e o mais apto a me suceder no futuro, assumindo o controle do exército e do clã.

Um militar, Tal pensou. *Não seria tão ruim.*

Ela o fitou por alguns instantes em silêncio, sabendo que ele era a escolha apropriada, a que agradaria sua irmã. Kepler já era um clã importante pelo que representava, a segurança e proteção do Império. Mas, nas últimas décadas, eles haviam crescido internamente e se tornado excludentes em relação ao restante da sociedade; era difícil ver nas ruas um kepleriano em qualquer outro distrito que não fosse o seu. Caluya gostava de controle e, sobre aquele clã em específico, ela o estava perdendo; até mesmo Taluya, que não se esforçava em fazer parte dos assuntos políticos, havia percebido isso. Kepler havia iniciado o Império, por isso, seus representantes se sentiam os donos legítimos dele, independente de quem estivesse no trono. E, como era um clã forte, seria infinitamente melhor tê-los como aliados do que como futuros inimigos.

— Impressionante — foi tudo o que ela falou, sorrindo para o homem, que não demorou em devolver o sorriso. — Me fale um pouco mais de você, Juno.

— Bom — Juno aprumou o corpo, de forma confiante —, fui iniciado no exército aos oito anos, e aos doze já tinha vencido inúmeros guerreiros adultos em combate. Aos quinze, me formei precoce e fui enviado para liderar a minha primeira missão de contenção. Aos...

— Qual missão? — Tal perguntou, interrompendo-o; aquele termo havia chamado sua atenção.

— Ahn, o quê?

— Qual missão de contenção?

— Ah, sim. — Ele estufou o peito. — Contra um grupo de rebeldes humanos que tentava estabelecer uma comunidade nos limites da cidade.

— E como, se me permite perguntar, os *conteve*?

— Eu os exterminei — respondeu com naturalidade. — Os guerreiros que se opuseram, é óbvio. As mulheres e as crianças foram mandadas de volta para as cidades no subterrâneo.

O estômago de Tal se revirou; o clã de Kepler não parecia mais tão interessante assim. Humanos morriam todos os dias, assim como lunares, porém não sabia se gostava da ideia de se casar com alguém cujas mãos estariam constantemente manchadas de sangue.

— Entendo — disse em um fio de voz, já desejando que aquilo acabasse. — E o que... — Ela parou, já não estava nem um pouco interessada na resposta. — E o que busca em uma possível união? Sabe que, independentemente de qual representante eu escolha para me casar, este não será um casamento apenas de pessoas, mas de interesses para o bem do Império.

— Sim, para mim nada é mais importante do que o Império, nem minha própria vida.

Tal quis sentir orgulho da lealdade dele, mas só sentiu desprezo. Ele era tudo o que sua irmã desejava, mas tão pouco do que ela *gostaria*, se por algum milagre suas opiniões importassem. Fitando o viril lunar à sua frente, que a cada instante parecia perder qualquer brilho ou beleza, ela pensou que, mesmo se tivesse um poder sobre aquela decisão, não saberia o que procurar, o que desejar. Talvez escolhê-lo fosse de fato o melhor e mais indolor; se nunca conhecesse o amor, seria mais fácil se contentar com o dever.

— É preciso admitir que já a admirava por algum tempo — o homem continuou, incomodado com o silêncio dela.

— Ah, é mesmo? — Ela abriu um sorriso cômico. É claro que todo homem que desejava o trono a admiraria.

— Seria, depois do meu serviço ao império, a maior honra de minha vida desposá-la. Apenas posso imaginar os belos filhos que faríamos.

— Filhos? — Taluya tossiu, estupefata.

Ela mal conseguia se ver como esposa, quanto mais mãe de filhos de um brutamontes como aquele.

O restante da comida daquela manhã subiu à garganta, deixando-a enjoada. Seu semblante se fechou, e ela notou sua irmã a observando ao longe.

— Obrigada, cavalheiros. Conversaremos mais durante a noite, Juno — disse, encerrando o momento.

Gostaria que nunca mais conversássemos, pensou consigo mesma enquanto o homem se afastava, ainda a olhando de uma forma galante.

A princesa respirou fundo e fechou os olhos, repetindo para si mesma que o que ela sentia ou pensava não tinha importância. Ela só devia aguentar até o final e performar de um modo que agradasse à irmã. Entretanto, a ideia de se casar com um homem como aquele a fazia querer não obedecer, a fazia querer se rebelar.

— Boa noite, princesa.

Tal abriu os olhos e se viu de frente com um jovem que se encontrava sozinho. O representante do clã de Grimaldi, trajando a cor lilás. Ele era magro, usava óculos e tinha um cabelo verde encaracolado. Ela reparou, depois de um instante, que ele não estava desacompanhado, afinal, havia um pequeno droide aos seus pés. Ela sorriu no instante em que o viu.

— Boa noite. — Levantou o olhar para o jovem. — Vejo que trouxe um amigo consigo.

— Bom, é. Prefiro droides a pessoas. São menos intimidadores, entende?

Taluya sorriu, já havia gostado dele.

— Com toda a certeza. Princesa Taluya Knox — disse ela, estendendo a mão para o rapaz —, é um prazer conhecer alguém que aprecie os robôs tanto quanto eu.

— Zion Ohio, o prazer é meu, princesa. — Ele aceitou com timidez a mão dela. — Eu tenho que apreciá-los, afinal, sou eu que os faço. — Ele abriu um pequeno sorriso, orgulhoso daquele fato.

— Isso é fantástico! Nunca havia conversado com um engenheiro de droides antes. Vejo que ama seu trabalho, não é, Zion?

— Muitíssimo, princesa.

— E ama seu clã?

— É a minha casa, portanto, minha vida. Não me encaixaria em nenhum outro. — Ele sorriu. Parecia, aos poucos, ficar mais confortável.

— E por que os líderes do seu clã não o acompanharam até aqui?

— Eu pedi para que não o fizessem. Todo o baile já gera uma tensão tão grande, preferia conhecê-la de um modo mais natural. O que quiser saber sobre mim, basta me perguntar.

Tal sorriu.

— Sem um ancião para tentar me convencer sobre suas qualidades? É mais corajoso do que eu pensei.

— Digamos que repassei esta noite inúmeras vezes em minha mente, e essa foi a versão em que eu saí com a maior vantagem.

— É verdade? — Tal riu, ele era divertido.

— Vai descobrir que sou um homem simples, princesa. As apresentações de meus líderes iriam apenas ludibriá-la. Não tenho nada para impressioná-la, mas prometo ser uma boa companhia, fiel e leal a você em todo tempo. E depois, é claro, também ao império.

— Promete maior lealdade a mim do que ao seu Império? — ela o provocou. — É uma promessa perigosa.

— Com certeza, não seria um bom marido se não o fizesse. E se não estivesse disposto a correr alguns riscos. — Ele sorriu.

— Então quer mesmo se casar comigo? — Taluya franziu a sobrancelha, incrédula de que aquela seria sua real motivação.

— Eu quero — respondeu de forma doce, porém confiante, como se aquilo fosse óbvio.

— E por quê? O que o fez deixar seu laboratório e vir aqui?

— Bom, você é... bela, a mais bela entre as mulheres lunares... e, sendo honesto, foi a curiosidade. Não acredito em amor à primeira vista, minha princesa. Acredito em um amor que pode ser construído, peça por peça, como um robô. E encontrei em mim um desejo por isso, por construir algo com alguém. Melhor seria com alguém que eu já considero encantadora.

Taluya sorriu, lisonjeada.

— E quanto à política?

— Na verdade, ela não me importa muito. — Fez uma careta. — Se me permite dizer.

O problema de todos os cientistas, Tal pensou. *A política não os interessa porque nada além de suas criações é digno de seu tempo e pensamento.*

— E os humanos? — ela indagou de repente.

A questão pareceu pegá-lo de surpresa. Abaixou o olhar e coçou a cabeça.

— Enquanto estiverem contidos nas cidades antigas não apresentam nenhuma ameaça, eu acredito. Por quê? São objeto do seu interesse?

Tal esboçou um sorriso de leve com a pergunta. A verdade é que não sabia responder. Por que eles a interessavam? Bom, pelo fato de coexistirem, dividiam o ar e tudo mais que aquela atmosfera poderia oferecer. E havia também o fato de que em alguns dias não se sentia assim tão diferente deles, de certa forma também era escrava de um Império que não a amava.

— Não, acho que não — respondeu com a mente distante.

— Eu... — a voz do jovem de Grimaldi foi abafada por um barulho estrondoso que ecoou pelo jardim e o som dos instrumentos da orquestra cessaram sem aviso.

A princesa se levantou do trono e olhou para cima, assustada. Duas naves haviam colidido. Alguns músicos se seguravam nas bordas de uma delas, pendurados, enquanto tentavam puxá-los de volta, para que não caíssem rumo ao que seria uma morte certa. O motivo da colisão era uma terceira nave, escura como o vazio do espaço, que se estendia acima do jardim, pegando todos de surpresa.

— Taluya! — A princesa mais velha gritou.

— O que está acontecendo? — Taluya desceu do palanque e correu até a irmã, já se esquecendo do rapaz com quem estava conversando.

A cauda de seu vestido branco era balançada pelo vento que vinha da turbina daquela nave, que, agora, estava prestes a pousar no meio da festa.

— São os humanos — Caluya pronunciou entre dentes, pegando em seu braço. — São os malditos dos humanos.

CAPÍTULO 6
OS CLÃS DA TERRA

Todos os membros de Kepler presentes se posicionaram em volta da nave, para proteger os demais de qualquer tentativa de ataque.

Uma escotilha foi aberta, e dela desceu uma escada feita de nanopartículas. Dois homens emergiram da escuridão, pareciam ser os únicos a bordo da nave. Eram dois humanos do clã da Europa, isso estava explícito pela insígnia em suas roupas e as peles claras, tão diferente da tonalidade acinzentada dos lunares. Eles vestiam roupas militares pretas, sem qualquer costura ou detalhe diferenciado além do brasão.

O mais jovem desceu as escadas com um semblante confiante, seguido pelo mais velho. Qualquer um que olhasse poderia distinguir que eram pai e filho. O general Aio e Juno não tardaram em correr até eles, apontando as armas que haviam trazido consigo. Antes que eles os alcançassem, o mais jovem levantou os braços.

— Nós viemos em paz, não estamos armados — ele falou e sua voz ecoou pela plataforma.

Seu semblante era duro e firme, tão orgulhoso quanto o de qualquer lunar, e Taluya esboçou um sorriso, intrigada por isso.

— Vocês não são bem-vindos aqui, *humanos*. — Caluya vociferou, aproximando-se da nave a largos passos. A irmã mais nova notou que o rosto da mais velha havia adquirido uma tonalidade arroxeada, como sempre acontecia quando algo lhe tirava do sério.

— Princesas Taluya e Caluya, espero que nossa entrada não as tenha assustado ou pareça desrespeitosa — o mais velho falou. Ele tinha uma barba grisalha e um cabelo branco, que estava amarrado em um pequeno rabo baixo. — Sou o comandante Reuel, líder do clã da Europa. Vim com meu filho, meu sucessor, para garantir que cumprissem o acordo feito com os líderes humanos há mais de duzentos e cinquenta anos atrás, no último concílio onde as regras de convivência pacífica de ambos os povos foram atualizadas.

Sem aparentar qualquer medo, ambos tocaram o mármore do jardim suspenso, e a escada se retraiu para a nave, que alçou voo, desaparecendo no céu.

— E que acordo seria esse? — Caluya fechou os punhos, apertando as unhas contra a pele.

Elliot se aproximou deles de forma diplomática, o semblante fechado e os passos constantes, não demonstrando medo.

— Que pelo menos um dos clãs da Terra teria o direito de participar do baile real e disputar a mão da realeza em questão. Vocês têm negligenciado esse nosso direito por gerações, e percebemos que a única forma de efetivá-lo seria essa infeliz entrada abrupta.

Caluya rangeu os dentes enquanto pensava. Todos no terraço olhavam para ela, esperando uma resposta.

— Não. Absolutamente não — a princesa respondeu com rapidez, o sangue fervendo. — Vocês devem partir de imediato, ou nossos soldados vão...

— Espere. — Taluya falou de repente, se levantando do trono.

O olhar de Elliot se dirigiu para ela, e ambos se encararam por curtos segundos. Ele tinha olhos azuis profundos e cabelos loiros puxados para trás. A princesa sentiu a irmã a fuzilando com os olhos, mas manteve o corpo ereto.

— Essa informação. Tem como confirmá-la? — perguntou, desviando o olhar do humano e se dirigindo a Zion, que ainda estava ao seu lado.

— Claro. Tem, sim, um momento. — Ele respondeu, pego de surpresa, e tocou no visor do droide que o acompanhava.

A plataforma caiu em um incômodo silêncio enquanto esperava, os músicos seguravam seus instrumentos, sem saber o que fazer, e todos os lunares aguardavam com impaciência, considerando um absurdo a ação da princesa.

— Está aqui, na biblioteca pública de Copernicus, um tratado foi atualizado duzentos anos atrás e... essa cláusula realmente consta nele.

Um burburinho se instaurou entre os convidados, incrédulos de que a informação poderia ser verdadeira.

— Não me importa o que foi escrito, sou a princesa regente e ordeno que deixem essa plataforma imediatamente. — Cuspiu Caluya, furiosa, enquanto fitava com desconfiança a nave atrás deles. Ela não os havia visto chegar, ninguém vira, e isso era prova de que os humanos tinham algum tipo de tecnologia da qual ela não tinha conhecimento.

— Com todo o respeito, princesa regente, o baile é da princesa Taluya, não seria ela a tomar essa decisão? — Elliot contestou, voltando o olhar para a princesa mais jovem.

Taluya esboçou uma careta de leve, sustentando o olhar do humano que, por algum motivo, parecia hipnotizá-la. Ele a estava instigando, havia soltado uma isca para ela puxar e queria que ela puxasse. Taluya ponderou por um momento; aceitá-los ali seria comprar uma guerra mais tarde com a irmã, mas se ela, por fim, aceitasse o representante de Kepler, aplacaria a fúria.

— Ele está certo. Os humanos podem ficar e competir justamente. — Ela respondeu antes que sua mente pudesse repreendê-la.

— Ótimo. — Elliot sorriu de forma fria, mas satisfeita.

Caluya virou o rosto para ela com fúria nos olhos, e a irmã abriu um sorriso receoso, caminhando ao seu encontro.

— Esse é o meu baile, afinal, ele precisava ter alguma emoção. — Ela falou, chegando até a irmã.

— Você armou isso?

— Não, é claro que não. Mas deixe os miseráveis ficarem e eu me caso com Juno, como você deseja — Taluya insistiu; as duas sussurravam agora, com a atenção de todos voltada para si.

— Os humanos valem tudo isso para você?

— Nada vale muito para mim. Eu só quero ser distraída. — Ela deu de ombros e jogou uma mecha do cabelo rosa para trás, dando a entender que não se importava.

— Tudo bem. — Caluya respondeu entre dentes e virou o corpo, aumentando o tom de voz. — A pedido da princesa, os humanos podem ficar. Banda! — Ela apontou incisiva para os músicos, que voltaram a tocar.

Taluya respirou fundo e viu a irmã se afastar, o que a fez sentir menos sufocada.

Os convidados voltaram a suas conversas, que agora tinham um mesmo tópico: os humanos invasores.

Elliot e Reuel se aproximaram da princesa mais jovem, que permanecia em pé no palanque, com o peito subindo e descendo enquanto respirava forte.

— Eu vou deixá-los — Zion falou, e só então ela percebeu que ele ainda estava ali.

— Certo, muito obrigada, Zion. Espero que possamos dançar mais tarde.

— É claro, será meu prazer, princesa. — O jovem fez uma reverência e desceu o único degrau, se afastando.

— Obrigada por intervir por nós, alteza, é uma honra estar em sua presença. — O pai falou, enquanto o filho permaneceu calado ao seu lado.

— Foi muita ousadia da parte de vocês invadir o baile dessa forma. Estupidez, até — ela respondeu com o semblante firme.

— Nós entendemos e pedimos desculpas pelo incômodo, mas deve-se compreender que, se fosse feito um pedido formal com antecedência à princesa regente, ela certamente o negaria.

— Isso é fato. Mas me pergunto se agir desta forma valia o risco. Desejam mesmo entrar na competição pela minha mão? — Taluya cruzou os braços.

— É claro, alteza. Por isso mesmo trouxe meu filho, Elliot, representante do clã da Europa. — Reuel pôs o braço nos ombros do filho, que não esboçou muita reação ao comentário.

Taluya soltou uma risada e cruzou os braços.

— É mesmo? Ele próprio não parece muito convencido da ideia.

— Com todo o respeito, alteza, é improvável que eu tenha alguma chance em uma competição política como essa.

— Está correto, você não tem nenhuma chance. — Ela falou com firmeza. — Vir aqui, além de ser uma missão suicida, é uma missão inútil. Caluya vai encontrá-los no registro do Império, confiscar sua tecnologia e talvez até fazer algo pior.

Elliot arqueou as sobrancelhas, surpreso com o tom da princesa.

— Com todo o respeito, são assim tão burros?

— Somos esperançosos, alteza, está no nosso sangue — dessa vez o filho respondeu, com o esboço de um sorriso.

— Espero que aproveitem a festa, então. — Taluya revirou os olhos e fez o movimento para se sentar de volta.

— Espere. — Elliot se precipitou e estendeu a mão, tocando na dela. — Dançaria comigo?

Ela esboçou uma feição irritada e ajustou o corpo.

— Como homens podem ser exatamente iguais, tanto lunares quanto humanos, eu não sei dizer — falou, parecendo mais desinteressada agora, porém aceitando a mão de Elliot.

Eles desceram do palanque, deixando Reuel para trás, e caminharam até o centro da plataforma, onde alguns lunares dançavam, conscientes de que os olhares de todos repousavam neles.

Das inúmeras coisas em que os humanos haviam se desenvolvido, seguros no fundo de suas cavernas, uma era a tecnologia de invisibilidade. Por isso, ninguém viu quando um microrrobô, não muito maior do que a palma de Elliot, saltou do seu cinto, pousou no chão e começou a percorrer com agilidade o caminho até um dos droides estáticos que estavam acoplados à própria estrutura e conectados a todos os outros droides trabalhando no baile.

— Eu não estou perdidamente apaixonado por você para cometer uma loucura dessas, se quer saber — Elliot sussurrou, assim que começaram a dançar.

A mão dele deslizou até a cintura dela, tocando em uma parte da pele descoberta, o que a fez arrepiar. Ela tocou de leve o seu ombro, consciente de manter uma distância segura.

— Por que está aqui, então?

— Havia uma brecha, a única que encontramos, e decidimos usá-la. Caluya nunca nos atenderia, mas você... bom, talvez com você seja diferente.

— Por que pensaria que eu sou diferente da minha irmã?

— Porque não é preciso mais do que os vídeos de pronunciamentos oficiais para perceber que vive na sombra dela.

— Honestamente... — Taluya deu um passo para trás, furiosa, prestes a soltar a mão dele.

— Me desculpe, me desculpe. — Ele a puxou de volta para perto. — Eu não vim aqui para ofendê-la.

— E por que é precisamente isso o que está fazendo?

— Não era a minha intenção — ele disse, e Taluya pensou pela primeira vez notar alguma honestidade no humano. — A verdade é que... estamos em busca de algo.

— Algo?

— Princesa, diferente do que sua irmã pensa, não é de nosso interesse ameaçar a estabilidade do Império ou desafiá-lo. Só queremos deixar este planeta, voltar para nossa casa.

Taluya franziu o cenho, sem entender.

— Para a Terra? Ela não é mais habitável há muito tempo, não foi por isso que a deixaram?

— Nosso planeta se tornou inabitável quatrocentos anos atrás, mas temos motivos o suficiente para acreditar que esse não é mais o caso.

— Que motivo seria forte o suficiente para fazê-los sonhar com uma utopia?

— Uma promessa. — Elliot engoliu em seco, ponderando as próximas palavras. — Feita pela Gravidade.

CAPÍTULO 7
O PRIMEIRO SINAL

A princesa abriu a boca para argumentar, mas nenhum som saiu de seus lábios.

Por que ele havia falado aquilo? O que significava? Era o que seu pai havia dito horas antes, e nada poderia ser mais pavoroso.

— Como sabia? — indagou, atônita.

— Então já ouviu sobre a Gravidade antes. — Elliot afirmou, franzindo a testa em surpresa.

— É a segunda vez hoje.

— Bom, isso não parece uma coincidência.

— O que mais poderia ser?

— Um sinal, talvez.

Taluya balançou a cabeça, descrente.

— Isso não importa. Vocês querem deixar a Lua e, por isso, invadiram o meu baile? Tiveram a consideração de me avisar? — Ela tirou a mão do ombro dele e colocou em seu peito, de forma sarcástica. — Não é a mim que deveriam estar dando essa notícia.

— Com todo respeito, não foi por isso, mas, sim, porque precisamos de algo que está perdido, e sem ele seria impossível fazer a viagem.

— E o que é que procuram?

A música havia se encerrado e a banda começou a tocar uma nova. Com a tensão crescente entre ambos, eles interromperam a dança, afastando-se por alguns centímetros.

— Aceitam um buraco negro? — Um droide garçom se aproximou deles, segurando uma bandeja com diferentes taças preenchidas por um líquido escuro.

Elliot assentiu e tomou um gole, sem nem ponderar o que exatamente estava bebendo.

— A nave que nos trouxe aqui. Ela está desaparecida há quatrocentos anos e é a única que pode nos levar de volta.

— E o que o fez pensar que eu, de todos os lunares, saberia a sua localização?

Antes que Elliot pudesse responder, o visor de um dos droides estáticos perto de onde estavam ficou vermelho e um alarme foi acionado.

"Invasor, invasor! Temos um invasor no sistema!"

— Droga, I3 — Elliot sussurrou, com o semblante se transformando.

— O quê?! — Taluya virou o rosto para ele, furiosa. — Vieram aqui para invadir nosso sistema?

— De que outra forma faríamos isso, princesa? — o humano respondeu, sem qualquer remorso, e deu de ombros, sendo descoberto.

Reuel, em alerta, começou a caminhar na direção deles.

Juno, o representante de Kepler, saiu de dentro da multidão, com um pequeno robô partido em dois nas mãos.

— É tecnologia humana, alteza — ele falou, se dirigindo a Caluya.

Ela voltou o olhar para Elliot, e fuzilou Taluya logo em seguida, demonstrando decepção em seu semblante.

— Prenda-os agora — ordenou, com a voz surpreendentemente calma.

No mesmo momento, a plataforma tremeu. Taluya foi jogada para frente, e ela e Elliot trombaram um contra o outro. O movimento foi repentino, e, antes que ele pudesse fazer qualquer coisa, a bebida escura estava virada no vestido branco dela e ambos acabaram no chão com um baque, o corpo de Elliot amortecendo o impacto e seus braços cobrindo a princesa de forma involuntária. Ele sentiu o coração dela bater acelerado contra o seu peito e seus rostos estavam próximos, de forma que seu cabelo rosa roçava na pele do jovem.

— O que está acontecendo? — ela sussurrou, com pavor. — Foram vocês?

— Não, é claro que não! São anomalias nos veículos de levitação. Está acontecendo há mais de uma semana nos subúrbios, as naves estão simplesmente caindo do céu.

A plataforma tremeu mais uma vez e então começou a cair, com todos gritando e tentando se abraçar o mais rápido possível a qualquer coisa que estivesse presa à construção. Os geradores abaixo da plataforma permaneciam ligados, mas a construção caía como se não tivesse mais nada que a segurasse no ar. Sem qualquer outra opção, Taluya se agarrou ao corpo de Elliot, tomada pelo desespero. Era de fato uma tragédia de baile.

E então, da mesma forma que a anomalia chegou, ela foi embora. A plataforma pareceu se equilibrar novamente no ar, o chão se tornou estável mais uma vez e os gritos dos convidados cessaram.

— O que foi isso? — Taluya exclamou, conseguindo se sentar no chão, sentindo sua cabeça girar por completo.

— Um sinal da Gravidade. — Elliot respondeu, convicto.

Os passos apressados de Reuel se aproximando deles os trouxeram de volta à realidade, ele puxou o filho pelo braço, ajudando-o a se levantar.

— Precisamos partir agora, senão seremos presos. — Ele falou e então se dirigiu a Taluya. — Sentimos muito pelo seu baile, alteza, não era a nossa intenção. Saiba que é mais estimada por nós do que pensa.

Elliot se levantou e voltou seu olhar para Taluya. Ele abriu os lábios para falar algo, mas logo os fechou, fitando-a por apenas mais um segundo antes de partir ao lado do pai.

Sentada no chão frio da plataforma, em choque, ela os acompanhou com o olhar até que saltassem para dentro da nave escura que havia ressurgido no céu e desaparecessem nele mais uma vez. Seu corpo tremia, sua pele estava molhada pela bebida que havia machado seu vestido e sua mente, povoada de novas perguntas.

Não demorou muito para que Cal a encontrasse.

— Taluya, você está bem? — indagou, horrorizada, olhando para o vestido. — O que aquele *humano* fez? Vamos, precisamos sair daqui!

A princesa regente agarrou o braço da irmã, que permanecia calada e confusa. Elas caminharam até uma nave acoplada à plataforma e entraram sem pensar duas vezes, deixando todo o baile para trás.

Em alguns minutos, o jardim já havia sido esvaziado e ambas estavam em segurança dentro da primeira torre do palácio. O corpo de Taluya ainda tremia, mas sua mente estava mais ativa do que nunca.

— O que eles fizeram? — Caluya vociferou, olhando pela sacada a plataforma, que, agora vazia, era movida até o solo.

— Quem? Os humanos? Acredito que não foi obra deles; não teriam todo esse poder.

— É claro que não, eles apenas invadiram seu baile e entraram no nosso sistema, podem muito bem tê-la desativado! — Ela se virou para trás, e seu olhar irritado encontrou o da irmã. — Ah, e o seu vestido! — choramingou. — Isso não podia ter acontecido, não podia! É um alívio não terem te visto neste estado.

— Está tudo bem, minha irmã. — Tal se aproximou dela, a mente ainda borbulhando. — É apenas um vestido.

— Não é *apenas* um vestido! — a mais velha berrou. — É o vestido do *seu* baile dos clãs! Branco, puro, que agora está manchado com a cor do último clã que eu gostaria. É um péssimo presságio. Mamãe consideraria assim.

Só então que Taluya entendeu do que a irmã falava. Ela se afastou da sacada e olhou seu reflexo no espelho. Havia um motivo para as princesas trajarem branco naquele dia: era tradição que, ao final do baile, quando a princesa decidisse a qual clã se ligaria através do matrimônio, o pretendente escolhido tingisse seu vestido com a cor do clã do qual ela faria parte daquele momento em diante e por toda sua vida.

E agora seu vestido, antes impecável, estava marcado, manchado com um longo traço preto, a cor de um dos clãs da Terra: o clã da Europa. Elliot, sem ter a intenção, havia marcado seu vestido e garantido que a tradição do baile não deixasse de ser cumprida. Ela dançou com um pretendente, afinal, um único. E seu vestido agora estava marcado com as cores do clã dele. Não poderia ter tido maior azar.

— Eu devo me casar com ele agora? — perguntou, com temor em sua voz.

— Não! — Caluya gritou estridente. — Eu *nunca* permitiria! Tire o vestido agora, logo! Antes que alguém veja.

Tal a encarou com os olhos arregalados, assentiu e correu direto em direção ao banheiro, com o coração acelerado. De tudo que tinha imaginado e temido sobre o seu baile, nunca poderia ter previsto a tragédia e, ao mesmo tempo, a surpresa que ele foi de fato.

Chegando ao banheiro, despiu o vestido com pressa e entrou de vez no chuveiro. Queria tirar logo do corpo a bebida e as memórias daquela tarde. Com a cabeça encostada no vidro, começou a rir do desastre que havia sido aquilo tudo. Se tudo havia dado errado, por que então ela se sentia aliviada? Colocou as mãos geladas no rosto cinza, tentando organizar os pensamentos.

O baile havia provado a ela algumas coisas. A primeira era que não se importava de casar, desejava até, mas tinha plena certeza de que não queria se unir a Juno. A segunda era que os humanos não eram quem ela pensava, eram mais inconsequentes, engenhosos e avançados do que os considerava até aquela manhã. E ainda tinha a última coisa que o humano mais velho falou para ela. Por que um povo como eles teriam qualquer estima com uma princesa lunar? Quem era Elliot e por que ele havia feito aquilo? Invadido seu baile, a usado, machado seu vestido e então... a protegido? Mas havia algo que povoava seus pensamentos mais do que tudo: a Gravidade.

CAPÍTULO 8
A CANÇÃO ADORMECIDA

Caluya continuou a falar por toda a noite, externando sua raiva, mas Taluya parou de prestar atenção e passou apenas a assentir, com os olhos fixos no corpo desativado de M4 no chão de seu quarto, no modo economia de energia. Depois de algum tempo, sua irmã foi embora e a deixou sozinha.

Aliviada, a princesa deitou o corpo na cama, podendo finalmente descansar de todo o estresse daquele dia. Ela fechou os olhos, deixando seus pensamentos correrem livres em sua mente. Depois de alguns minutos que pareceram horas, ela percebeu que não conseguiria adormecer tão cedo e então se levantou, pronunciando o nome do robô. As luzes do pequeno droide foram ativadas, ele se levantou e se locomoveu até a borda da cama.

— Sim, minha senhora.

— Me mostre tudo o que tem armazenado sobre a chegada dos humanos à Lua, por favor.

— Sim, senhora — o robô concordou e começou a se mover para trás, se afastando da cama.

Um compartimento se abriu em seu pequeno corpo e de lá ele refletiu um grande holograma azulado, mostrando seus arquivos para a princesa.

Taluya se aproximou, fitando as diferentes pastas, e tocou na que estava escrito "a chegada". A pasta se abriu, mostrando filmagens, desenhos e textos ao mesmo tempo. Ela clicou em um texto e ele ganhou foco.

Há quatrocentos anos, os humanos, fugindo de seu precário planeta, chegaram à superfície lunar, satélite que circula a Terra. Eles chegaram em diferentes naves de tecnologia rudimentar e foram recebidos de braços abertos pelos líderes governantes antes da implementação do Império Lunar.

Porém, algumas décadas depois, os humanos se rebelaram contra nosso povo, que os havia recebido com tanta amabilidade. Por isso, foi necessário pôr em prática um sistema de contenção: eles foram enviados para as cavernas lunares como punição por sua rebelião e passaram a viver a serviço do Império, como forma de pagamento por habitarem a Lua e compartilharem de nossa atmosfera.

Taluya revirou os olhos, frustrada; aquela informação não era diferente dos hologramas que sempre passavam nas ruas, estratégia do Império para reforçar a lealdade dos humanos.

— M4, temos registros sobre a nave que trouxe os humanos até aqui? — ela perguntou. — O documento diz que era uma tecnologia rudimentar, mas não acho que nada que seja capaz de fazer uma viagem interplanetária deveria ser considerado *rudimentar*.

Como de costume, M4 demorou alguns instantes e, então, respondeu.

— Todos os documentos sobre a tecnologia humana são propriedade do clã de Grimaldi e só podem ser acessados com autorização.

— Mas eu sou a princesa! — contestou. — Isso deveria me dar alguma autorização.

— Sinto muito, mas, neste caso, não.

— Você não vale para muita coisa, sabia, M4?

O robô fez um som ininteligível, como se estivesse ficado magoado. E sua roda solitária começou a arrastá-lo para trás.

— Ei, ei, eu não estava falando sério. — Tal pulou da cama e se ajoelhou no chão.

Algum engenheiro de Grimaldi havia errado feio na hora de construir o robô, porque, com certeza, ele tinha reações humanas demais para um droide.

— Somos até parecidos, M4. Você e eu. Um robô de armazenamento que não tem respostas, e uma princesa que não tem autorização para nada.

Ele se aproximou dela e parou aos seus pés.

— Vou te contar um segredo, pequeno: às vezes, parece que sou mais um adereço do Império do que uma princesa de fato.

Sem respostas ou ânimo para sair do quarto, Taluya fechou as pesadas portas da sacada e observou a escuridão preencher o cômodo. Repousou o corpo nos travesseiros da enorme cama e adormeceu antes mesmo que pudesse perceber.

Sonhou com uma memória guardada entre os corredores mais distantes do seu inconsciente. O cômodo mudou à sua volta, a luz era bem mais clara, porém, sua visão estava embaçada. Ela se sentia pequena, dependente e imóvel, no entanto, de alguma forma, segura. Dois vultos se estendiam acima de si, bloqueando um pouco da luz. Uma melodia vinha deles, uma mistura entre o tom grave de uma voz masculina e o doce agudo de uma voz feminina.

De início distante, o som se tornou mais alto e a letra do que parecia ser uma canção, mais clara aos seus ouvidos:

> *Eu vivi os meus dias contando as estrelas,*
> *colecionando as dores que me trouxeram até esse planeta,*
> *sou forasteiro em uma terra estrangeira,*
> *sinto saudades de um mundo que nunca vi,*
> *e pergunto se nossa história acabará por aqui.*
> *Mas ninguém é órfão se tem um lar para onde voltar,*
> *somos filhos do sol e herdeiros do mar,*
> *em nosso sangue está cravada a promessa,*
> *de que um dia,*
> *juntos,*
> *retornaremos para a Terra.*

Cada linha ecoava de forma tão profunda em sua mente que ela despertou do seu estado de sono.

Acordou sentando-se de uma vez, ofegante e com a cabeça girando, tentando identificar o que era sonho e o que era real. Deixou a cama e saiu tateando pelo quarto até conseguir acender as luzes. Respirou aliviada vendo que de fato estava em seu quarto e permanecia sozinha. Passou as mãos pelo cabelo cor-de-rosa e fechou os olhos, tentando se acalmar.

— Bom dia, M4 — falou ao passar pelo robô, que estava imóvel no chão.

— Bom dia. — O robô foi ativado pela voz e começou a segui-la.

Taluya caminhou até a sacada, abriu uma das portas e andou até o lado de fora. Já havia amanhecido e toda a vista da cidade lunar se estendia à sua frente, prédios e mais prédios. O céu, sempre com uma tonalidade ora roxa, ora acinzentada mostrava um sol fraco a distância e nenhuma estrela à vista.

Apertando seu robe contra o corpo, Tal caminhou até a borda, que era coberta por um parapeito de vidro, e se sentou no chão, cruzando as pernas. O pequeno robô a acompanhou e parou ao seu lado.

— M4 — ela se virou para ele, de repente —, o que temos sobre música ou poesia humana?

— Bom — o robô falou, depois de alguns momentos —, encontrei mais de trinta canções típicas humanas no registro do palácio.

— Posso ver essas canções? — Taluya se virou, ajeitando-se de frente para o robô.

— Entendido.

Uma tela de holograma surgiu na sua frente como na última vez, mostrando diferentes documentos. Ela passou um a um com rapidez, procurando uma letra que fosse familiar.

— Esse! — falou de repente.

Não foi uma alucinação, afinal. Havia mesmo sonhado com uma canção humana. A música no holograma era muito maior e com muitas outras estrofes, mas era sem dúvida aquela. Esfregou os olhos com força, não fazia sentido. Por que justo ela, cujo maior contato com humanos eram suas amáveis e ainda distantes cabeleireiras, sonharia com aquilo?

— O que pode me falar desta canção? Existe alguma história ou tradição por trás dela?

— Um momento. — O holograma desapareceu e M4 ficou em completo silêncio. — Sim, encontrei — continuou com animação. — Essa é uma canção típica cantada pelos pais humanos às crianças recém-nascidas. A intenção é que, antes mesmo que aprendam a falar, já a saibam de cor.

Tal engoliu em seco. Seu corpo inteiro começou a tremer, e ela encostou na mureta da sacada para se acalmar.

— Percebo que seus batimentos cardíacos se elevaram. Está tudo bem, minha senhora? — M4 constatou.

— Claro, está sim. — Respirou fundo, fechando os olhos.

Era uma coincidência, pensou. *Havia, coincidentemente, sonhado com uma canção que existia e era, por um acaso total, de origem humana.*

— Apenas me confirme a informação, por favor.

— A canção *Filhos da Terra* é parte da tradição e da criação das proles humanas, em seus quatro clãs que habitam a Lua.

— Espera, espera. — A princesa respirou fundo. — Então por que eu sonhei essa noite que alguém a cantava para mim? — soltou a pergunta, desabafando.

— Eu não sei, minha senhora. É difícil imaginar como teria contato com algo tão particular da cultura deles.

Taluya suspirou, abafada.

Isso não era nem o pior de tudo. Sentada ali na sacada, tentando alinhar seus pensamentos, ela percebeu então, como um estalo, que aquela talvez não fosse a primeira vez que sonhara com a canção.

CAPÍTULO 9
A MISSÃO HUMANA

ELLIOT

Quando a nave humana pousou em segurança dentro dos hangares da frota terrestre, no extremo fim da grande cidade-caverna onde os quatro clãs dos quatro continentes sobreviventes da Terra dividiam seus lares, todos puderam, pela primeira vez, respirar com alívio.

— Bom, essa missão foi um fracasso completo — falou Zaki, o piloto, um jovem negro do clã da África, deitando a cabeça na cadeira.

— Nós estávamos tão perto, *tão* perto. — Elliot deu um soco no ar, frustrado. — Se não fosse aquele brutamontes idiota de Kepler.

— O plano estava fadado ao fracasso. Eu fui ingênuo de acreditar que tentar contato com a princesa mudaria algo e você, tolo em desobedecer às minhas ordens. — respondeu Reuel, o líder. Levantando-se da cadeira, começou a caminhar em direção à porta da nave, já aberta.

Elliot se levantou e o seguiu. Eles desceram em um galpão onde, de um lado, diferentes modelos de naves estavam estacionados e, do outro, alguns engenheiros testavam novas tecnologias e adições ao que já se tinha feito.

— Pai, me desculpe, mas nós precisávamos tentar. — Ele puxou o braço do homem, que estava visivelmente irritado com ele.

— Era para ser uma visita pacífica, Elliot, a princesa regente não deveria ter nada contra nós.

— Pacífica? Nós invadimos a plataforma, eles nunca veriam aquilo como um ato pacífico! Se estávamos nos arriscando a esse ponto, que pelo menos valesse a pena.

— A princesa valeria a pena. — Reuel virou o rosto para ele, parando de andar.

— A *princesa* não tem qualquer poder ou autoridade ali, pai. Ela não vai mudar *nada* — disse Elliot com firmeza, porém se sentindo culpado por pensar assim.

Ele nunca havia nutrido qualquer simpatia pela princesa Taluya e suas festas e vestidos extravagantes, mas conhecê-la ali, dançar com ela, presenciar sua coragem em aceitá-los e contemplar a tristeza tímida que se escondia em seu olhar o afetou mais do que deveria. Ele balançou a cabeça, afastando aqueles pensamentos. Ela apenas era bonita, mais pessoalmente do que em qualquer holograma, mas nada mais do que isso.

— Você não sabe o que a Gravidade pode fazer através de uma única pessoa. Não menospreze isso. — Reuel falou, colocando a mão no ombro do filho.

Elliot desviou o olhar.

— Tudo bem, mas talvez nós tenhamos que fazer *mais* também. Sua abordagem pacifista nunca vai funcionar. Eles nunca nos deixarão ir, nem se pedirmos, nem se implorarmos, nem se barganharmos tudo o que temos — Elliot falou, e a cada palavra seu coração ia se enchendo mais e mais de raiva.

— Isso não me preocupa. Me diga, quem nos trouxe até esse exílio? Foram os lunares?

— Não. — Elliot engoliu em seco, se sentindo como uma criança sendo educada em conhecimento básico. — Foi a própria Gravidade.

— Então não cabe aos lunares decidir se podemos ou não partir. Aquele que nos trouxe é o único que pode nos levar de volta.

Elliot sorriu, admirando a fé inabalável do pai.

— Você está certo, me desculpe. Eu não deveria ter invadido o servidor deles. Se ao menos tivesse encontrado a localização da nave, esse plano suicida teria valido de alguma coisa.

— A princesa regente vai encontrar uma forma de nos punir por isso, com certeza, e receio que todos vão sofrer. — Reuel suspirou e fechou os olhos, o cansaço e a idade refletindo em suas rugas e olheiras. — Sei que acha que não valia a pena, mas... você não estava lá, não os viu morrer como eu vi. Eu fiz uma promessa para os amigos mais próximos que já tive e precisava tentar, por *eles*. Então, sim, para mim a princesa valia a pena.

— Eu sei. — Elliot passou a mão pelos fios loiros recém-cortados do seu cabelo e abaixou o olhar, compreendendo a dor e a culpa do pai, havia lidado com ela a sua vida inteira. Desde que tudo aconteceu, muitos anos atrás, sua casa passou a ser habitada por três presenças: ele, seu pai e a culpa que ele carregava, sempre presente, sempre constante.

— E o que vamos fazer agora? Eu quebrei absolutamente todas as regras só no dia de hoje. Bati em um guarda lunar *e* invadi o baile real.

O comentário fez um sorriso inesperado abrir no rosto de Elliot.

— Sua mãe estaria orgulhosa — ele comentou de repente, pegando o filho de surpresa.

Elliot arqueou a sobrancelha, sem saber como se sentir, já que não era comum eles falarem dela.

— O que devemos fazer é nos retrair; a princesa deve vir atrás de nós e da tecnologia. Devemos deixar a casa e ir para as bases nas cavernas ocultas. O Império mal tem controle sobre nossas comunidades, mas o meu nome é conhecido, por isso o mais sensato é nos escondermos. Eu vou agora atualizar Mirya sobre a missão.

— Tudo bem, então. — Elliot expirou, sentindo o cansaço no corpo agora que a adrenalina estava passando. — Eu vou até o clã da África, preciso dar a notícia para a família de Maurice.

CAPÍTULO 10
NUBIUM

Passaram-se dois dias desde a grande tragédia que havia sido seu baile dos clãs, ainda assim o palácio não conhecia outro assunto. A canção de seu sonho não havia deixado sua mente desde então, enquanto Taluya ponderava o que deveria fazer sobre aquilo.

O evento havia tornado sua irmã ainda mais impassível e rígida com os humanos, ela os havia publicamente culpado pela falha na plataforma e ordenado que aumentassem a carga horária de trabalho deles em três horas, em todos os setores, como forma de punição. Enquanto a fúria de Caluya não era aplacada, a irmã mais nova acatava a cada um de seus desejos, para o bem de si própria e de todo o Império.

— O novo baile deve ser realizado o mais rápido possível — Caluya repetiu a mesma frase que vinha dizendo desde o passado desastre.

As duas estavam sentadas em uma sala de conferência do palácio, acompanhadas de Alinyo, o cerimonialista de todos os eventos reais.

— Eu entendo sua pressa, minha princesa, mas a propaganda é algo importante para o Império, e precisamos pensar na imagem que queremos passar ao escolher essa nova data. Realize o baile daqui a uma semana e poderemos ser vistos como vulneráveis, como se a alteza necessitasse logo casar a irmã para assegurar alguma coisa.

Caluya esfregou os olhos e fuzilou o lunar de Tycho com o olhar, mas nada respondeu, o que significava que ela compreendia o seu ponto.

— Mas isso não é verdade — ele continuou, então. — O Império é sempre forte, o Império é sempre seguro, e devemos mostrar isso.

— E como sugere que façamos isso? — ela perguntou, com a voz irritada.

— Escolha o noivo de forma privada, já adiante o acordo com os clãs. Enquanto isso, vamos espalhar pela cidade como os humanos estragaram o sonho da princesa Taluya de ter um baile perfeito e por isso ela está inconsolável.

— Há! — Uma risada inesperada e aguda saiu da garganta de Taluya.

Ambos a olharam, sem entender.

— Desculpe, é claro. — Ela deu de ombros e desviou o olhar para o chão.

— Enquanto isso, vamos gerar comoção e conseguir a empatia das pessoas — retomou Alinyo. — Podemos também espalhar que um dos pretendentes, aquele com o qual o matrimônio será firmado, a salvou do ataque dos hostis humanos e a está visitando agora todos os dias no palácio, preocupado com seu bem-estar. Criamos uma história, convencemos o público de quem é melhor para a princesa, fazemos eles torcerem inclusive pelo casal e daqui a um mês realizamos um novo baile apenas para aparências, confirmando aquilo que agora será desejo de todos.

— Um mês? — Caluya contestou, visivelmente insatisfeita.

— Nossa princesa tem apenas vinte anos, não foi você que realizou seu baile dos clãs com vinte e três?

Ouvindo isso, Taluya fez uma careta, se compadecendo imediatamente do lunar. Uma das coisas que a irmã mais odiava falar era sobre o seu baile dos clãs, especialmente na situação atual de seu casamento, que era conhecida por todos no palácio.

Caluya se levantou da cadeira, com os punhos fechados.

— Comparações não valem nada em um momento como esse — ela falou e, então, começou a andar em círculos, ponderando a ideia.

Depois de alguns segundos, parou.

— Tudo bem, que seja feito assim. Agende com o time de publicidade uma visita de Juno ao palácio ainda nesta semana e garanta que tenhamos boas fotos.

Alinyo sorriu e se levantou, orgulhoso.

— Prontamente.

— Mas saiba, Alinyo, que se o seu plano der errado, será você trabalhando nas lavouras com os humanos. — Ela virou o corpo e o encarou, em tom de ameaça.

— Não dará, alteza, eu garanto. — Ele tentou sustentar um sorriso e então fez uma reverência, saindo do cômodo com uma prancheta de vidro líquido em mãos.

— Bom, está decidido, então. — Taluya forçou uma boca de sono e se levantou, ansiosa para poder deixar o cômodo também.

Quando ela estava passando pela irmã, Caluya segurou seu braço com força.

— Eu não quero mais nenhuma gracinha, está ouvindo? Eu posso te amar, mas sou também sua superior, irmã. Se me enfrentar como fez no baile e insinuar, mesmo que da menor forma, qualquer ato de rebeldia ou simpatia aos humanos... — Ela falava de forma pausada e ameaçadora. — Isso custará caro para você.

Taluya piscou, com lágrimas nos olhos e o pavor se espalhando pelo seu corpo. Naquele momento a irmã soava exatamente como *outra* pessoa, uma que ambas haviam conhecido muito bem.

— É claro, princesa regente — Taluya respondeu sem emoção, engolindo em seco.

— Eu só quero o que é melhor para você. Acredita nisso? — A voz da irmã mais velha suavizou e ela abriu um sorriso maternal, mas era tarde demais, o corpo de Taluya já gritava para ela sair dali.

— Acredito — assentiu entre dentes. — Farei como você desejar.

— Que bom — Caluya soltou o braço e abriu um sorriso de satisfação. — Pode ir agora. E lembre-se da visita de Juno nesta semana.

— Obrigada. — Taluya acenou e saiu pela porta de vidro o mais rápido que pode.

Ela caminhou a passos largos pelo palácio em direção aos seus aposentos e deixou que duas lágrimas solitárias rolassem pelo seu rosto no percurso, externando o seu pavor. Pelas janelas era visível que a pouca luz solar que atingia o satélite já tinha ido embora e o tom violeta coloria com intensidade a noite lunar.

Quando chegou em seu quarto suas mãos tremiam, enquanto a ameaça de sua irmã se repetia constante em sua mente. Ela se sentou na cama, exasperada. Não queria casar com Juno, tudo em seu ser dizia que não poderia, que não *deveria*, mas não sabia como conseguiria se safar daquilo.

Naquela noite, Taluya adormeceu odiando ser lunar e, ainda mais, princesa. Estava presa em uma cultura de aparências, conflitos políticos e superficialidade. Nos poucos segundos antes de adormecer, quando a sanidade já não se fazia mais presente, ela desejou secretamente ser humana e estar livre das amarras daquele palácio.

Como esperado, a canção embalou seus sonhos mais uma noite, se repetindo, misturada a *flashes* do que parecia ser uma festa de aniversário humana. A cena mudou de vultos para algo concreto quando percebeu que estava na comemoração, cercada por humanos para onde quer que olhasse, mas ninguém parecia notar sua presença. Ela caminhou entre eles, mas ninguém se movia, estavam todos estáticos. Reparou que de seus pés saíam grandes raízes de cor verde que se emaranhavam umas nas outras, perfurando o chão. Taluya olhou em volta, com assombro, e andou sem rumo, tentando deixar o local e se afastar o mais rápido possível de todos. Nunca tinha visto algo assim antes.

Ela correu até dar de frente com um grande espelho e, no instante seguinte, toda a festa atrás de si tinha desaparecido. Ficou sozinha em um vazio, cercada pelo reflexo do espelho. Depois de alguns segundos, se deu conta de algo errado sobre si mesma, então se aproximou da superfície espelhada sem acreditar e tocou o próprio rosto, vendo o reflexo à frente fazer o mesmo. Entretanto, o seu reflexo no espelho não era lunar, mas humano, com a pele clara e amarelada, sem nenhum resquício do tom acinzentado.

Ela abriu os olhos, assustada, e acordou. Ofegou por um tempo, até os seus batimentos se alinharem. Estava sonhando, constatou.

Levantou-se depois de um tempo, acendendo as luzes do quarto e fitando sua pele acinzentada no espelho; ainda era ela, ainda era lunar. Mesmo assim, uma dúvida cresceu em seu peito, tornando-se uma indagação que precisava ser respondida. Taluya começou a andar em círculos pelo quarto, conectando pontas soltas. Primeiro, ela não tinha o mesmo cabelo dos outros lunares e, apesar do que lhe diziam, nunca tinha encontrado ninguém com a mesma situação. Segundo, ela tomava banho de mióxio constantemente, mas crescendo não se lembrava de ver a irmã tendo que tomá-lo nenhuma vez. E, por último, constatou que tinha uma memória humana muito específica, a canção, por mais que não fosse humana.

Não, ela não era humana, isso era óbvio. *Certo?* Questionou a si mesma, sentindo o coração acelerar. Ela não poderia ser, nunca a teriam aceitado no palácio se fosse. Mas *era* diferente e não poderia fugir dessa verdade nem se quisesse. A forma como cresceu, as coisas pelas quais passou, tudo gritava para ela que, contrário ao seu título e status, sua casa não era o palácio. Ela sabia performar e fingir bem, mas nunca realmente havia se sentido pertencente ali. As únicas vezes em que não se sentia uma peça quebrada em um sistema perfeito era quando seu pai lhe dava atenção, mas ela já não tinha aquilo havia muito tempo.

Em um ímpeto, decidiu o que faria.

Caminhou até o seu armário e trocou de roupa, com uma determinação anormal tomando conta do seu corpo. Colocou um conjunto de calça e blusa cinza que realçava sua magreza. Junto delas, vestiu um longo casaco preto com linhas neon. Queria ao máximo esconder sua identidade. Seria necessário para onde ela estava decidida a ir.

— Senhorita, precisa tomar seu banho diário de mióxio lunar — o robô interveio, seguindo-a até a porta.

— Hoje não, M4 — Tal falou e fechou a porta, deixando-o lá dentro.

Ela andou com pressa pelos corredores do palácio, tentando não ser notada. Pegou o elevador sozinha e desceu até o térreo, passou pelos cômodos mais cheios e o corredor central que a levava para a saída. Apressou-se para sair do palácio e foi até o estacionamento de pequenas naves a serviço da família imperial. As naves eram estruturas redondas e achatadas, com um metal de tom claro reluzente, e não comportavam mais de duas pessoas. Caminhou até elas e, se aproximando da primeira, foi recepcionada por um guarda com o uniforme de Kepler.

— Bom dia, princesa. Gostaria de ser levada a algum lugar?

— Não preciso que me acompanhem, vou apenas pegar uma das naves — disse de forma decidida e se esquivou do homem, continuando a andar.

— Ah, tudo bem. — O guarda ficou constrangido e voltou para sua posição.

Ela foi até a primeira nave, cuja porta se abriu assim que foi feita sua leitura facial. As naves estavam ao dispor da família real, portanto, sua identificação já estava na programação da máquina inteligente.

— Princesa Taluya, para onde gostaria de ir?

— Para o bairro de Nubium.

A pequena nave começou a flutuar e partiu, cortando o céu lunar.

O bairro de Nubium era o mais humano que poderia ser encontrado na superfície. Ele marcava a entrada da primeira caverna lunar, onde residiam o clã da África e o da América. Muitos de seus moradores subiam à superfície para trabalhar ali, servindo os comerciantes e empresários lunares com todos os tipos de serviços. Taluya não sabia ao certo o que procurava, apenas precisava ir ao lugar mais humano possível.

Em alguns minutos, a nave tocou o chão já congestionado pelo trânsito. A porta se abriu e Taluya saiu de uma vez, se misturando entre as pessoas que andavam na rua. A nave fechou a porta e alçou voo, subindo até o céu e parando próximo de uma antena, em uma espécie de estacionamento vertical, onde esperaria pelo sinal da princesa.

Taluya colocou o capuz do casaco preto que usava sobre a cabeça, disfarçando seu cabelo. Nubium era talvez o bairro mais populoso do Império Lunar, carros e pessoas dividiam as ruas, grandes hologramas falhos preenchiam as calçadas oferecendo produtos e serviços a preços exorbitantes. Os prédios não seguiam tão bem o resto da arquitetura da cidade, construções haviam sido feitas umas sobre as outras e todo o local dava a impressão de que estava prestes a colapsar. Estranhamente, isso a fez se sentir mais calma.

Ela atravessou as ruas procurando por algo que nem sabia direito o que era. Compreendia que, de alguma forma, a resposta que queria estava ali, *precisava estar*. Foi quando viu um grande holograma estendido sobre uma construção quadrangular e percebeu que havia encontrado.

Em letras neon laranja e rosa, o outdoor dizia:

Descubra o quão lunar você é! Mestiços têm direito à educação e sistema de saúde lunar. Garanta o futuro do seu filho!

No início e até mesmo naquela época, com a convivência entre as diferentes raças, crianças mestiças, fruto de relacionamentos entre humanos e lunares, eram comuns. Aquela era uma clínica clandestina de testagem de DNA, que, por um preço exorbitante, prometia uma vida melhor para crianças que eram afortunadas o suficiente para serem metade lunares. E era por isso que estava tão cheia, mesmo naquele horário da manhã.

Sem entender direito as próprias ações, ela se viu na fila, espremida entre os humanos. Suas mãos suavam frio e ela se sentia claustrofóbica; puxou o capuz um pouco mais para baixo, garantindo que nenhum fio rosado estivesse à vista. Seu coração palpitava e a razão lhe impelia a sair dali, não precisava daquilo, humanos acreditavam em delírios e utopias, ela não. Talvez sua vida no palácio realmente não fosse perfeita, talvez ela não se encaixasse tão bem no sistema como Caluya, mas, pelos lobos da lua, isso não significava que era humana.

Quando ponderou a ideia de sair da fila, a memória do sonho da noite anterior voltou. Seu rosto pálido como o de um humano. Ela parou, permanecendo onde estava. Precisava saber.

Muitas pessoas na fila não tinham dinheiro o bastante e entravam ali tentando barganhar, mas logo saíam frustradas e xingando o estabelecimento. Em pouco tempo ela já se encontrava de frente para o balcão, encarando uma mulher humana de olhos puxados, cabelos pretos e uma grande tatuagem no pescoço.

— Cento e setenta ciclos — a mulher cobrou sem delongas, sem nem olhar para ela direito.

Nervosa, Tal posicionou seu bracelete no leitor que estava em cima do balcão, passando o dinheiro para a máquina e começando a concordar com as pessoas que saíram xingando o estabelecimento. Era bom que aquele teste valesse a pena.

— Cabine três. — A mulher entregou um pedaço pequeno de papel e apontou para a esquerda do estabelecimento, onde um vidro verde escondia o que havia do outro lado.

Ela saiu da recepção e caminhou até o local. Um robô recolheu seu bilhete e a deixou entrar.

— Cabine três — ele repetiu.

Era um pequeno corredor, com sete cabines de testes de DNA automáticos. Taluya procurou pelos números e se sentou na pequena cadeira da cabine três. As cabines eram abertas, apenas com um vidro separando uma das outras.

Um pequeno braço mecânico foi ativado e ela foi instruída, pelo visor, a colocar sua mão no espaço que havia no braço robótico. Pequenas garras de metal seguraram sua mão, e então uma agulha perfurou seu dedo indicador, coletando seu sangue. O braço a soltou, e o sangue foi levado para análise dentro da máquina.

"Cinco minutos até que seu resultado fique pronto", avisava o visor.

Ela coçou o pescoço, sentindo as mãos transpirando, e cobriu ainda mais a cabeça com o capuz, garantindo que não fosse reconhecida.

Os minutos demoraram uma eternidade para passar, e a cada segundo Taluya se convencia mais e mais que era de fato lunar. É claro que seria, tudo isso não passaria de um pesadelo.

O visor informou que o resultado estava pronto. Taluya ficou encarando aquela informação, sem conseguir esboçar uma reação; o tempo que a máquina demorou para imprimir o resultado foi um sofrimento, e assim que o papel saiu, ela se levantou e o pegou, aliviada. Suas mãos tremiam e ela teve dificuldade para conseguir ler o que estava escrito. Porém, quando leu, sentiu seu corpo perder a força e caiu sentada no banco novamente.

"Meus sentimentos. Você é 100% humana."

CAPÍTULO 11
DONNIE'S

— O quê? — Tal balbuciou, sentindo o chão se desfazer sob seus pés.

A mão que segurava o papel tremia com força. Ela tentou amassá-lo, mas não conseguiu. Seu coração palpitava de forma tão violenta que parecia prestes a saltar do peito. Ela teve que deitar a cabeça na máquina e fechar os olhos, fazendo exercícios de respiração para não desmaiar.

Humana, a palavra reverberava em sua mente, *humana*.

Então a canção com a qual sonhara realmente havia sido ensinada para ela, em algum momento ela fora uma bebê humana, ninada pelos pais até dormir, com aquelas palavras sendo sorvidas pelo seu inconsciente.

— Cem por cento humana — repetiu para si mesma enquanto sua cabeça girava. — Não, não pode ser.

Ela levantou em um pulo, forçando o corpo a obedecê-la.

Taluya Knox não era humana, não podia ser. Porque, se ela fosse... então tudo faria sentido. Se ela fosse humana, então o tratamento de sua mãe por toda a sua vida teria finalmente um motivo. Se ela fosse humana, então a insistência da irmã em controlá-la, domá-la, mesmo que ela nunca tivesse sido nada além de uma filha perfeita, teria uma razão. Se ela fosse humana, então os comentários do pai sobre ela ser especial e diferente por todos aqueles anos passariam de apenas conversa comum de pai para avisos secretos que estavam lá o tempo todo.

Pensando nisso, ela deixou o estabelecimento, caminhando com tontura pela rua. O sinal do bracelete estava ruim lá dentro, e ela precisava chegar próximo ao estacionamento vertical para poder chamar a nave. A calçada estava abarrotada de humanos e alguns ocasionais lunares mestiços, indo e vindo de todas as direções. Ela apressou o passo e começou a passar pela multidão, trombando em uma figura forte que fazia o caminho contrário.

— Ai! — exclamou, irritada.

O seu corpo virou com o baque e ela deu de frente com um rosto que demorou alguns segundos para reconhecer. Era o humano do baile!

— Princesa? — ele sussurrou, tão surpreso quanto ela.

Pelas suas roupas, parecia que ele também queria se esconder, usava um sobretudo cinza de gola alta e uma touca preta que cobria os fios loiros. E não era para menos: Caluya tinha acabado de emitir a busca por ele e pelo pai.

— Você! — ela exclamou, entre dentes.

— O quê...? — Antes que ele conseguisse perguntar, ela virou o corpo, irritada, e voltou a andar.

Porém, por um descuido, esbarrou em uma mulher que vinha na sua direção e seu capuz caiu para trás, revelando em segundos o seu cabelo rosa pink, que se destoava de toda a multidão.

Não demorou muito para que a primeira pessoa a reconhecesse.

— A princesa lunar? Aqui?

Taluya cerrou os lábios e fechou os olhos. *Maldito cabelo rosa.*

Ela pensou em correr o mais rápido que conseguisse, mas já havia mais e mais pessoas à sua volta a reconhecendo. Suas mãos começaram a suar frio e ela sentiu o nervoso aumentar até gerar zumbidos em seu ouvido. *O que havia feito? Caluya vai acabar comigo,* ela pensou.

Antes que pudesse tomar qualquer decisão, uma mão a puxou para trás pelo braço.

— Vem comigo, rápido.

Quando viu, Elliot já estava ao seu lado. Em um movimento rápido, ele cobriu seu cabelo com o capuz novamente e a guiou até o estabelecimento mais próximo, alguns metros depois do laboratório de DNA.

Era uma espécie de restaurante, com um letreiro neon escrito "Donnie's" em cima e, ao lado dele, o holograma de um alimento que, para ela, parecia horripilante. Eles entraram, sendo seguidos por algumas pessoas, e Taluya notou quando o semblante de uma garota na recepção se iluminou ao ver o humano.

— Elliot! — Ela exclamou, dando um pulinho e ficando vermelha de imediato.

— Oi, Clara, seu pai está? — ele respondeu, sem parecer notar nada.

— Lá dentro. — Ela apontou para cozinha, ficando ainda mais vermelha.

— Vamos entrar, tudo bem?

— Cla-claro.

Elliot passou por ela e entrou no balcão, abrindo a porta da cozinha para ele e Taluya.

— Me solta! — A princesa grunhiu, quando eles entraram no cômodo, secretamente aliviada por ter conseguido fugir das pessoas.

— Hum, um "obrigada" seria melhor, mas tudo bem. — Elliot revirou os olhos e fitou atrás do pequeno vão por onde a comida era passada, algumas pessoas olhando pela vitrine, tentando identificar a princesa. — Temos que esperar aqui por um tempo, eles devem se dispersar logo, mas não garanto que algo sobre esse incidente não acabe parando nos hologramas pela cidade.

— O quê... Pelos lobos da Lua, o que está fazendo? — Ela cruzou os braços, irritada. — Você invade o meu baile, aproveita da minha *ingenuidade* e tenta invadir o servidor do palácio, tudo enquanto dançava comigo! Por que raios está me ajudando agora?

— Ah, você preferia que eu a deixasse para ser consumida pela multidão? — Ele arqueou as sobrancelhas.

— Não! Eu só... não entendo porque se importaria. — Ela cerrou os olhos, desconfiada.

Elliot suspirou e desviou o olhar, encostando o corpo na pia mais próxima.

— Quando esbarrou em mim, você deixou cair *isso*. — Com o semblante brando, ele estendeu o braço, entregando para ela o papel do resultado.

— O quê?! — Taluya deu um pulo e arrancou o documento da mão dele. Você roubou! Você... não está surpreso? — Ela arqueou a sobrancelha, sem entender o comportamento do homem.

— Não — disse ele, fazendo uma careta e fitando a parede à frente.

— Você *sabia*? — ela perguntou, com a boca aberta, em completo choque.

— Alguns humanos sabem, toda a liderança humana, na verdade, mas ninguém além deles. Eu só sei por causa do meu pai.

— Lobos da lua! — Taluya murmurou e se sentou na cadeira mais próxima que encontrou, ao lado da mesa onde vários pães estavam abertos, prontos para serem montados.

Um barulho veio de trás, onde uma porta dava para o estoque do estabelecimento. De lá saiu um homem humano nos seus cinquenta anos, com cabelo escuro encaracolado e um avental vermelho manchado.

— Donnie, oi! — Elliot saiu da pia e se aproximou dele.

— O que está acontecendo, garoto? Pensei que não era para estar na superfície.

— E não era mesmo, eu tive que vir para pegar umas coisas pro meu pai e já estava retornando. Podemos ficar aqui por alguns minutos, por favor?

Taluya se levantou da cadeira, confusa sobre como agir.

— Olá, senhor, tudo bem? Sentimos muito por invadir seu estabelecimento. — Ela estendeu a mão para ele.

O homem aceitou o gesto e cerrou os olhos, tentando identificá-la com o longo capuz.

— Pela promessa da Gravidade! Você não é a princesa mais jovem?

— Sou, sim — ela respondeu, hesitante. — Eu não deveria estar aqui em Nubium e...

— A princesa tem seus motivos. Podemos ajudá-la? É só até a multidão do lado de fora se dispersar e ela poder voltar ao palácio.

— Oh, é claro. Podem ficar o tempo que precisarem, nunca tive uma realeza em meu restaurante.

Um sorriso inesperado nasceu nos lábios de Taluya; esperava o ódio, não o respeito do humano.

— É um estabelecimento muito respeitável, se me permite dizer. Apesar de eu não saber exatamente o que é essa comida que fazem. — Ela não conseguiu esconder a careta ao olhar a imagem de um hambúrguer que estava colada na parede.

— Você nunca comeu um hambúrguer? — Elliot exclamou, inicialmente surpreso. — É claro que não, é uma lunar.

— Bom, certamente está perdendo uma memorável experiência. Gostaria de provar?

Taluya forçou um sorriso e não respondeu de imediato, ponderando suas próximas palavras. Mas então seu olhar se encontrou com o de Elliot, que respondeu:

— Sim, ela adoraria.

Taluya arregalou os olhos para o humano que, pela primeira vez, sorriu como resposta.

— Ótimo! Tem uma mesa no estoque, podem ficar por lá, enquanto eu preparo.

Eles caminharam até o estoque e, quando se sentaram, Taluya perguntou em um sussurro:

— Ele sabe?

— Que você é humana? Não, claro que não.

— Então por que ele foi gentil comigo?

Elliot riu.

— Porque Donnie *é* gentil. É quem ele é, você ser de uma raça diferente não mudaria isso.

A princesa assentiu e apoiou as costas na cadeira, reflexiva. Seu coração começava a se acalmar, e ela sentiu a adrenalina deixando o seu corpo, mas isso não mudava o aperto profundo e doloroso no peito, e entendeu que essa sensação não a deixaria tão cedo. *Talvez nunca*, pensou. O aperto da verdade, o aperto da informação que ela não poderia nunca apagar ou esquecer: que ela, Taluya Knox, princesa da Lua, era na verdade uma humana vivendo como uma realeza por todo esse tempo.

CAPÍTULO 12
HUMANA, HUMANA, HUMANA

O hambúrguer chegou e Taluya retribuiu o sorriso gentil de Donnie, mesmo que fome fosse a última coisa que sentia naquele momento. Começou a ficar incômodo quando ela percebeu que ele não saía e continuou a fitá-la com o mesmo sorriso.

— E então? Quero ver sua reação ao provar hambúrguer pela primeira vez. — O homem se explicou.

— Ah, tudo bem. — Ela engoliu em seco e sustentou o sorriso nada convincente.

Virou o rosto em direção à comida: dois pedaços de uma massa estranha amarelada e coisas coloridas no centro que ela não conseguia identificar. Contrariada, ela pegou o alimento com as mãos e deu uma primeira mordida. Tentou esconder a reação, não queria parecer mal-educada, mesmo se não gostasse, mas seus olhos se fecharam no momento em que sentiu a explosão de sabores. Era muito diferente da comida do palácio, mas não era ruim.

— Isso é... diferente de tudo que eu já comi — respondeu com honestidade.

— Ah, isso! Essa era a reação que eu queria. — O homem levantou os braços para o alto, satisfeito.

Ela sorriu ao ver a reação do homem e deu mais uma mordida.

Donnie voltou para a cozinha enquanto ela e Elliot comeram em silêncio. Para quem não estava com fome a princesa devorou o seu hambúrguer rápido até demais.

— Eu não sei o que eu faço. Não sei nem o que pensar — falou mais para si mesma do que para o rapaz, fitando o prato vazio.

— Bom — Elliot estendeu o corpo sob a mesa —, um começo seria nos ajudar a encontrar a nave. Sua ajuda mudaria *tudo*.

A sugestão dele provocou uma reação contrária à que imaginava na princesa, que levantou lentamente o rosto.

— Então é por isso! É *claro*. Por isso me ajudou quando eu estava em *apuros* e me trouxe até aqui — ela falou com um tom dramático, a raiva começando a aparecer. — Você quer um caminho de entrada para o palácio! Quer concluir o que não conseguiu no baile.

— Não, princesa, é claro que não — o humano respondeu de forma nada convincente.

— Eu não sei onde essa porcaria está e eu não tenho qualquer autoridade para descobrir, se te interessa! Documentos referentes à chegada dos humanos estão protegidos pelos Grimaldi e apenas pessoas autorizadas têm acesso.

— Tudo bem. — Elliot levantou os braços, em defesa. — Eu imaginei que essa poderia ser uma das possibilidades, foi apenas uma sugestão.

No mesmo momento, a humana do balcão surgiu pela porta.

— Elliot, oi — ela falou com a voz trêmula, não se importando com a presença de Taluya. — Só queria avisar que eles foram embora. Não tem mais ninguém na vitrine.

— Excelente. — Taluya se levantou em um pulo. — Quer saber, obrigada por sua falsa compaixão, senhor Ramsdale, e por tentar me enganar mais uma vez só para conseguir seus interesses. Espero que nunca encontre sua nave idiota.

E assim ela saiu pela porta, não sem, antes, lançar um sorriso de agradecimento para a garota. Taluya correu pelo restaurante, agradeceu Donnie de forma apressada e saiu para a rua, garantindo que seu rosto estava totalmente coberto. Andou alguns passos em direção ao estacionamento e chamou a nave pelo seu comunicador; em questão de segundos o veículo a encontrou. Ela embarcou na nave com rapidez e desapareceu pelo céu lunar, deixando finalmente aquele bairro.

Do ar, ela observou a sua cidade. Cada prédio e monumento lunar agora parecia *estrangeiro* para ela. As três pontes de vidro de Yasdrig, o bairro de Tycho e as colossais torres de Kepler, ao longe, não eram tão familiares quanto haviam sido algumas horas atrás.

Ver-se de frente aos portões do palácio fez toda a comida se revirar no estômago de Taluya. Atravessando-o agora, ela se sentia como uma impostora. Quem garantiria que não seria parada pelos guardas? Açoitada, talvez? Afinal, ela era humana.

Humana, humana, humana.

Aquela palavra ressoou em sua cabeça, como um martelo batendo no metal sem cessar, uma dor incômoda e constante, que parecia empurrá-la cada vez mais para baixo.

Ela subiu as escadas do palácio, desejando com todas as forças não encontrar a irmã no caminho. Ao entrar no saguão principal, correu o mais rápido que pôde até o primeiro elevador que viu e entrou. Foi um alívio ver os andares passando à sua volta cada vez mais rápido, deixando para trás a agitação do palácio. Deitou a cabeça no vidro, fechando os olhos por um instante. Sentiu o chacoalhar quando o elevador chegou ao andar de seus aposentos e abriu os olhos, encontrando o corredor vazio.

Suspirou aliviada e correu de novo, o mais rápido que pôde, até seu quarto.

— Ah, oi, M4. — Assustou-se com o robô, que se dirigiu rapidamente até ela assim que a viu entrando pela porta.

— Por onde esteve, minha senhora? Tantos compromissos não foram cumpridos! Não tomou seu banho de mióxio hoje, não compareceu ao café com as damas de Copernicus que foi marcado há duas semanas. Você não respondia as chamadas no seu bracelete, a princesa Caluya veio até aqui lhe procurar e... — o robô parecia perdido e desesperado.

— Ei, ei, M4. — Ela se agachou. — Está tudo bem, está tudo bem. — Passou a mão próximo a um de seus sensores de presença, tentando acalmá-lo. — Está tudo bem não cumprir alguns compromissos de vez em quando. Eu estou aqui agora, não estou?

— Está, sim.

— Então tudo está sob controle. — Tal deu um sorriso falso e se levantou.

Andou em círculos pelo quarto, tentando decidir o que faria a seguir. Suas mãos tremiam e ela as massageava, na tentativa de acalmar a si mesma. Se fosse confrontar sua irmã, ela com certeza mentiria, ou pior, a aprisionaria ao descobrir a verdade.

— Não, Caluya nunca faria isso. Certo? — assegurou a si mesma.

Uma humana vivendo no palácio lunar por todos esses anos! Era inacreditável até mesmo para ela.

Sem poder fugir mais da ansiedade que se acumulava em seu coração, Taluya parou em frente à porta, decidida. Precisava vê-lo, ele era o único que teria as respostas que precisava e... era o único que sempre a havia amado de verdade, sendo humana ou lunar.

Tocou no metal da porta, que rastreou sua digital e se abriu. Era seu direito, e ninguém deveria tirar isso dela. Visitaria o seu pai.

CAPÍTULO 13
A VERDADE, AFINAL

Era implicitamente proibido ver o Imperador sem a presença de Caluya. Todas as vezes que havia visto seu pai, fora acompanhada por sua irmã até a porta como uma precaução em relação ao terrível vírus que o abatia. Pelo menos era o que dizia a princesa regente. Mas, sempre que o visitou, Taluya nunca se sentiu ameaçada ou correndo qualquer risco. Sentia-se apenas dilacerada por ver alguém tão bom em um estado tão deplorável.

Atravessou o corredor de volta ao elevador pensando na Imperatriz, a mãe que a odiou por cada um de seus dias de vida. Desde que ela havia partido, Taluya fazia um esforço descomunal para tentar se esquecer totalmente da mulher e de tudo que ela já havia sofrido em suas mãos. Ela nunca entendeu como uma mãe poderia tão fervorosamente desejar a morte de sua própria filha e passou muitos anos na sua infância se martirizando por isso, tentando ser melhor, mais perfeita, para agradar a mulher que governava toda a Lua. Mas o amor nunca veio. Quando ela morreu, foi a primeira vez que a princesa realmente se sentiu segura. Agora tudo fazia sentido. Dentro daquele elevador, ela carregava em seu peito a sensação de que, mesmo morta, a lunar ainda a observava, condenando sua existência, como sempre havia feito.

O elevador subiu até o último andar da torre em que estava. Ela saiu e cumprimentou alguns guardas no caminho, agindo com a confiança de uma princesa que era, no mínimo, digna de andar por seu palácio. Em vez da ponte, pegou o elevador horizontal que ligava uma torre à outra, seria mais rápido e mais discreto. Alguns funcionários entraram nele também, e todos permaneceram em silêncio. Tal saiu pela porta, caminhando pelo corredor e se sentindo metade vitoriosa, mais um elevador apenas e chegaria até ele. Alcançou o elevador se sentindo sortuda por não haver ninguém por perto e entrou sem deixar rastros.

As luzes neon da máquina piscavam à sua volta a cada andar que subia. A terceira torre do palácio era a construção mais alta de toda a cidade lunar, solitária e misteriosa. Taluya sempre se sentia diferente quando estava lá e pensava ser uma sensação além da mera ansiedade por ver o pai. Ela se sentia conectada ao lugar de uma forma que nunca soube explicar.

O elevador parou no último andar, no corredor solitário. Dois guardas estavam na porta, e esse era o seu maior temor. Sem a presença de Caluya, era provável que eles não a deixassem entrar. Mas tinha chegado muito longe para desistir, e decidiu em seu coração que, mesmo se morresse naquele corredor, veria seu pai a todo custo.

Respirou fundo, colocou o cabelo para trás das orelhas e começou a andar, fitando os guardas com confiança, como alguém sem nada a temer ou esconder. O medo se transformou em fascínio no momento em que percebeu que, por algum motivo muito além de sua compreensão, os guardas não a viam. Passou por eles e nenhum movimento os atraiu. Abriu a porta com o coração acelerado e notou que nem isso eles haviam escutado. Teve a sensação de algo ou alguém a estar ajudando naquele momento, palpável e real, forte o suficiente para escondê-la dos guardas.

Ela adentrou a penumbra do quarto sentindo o mesmo arrepio percorrer seu corpo. Havia algo errado ali, e não era seu pai.

Taluya passou por cima dos cabos que pareciam se mover como serpentes, bem devagar. Ou era apenas sua mente lhe pregando uma peça. Avistou, ao longe, a maca onde seu pai repousava, tão doente como sempre. *Flashes* de sua antiga aparência vieram à tona, e ela piscou os olhos, controlando as lágrimas. Sentia saudades dele, sentia saudades de ter alguém para protegê-la.

Parou ao seu lado, mas ele ainda não havia notado a sua presença.

— Papai — chamou, na esperança de que a visse, mas sem êxito. — Pai, sou eu, Taluya — falou um pouco mais alto.

Percebeu algumas luzes da grande máquina ao lado piscarem, como se ela também a tivesse escutado.

Os olhos inchados da criatura acinzentada se abriram, seu rosto parecia ainda mais deformado que da última vez.

— Minha amada filha — ele disse com dificuldade. — Você está aqui, você veio me ver.

— Eu vim, papai! Eu estive aqui antes do baile também, se lembra?

— Ah. — Seu olhar pareceu divagar por algum tempo. — Esteve, não é mesmo?

— Sim. Pai, olhe — falou, e dessa vez percebeu a urgência que havia em sua própria voz. — Eu vim aqui por um motivo muito importante. Talvez nem tenha muito tempo. E preciso, por favor, que seja honesto comigo. É o mínimo que poderia fazer. E sei que ninguém mais nesse palácio será a não ser você.

— O quê? — O homem virou o rosto para fitá-la melhor; parecia confuso.

— Eu sou humana, não sou? — Sua voz fraquejou, os lábios trêmulos ao falar a palavra. — É por isso que pinto meu cabelo, que nunca foi igual ao dos outros lunares, e tenho que tomar banhos de mióxio constantemente.

Ela percebeu os cabos que adentravam as cavidades do corpo dele se agitarem, como se estivessem lhe causando dor.

— Pai — insistiu mais uma vez. — Eu sei que dói falar, mas precisa me contar, por favor! — Os olhos dela se encheram de lágrimas, enquanto o peito ardia por respostas. — Precisa me dizer se é verdade.

Ele balbuciou, como se quisesse falar e, ao mesmo tempo, como se algo dentro dele o contivesse.

— Por favor! — implorou, com as lágrimas rolando pelo rosto.

— É humana — ele falou depois de um tempo. Uma fincada percorreu suas costelas e ele gemeu de dor. — Eu te encontrei no riacho que havia atrás do palácio, além do jardim. Era uma bebê, sozinha e indefesa, protegida por uma cápsula de metal trazida pelo rio. — Ele emendou em uma tosse descontrolada, que fez com que Tal desse um passo para trás e quase caísse, derrubada pelos cabos.

— Por que nunca me contou?!

— Sua mãe e sua irmã... — foi tudo o que conseguiu dizer em meio a um acesso de tosse.

— Eu sei — Taluya completou, respirando fundo. — Elas não deixaram, não é?

A princesa virou o rosto, as lágrimas rolando de forma descontrolada. Seu peito doía tanto que parecia que não conseguiria suportar. Foi ali, naquele exato momento, que ela sentiu a verdade irrevogavelmente se abatendo sobre ela. Sentiu-se sozinha, desamparada, completamente perdida.

— Pai, o que eu faço? — balbuciou entre as lágrimas. — O que eu faço agora? Eu sou... *humana*! — falou com dor, epifania e medo.

— Taluya — o homem a chamou.

Ela se surpreendeu com o ato e se reaproximou da cama.

— Você precisa entender algo — ele falou, visivelmente usando toda a sua força restante para ser capaz de fazê-lo. — Precisa entender que não foi trazida até aqui pelo rio. A corrente estava contrária. Foi ela que te trouxe para mim.

— Quem?

— A Gravidade.

— O quê? — A princesa indagou baixinho, sentindo o ar faltar no peito.

De novo? Por que aquela palavra continuava a voltar?

Ela percebeu que o corpo inchado do homem, que outrora havia sido tão saudável, começou a tremer.

— Pai! — Tentou se aproximar, mas ele começou a balançar os braços inchados, sinalizando para que ela fosse embora.

— Vá! Você precisa deixar o palácio. Agora!

— Deixar o palácio? — Ela exclamou, horrorizada. — Para onde eu iria?

O pai não respondeu mais e, impotente, Taluya se afastou da maca, determinada a obedecê-lo. Ela virou o corpo e começou a caminhar até a porta, sentindo que, a cada passo dado, os cabos pareciam se enroscar mais em seus pés. Abriu a porta com dificuldade e saiu, ofegante, e deu de frente com sua irmã, trajando um terno vermelho e acompanhada de dois guardas.

— Estava me perguntando onde você estaria — Caluya falou, com ironia.

— Ele é o meu pai. Tenho o direito de vê-lo. — A princesa mais jovem aprumou o corpo e deu o máximo de si para falar com confiança.

— Não sem a *minha* autorização! Sem a minha *proteção*. Lobos da lua! Não é seguro lá dentro. É impressionante como não entende! — Colocou a mão na cintura, como se lidasse com uma criança pequena.

— Tudo o que tem naquele quarto é o nosso pai e, mesmo com a doença, ele é uma das maiores *seguranças* que eu tenho.

— Ainda assim, não deveria ter vindo aqui. E nem ido até o bairro humano! Essa notícia já se espalhou, sabia? O que estava pensando, Taluya?! Logo após o fracasso do seu baile dos clãs. — Ela colocou as mãos no rosto, de forma dramática. — Não acredito que mentiu para mim — sussurrou, ainda assim tendo a certeza de que era ouvida.

— Eu não sou mais criança, irmã! Você me controla como se fosse uma. Agora eu não posso mais ver meu pai ou sair do palácio? — Taluya respondeu, cansada de sempre abaixar a cabeça para ela.

— Você pode não ser, mas *age* como uma criança. Não entende o que está em jogo, não entende que *tudo*, absolutamente *tudo* o que eu faço é para te proteger.

— Me proteger do quê? — Taluya tomou coragem para falar. — Me proteger da minha origem? Me proteger para que eu não soubesse a verdade?

O olhar de Caluya se transformou de raiva para puro pavor. Ela olhou para a irmã e então para a porta atrás dela, contraindo o maxilar.

— Que tipo de loucura ele te disse? Sabe que não deve confiar em uma só palavra que sai dele.

— Papai apenas confirmou o que eu descobri, que eu sou humana. É isso, não é, Caluya? É disso que você queria me proteger.

Com as mãos tremendo, a princesa mais velha se aproximou da irmã e pegou gentilmente em seu rosto, o que para Taluya foi um ato inesperado.

— Você é *minha* irmã. *Princesa* do Império Lunar. É isso que você é. E *só* isso.

Taluya balançou a cabeça em negação, frustrada e com lágrimas rebeldes rolando pelas suas bochechas.

— Não, eu sou *humana* — balbuciou, emotiva. — Você poderia me amar assim? Sabendo o que eu sou?

— Não. — Caluya balançou a cabeça, irritada, e se afastou. — É aquele humano que dançou com você, foi ele que colocou essas mentiras na sua cabeça!

— Ele não tem absolutamente nada a ver com isso.

— Basta, Taluya! — A mais velha a interrompeu, o tom de voz mudando. — Não vou permitir que se relacione com aquela gente, e que elas te façam questionar *sua* identidade.

— Não, Cal...

— Você estava bem até agora. Até esse maldito baile acontecer.

— Eu nunca estive bem, e você sabe disso — implorou, sentindo as forças se esvaírem.

— Mas que besteira! Você é uma mimada, sempre foi! Nunca se contentando com o que tem.

— Por que a mamãe não gostava de mim?

A irmã mais velha foi pega de surpresa e ficou em choque com a pergunta, que a fez silenciar. Ela fitou a irmã mais nova com um olhar vazio.

— Por que ela não gostava de mim, Caluya? Me fala!

— Guardas, acompanhem a princesa Taluya até seus aposentos. Não permitam que ela saia de lá até o amanhecer. A princesa sofre de alguns delírios mentais e deve ser mantida lá para o seu próprio bem.

— É sério isso? — Taluya perguntou, apavorada, quando os dois guardas atrás da irmã caminharam até ela.

A mais velha evitou o olhar e levantou a cabeça, esticando o queixo.

— Vai me prender agora, então?

— É para o *seu* bem. Vamos conversar pela manhã. Vou ter que cancelar a visita de Juno essa semana, infelizmente — disse de forma fria, ainda evitando o contato visual.

— Eu nunca me casaria com ele. — A princesa mais nova cuspiu. — Nunca!

— Levem-na para o quarto — a princesa regente ordenou, e os guardas começaram a arrastá-la.

— Eu posso andar! — Ela se debateu, e eles se afastaram um pouco, ainda a segurando pelo braço.

Guiada pelos guardas, Taluya atravessou o palácio em que havia crescido como realeza, sendo escoltada como uma prisioneira.

CAPÍTULO 14
O CORREDOR OCULTO

Taluya foi deixada em seu quarto; assim que os guardas fecharam as portas, suas pernas falharam e ela caiu no chão, se derramando em lágrimas.

— Minha senhora, o que aconteceu? — M4 foi até ela.

Incapaz de falar, apenas abraçou o robô e continuou a chorar. Torceu para que, talvez, acabasse derretendo junto com suas lágrimas e assim deixasse de existir. Havia sido traída pela própria irmã, tratada como uma criminosa, uma prisioneira. Uma prisioneira de Caluya, era isso o que era, e talvez o que sempre tivesse sido.

Pensava que a moral defeituosa de sua irmã era efeito do clã ao qual pertencia, frio e extremista. E via na mulher padrões parecidos com os da mãe delas, mas nunca imaginou que a irmã pudesse de fato tratá-la daquela forma. Então ela realmente sabia, sempre soube, e o fato não importava para ela, contanto que conseguisse transformar Taluya na lunar perfeita, o que visivelmente não estava dando certo.

Para a sua infelicidade, a princesa chorou até as lágrimas secarem e o fôlego faltar, e ainda assim continuou a existir. O tempo passou, e Taluya sentiu que não conseguia encontrar forças para sair dali. Encostou a cabeça na porta e começou a repassar cada momento daquele dia, cada frase que seu pai havia dito. Nenhuma, é claro, fazia sentido. Apenas uma se mostrava ainda mais clara e sensata para ela agora: "Você precisa sair do palácio."

— Eu nunca deveria ter voltado — afirmou para si mesma, sentindo o medo e a solidão sufocarem o seu peito.

Ela não tinha para onde ir, não tinha para quem recorrer, mas ficar ali seria assinar sua sentença de morte. Seria continuar sendo escrava de Caluya por toda a vida, consentindo com suas vontades, vivendo da forma que a irmã ditava e interpretando para todos um papel que agora sabia que era completamente falso.

Ela voltou a chorar ao pensar nisso e se encolheu um pouco mais, sabendo que deixar o palácio seria impossível. Ainda podia ouvir os dois guardas que a trouxeram até o quarto andando do lado de fora. A porta estava trancada, ouviu o barulho da tranca sendo ativada assim que entrou. Mesmo que conseguisse sair, não fazia ideia de qual era o caminho mais rápido até as cidades subterrâneas. De fato, não conhecia caminho algum. Estava encurralada, presa e desamparada.

M4 permaneceu agitado em seus braços, consternado pelo estado da princesa.

— Talvez um banho te faça bem, minha senhora — sugeriu, hesitante.

— Eu nunca mais vou me banhar em mióxio, M4 — resmungou com as mãos no rosto.

— Não, apenas um banho mesmo. Podemos usar os sais do mar da serenidade, ele torna a água tão fresca e pura quanto a de um rio. Renova o espírito, é o que dizem.

— Rio! — Taluya tirou as mãos do rosto.

— O quê? — o robô indagou, confuso.

— Rio, M4! Por acaso temos um rio que passa pelo palácio?

O robô se endireitou, animado por ter recebido uma função, e girou as engrenagens à procura da informação.

— Não mais. Tínhamos um córrego que nascia logo atrás do jardim leste e descia até o subterrâneo. Ele, porém, secou há vinte anos.

— Tudo bem. — A princesa se levantou do chão enquanto tentava alinhar os pensamentos. — Se o córrego descia até o subterrâneo, talvez a passagem ainda esteja lá. O que você acha? — Olhou para o robô em busca de apoio.

— Eu não sei dizer.

Taluya passou a mão pelos fios rosa, que agora estavam sujos e desgrenhados, pensando em qual outra opção lhe restaria.

— M4 — ela chamou com a voz tensa. — Preciso que me ajude em algo.

O robô se aproximou de seus pés:

— O que desejar, minha senhora.

Ela se abaixou, fitando a pequena máquina.

— Preciso que me ajude a fugir do palácio.

Ele falhou em responder, aturdido.

— Sei que desobedecer às ordens de Caluya deve ir contra sua programação. Mas eu preciso sair daqui, M4, preciso mesmo.

— Mas por quê? O palácio, minha senhora, é o lugar mais seguro para você estar.

— Era o que eu pensava também. Mas tudo nunca passou de uma prisão mascarada.

O robô parecia não entender, e sua única roda ia para frente e para trás, como se estivesse pensando.

— M4, eu descobri algo muito importante sobre mim, como uma peça faltando, entende? — Taluya tentava explicar seus motivos para convencê-lo. — Se lembra de quando eu era pequena e te joguei do segundo andar pensando que você voava? — Ela riu com a lembrança que quase havia esquecido.

— Me lembro, sim. Passei duas semanas inoperante, sendo remontado na oficina. São as únicas memórias que não tenho em meu armazenamento.

— Exato! Com a queda você perdeu algumas peças muito importantes e sem elas não conseguia funcionar. Eu sou assim, M4. Estão faltando algumas peças muito importantes para mim e acho que não consigo continuar sem elas — seus olhos marejaram —, preciso delas, preciso saber... se eu, um dia, ainda vou conseguir estar inteira.

— E é por isso que tem que deixar o palácio?

— Sim, é por isso. Portanto, isso vai envolver destrancar a porta, criar uma distração para os guardas e, provavelmente, quebrar algumas regras. Poderia fazer isso por mim?

O robô pareceu pensativo, a roda se movendo e o som do metal dentro dele tilintando.

— Você me levaria com você?

— Para onde?

— Para onde quer que você esteja indo.

Tal sorriu. Aquele robô era o mais próximo de um amigo que ela tinha.

— Não se preocupe, M4, eu te levarei comigo. — Ela sorriu e se levantou, o robô também pareceu satisfeito com a resposta. — Bom, agora temos que pensar como faremos isso. — A garota coçou as mãos, que agora já começavam a suar. — Consegue destravar a porta?

— Sim.

— Se conseguirmos nos livrar dos guardas, eu poderia pegar o elevador dos funcionários e descer até o jardim.

— Nós — o robô a corrigiu, sério.

— *Nós* poderíamos pegar o elevador e ir até o jardim. — Ela assentiu com a cabeça. — Como? — Abaixou o olhar. — Você não tem nenhuma arma ou *laser* aí dentro de você, tem?

— Não, só informações.

— Droga!

Aflita, a princesa caminhou em círculos pelo quarto, até que parou em frente ao espelho e uma ideia surgiu em sua mente.

— Se tem informações — se virou para trás —, tem também acesso às plantas do palácio?

— Acredito que sim. Por quê?

— Porque me lembro que, quando eu era pequena, esse espelho não estava aqui. Houve uma renovação há uns quinze anos, elas sempre acontecem. — Fechou os olhos, trazendo de volta imagens da sua infância. — Tinha uma porta! Sim, uma porta sem utilidade, pelo que eu me lembre, mas ela deveria levar a algum lugar. Talvez com as plantas possamos descobrir.

— Excelente ideia, minha senhora.

— E, se existir alguma passagem, podemos quebrar o espelho e atravessar para o outro cômodo. Isso vai fazer barulho o suficiente para atrair os guardas aqui para dentro...

— Enquanto já estaremos fugindo pela passagem.

— Isso! Vamos precisar correr, porém acho que podemos conseguir. — Respirou fundo, deixando-se guiar pela adrenalina e não pela razão.

— Procurando plantas do palácio — o robô falou e em seguida projetou um holograma.

A projeção mostrou um palácio em miniatura enquanto o robô aproximava, aumentando a imagem até chegar na ala da construção em que estavam.

— O que são essas camadas? — a princesa perguntou, sentando-se ao seu lado.

— São as diferentes renovações que o palácio sofreu, a estrutura original quase não é mais vista. Ela está por baixo dos pisos e das paredes.

— Certo, apenas continue — disse, encorajando o robô.

O holograma chegou até o quarto de Taluya, mostrando toda a construção que não era vista de fora.

— M4, espere. — Ela chegou mais perto do holograma, com a luz azul refletindo em seu rosto. — Aproxime aqui, por favor. Na fundação das paredes.

O quarto se ampliou na imagem, mostrando as camadas por dentro das paredes do cômodo e revelando um amplo espaço atrás da suposta porta. Era tão grande que parecia...

— Tem um corredor aqui? — Encostou a mão no holograma, fazendo-o tremeluzir. — Eu não me lembro disso.

— Ele parece ter sido desativado, mas, sim, era um corredor.

Tal se levantou do chão, sentindo o coração acelerar. Ela caminhou até a parede, na parte que havia antes do espelho, do lado esquerdo.

— Ele está aqui? — Deu três batidas leves na parede branca.

— Sim.

— Perguntarei de novo, mesmo sabendo que não é um droide de guerra ou defesa, mas tem certeza de que não tem algum *laser* escondido?

O robô pareceu hesitar.

— É contra minha programação usar qualquer função para ferir, danificar...

— M4, é uma parede! — Tal o interrompeu.

— Tudo bem, eu tenho — respondeu, cabisbaixo.

O robô se dirigiu até a frente da parede e abriu um pequeno compartimento em seu corpinho, revelando um braço mecânico. Ele o apontou para cima, fazendo surgir um *laser* vermelho que começou a cortar a parede em um círculo irregular.

O material que a cobria parecia ser de uma tecnologia diferente, pois a partir do momento em que o calor do *laser* começou a tocar a superfície, no lugar de cair e quebrar, a camada começou a se dissolver, revelando um metal de cor cobre atrás de si. Em alguns minutos, toda aquela parte da parede havia se dissolvido. O que estava ali agora era uma porta com uma arquitetura muito diferente da encontrada em um palácio. Ela não tinha detalhes nem contornos, parecia ser feita de um material que Taluya desconhecia, e era resistente ao som e ao calor, pois a parte do *laser* que encostou nela não havia feito nem um arranhão.

A princesa se aproximou da porta, não tinha certeza se havia uma ali, ou se era apenas uma parede, não encontrou trancas visíveis, nem nada que ela pudesse abrir ou destravar. Ela encostou a mão no material, era uma espécie de metal e estava frio. Pequenos choques correram por sua pele, mas ela a manteve ali. Surpreendeu-se quando sentiu o metal deslizar para o lado, confirmando que aquilo era, de fato, uma porta. Algo em sua mão o havia feito abrir. Ela deu um passo para trás, assustada e maravilhada ao mesmo tempo.

— Vamos? — M4 indagou.

— Espere! — Taluya se abaixou, com um pensamento vindo à mente. — Preciso desativar meu bracelete. — Tirou a pulseira do braço e a colocou no chão. — Consegue queimar a placa dele?

— Sim. — O robô se aproximou e, abrindo o braço mecânico, emitiu uma onda leve de choque que fez com que uma pequena fumaça saísse do dispositivo. — Preciso desativar meu rastreador também.

— Droga, é verdade! Consegue fazer isso?

— Acredito que sim.

Tal assistiu o corpo de M4 se mover, enquanto as engrenagens dele faziam mais e mais barulho. Depois de alguns minutos, uma pequena peça foi expelida para fora da estrutura do robô e caiu retinindo no chão.

— Uma última coisa. — A princesa se lembrou, em um impulso. Ela olhou pelo canto do olho e notou que a placa da inteligência artificial de seu quarto, na parede ao lado da porta, estava desativada, já que só era acionada por voz. Ela caminhou silenciosamente em direção ao seu closet, pegou de lá a bota mais pesada que encontrou e caminhou até o visor, se aproximando com hesitação. Com os olhos cravados no metal cintilante, bateu a bota com força no lugar, quebrando o seu vidro.

— Nunca se sabe. — Ela suspirou, ofegante. — Pode não fazer sentido, mas sempre achei que ela não gostava de mim. Vamos?

— Vamos.

Robôs não têm sentimentos como medo ou hesitação, o que os torna, dependendo da situação, burros ou corajosos.

No momento em que a roda mecânica de M4 passou pela porta, fracas luzes neon se acenderam no teto. Seja qual fosse aquela tecnologia, ainda funcionava. Taluya o seguiu, não sem antes dar uma última olhada para a porta e torcer para que os guardas não decidissem abri-la bem naquele momento.

M4 era guiado pela planta no seu holograma e continuou a avançar pelo corredor desconhecido sem medo. Eles chegaram até o final, onde havia uma escada longa, que era apenas constituída por barras e parecia ser nada mais do que uma escada de emergência.

— Robôs não descem escadas — M4 falou, receoso pela primeira vez.

De fato, as barras eram finas demais para que ele conseguisse se locomover.

— Venha, eu carrego você. — Taluya se abaixou e, antes que o robô pudesse protestar, o pegou no colo. Ou melhor, tentou.

— M4, como você pode ser tão pesado? — reclamou, enquanto usava a pouca força que tinha para sustentar o droide.

Ela conseguiu levantá-lo com a coluna já clamando por socorro, e por isso desceu o mais rápido que pôde por cada fino degrau da escada. A construção parecia prestes a romper sob os seus pés. Parou ofegante quando terminou e colocou o robô no chão de uma vez, dando descanso às suas pernas e caindo no chão ao lado dele.

— Está tudo bem, minha senhora?

— Está sim, só preciso de alguns instantes. E de começar a fazer exercícios, talvez.

Com a confirmação, o robô saiu rolando para a frente, tentando encontrar o fim do corredor em que estavam. O barulho de suas engrenagens parou quando ele atingiu uma parede sólida.

— Chegamos. Estamos no térreo, ao lado do jardim.

As boas notícias do robô foram seguidas de passos ouvidos no topo da escada que acabaram de descer.

— Os guardas! — Taluya olhou para cima e exclamou, ofegante.

CAPÍTULO 15
A FUGA

A princesa se levantou e correu até o robô.

— Temos que sair daqui, agora!

— A parede aqui também é sólida, parece não ter saída — constatou M4.

— Droga.

Taluya o alcançou e inspecionou toda a parede com o olhar. Era bem maior que a última, só que a estrutura parecia ser a mesma. Guiada por uma intuição, ela se aproximou e colocou a sua mão no metal, assim como fez com a outra.

— Eu não sei como funcionou, mas, por favor, funcione outra vez — pediu, mesmo sem saber ao certo para quem.

O mesmo choque eletrizante correu por seus dedos, e o metal deslizou, se abrindo como uma porta.

— Isso! — comemorou, com o coração batendo acelerado.

A porta revelou outra parede no lugar. O robô correu na frente, fazendo um buraco direto na estrutura, que parecia não ser das mais fortes. Tal se agachou e passou pelo buraco, saindo de fato no jardim, em uma área sinalizada como sendo apenas para funcionários, mas que estava desativada.

Como era noite, não havia muitos funcionários no jardim naquele horário, e robô e princesa saíram correndo pelos diferentes corredores de flores, um ao lado do outro.

— A nascente, M4, onde ficava a nascente?

— Por aqui. — O robô apontou para a esquerda, correndo o mais rápido que sua roda permitia.

Taluya o acompanhou, até que chegaram à ponta extrema do jardim, onde plantas lunares fosforescentes maiores que a princesa haviam crescido e tomado o lugar.

— É nessa direção — o robô falou ao entrar no meio do mato sem hesitar.

Ela o seguiu, sentindo o corpo arder pelo esforço físico.

O robô rolou, levando plantas pelo caminho, até que parou em um espaço idêntico a todos os outros.

— Era para ser aqui. — M4 mostrou-se confuso.

— Espere. — Taluya se abaixou e começou a tirar algumas plantas pela raiz.

Não sabia bem o que procurava, só não se permitiria ser pega pelos guardas. Não podia voltar para o palácio, não depois de ter tentado fugir assim. Não sabia o que Caluya faria com ela.

O medo escorreu através de uma lágrima em seu rosto enquanto sua mão, que tateava a terra, afundou de repente.

— Aqui! Há alguma coisa aqui.

Ela e o robô, com seus braços mecânicos, arrancaram as plantas o mais rápido que conseguiram, revelando um pequeno túnel. Ele era escuro e muito estreito, nem dava para saber se caberia o corpo de um adulto.

— Eu vou primeiro — Tal falou, decidida, sem tempo a perder.

A adrenalina crescia cada vez mais em seu corpo, com o som dos guardas se aproximando e a consciência de que aquela era a sua chance, a sua *única* chance. Tirou o casaco preto que ainda usava e colocou as pernas no buraco.

— Mas, minha senhora, não sabemos se ele de fato leva a algum lugar. Isso não aparece em meus registros — alertou o robô, preocupado.

— Não tenho nenhuma outra escolha agora, tenho? — Assim que colocou as pernas, começou a escorregar para baixo lutando contra a claustrofobia que começava a atacá-la. A partir de certo ponto, o buraco começou a abrir, alargando-se. Tal se deixou cair, desaparecendo por completo da superfície.

— Princesa! — o robô gritou, assustado.

— Eu ainda estou aqui. — Levantou o braço o mais alto que pôde e seus dedos chegaram até a superfície. — Venha. Agora!

Temeroso, o robô rolou até o buraco e, ouvindo o som dos guardas se aproximando, se deixou afundar naquele pequeno espaço.

— Ai! — Taluya gritou de dor quando o robô rolou por cima dela.

Com os braços levantados, ela tentou segurá-lo, mas ambos caíram no chão. A luz do robô acendeu e a princesa pôde ver onde estavam.

— É mesmo um túnel — constatou, aliviada.

— Vamos por aqui. — O robô tomou a iniciativa e começou a ir em direção ao buraco que se estendia até o perder de vista.

Taluya teve que curvar o corpo para conseguir caminhar e, em determinado momento, o teto se tornou ainda mais baixo, por isso, se agachou para continuar o percurso, engatinhando atrás do robô. Eles andaram e andaram o mais rápido que puderam, mas para ela parecia que não saíam do lugar. Não sabia se o som que ouvia atrás de si era da própria rocha que a cercava ou dos guardas que estavam prestes a alcançá-los.

— Por favor, não. Por favor, não — pediu em sussurros, mesmo sem saber para quem, com o coração batendo na boca.

Eles entraram mais na escuridão do solo e, por alguns instantes, ela pensou que tudo aquilo não passava de um pesadelo. Talvez ainda estivesse presa no palácio.

Ficou surpresa quando o robô saiu em alta velocidade à sua frente. O túnel havia se alargado até revelar que estavam chegando em uma espécie de caverna. O teto se abria e se estendia até o alto, e o chão parecia mais uniforme.

— M4, espere! — Ela se levantou do chão, sentindo as pernas doerem e grata por poder ficar em pé.

O robô parou ouvindo sua voz bem no momento em que o barulho de um veículo em movimento preencheu o lugar.

— M4, vem! — Tal correu em direção ao robô, mas foi impedida por um carro que surgiu à sua frente. Era uma túnel com diferentes curvas e bifurcações e o carro vinha de uma delas.

— Ahhh! — gritou, assustada, e seus pés travaram no chão, paralisando-a.

Fechou os olhos, já sentindo o baque da colisão, quando o veículo parou de repente a centímetros do seu corpo.

Taluya abriu os olhos, surpresa mais uma vez por ainda estar viva. Que confusão estava sendo aquele dia. Uma figura saiu do transporte, e ela apertou as unhas nas palmas das mãos, desejando de todo coração que não fossem os guardas.

— Princesa?

As luzes do farol iluminaram o rosto do homem que a encarava.

— Você?! De novo?— ela exclamou, em um misto de alívio e raiva, ao ver Elliot bem à sua frente.

— O que você está fazendo aqui? — Ele caminhou em direção a ela, confuso.

Taluya hesitou e cruzou os braços, movida por orgulho. Ele era a última pessoa que ela queria encontrar, mas talvez a única que poderia ajudá-la.

— Você... está me seguindo, por acaso? — ele sugeriu, notando como a princesa estava suja de terra e com alguns arranhões no rosto. — Precisa de ajuda?

— Não. — Ela ergueu o rosto. — Eu estava só dando uma volta pelos túneis humanos.

Elliot revirou os olhos em resposta e então arqueou a sobrancelha, aguardando pela verdade.

— Eu... — a voz dela balbuciou, o orgulho tentando impedi-la de falar.

Queria se despedir dele e continuar a andar pelo túnel até encontrar alguma outra pessoa, mas que chance ela tinha? Não conhecia mais ninguém, nem sabia para qual direção era a cidade. Doía admitir, mas era a segunda vez que o humano aparecia para ela justo quando precisava; não parecia uma simples coincidência, era como se alguém estivesse colocando ele *ali*, mais uma vez.

— Nós fugimos do palácio — falou, puxando o fôlego e caindo em si sobre o que havia feito.

— Nós, quem? — O homem olhou em volta, sem ver mais ninguém.

— Aqui embaixo — o robô falou, quase ofendido.

— Eu e o meu robô. Esse é M4. M4, Elliot.

— É um prazer — adiantou-se o robô.

— Mas por que fez isso? Você parecia se encaixar tão bem com *tudo* aquilo — ele falou, gesticulando com a mão.

— Bom, acontece que eu não tive escolha. — Ela abriu um sorriso magoado, a raiva e a decepção estampadas nos olhos. — A vida no palácio nunca foi como nos hologramas, aquilo se chama atuação, caso não saiba. Minha irmã sabia que eu era humana por todo esse tempo e, quando a confrontei, ela disse que eu estava ficando louca e me prendeu em meu quarto.

Elliot ouviu atentamente, o rosto se suavizando a cada palavra.

— Se eu ficasse no palácio, em um mês estaria casada com o representante de Kepler, proibida de sair e tendo minha irmã constantemente me manipulando para acreditar que tudo não passou de uma alucinação.

— Eu sinto muito. Sabia que sua irmã era cruel, mas não pensei que fosse assim *com você* — Elliot falou finalmente, com honestidade.

— Eu não preciso da sua pena — Taluya rebateu. — Preciso... da sua ajuda, o que talvez seja ainda mais humilhante. — Ela admitiu, abaixando o olhar.

Elliot sorriu em resposta.

— Vai ser a segunda vez no dia em que eu salvo a sua pele, princesa. Sua dívida está começando a crescer — ele respondeu, com humor, o que pegou Taluya de surpresa.

— Bom, eu não pedi a sua ajuda na primeira vez, mas estou, sim, pedindo agora. Se eu tivesse como encontrar a sua nave, como retribuição, garanto que faria, mas sou ainda mais incapaz agora do que era antes.

— Esqueça a nave — ele respondeu, balançando a cabeça. — Eu sei exatamente para onde te levar.

CAPÍTULO 16
O CLÃ DA ÁSIA

Taluya seguiu Elliot até o carro, estranhando o veículo que era considerado inferior e ultrapassado para a nobreza lunar.

— Eu ainda não entendo, para onde vai me levar? — ela perguntou assim que entrou e se sentou no banco da frente, ao lado dele.

Ouviu atrás o barulho das engrenagens de M4, que se acomodou a contragosto no chão do veículo.

Elliot voltou a encará-la, mas logo desviou o olhar, sem falar nada, ligando o carro.

— Não acho que sou a melhor pessoa para te falar isso. Não estamos longe de lá, quando chegar vai *entender* — ele respondeu e Taluya revirou os olhos, pensando em como aquilo não havia ajudado em nada.

— Acho que não tenho escolha mesmo — ela resmungou e virou o rosto para a janela, fitando as construções humanas que começavam a aparecer.

Só ali, sentada no banco, com o rapaz silencioso ao seu lado, ela conseguiu processar o que fez. Fugira do palácio, de forma definitiva e absoluta, e agora não havia mais caminho de volta. Ela sabia que deveria sentir um aperto no peito, mas o que sentiu foi o contrário: surpreendente alívio. Estava livre pela primeira vez e tinha sido forte o suficiente para se desgarrar das amarras de Caluya, algo que por muitos anos considerou impossível. Estava sozinha, sem qualquer plano ou expectativa futura, não sabia o que seria sua vida nas próximas horas, quanto mais nos próximos dias, mas agora, sem um cronograma pré-montado e alguém planejando a sua rotina, poderia finalmente descobrir.

— Me desculpe, inclusive — Elliot falou de repente, tirando-a de seus pensamentos.

— Hã? — Ela virou o rosto para ele.

— Por manchar o seu vestido. Ele era bonito.

Ela cerrou os olhos, tentando entender o que o havia levado a fazer aquele comentário, tentando entender *ele*.

— Está tudo bem, você meio que me salvou, na verdade. Se o baile não tivesse acabado de forma trágica, era possível que você estivesse em uma boa encrenca agora.

— Como assim? — Ele arqueou as sobrancelhas, os olhos fixos na estrada.

— No baile eu deveria escolher Juno Kriton, do clã de Kepler, como marido. Porém, o noivado só seria oficializado quando ele, no final da cerimônia, após a minha escolha, tingisse meu vestido com a cor de seu clã. É uma cerimônia besta, mas seguida rigorosamente.

— Então isso significa que, quando eu derramei a bebida no seu vestido, eu...

— Teoricamente, sim.

— Então somos forçados a nos casar? — ele falou a palavra de repente, o que fez Taluya tossir.

— Lobos da lua, não! O vestido foi jogado fora e felizmente ninguém viu. Mas, se a festa tivesse continuado, talvez teríamos um pouco de *dor de cabeça*.

— Que bom que eu fui embora, então.

— Certamente. — Taluya cruzou os braços e voltou a olhar pela janela, sentindo-se incomodada com o tema da conversa.

A verdade é que naquele momento, percebeu que secretamente estava grata a Elliot. Se ele não tivesse invadido o baile, talvez ela realmente teria terminado o dia noiva de Juno, e isso seria uma tortura além do que poderia suportar.

O carro saiu do longo túnel onde estava por todo esse tempo, onde se via ocasionais construções humanas no caminho, e entrou no que pareceu ser um centro comercial circular, que até aquela hora da noite funcionava. Era uma espécie de praça, dali se abriam quatro estradas diferentes e era o ponto onde todos os bairros dos diferentes clãs da Terra se encontravam.

— Que lugar é esse? — Tal perguntou, extasiada com as luzes e as construções.

— O coração da humanidade, é como chamamos — Elliot respondeu. — E aquele — apontou com a mão esquerda antes de voltar a atenção para a estrada —, é o relógio dos quatrocentos anos.

Tal ainda não tinha visto a construção colossal que marcava bem o centro da praça. Tratava-se de um relógio em formato de paralelepípedo, maior que uma casa e aparentando ser de um material muito antigo. Ele iluminava todo o local, brilhando com a luz amarelada vindo de seus números. Fazia uma contagem regressiva e marcava quatorze dias.

— Esse é... — ela iniciou a frase, esperando uma resposta.

— É um relógio que foi trazido junto com os primeiros humanos. Ele marca o fim do nosso exílio.

A princesa ainda achava a ideia impossível.

— Acreditam mesmo que estão destinados a voltar para a Terra?

— Eu, meu pai e todas as gerações que vieram antes de nós *viveram* por isso, lembrando-se da promessa e se preparando para o dia em que ela se cumpriria. A divisão de nosso povo entre clãs foi uma forma de manter a genética ao máximo, assim como a identidade cultural de cada continente que temos na Terra. Para que, na minha geração, ao voltarmos para lá, a cultura humana tivesse sido preservada e cada povo étnico retornasse para a terra que sempre lhes pertenceu. Então, sim, acreditamos que iremos voltar, penso que foi o que nos manteve vivos por todo esse tempo. O que nos manteve unidos.

— Espero que estejam certos.

Eles saíram do centro comercial e Taluya notou que o carro entrou no segundo túnel à frente, onde em uma placa neon em cima estava escrito: "clã da Ásia".

— O que é Ásia?

— Um dos continentes da Terra. Apenas quatro continentes sobreviveram: África, América, Ásia e Europa. Eu sou de Europa.

Ele explicou um pouco sobre a divisão dos clãs e a cultura da Terra, o que a interessou muitíssimo, mas então se calou e permaneceu em silêncio pelo restante do trajeto.

— Chegamos — Elliot anunciou, depois de algum tempo, desacelerando o carro.

O veículo parou e ambos saíram, acompanhados por M4.

A princesa engoliu em seco, sentindo uma ansiedade crescer em seu estômago, mesmo sem entender o porquê.

Eles caminharam juntos até a porta da construção, uma grande casa de dois andares. A primeira base parecia ser muito antiga, erguida há bastante tempo, com pedras lunares do subsolo, partes do que havia sobrado das moradias ancestrais dos lunares, em uma época prévia à chegada dos humanos. Já o segundo andar era tecnológico, feito de metal e luzes *led* que iluminavam a rua. No topo, havia tijolos de cobre, eles formavam duas pontas nas extremidades, e lanternas de *led* estavam penduradas em toda a sua volta. Alguns centímetros acima do telhado já estava o teto da Caverna.

— Taluya, essa é a base do clã da Ásia, onde os líderes do clã vivem há gerações — Elliot falou e ela pôde notar o respeito e admiração que ele trazia na voz.

Dois guardas estavam parados em frente à porta vermelha que decorava a construção e trazia certa cor para a entrada. Um era mais velho e grisalho e o outro era jovem e tinha um longo cabelo preto preso dentro do capacete.

— Boa noite, irmãos — Elliot cumprimentou e subiu as escadas da entrada.

Tal ficou para trás com M4, que tinha sua própria dificuldade com escadas. Ele tentou, sem sucesso, subir sozinho, e ela então o pegou, sentindo sua coluna doer outra vez enquanto o carregava para cima pelos degraus.

— Boa noite. — Tal sorriu para os guardas assim que se levantou e caminhou até o lado de Elliot.

— Sei que está tarde, mas tenho aqui alguém que Mirya *precisa* conhecer — o rapaz falou. — É urgente — reforçou.

O guarda mais velho apertou o dispositivo de comunicação em seu ouvido e repetiu as palavras.

Tal sentiu as palmas das mãos suando e as limpou na calça que usava.

A porta vermelha se abriu e saiu de lá uma mulher de cabelos curtos, vestindo um macacão marrom. Seus olhos pareciam cansados e seu semblante era firme e impunha respeito. Era uma mulher qualquer, até Taluya perceber, instantes depois, que, mesmo com a pele amarelada, era assustadoramente parecida com ela própria. A informação atingiu a mulher ao mesmo tempo. Ela arqueou as sobrancelhas em um misto de surpresa e preocupação e fitou Elliot com um olhar tenso.

— O que é isso? — perguntou para ele, consternada. — O que ela está fazendo aqui?

— Eu não contei nada para ela, eu juro. Ela veio por conta própria. — A princesa percebeu a inquietação na voz de Elliot, ele parecia ter muito respeito pela mulher. — A encontrei em um dos túneis de tráfego, o que queria que eu fizesse? Deixado ela lá?

Taluya se sentia ainda mais incomodada por ser o tópico da conversa e, ainda assim, não entender nada do que falavam.

— Fez o certo, Elliot. — O semblante da mulher suavizou. — Muito obrigada.

Elliot deu de ombros e balançou a cabeça, sem saber como reagir ao agradecimento.

— Princesa Taluya — a mulher falou, dando alguns passos em direção a ela.

— Sim — Taluya se forçou a responder, mesmo com o coração acelerado. — E você é...? — perguntou, mesmo que cada batida do seu peito já gritasse a resposta.

Não podia ser, não podia ser.

— Meu nome é Mirya, sou a líder do clã da Ásia e sua irmã mais velha.

CAPÍTULO 17
GIMBAP

Taluya encarou a mulher, sem conseguir esboçar qualquer reação. Ela tinha uma família? Tinha uma irmã? Estava começando a lidar com o fato de que havia perdido absolutamente tudo que era seu e que um dia fora importante para si e agora estava à sua frente uma mulher com seus mesmos olhos e nariz. Ela piscou, talvez fosse assim que teria se parecido caso tivesse crescido como humana.

— Minha irmã? — foi tudo que ela conseguiu responder, com a voz abafada.

— Sim, a que esteve com nossa mãe em seu parto e cujos braços foram os primeiros a te segurar quando sua alma veio à vida nesse universo.

A menção de seu nascimento fez os olhos de Taluya lacrimejaram e ela piscou, tentando retomar o controle.

— Eu cuidei de você todos os dias, até o dia em que tive que dizer adeus — Mirya continuou, visivelmente emocionada, e deu mais um passo para frente, pegando as mãos da princesa. — Mas, mesmo assim, continuei a observar e a zelar por você de longe, pedindo à Gravidade que um dia você soubesse. Soubesse que tem uma família que se sacrificou por você e uma irmã que ainda a esperava.

A líder terminou de falar e a abraçou, ato que pegou Taluya de surpresa. Em todos os seus anos no palácio, havia ganhado poucos abraços, alguns do pai quando ela era mais nova, mas nunca da mãe ou da irmã. Caluya era contra frivolidades como expressões físicas de amor.

Sem saber ao certo como reagir, Taluya devolveu o abraço, as mãos tremendo, enquanto sua mente assimilava o fato. Ela não estava sozinha, tinha uma irmã de sangue, que cuidou dela e esperou por ela. Não parecia real, era demasiadamente bom para ser verdade.

Mirya a soltou, com olhos lacrimejando, e se afastou.

— Ayla Mei Young.

— Esse é... meu nome? — A princesa arqueou as sobrancelhas.

— Sim, o seu nome humano, o único nome pelo qual eu sempre te conheci — a mulher respondeu com um sorriso.

Taluya balançou a cabeça, pensativa. Do seu lado, Elliot observava ambas, com um semblante atento, mas sem muitas emoções à mostra.

— Mas, por que eu parti? Por que fui enviada ao palácio? — Taluya perguntou, por fim, o que a atormentava.

— Por que não entramos? — Mirya convidou, apontando para dentro da casa. — É uma longa história.

— Tudo bem — a princesa balançou a cabeça assentindo, tentando ser o mais forte que conseguia.

Mirya caminhou até a porta e a abriu, sinalizando para que eles entrassem.

— Você também — ela falou para Elliot, que arqueou as sobrancelhas, surpreso.

— Eu vou deixar para a próxima, obrigado. Preciso ir pra casa — ele se justificou, já sinalizando para descer as escadas.

— Garoto, não era uma pergunta. Vamos — Mirya o cortou com um sorriso e sinalizou para que ele entrasse.

— Certo. — Ele abaixou o olhar e fez uma careta. — Tudo bem, então.

Ele caminhou em direção à entrada, seguido de perto pelo robô, que por toda a conversa permaneceu estático na entrada, tendo um pequeno surto existencial de máquina, por não ter conhecimento de nenhuma daquelas informações.

— Obrigada por tê-la trazido para casa — a líder sussurrou para Elliot enquanto atravessavam a porta.

— Eu não fiz nada, ela veio para cá por conta própria — ele respondeu, desconcertado.

A entrada da casa era grande e bem decorada com hologramas de plantas no canto das paredes, quadros pendurados e uma mesa redonda no centro feita de algo que se assemelhava a madeira.

— Venham, sentem-se aqui.

Tal aceitou e repousou na cadeira mais próxima, sentindo suas pernas agradecendo. Foram emoções demais em um dia para um corpo fraco como o seu.

Elliot se sentou do lado oposto da mesa e observou o olhar perdido da princesa, que inspecionava todo o cômodo. Quando percebeu que era assistida, o olhar de Taluya encontrou o dele, que logo desviou o seu.

— Aceitam suco? Pegamos alguns morangos da horta hoje e C3-D6 está fazendo *gimbap** na cozinha.

— Não sei o que significa nenhuma das palavras que falou, mas aceito — Tal respondeu envergonhada, e Mirya entrou na cozinha.

---

*Prato típico coreano.

— Não é tão bom quanto o hambúrguer, mas você vai sobreviver — Elliot comentou do outro lado da mesa, com o esboço de um sorriso nos lábios.

— Preciso admitir que o hambúrguer estava bom mesmo.

— Hum, então vocês saíram para comer hambúrguer, é? — Mirya falou de forma sugestiva, voltando da cozinha com dois copos de suco. — Parece que o baile deu ainda mais fruto do que esperava.

— Mirya, não — Elliot respondeu, irritado, com os olhos bem abertos. — Foi só uma coincidência.

— Assim como você tê-la encontrado em um túnel no meio da noite?

— Duas coincidências no mesmo dia, sim. É estranho, de fato. — Taluya admitiu, sem olhar para o rapaz.

— O quê? Acha que eu estava te rastreando ou algo do tipo? — Elliot perguntou, rindo com ironia diante daquela hipótese.

— É claro que não. Apesar de que você invadiu meu baile, então não duvidaria nada — ela respondeu, colocando os cotovelos na mesa e o encarando.

— Eu já pedi desculpas.

— Não, você pediu desculpas pelo vestido, é diferente.

Mirya, que os observava, soltou uma risada.

— Sou eu que devo pedir desculpas para você, na verdade. A invasão ao baile foi estúpida e irracional, eu sabia que não iria funcionar, mas Reuel insistiu em tentar, ele se importa muito com você.

— Seu pai? — Ela arqueou uma sobrancelha, olhando para Elliot.

— Sim — ele assentiu.

— Bom, vamos ao começo. — Mirya sentou na cadeira entre os dois, enquanto o robô C3-D6 saía da cozinha carregando uma bandeja.

O robô colocou a bandeja na mesa com um braço e com o outro, em que carregava três pratos, começou a servi-los, um a um.

— Nossa mãe era Eun Aiko Young, a última do seu tipo. A mãe mais amorosa e a mulher mais singular que já conheci.

— Como assim, a última?

— Nossa mãe não era uma mulher qualquer, Mei. Ela foi a última oráculo humana a existir. Quando morreu, vinte anos atrás, foi como se o coração pulsante dos clãs da Terra tivesse morrido junto. Foi no ataque que a matou que a gente se separou.

— O que é um *oráculo*?

— São pessoas raras, mulheres, na maioria, que são agraciadas com um dom muito singular, talvez o dom mais poderoso de todo o universo — Mirya explicou. — Elas são as únicas pessoas capazes de ouvir e se comunicar com a Gravidade.

Um arrepio percorreu a espinha de Taluya ao ouvir aquela palavra. Outra vez a Gravidade.

— Pelos lobos da lua, o que é a *Gravidade*?

— É o que segura o universo no lugar, os planetas, as estrelas, tudo. É uma força que está sempre em ação, ela nunca falha e nunca cessa. É o que mantém nossos pés presos ao chão, é o que garante a vida aqui, na Terra e em outros planetas. Existirmos é um ato de graça da Gravidade.

— Os oráculos — Elliot continuou — foram as mulheres escolhidas por ela, eram as únicas que conseguiam ouvi-la e foram quem, no passado, guiaram nosso povo no exílio.

— Estava escrito que pelo menos uma oráculo existiria em cada geração, mas, desde que nossa mãe morreu, ninguém mais foi levantado — Mirya falou, com uma tristeza no olhar.

— E apenas mulheres são escolhidas? Não existem homens oráculos? — Taluya questionou.

— Houve apenas um — Elliot respondeu. — Há mais de quatrocentos anos. É um evento raro, um homem ser oráculo.

— E como nossa mãe morreu? — A garota engoliu em seco.

Mirya abaixou o olhar.

— Essa parte talvez seja mais dolorosa para você. Como era seu relacionamento com a falecida Imperatriz?

— Não era dos melhores. — A princesa desviou o olhar.

— Que bom. Porque foi ela quem matou nossa mãe — Mirya declarou, com o rosto tomado por raiva e mágoa.

— O quê? — Taluya se engasgou com o suco e tossiu, sentindo o nariz arder.

— Existe uma profecia — Mirya retomou a fala e Taluya percebeu que o assunto era delicado para ela. — Depois de quatrocentos anos, os humanos estariam destinados a retornar do exílio. A profecia chegou ao conhecimento da Imperatriz, assim como a crença de que uma oráculo seria parte indispensável na transição. Por isso, ela mandou todo um batalhão de Kepler para cá, a fim de matar nossa mãe. A Gravidade a avisou alguns dias antes, através de um sonho, mas ela não contou para ninguém. Eu estava na escola quando aconteceu, foi totalmente inesperado. O batalhão de Kepler invadiu nossa casa e matou todos que estavam lá, inclusive... — O olhar da mulher repousou em Elliot.

— Olivia, a minha mãe — ele completou a frase.

— Reuel havia saído para pegar Elliot na creche e me buscar na escola logo em seguida. Quando chegamos, todos estavam mortos, nossos pais e

Olivia. Na época você estava com eles, inclusive, e pensamos que havia sido morta também.

— Fizemos até um funeral para você — Elliot comentou, como se estivesse revivendo a lembrança.

— Quantos anos você tinha na época? — Taluya perguntou ao rapaz.

— Três, estava prestes a completar quatro.

— E ainda se lembra?

— Nenhum garoto esqueceria a imagem de sua mãe morta. E, por consequência, tudo o que veio depois disso — ele respondeu, com o semblante pesado.

O cheiro da comida preencheu a sala, e o estômago de Tal roncou de fome, de medo, de tudo, percebendo que ainda não havia tocado no alimento.

— Por favor, coma, tenho certeza que vai amar.

Taluya assentiu, pegando com certa dificuldade o rolinho nos palitinhos que haviam sido postos ao lado do prato, e começou a comer, sem saber ao certo o que esperar. Ela fez uma careta, que logo se transformou em um semblante de satisfação. Não era tão bom quanto o hambúrguer, mas *era* bom.

— E então? — Mirya perguntou com expectativa.

— É satisfatório o suficiente. — Taluya deu de ombros, pegando mais um no prato.

— Se está repetindo é porque gostou — a líder falou e, então, virou o rosto para Elliot, como alguém que ganhava uma competição. — Eu sabia que ela ia gostar. Era um dos pratos preferidos de Eun.

— Era? — A princesa levantou o rosto, surpresa.

Foi um pensamento tolo, mas a ideia de que ela comia agora a mesma comida que sua mãe amava, mesmo que ela nunca a tivesse conhecido, a fez se sentir mais perto dela.

— "O massacre dos vinte anos". É como chamamos — Mirya continuou. — E ele mudou tudo para todos nós. Perder nossa oráculo foi como perder a esperança, havíamos perdido a nossa única fonte de contato com a Gravidade, aquela que ouvia e então compartilhava, que nos lembrava de que ela era real e estava agindo. Mas eu perdi mais do que isso, perdi uma mãe e uma irmã.

— E como descobriram sobre mim?

— Quando te vi nos hologramas imperiais pela primeira vez, *soube* que era você, mesmo com a pele cinza, era a exata imagem de nossa mãe. A tecnologia humana confirmou dias depois, através do escaneamento de sua estrutura óssea, que era de fato a minha irmã. A filha caçula de Eun Young.

— E por que não foram atrás de mim? Por que não fizeram algo? — Taluya indagou em um impulso, com uma pequena ponta de mágoa na voz.

— Porque Caluya sempre a manteve entre suas garras, e porque, sendo criada da forma que você foi, receber uma notícia como essa no momento errado seria avassalador. Eu sempre acreditei que no tempo maduro você descobriria por si própria e nunca cogitei a ideia de, quando fôssemos voltar para a Terra, deixá-la para trás. Sabia que no tempo certo a Gravidade a traria de volta, assim como ela a levou.

Taluya sorriu ao considerar a ideia e seus olhos se umedeceram.

— E de onde nós somos? Na Terra? — perguntou, desejosa por saber mais, o máximo que fosse possível.

— *Nós* somos uma mistura. Eun, nossa mãe, descendia de coreanos, pertencentes à Coreia, uma das nações que compunham o continente da Ásia antes da maldição. Enquanto nosso pai, Thiago Correia, era descendente de brasileiros, habitantes originais do maior país da finada América do Sul, o Brasil. O casamento de pessoas entre clãs diferentes nunca foi oficialmente proibido, mas prezamos muito pela conservação da genética original de cada território, para que um dia possamos recolonizar a Terra. Por isso foi uma grande polêmica na época quando a jovem oráculo anunciou que se casaria com um rapaz do clã da América. — Mirya sorriu com a lembrança dos pais e havia orgulho em sua voz.

Taluya sorriu em resposta, tentando imaginar como o rosto de ambos seriam, e voltou a comer.

Pelos minutos que se seguiram, os três comeram em silêncio, aproveitando a pausa na conversa. Elliot, que foi o primeiro a esvaziar o prato, soltou um suspiro baixo e limpou os lábios com o guardanapo ao lado.

— Eu preciso ir agora, sinto muito — ele falou, olhando para Mirya.

— Tudo bem, agora eu te deixo ir. Fico feliz que tenha ficado e fico feliz que foi você a encontrá-la — Mirya respondeu, abrindo um sorriso.

— É claro — Elliot apenas assentiu e deu de ombros.

Seu olhar dançou pela mesa até encontrar o de Taluya. Ele a olhava de uma forma diferente, com certa cautela, como se ela fosse um dispositivo cujo funcionamento ele ainda não compreendia. Mas havia no canto de seus olhos uma familiaridade presente, como se, igualmente a Mirya, também estivesse aliviado de tê-la em casa, mesmo que nunca fosse *falar* isso.

— Me desculpe pelo vestido *e* pelo baile. — Ele fez uma careta, dando-se por vencido.

— Obrigada por mais cedo e, principalmente, por me trazer até aqui. Estamos quites. — Ela estendeu a mão na mesa, em direção a ele.

Elliot aceitou o gesto e apertou sua mão em retorno.

— Quites — ele falou, mantendo o olhar no dela e sentindo sua palma formigar ao toque de sua pele gelada e macia.

Ele maneou a cabeça para as duas uma última vez e então caminhou até a porta. Antes de abri-la, notou o pequeno robô de Taluya, que permanecia estático como uma estátua ao lado.

— Tchau para você também, M4. — Ele sorriu para o robô e saiu.

CAPÍTULO 18
TODAS AS NOSSAS TRANSGRESSÕES

Apenas após se ver sozinha em um quarto pequeno do segundo andar da casa, Taluya percebeu o que havia feito. Estava em uma habitação humana, localizada em um bairro humano liderado por sua irmã humana. Era o mais humana que havia sido em toda a sua vida.

Ela caminhou pelo cômodo e o achou sufocante. O banheiro do seu quarto no palácio era três vezes maior do que o banheiro dali, que era um estreito tubo prateado um pouco maior que ela, acoplado ao lado da parede.

Taluya observou o lugar, dando voltas no quarto, e viu a rua pela janela. Quando seu corpo implorou por um banho, se deu por vencida e entrou no tubo estreito. Tudo era desconfortável: sentia frio, a água não saía direito e seus cotovelos batiam nas extremidades do tubo. Não era aquilo que esperava quando deixou o palácio. Na verdade, não esperava nada e sabia que já havia recebido muito mais do que um dia poderia sonhar, mas não deixava de ser incômodo à sua própria maneira. Descobrir que era humana e, no mesmo dia, ser forçada a deixar o local onde havia passado toda a sua vida foi angustiante. O palácio nunca havia sido um lar, mas o conforto que ele provia era por vezes anestesiante, incapaz de preencher o vazio, mas excelente em amenizá-lo.

Ela terminou o banho, reconhecendo a inconsistência em seus próprios pensamentos: odiava o palácio, mas sentia saudade dele, estava grata por estar ali, mas ainda não acreditava cem por cento que era real. Em apenas um dia sua vida havia mudado por completo e ela não sabia o que pensar ou sentir.

Sentou-se exausta na cama e a ouviu ranger. O tecido do pijama era de baixa qualidade e roçava em sua pele, incomodando-a. M4 estava desativado no canto da porta, com sua roda recolhida para dentro. Ele não falou muito depois que chegaram, parecia estar estranhando o lugar tanto quanto ela.

Depois de quinze minutos rodando o cômodo, falando sozinha e batendo palmas, ela descobriu como desligava a luz. Deitou-se, encolhida na cama pequena, sem nem se importar em puxar a coberta. Estava tão cansada que poderia dormir em qualquer lugar.

Foi quando suas costas bateram em algo duro, que não era o colchão. Levantou o corpo com dificuldade e tirou de baixo de si uma espécie de caderno. Ele era quadrado, pesado e tinha uma cor azulada. Abrindo a capa, Tal notou que as folhas de dentro eram finas telas, e a cada página que virava, a próxima acendia.

Ela demorou para entender o conteúdo até que as imagens em movimento foram se estabilizando e ficando mais claras. Era uma família... a sua família! Todos trajavam vestidos coloridos, até o pai, que eram presos no busto e iam até o chão. Parecia algo típico do clã, mas que ela não conseguiu compreender.

Passou as páginas com mais rapidez, sedenta por aquelas memórias, pelas lembranças que nunca tinha vivido, por aquela vida que nunca foi sua. Nas imagens-vídeo uma festa estava acontecendo, havia um grande bolo e outras pessoas em volta comemorando. Sua mãe era linda e, apenas pelas fotos, ela pôde ver o efeito que a mulher causava nas pessoas. Por isso o vazio que havia deixado era tão grande. Sentiu sua falta, sentiu falta de ter uma mãe. Desejou ter esse contato pelo menos uma vez na vida.

A Imperatriz nunca quis ser uma mãe para ela, e Tal pensava não se importar, até aquele exato momento, onde imaginou como seria comemorar um aniversário rodeada por sua família. Sentiu uma grande fincada no coração e começou a chorar de repente, lamentando pelas memórias que nunca teria, que tinham sido roubadas dela. As lágrimas que caíam no vidro causaram pequenas interferências e fizeram a luz das páginas tremeluzirem por alguns segundos.

Era uma bebê feliz. Pelo menos estava sorrindo em quase todas as fotos. Perguntou a si mesma se em alguma outra época de sua vida após aqueles registros havia sido feliz novamente. Ela chegou na última página, sentindo-se ainda mais desgastada pelas lágrimas que continuavam a rolar. Lá havia um pequeno papel que parecia ter sido colado há não muito tempo. Nele estava escrito em linguagem universal, a mesma usada por humanos e lunares:

> Depois que Eun sonhou com o aviso da Gravidade, faltava ainda alguns meses para o seu aniversário de um ano. Ela, porém, sabendo o que estava por vir, se recusou a perder essa memória e mobilizou todos para que você tivesse sua primeira festa. Até em seus últimos momentos, ela pensou em você.

As lágrimas, que já rolavam antes, agora jorraram com mais intensidade, fazendo a garganta de Taluya arder e o peito doer. Levantou-se ofegante e respirou fundo, ainda sem conseguir controlar o choro. Colocou as mãos no rosto e soluçou, sendo invadida pela onda de emoções e se sentindo sozinha, porém amada. Todo o peso daquele dia e, talvez, de toda a sua vida, se derramou sobre ela, e ela chorou até sentir o seu peito não doer mais. Tinha, finalmente, colocado tudo para fora.

Depois que se acalmou, deixou o álbum no chão e deitou a cabeça no travesseiro. Adormeceu sentindo a profundidade e o acalento do amor materno pela primeira vez.

Naquela noite, Tal sonhou com sua mãe. No sonho, estava numa floresta. Altas árvores se estendiam à sua volta e pareciam tentar sufocá-la. Ela correu, com o coração acelerado e sem entender onde estava ou como havia parado ali. Porém, toda vez que se movia, suas pernas doíam, o chão parecia ser mais duro do que na Lua, quase a machucava por simplesmente pisar nele. Assustada, correu até a primeira silhueta que viu à sua frente.

— É uma pessoa! — Suspirou, ofegante.

Com o corpo cansado, estendeu o braço e tocou no ombro da pessoa. Porém, quando seu braço encostou na pessoa, a parte que tocou se dissolveu, como se fosse feita de terra. Ela tirou o braço, assustada, e tropeçou para trás, vendo o corpo virar na sua direção. No lugar dos olhos, estavam dois pequenos lírios, e a pessoa, que um dia fora uma mulher, abriu a boca e de sua garganta cresceu uma planta.

— AHH! — Taluya gritou horrorizada e voltou a correr, lutando contra a fadiga que a abatia.

No caminho, viu outros seres daquela forma, e quando suas cabeças se viravam para mirá-la, suas pernas ganharam um estímulo a mais para correr.

"*Esse é o problema do mal.*" Ela começou a ouvir vozes ecoando à sua volta.

"*Nós trouxemos essa maldição sobre nós.*"

"*É nossa culpa. Nossa transgressão.*"

A garota se assustou quando percebeu que caminhava para o fim da floresta, adentrando um campo aberto.

— Ayla, pare. — A figura da sua mãe se materializou à sua frente, tão bela quanto nas fotos, e a segurou pelos ombros. — Você é a chave, Ayla, sempre foi. Soube disso desde o dia em que nasceu.

— A chave para quê? — perguntou, ofegante.

— Para nos trazer de volta para cá.

— O quê? Esse lugar é horrível! Um pesadelo! — ela gritou, sentindo a quantidade de vozes aumentando cada vez mais na sua cabeça.

— Precisa dar meia-volta e entrar na floresta — a mulher falou de forma doce e determinada.

— Não! Nunca.

— Não pode fugir, filha, não pode fugir de nada que está destinado a vir até você. Pode até temer, mas não fugir. Isso não faz parte de você.

— Mas... — ela agora tinha a impressão de que a floresta se movia até onde estavam, quase alcançando-as.

— Agora volte para a floresta e deixe que elas contem suas histórias. — A mulher olhou para o grupo de pessoas meio-humanas, meio-plantas que caminhavam até elas. — Precisa saber o que as levou até este estado.

Em um instante, sua mãe desapareceu e ela estava cercada pelas árvores. Uma mão feita de galhos agarrou sua perna e a derrubou no chão. Ao cair na terra, sentiu um corpo humano se desfazer debaixo de si. Virou o rosto e viu outro corpo, que tinha apenas o torso, se arrastando até ela. Metade do rosto estava tomado por espinhos que haviam crescido na orelha e bochecha. Taluya tentou se levantar, mas um tronco de árvore com rosto humano a prendeu no chão, e o homem de espinhos a alcançou.

Ela acordou e se sentou num impulso, sentindo-se trêmula e ofegante, e percebeu que suas mãos estavam suadas.

— Foi só um pesadelo. Só um pesadelo — repetiu para si mesma enquanto aguardava seu coração alinhar as batidas.

O peso no peito se dissipou e ela se acalmou.

— Que ótima primeira noite como humana — murmurou, frustrada.

As luzes do lado de fora da janela já estavam acesas e tudo indicava que já havia amanhecido. Como viviam no subterrâneo, a ausência do céu arroxeado e das estrelas era compensada pelas luzes de *led* que iluminavam os túneis e as outras construções em volta.

— Minha senhora, que bom que despertou — M4 falou da porta.

— Ah, ele ainda fala! Estava tão calado ontem que até me preocupei — brincou com ele, tentando esquecer do sonho.

— Eu estava processando todos os eventos. Leva um certo tempo, entende?

Tal riu, coçando o rosto.

— Você nem imagina.

— E como a senhora está se sentindo nesta manhã?

— Estranha, tive um pesadelo terrível. Sonhei com a minha mãe.

— Sua irmã pediu para eu avisar que o café está pronto. Estão apenas te aguardando. Mas precisa ter pressa, ela disse.

— Lobos da lua, eles quem? —Levantou-se de uma vez, se enrolando no lençol.

— A família de sua irmã, seu marido Abul e seu filho, Jafari. Pessoas muito agradáveis, posso dizer.

— Você ficou conversando com eles?

— Não preciso lembrar que não durmo, certo?

— Oh, me desculpe, inteligência suprema, é verdade — Taluya resmungou, arrumando a cama sem prestar muita atenção. — Droga! Eu...

— O que foi?

— Bom, se tivesse tempo, gostaria de ter trazido algumas de minhas roupas do palácio — falou, parando na frente do espelho e analisando seu estado.

Reparou que naquela manhã sua pele já havia adotado uma tonalidade cinza mais clara, o que a pegou de surpresa.

— Pode usar as que a sua irmã deixou. — O droide apontou com o bracinho mecânico para uma pequena mesa de ferro que havia ao lado do banheiro. Ali estava uma pilha de roupas.

— Sim, é só que elas são tão sem vida — disse ela com uma careta. — Mas isso não importa, claro que não. — Riu de sua futilidade. — Eu não estou mais no palácio, afinal.

Taluya desceu as escadas usando um macacão muito similar ao da sua irmã na noite anterior, mas esse era verde-musgo, o que a fez gostar menos ainda dele. Não tinha cores o suficiente para ela e apenas o seu cabelo rosa, um pouco ondulado por ter dormido com ele molhado, coloria sua aparência.

Ao chegar no primeiro andar com M4 ao seu lado, notou uma comoção que vinha da cozinha. Alguns instantes depois, Mirya saiu dela.

— Ah, aí está você! — Levantou os braços com um sorriso nervoso no rosto. — Ela chegou — informou para alguém na cozinha.

— M4 me falou que você pediu para me chamar — Taluya explicou, sentindo como se tivesse interrompido algo.

— É verdade. Só tivemos um pequeno problema de última hora com o feijão, mas o resto já está todo pronto. — Mirya sorriu com expectativa.

Taluya acompanhou o sorriso, curiosa.

— O resto de quê?

— Do café da manhã. Já que não tem qualquer conhecimento da comida humana, pensei em ir te apresentando aos poucos. Hoje vamos comer o café da manhã típico do clã da Europa que, não conte a Elliot ou Reuel, é meu preferido.

Taluya sorriu observando a irmã, que demonstrava estar realmente eufórica de tê-la ali. Ela nunca havia tido esse tipo de cuidado, esse tipo de importância para alguém.

— Eu... já estou animada! — respondeu, tentando igualar o entusiasmo, mesmo que seu peito levasse um tempo para processar tudo. Alguns minutos antes, enquanto trocava de roupa, ela se surpreendeu com o fato de que a noite anterior não havia sido um sonho e que tinha realmente acordado em uma casa humana.

Ela caminhou desconcertada até a mesa de jantar, quando um homem e uma criança saíram da cozinha.

— Seja bem-vinda, tia Ay! — O garoto de doze anos correu com tudo em direção a ela, pegando-a de surpresa com um abraço apertado.

Taluya arregalou os olhos e se surpreendeu com o afeto exagerado, notando que humanos eram muito mais de toque do que lunares. Ela era tia, *tia!*, pensou, tentando se acostumar com isso.

— Ah, oi — ela respondeu, retribuindo o abraço com certa cautela.

— Filho, onde estão seus modos? Se apresente para a moça, ela não sabe quem você é. — O pai o repreendeu com um sorriso, enquanto colocava uma vasilha com uma consistência amarela na mesa.

— Tudo bem. — O garoto acatou e se afastou.

Ele tinha a pele escura, um cabelo enrolado em pequenos e finos cachinhos e olhos levemente angulados.

— Prazer, eu sou o Jafari, tenho doze anos e estava te esperando há um tempão — ele falou, estendendo a mão para ela.

De forma inesperada, as palavras dele fizeram os olhos dela lacrimejar e uma lágrima solitária rolou na bochecha, sem qualquer aviso prévio. A sensação foi estranha, porque ela não estava triste, e sim emocionada, era a primeira vez que chorava de alegria.

— Você estava *me* esperando? — respondeu com a voz falhando.

— É claro, eu sempre quis uma tia. Nós te víamos nos hologramas e mamãe sempre falava sobre a mulher maravilhosa que você devia ter se tornado.

Mais um golpe. *Maravilhosa? Mulher?*, ela pensou. Mal se via em ambas, ainda se sentia a garota insegura que tinha que se esconder no jardim do palácio para sobreviver toda vez que seu pai partia em alguma missão. E, de alguma forma, havia ficado presa ali, naquele medo, naquela dor, tentando de todas as formas fingir que ela era, sim, fisicamente, uma mulher maravilhosa, quando por dentro nunca havia crescido.

— Você realmente esperaram por mim por todo esse tempo? — ela perguntou, ainda incrédula.

— É claro, não houve um dia nessa casa em que você não estivesse em nossos pensamentos e preces — o homem falou, se aproximando dela. — Prazer, sou Abul, o afortunado que se casou com sua irmã.

— O prazer é meu — Taluya respondeu com um sorriso, apertando a mão dele.

O homem e o filho eram extremamente parecidos, a única coisa que se alterava eram os traços faciais do menino, que remetiam à mãe.

— Parece que você também quebrou a regra dos clãs, não é mesmo? — Taluya comentou, enquanto se sentava à mesa com eles, notando as diferenças físicas do marido e da esposa.

A mesa já estava posta, com diferentes compartimentos espalhados e um cheiro inebriante que preenchia o espaço.

— Eu aprendi com a nossa mãe. — A mulher riu e deu de ombros, orgulhosa.

— Nós nos conhecemos na escola. Apesar das separações de moradias, todos os humanos estudam juntos. Um dia, quando tinha acabado de mudar de fase, entrei por engano na classe de Mirya quando a aula já tinha começado. Ela foi o primeiro olhar que eu encontrei ali e me convidou para dividir a mesa com ela.

— A manhã inteira se passou e ele só foi perceber que estava na classe errada quando vieram procurar por ele — Mirya comentou, com um olhar saudoso e nostálgico.

— É claro, eu havia conhecido a garota mais bonita e inteligente de toda a minha vida! Poderia ter ficado sem perceber por um ano inteiro — Abul falou, determinado.

— Tudo bem, tudo bem, senhor dramático. Vamos deixar a garota comer — Mirya falou, dando tapinhas no ombro do marido.

— O que exatamente é esse cheiro? — Taluya aproveitou a deixa para perguntar, seu estômago agora roncava.

— Ah, é bacon, querida, uma das maiores dádivas da Gravidade aos humanos. Infelizmente, é apenas uma réplica, mas uma das melhores — a irmã respondeu, pegando algumas tiras de cor rosada em uma vasilha e pondo no prato dela. — Mas antes de comermos, tem algo que eu quero fazer.

— O quê? — o marido perguntou, surpreso.

— Algo que eu aprendi com a nossa mãe. — Mirya suspirou ao se lembrar da mulher. — Toda a nossa vida humana aqui tem sido sobreviver a essa espera, pessoas viveram e morreram esperando o nosso retorno para a Terra, e mesmo nós, a geração escolhida para viver isso, continua esperando. Mas minha mãe me ensinou que temos esperas menores que nos acompanham também, e esperar por aquilo que ainda não temos nos custa muito. Ela dizia que a Gravidade nos acompanhava em cada espera, e que a cada vez que algo esperado finalmente acontecia, a Gravidade sorria e nós víamos isso pelo brilho de uma estrela.

Taluya sorriu, achando aquilo muito belo e tentando de alguma forma acreditar.

— Eu te esperei por muito tempo, irmã, muito mesmo, e é um sonho realizado a Gravidade realmente tê-la trazido para mim — Mirya falou, com seus olhos angulados cheios de lágrima. — Por isso gostaria de agradecer. Sei que a Gravidade não pode *falar* comigo, mas ela pode me ouvir.

Ela estendeu a mão para o marido, e Jafari, que estava sentado ao lado de Taluya, repetiu o gesto da mãe, pegando em sua mão.

— Obrigada por tê-la trazido para casa. Obrigada por ter esperado *comigo*.

CAPÍTULO 19
A PRAGA DA GRAVIDADE

Todos choraram, até o pequeno Jafari, que se aproximou de Taluya e a abraçou de lado, mais uma vez. Dessa vez, com suas barreiras lentamente ruindo, ela o abraçou de volta, deixando as lágrimas rolarem. Como, em apenas um dia, a sua vida havia se tornado aquilo?! Ela não entendia nada sobre a Gravidade, mas tinha a certeza de que havia recebido um presente de alguém muito bom.

— Tudo bem, tudo bem, sem mais lágrimas! A comida vai esfriar — Mirya falou, limpando o rosto.

Taluya sorriu e assentiu, observando-os com deslumbre. Então aquilo era uma família.

O seu prato foi servido e a irmã lhe explicou o que era cada coisa.

— E então? — ele perguntou assim que ela deu a primeira mordida no pedaço de torrada coberto por feijão doce, bacon e ovos sintéticos.

As únicas coisas de verdade ali eram o pão e os feijões, pois através de redomas eles conseguiam cultivar sementes, como trigo e feijão. Todo o resto era sintético, uma gosma sem gosto, feita de soja, que era pintada e à qual era adicionada sabor artificial para se parecer com os alimentos do passado.

Tal mastigou o primeiro pedaço com uma careta estampada no rosto.

— É estranho — admitiu, com uma careta.

— É o feijão, mãe, falei que ele estraga — Jafari comentou, olhando para Taluya com total cumplicidade.

— Ele é uma das únicas coisas orgânicas nessa comida e faz bem para o organismo. Se os nossos antepassados comiam feijão, nós também comemos — ela explicou, com determinação.

— Não é de todo ruim, talvez eu goste com mais uma mordida — Taluya se justificou e comeu mais um pouco.

Depois que todos já haviam se alimentado, Mirya colocou os cotovelos na mesa e falou:

— Ayla, eu acredito que você precisa entender o tempo exato em que estamos vivendo e como a sua chegada está ligada a isso.

Surpresa com a mudança de assunto, Taluya, que estranhou o seu nome humano, limpou a boca com o guardanapo e ouviu atentamente.

— Sua chegada é algo muito importante para nós — Mirya começou —, por isso convocamos uma reunião entre os líderes de todos os clãs para esta tarde. Estamos vivendo um tempo determinante como povo e pensamos que talvez não tenha sido à toa. — Ela parou, respirando convicta. — Certamente não foi.

— O quê?

— Tudo. Sua chegada, você ter descoberto sua origem agora. Nem antes, nem depois, mas *agora*. Nunca houve tempo mais oportuno para te ter em nosso meio, Ayla.

— Acha que significa algo? — perguntou, temerosa, engolindo o bacon com dificuldade. Lembrou-se do pesadelo da madrugada, das pessoas feitas de plantas e das palavras de sua mãe.

— Tem que significar — Mirya disse, saudosa. — Ela ficou em silêncio por tempo demais.

— Quem?

— A Gravidade.

— Ela não fala? — Taluya perguntou, ainda tentando entender por completo aquela força.

— Não conosco, não desde a minha mãe — Mirya falou, com o semblante sério, carregava no peito a sensação de ter sido abandonada pelo próprio silêncio. Sem uma resposta, sem um sinal, sem uma mensagem sequer.

— O que de fato aconteceu com a Terra? — Taluya perguntou de repente, incapaz de fugir das memórias do sonho.

Mirya coçou a garganta, o assunto parecia delicado.

Jafari e Abul se levantaram e começaram a recolher os pratos. O pai sinalizou com os olhos para o filho, para que deixassem a mesa para as irmãs. O garoto obedeceu e o seguiu.

— Mirya, o que é tudo isso? Eu preciso entender. *O que* aconteceu com a Terra?

A irmã mais velha suspirou, abrindo as janelas da própria memória.

— O que te contaram no palácio?

— Nada. — Taluya deu de ombros. — A Terra se tornou inabitável e os humanos migraram para a Lua.

Mirya riu de forma amarga e deu uma última mordida na sua torrada, que já tinha esfriado.

— É muito mais do que isso. A questão não é a Terra ter se tornado inabitável, mas o *porquê* disso.

— Uma maldição — Taluya sussurrou, se lembrando das vozes no sonho. Mirya arqueou a sobrancelha, surpresa.

— Exatamente. Uma maldição lançada pela própria Gravidade contra nós porque desolamos a terra em que vivíamos. Assassinamos nossa própria espécie, destruímos o planeta e esquecemos de quem nos criou.

Falando isso, Mirya tocou no bracelete em seu braço, similar aos que os lunares usavam no palácio, mas parecendo ser mais avançado tecnologicamente. Colocou-o na mesa e deslizou o indicador por uma parte dele, ativando um holograma.

— Essas imagens são confidenciais. Apenas os líderes dos clãs têm acesso — explicou enquanto movia a mão, passando imagens. — Quando a praga atingiu a humanidade, a Terra estava tão seca e árida quanto a própria Lua, não havia mais natureza, nem resquício dela. — O holograma parou em uma filmagem de árvores.

— Isso é *natureza*? — A princesa perguntou, assustada por ser um cenário muito similar ao que viu em seu sonho.

— Sim, é a essência do nosso planeta: florestas, rios, bosques, cerrado, matas, uma riqueza imensurável dada pelo próprio solo. Quando a praga nos atingiu, não havia mais nada disso, a humanidade havia se tornado autossustentável, não precisaram da natureza para sobreviver e, então, a mataram. Tudo era artificial, sintético e fabricado por mãos humanas, nem o oceano existia mais. Um dia, um milagre aconteceu, e ele veio em forma de justiça divina. A justa vingança da Gravidade. Allum era a segunda maior praia artificial da Terra naquele tempo, frequentada apenas pela elite dos continentes, e ela foi a primeira a cair.

— O que aconteceu? — Tal engoliu seco.

— No final da manhã, quando todos aproveitavam o Sol e nadavam, a maior onda gerada pelos impulsos magnéticos nunca quebrou como deveria. Ela se tornou uma montanha enquanto ainda estava no ar, a água foi transformada em plantas, raízes e árvores, tornando-se sólida em segundos. Tudo foi tomado pela até então extinta natureza, inclusive as pessoas que estavam lá. Em questão de segundos tudo começou a se tornar plantas: os veículos, as casas e as pessoas.

Taluya colocou a mão na boca, assustada. Não foi apenas um sonho.

— Foi um massacre, porém, sem uma gota de sangue sequer. As pessoas se tornaram árvores, aberrações grotescas, e poucos conseguiram fugir a tempo. A praga foi tomando a terra aos poucos, a natureza, à força, retomando seu lugar. Os humanos que sobreviveram e que viviam nas regiões ainda não alcançadas pelo fenômeno não tiveram outra escolha. Eles tinham que sair do planeta, não havia mais dúvidas. Naquela época, a primeira oráculo foi levantada, o primeiro ser humano a ouvir e se comunicar com a Gravidade em milênios. A mensagem dela era clara: a humanidade seria exilada da Terra, que seria restaurada. Só que a punição não duraria para sempre: em quatrocentos anos poderíamos voltar — Mirya sorriu, igualmente triste e esperançosa.

— Por isso construíram o relógio.

— Exato, para não nos esquecermos de onde viemos e para onde iremos retornar. Para não cairmos no risco de pensar que a nossa vida aqui é tudo o que temos.

— Nossa mãe acreditava que voltaríamos? — Taluya perguntou.

— Acreditava, de todo o coração. Ela deu sua vida por essa causa, e é por isso que precisamos conseguir. Precisamos retornar. Porém, o tempo no relógio está acabando, e isso tem deixado todos agitados. — Mirya respirou fundo, como se juntasse a coragem. — Preciso te perguntar e quero que seja honesta e verdadeira comigo. É tudo o que eu espero.

— Tudo bem. — A princesa se ajeitou na cadeira, incomodada.

— Estaria disposta a nos ajudar? É isso que os líderes dos clãs esperam na reunião desta tarde: sua total colaboração, com tudo o que sabe e viu no palácio. Precisa me dizer se quer entrar nessa guerra, você é tanto humana quanto lunar, eu sei disso. E, diferente do que pensam, não acredito que a Gravidade precise de você para nos levar para casa. Se for para sairmos daqui, sairemos de uma forma ou de outra. Mas você esteve no palácio e conhece o Império como nenhum de nós conheceu.

Mirya estendeu a mão sobre a mesa e Taluya aceitou o gesto, mesmo receosa, e pegou na mão da irmã.

— Precisa me dizer se quer, de fato, tomar um lado. Você continuará sendo minha irmã de qualquer forma e eu continuarei te amando, como já amo. Porque, se não estiver segura, posso arrumar uma forma de te levar de volta para o palácio sem que ninguém perceba. Os humanos podem ser tão insensíveis quanto os lunares quando querem algo, e não quero que se torne uma *peça* nisso. Você é muito mais do que isso, infinitamente mais.

Taluya abriu um sorriso e a vontade de chorar retornou, não pensava que poderia ser amada assim por alguém que mal conhecia.

— Mas agora, se quiser ajudar, se veio mesmo até aqui por conta própria e pretende ficar, não terá como fugir, terá que assumir seu papel nessa missão, seja qual ele for.

— Eu vou ficar — suspirou e deu sua resposta, mesmo não passando tanta confiança quanto gostaria.

— Por quê? — Mirya semicerrou os olhos.

A princesa teve a estranha sensação de que ela podia vê-la por dentro e não gostou disso.

— Porque eu não quero voltar — falou de uma vez. — Não vou voltar para o palácio.

— Você tem medo de sua *irmã*, não tem? De Caluya?

Ela desviou o olhar, tentando ignorar a resposta que já estava marcada em seu rosto.

— Quem não tem? — indagou em um tom de brincadeira, que na verdade continha dor.

— Medo não é amor, Ayla. Ele não pode controlar suas decisões.

Taluya assentiu e afastou a mão. Nunca tinha tido uma conversa daquele tipo com ninguém; ela a confrontava, e ainda assim sentia-se amada, não ferida.

— Eu não quero voltar porque nunca pertenci àquele palácio, tudo o que eu fiz por toda a minha vida foi tentar ser a lunar perfeita, a princesa perfeita, mas nada *nunca* foi o suficiente. — Ela suspirou, sentindo o peito doer. — Pela primeira vez eu tenho uma família, tenho a memória de uma mãe que me amou, o que já é muito mais do que eu tive lá. Eu vou ficar porque eu calculei o risco antes de deixar o palácio e, mesmo sem saber para onde eu iria, eu já havia decidido para onde não iria voltar. Eu... não deixei o palácio para retornar a ele. E não vou.

O semblante de Mirya mudou e ela abriu um sorriso orgulhoso.

— Falou como uma Young.

— Não significa, é claro, que não estou com medo da retaliação de Caluya, porque estou, mesmo tentando não pensar nisso — ela falou e passou a mão no cabelo, como uma forma de aliviar a ansiedade, enquanto lembrava do olhar furioso da irmã no corredor da última torre.

— Ayla, você pode até temer, mas não fugir, isso não faz parte de você. Não é do que nós somos feitas.

O coração de Taluya parou por um instante, percebendo que a irmã acabara de falar as exatas palavras que sua mãe dissera no sonho. Não era coincidência, não poderia ser.

— Eu sei — ela respondeu, puxando o ar. — Então, sim, eu vou ajudar. Pode me levar para essa reunião.

CAPÍTULO 20
A PRINCESA CRUEL

CALUYA

A princesa Caluya não conseguiu dormir durante a noite, seus olhos permaneceram atentos a todo e qualquer movimento, as mãos trêmulas e o coração acelerado. Sua irmã havia desaparecido sob o seu radar, e ela não conseguia decidir em qual hipótese acreditar: havia fugido por conta própria ou tinha sido sequestrada pelos humanos?

Eles estavam desesperados, não estavam? Uma tal profecia se cumpriria em semanas. As pessoas estavam agitadas nas ruas e os trabalhadores, mais insubordinados. Aquilo a estava matando, tudo aquilo, todos *aqueles* humanos, seus conflitos e suas proles que não paravam de nascer. Em parte, só queria se ver livre deles. Desejava que se mudassem para qualquer fim da Galáxia, contanto que a deixassem em paz. Queria viver e existir como princesa, pela primeira vez, e não como uma bomba-relógio que parecia sempre estar prestes a explodir.

No entanto, ela não podia. Não importava qual fosse a ideia maluca deles e o quão suicida pudesse ser, em hipótese nenhuma os deixaria partir. Havia feito uma promessa, e os lunares nunca quebravam suas promessas.

A porta mecânica de seu escritório apitou e Axyon, seu marido, adentrou o cômodo. Ele trajava o usual uniforme vermelho de Copernicus, o clã da política. Ele exibia seus cabelos esverdeados presos em um coque, junto de um olhar cansado, distante.

— Eles ainda não a encontraram?

— Não — Caluya rosnou com os olhos firmes no painel de controle, onde diferentes hologramas ocupavam sua visão.

— Já amanheceu e você nem foi dormir.

— Como eu poderia? — Ela se virou, irritada. — Minha irmã desapareceu, e os estúpidos dos soldados de Kepler não conseguem encontrá-la. A cada dia estamos mais perto de uma guerra com os humanos, eu acabei de aumentar as horas de trabalho deles, o palácio não tem um Imperador, e eu sou a única que faz este lugar funcionar. Não me dou o *luxo* de dormir, Axyon — vomitou todas as palavras de uma vez, exausta.

— Ax — ele corrigiu, olhando para ela.

— O quê? — O olhar irritado da princesa se voltou para ele.

— Quando nos casamos, você me chamava de Ax. Me pergunto quando voltei a ser só Axyon para você.

Ela revirou os olhos, agora irada.

— E eu me pergunto quando pensou que merecesse mais do que isso. — Levantou o queixo, orgulhosa, e voltou o olhar para o painel.

— Cal, você não quer di... — Ele se aproximou do painel com um olhar ferido.

— O que eu *quero* você nunca pôde me dar. — Cal respirou fundo e se voltou para ele. — Com os vermes humanos se reproduzindo aos montes, a princesa lunar se casa com um homem que não pode dar filhos a ela — falou de forma dramática e amarga.

Os ombros de Axyon caíram e ele desviou os olhos, envergonhado.

— Para que serve você, então? Certamente não é para vir com sentimentalismo me perguntando se eu *dormi*. — Na última palavra, ela riu de forma desgostosa. — Se não serve para fazer seu principal papel de marido, não venha tentar compensar fazendo o resto.

Os olhos de Axyon estavam vermelhos, todavia se recusava a chorar na frente dela. "Nunca mais", prometeu a si mesmo. Levantou o rosto, se forçando a encará-la mais uma vez, talvez a última, pois não se submeteria mais àquele papel.

— Fique segura de que não tentarei mais exercer nenhum papel para com você — falou com o pouco orgulho que lhe restava e caminhou até a porta.

Caluya soltou uma risada nervosa e continuou com os olhos fixos nos hologramas.

A porta se abriu e, quando estava prestes a sair, Axyon se virou:

— Parabéns, Cal, conseguiu o que queria. Está igual à sua mãe.

E com isso se retirou, deixando a princesa sozinha no aposento.

Assim que a porta se fechou, as pernas dela fraquejaram, fosse pelo cansaço, pela raiva ou por ambos, e ela escorregou, se aninhando no chão. Era isso que queria, se tornar sua mãe? Sempre venerou e temeu a mulher na mesma proporção. Foi por isso que, quando ela morreu, sentiu alívio por um instante, e teria durado, se não fossem as palavras finais da vil Imperatriz Natirya antes de partir, que acorrentaram a filha a ela, mesmo depois da morte:

"Não deixe que eles se safem. Jamais permita que os humanos deixem a Lua." A mãe segurava com força o braço da filha enquanto caía, tomada pelo veneno que consumia seu corpo.

"Caluya, me prometa!" A mãe sacudiu a menina, que chorava assustada. Tinha força o bastante mesmo no momento de sua morte. "Me prometa que se vingará."

"Eu prometo, senhora Imperatriz." Era assim que havia sido ensinada a chamar a mãe.

"Ótimo." A mulher arfou em seus últimos instantes de vida. "Não ouse quebrar a promessa."

E assim ela partiu, deixando um vazio amargo no palácio e no coração da garota. Nem feliz, nem triste, apenas vazio.

Pouco tempo depois, o Imperador adoeceu. Ele permaneceu em atividade por mais alguns anos, mas em determinado momento não pôde mais fugir, a doença o consumiu por completo. Foi afastado e mantido recluso na torre mais alta do palácio.

Sua mãe não gostava daquela torre, e Caluya nunca descobriu o porquê. Acontece que, mesmo depois de morta, a Imperatriz continuou a ditar as regras no palácio, pois o espírito da mulher vivia na única filha. A princesa mais velha sempre tinha pesadelos com a mãe e continuava a viver debaixo do temor que tinha dela. Ai de Cal se quebrasse a promessa! De alguma forma, acreditava piamente que ela saberia. Esse é o problema do medo. Ele se multiplica, cria discípulos muito mais fácil do que a fé ou a esperança.

Caluya, que temia sua mãe, gerou medo nas pessoas à sua volta e cresceu se afastando de tudo e de todos, sendo alimentada pela sensação que o medo gerava: poder e controle. Provou do mesmo alimento de sua mãe e gostou; antes que percebesse, estava sendo nutrida apenas por ele.

Nunca quis ser igual à sua mãe, mas não percebia que, na verdade, estava se tornando pior do que ela.

CAPÍTULO 21
O CONSELHO DA TERRA

—Você deve estar sendo procurada pela princesa — Mirya falou para Taluya, que estava sentada no sofá, com M4 aos seus pés, aproveitando mais um copo de sua nova bebida favorita: chá. — Por isso, pensei em algo. — a princesa percebeu que ela hesitava um pouco e olhou para cima.

A mulher segurava dois baldes com alguns equipamentos que Taluya conhecia muito bem: tintas de cabelo.

— O seu cabelo rosa. — Mirya fez um olhar como se sentisse muito. — Ele te entregaria muito fácil.

Taluya respirou fundo, passando a mão no cabelo. Era a única coisa colorida que ainda tinha e mal conseguiu desfrutá-lo, estava com ele apenas há alguns dias.

— O que sugere? — perguntou a contragosto, tentando abafar sua vaidade.

— Natural. O mais humano possível — a irmã disse, sorridente. — Não precisamos cortá-lo, apenas pintá-lo da cor natural. Aposto que nunca teve seu cabelo preto, não é mesmo?

— Não. — Ayla suspirou, a ideia era interessante.

Um novo nome, um novo povo, um novo cabelo. *Pelo motivo certo*, lembrou a si mesma.

— E então? — Mirya balançou as bacias nos braços.

Ayla se lembrou do álbum de seu aniversário de um ano, sua mãe tinha longos cabelos pretos e era tão linda, se conseguisse ficar um pouco mais parecida com ela, já estaria satisfeita.

— Tudo bem — falou, decidida. — Vamos fazer.

Sentada à mesa, Taluya permanecia quieta enquanto a irmã pintava seu cabelo. Não era como quando Ruth e Abe a visitavam, que ela não parava de falar, pois queria que o tempo passasse rápido. Ali, ambas permaneciam caladas, compartilhando do mesmo silêncio, experimentando pela primeira vez o duplo privilégio de se ter uma irmã que pinte seus cabelos, assim como ter uma irmã mais nova cujos cabelos sejam pintados.

Uma lágrima solitária rolou pelo rosto de Taluya, e ela notou que a cada minuto que passava se sentia mais em casa. Não só por ter encontrado sua irmã e descoberto a verdade sobre seus pais, mas também pela estranha sensação de que, pela primeira vez, talvez pudesse encontrar a si mesma.

— Pronto — a mais velha falou depois de um tempo, quando Taluya tinha cochilado por um momento.

Mirya lavou os cabelos da irmã e os secou com uma toalha.

— Tem um espelho ali no corredor. — Apontou, pegando todas as bacias de uma vez, de forma afobada. — Eu vou levar tudo isso para o tanque, senão vamos nos atrasar para o conselho. — Saiu, deixando a irmã sozinha na sala.

Taluya se levantou e caminhou até o final do corredor. Lembrou-se de todas as vezes que se via no palácio e sempre sentia que faltava algo, não importava o tamanho da roupa ou a cor do cabelo, ela nunca estava inteiramente satisfeita. Olhando seu reflexo no espelho, sentiu-se real, como se aquela fosse a parte que faltava.

O cabelo preto ressaltava sua pele acinzentada que começava a desbotar, mostrando os tons amarelados, e a franja, que ela tinha pedido para cortar mais curta, dava mais espaço para seus olhos puxados. Era ela, uma versão sua ainda desconhecida, a mais humana, e, por mais que tenha estranhado, gostou do que viu.

— E então? — Mirya parou ao seu lado com um sorriso, colocando o braço em seu ombro.

— Eu gostei. — Taluya sorriu. — Eu pareço...

— Sim, parece com ela — a mais velha falou, referindo-se à mãe.

— Com você, eu ia dizer. — Taluya olhou para ela.

— Sim, parece comigo também. — Os olhos de Mirya marejaram e ela se pôs a andar. — Bom, temos que ir agora! Os meus guardas já chegaram com o carro. Está pronta?

— Sim — ela concordou e a seguiu, querendo acreditar que poderia ser corajosa assim como a mãe verdadeira havia sido.

Era costumeiro que o conselho dos clãs sempre fosse realizado em lugares diferentes, para que os lunares nunca tivessem uma localização exata dos encontros.

No caminho até lá, Taluya viu pela janela do carro alguns soldados de Kepler que insistiam em manter a patrulha no subterrâneo; eles nunca adentravam muito profundamente nos bairros, sabiam que poderiam ser atacados, mas permaneciam sempre à vista, próximos das aberturas que levavam à superfície.

— Eles estão em maior quantidade nesta manhã — Mirya comentou, como se lesse seus pensamentos. — Deve ser sua irmã à sua procura.

— É provável que seja ela. — Taluya suspirou, tensa.

Os vidros do carro em que estavam eram grossos e escuros, ninguém podia vê-las pelo lado de fora, o que foi para ela um alívio.

Eles passaram por diferentes túneis, e ela continuou a se surpreender com o tamanho daquelas comunidades. Alguém poderia se perder em um dos túneis e nunca encontrar o caminho de volta.

Talvez Caluya nunca me encontre mesmo, pensou, esperançosa.

Eles entraram em uma caverna sem muitas construções. Não parecia ser a região de nenhum clã específico e estava mais para uma base militar, afastada de tudo e com apenas algumas construções de arquitetura minimalista e quadrangular.

Quando o carro parou, Taluya uniu todas as forças que tinha para mover suas pernas e sair dele. Do lado de fora, um pequeno batalhão de guardas humanos os esperavam, com armas em mãos e olhares atentos.

Assim que saiu do carro, seu olhar se encontrou com o de Elliot, que estava trajando uma farda militar escura e também tinha uma arma presa à cintura. Ele caminhou até elas.

— Seja bem-vinda, princesa — ele a cumprimentou, sem conseguir esconder o semblante de surpresa pelo novo cabelo escuro.

— É tão perigoso assim? — ela perguntou, fitando as armas.

— Sempre é, com você aqui, mais ainda — explicou. — Vamos? — Estendeu o braço para frente, convidando-a para caminhar com ele.

Taluya, então, seguiu ao seu lado até a entrada do prédio principal. Ela sentia o seu coração palpitando no peito e limpava as mãos suadas no macacão que usava.

— Você se lembra do meu pai? — Elliot perguntou, apontando para o senhor que os esperava na porta.

Mirya vinha logo atrás, seguida por seus guardas.

— Reuel, certo? — Taluya estendeu a mão para o homem mais velho. Essa parte, a política, ela sabia muito bem fazer.

Reuel usava um terno marrom-escuro e tinha uma barba branca rala, assim como o cabelo. Ele sorriu para ela, com a expressão de quem via um fantasma.

— Sim, minha princesa. Permita-me dizer, está a imagem exata de sua mãe. — Ele pegou sua mão, balançando-a com emoção.

— Mirya disse a mesma coisa. — Ela abriu um sorriso de compreensão, pensando no quanto deveria ser doloroso para eles.

— Eu lhe devo desculpas por ter invadido seu baile.

— E eu lhe agradeço por isso. *Imensamente* — ela admitiu, sentindo o olhar confuso de Elliot sobre ela.

— Poderia acompanhá-la até o salão principal? Meu filho não é dos mais corteses. — O homem perguntou, estendendo o seu braço para ela.

— Isso não é verdade — Elliot retrucou, porém não muito afetado pela crítica.

— É claro. — Taluya sorriu e pegou o braço do homem mais velho, à sua esquerda, enquanto o filho permanecia à sua direita. — Na verdade, ele me pagou um hambúrguer, o que eu consideraria cortês — ela comentou, enquanto os três já começavam a andar.

— Ah, é mesmo? Isso já é um bom avanço — Reuel respondeu. — Ele costumava ser um rapaz muito doce, mas sinto que o peso da espera o tem tornado rígido demais.

— Pai! — Elliot virou o rosto para ele, começando de fato a ficar incomodado.

— Tudo bem. — Reuel levantou a mão livre no ar, dando por encerrado o assunto, para o alívio do filho.

Eles caminharam por um longo corredor dentro da construção, que levou à entrada do espaço onde aconteceria a reunião.

— Senhor Ramsdale. — Os dois guardas que estavam parados à frente cumprimentaram o líder do clã da Europa com respeito e abriram as portas atrás de si, revelando um grande aposento que se assemelhava a um anfiteatro.

O local era um grande salão, com o pé direito mais alto que o corredor e sem nenhuma janela. Havia uma larga mesa no centro e cerca de trinta cadeiras divididas em duas fileiras em volta.

Ao vê-los, um homem que estava próximo à entrada se aproximou; ele tinha cabelos pretos encaracolados e estava na faixa dos seus cinquenta anos. Ele tinha um sorriso no rosto e uma barriga que saía timidamente para fora do uniforme.

— Senhor. — Elliot foi o primeiro a cumprimentá-lo, prestando continência.

— Então é verdade. — Seu olhar repousava em Taluya, mesmerizado. — Tínhamos uma humana no palácio por todo esse tempo.

— Parece que sim — ela respondeu, não muito confortável.

— Júlio Gomez, líder do clã da América. — Ele estendeu a mão para cumprimentá-la. — Espero que seja tudo o que falam, princesa. — Havia uma certa descrença em sua voz.

— E o que tanto falam? — Taluya aceitou a mão a contragosto, sentindo-se novamente inserida nos jogos políticos do palácio.

— Que vai nos levar de volta para a Terra. — Ele puxou o ar, e o sorriso diminuiu. — Você *vai*? — a pergunta soou ameaçadora.

— Não vejo como poderia — foi tudo que ela respondeu, forçando um sorriso diplomático nos lábios.

O homem os cumprimentou com a cabeça e se afastou, tomando o seu lugar junto aos outros de seu clã.

A princesa sentiu sua guarda baixar e suspirou, descendo os ombros.

— Todos estão tensos — Elliot comentou, notando o semblante dela.

— Júlio costumava ser um homem bom, melhor do que isso, mas a preocupação e a incerteza tem a sua própria forma de mudar as pessoas — Reuel falou, acompanhando o líder com o olhar, deixando claro que ambos não se davam bem.

— Não entendo o que esperam de mim — confessou para ambos, em um sussurro.

— Apenas sua colaboração, querida — Reuel respondeu. — É tudo o que esperam.

Ela assentiu e eles continuaram a caminhar pela sala, passando rapidamente por cada líder.

Taluya foi apresentada a outros membros do conselho humano. Alguns pareciam felizes em vê-la, e isso a fez se sentir menos ansiosa. Outros, porém, pareciam apenas desconfiados.

Eles se sentaram em seus lugares, e quando Mirya entrou pela porta principal, alguns instantes depois, todo o salão foi tomado por um solene silêncio. Era de fato respeitada.

— Mirya Young não é só a líder do Clã da Ásia — Elliot explicou em um sussurro, sentado ao seu lado direito, o rosto próximo ao seu —, mas também dos outros clãs da Terra. Todos os líderes estão sob autoridade dela.

Taluya sorriu, agora tudo fazia mais sentido.

— Como não estariam? — Sentiu-se orgulhosa.

— Agradeço, meus irmãos, por terem comparecido — ela abriu a reunião enquanto caminhava para o seu lugar. — Sei que cada clã tem suas responsabilidades e preocupações, mas é agora que, mais do que nunca, devemos nos tornar um.

— O tempo no relógio está se esgotando, senhora Young — um senhor do clã da África, que usava roupas típicas da cultura de seu ancestrais, falou com preocupação.

— Eu tenho consciência disso, Emanu, mais do que ninguém — ela respondeu de forma sóbria.

— E se o relógio tiver sido apenas uma invenção de nossos antepassados? — Uma representante do clã da América que estava sentada ao lado de Júlio perguntou. — E se ele não passar disso? Quem disse que havia uma promessa mesmo?

— É verdade — o senhor de ancestralidade africana concordou. — Por gerações estamos aqui. Somos quase mais lunares do que humanos. Nossa vida é miserável, sim, mas é melhor do que morrermos no espaço.

— Não acreditam na promessa? — Mirya perguntou com uma ferocidade maior dessa vez. O salão foi tomado por silêncio, e ninguém ousou responder. — Então não acreditam na promessa? — elevou a voz, repetindo a pergunta e se levantando da cadeira. — Vocês se esquecem que vinte anos atrás havia uma *oráculo* entre vocês? Se esquecem das histórias passadas de geração em geração? Da *principal* razão que manteve nosso povo vivo nessa terra estrangeira? *Esperança*.

Todos a olhavam vidrados, Mirya era uma força da natureza, e ninguém ousaria interromper um furacão.

— Se esqueceram da esperança de retornarmos para *casa*? Se esqueceram de que pertencem a algum lugar? — Seus olhos lacrimejaram. — Parece que esqueceram da certeza de que, da mesma forma que a humanidade não nasceu na Lua, ela *não* encontraria seu fim aqui. Não me importa se o tempo está contra nós, nem os recursos. Isso nunca impediu a Gravidade de agir, se assim ela quisesse. E ela *vai* agir, porque ela prometeu, há quatrocentos anos, que assim faria. Não esperamos até agora para deixar de crer no último momento.

As palavras que proferiu eram também para si, pois ela também era como eles, e precisava se lembrar daquela verdade a todo maldito segundo.

— Senhor Ramsdale. — Ela deu a palavra para Reuel, o líder mais antigo ainda presente no conselho, e sentou, já se sentindo exausta.

O homem sorriu e se levantou da cadeira.

— Hoje não é tempo de duvidar, e sim de agradecer à oportunidade que a Gravidade trouxe à nossa porta. Por uma razão que está muito além da compreensão de cada um aqui, a filha caçula de nossa falecida oráculo sobreviveu muitos anos atrás, inserida dentro de um contexto no qual nenhum de nós poderia estar. Apresento a vocês a princesa Taluya do

Império Lunar, filha da Terra e humana de nascença. Ayla Young, como a conhecemos.

Todos os olhares se voltaram para Taluya, que, respirando fundo, se levantou. Ela teve poucos segundos para controlar a ansiedade e decidir como agiria. Sabia criar uma imagem, mesmo sem condizer com seu estado real. Era capaz de ostentar confiança, mesmo quando as palmas suavam, e intimidar, mesmo estando igualmente com medo.

— É uma honra estar aqui com vocês — falou com eloquência, fitando a cada um deles nos olhos, ainda que isso fosse o exato oposto do que gostaria de fazer.

— Estaria de acordo em nos responder algumas perguntas sobre o Império? — Emanu perguntou, colocando-se de pé, com uma tela translúcida em seus braços.

— Sim — Taluya respondeu de imediato, o semblante intocado.

Elliot, que estava sentado ao seu lado, olhou para baixo e percebeu que sua perna tremia de leve.

— A primeira e a que mais nos preocupa no momento — o ancião começou e parecia que todos já sabiam qual seria a pergunta. — O Imperador está mesmo vivo?

Um aperto surgiu em seu peito ao se lembrar do estado do pai, abandonado e lentamente morrendo naquela torre do palácio. Pela primeira vez se sentiu culpada de partir, porque isso a forçou a deixá-lo.

— Ele foi acometido por uma terrível doença e vive sob constante escolta na torre central do palácio, mas, sim, está vivo. — Era como se reafirmasse aquilo para si mesma. Apesar de tudo, *estava vivo*.

— Eu sabia! — Emanu comemorou do outro lado da sala.

Taluya apenas assentiu, incapaz de sorrir.

— Como acredito que seja de seu conhecimento, a data que a Gravidade nos deu para o cumprimento de sua promessa está prestes a chegar. E nos esforçamos, por todas as gerações passadas, para estarmos prontos para esse dia. Porém, existe algo vital que ainda não encontramos, e sem isso somos incapazes de retornar à Terra.

Taluya assentiu, já sabendo do que se tratava, e virou o rosto, dando um olhar acusador rápido para Elliot, antes de falar.

— Acredito que seja a nave de vocês, certo?

— Exato, *Bosei*, a nave-mãe que nos trouxe para cá há quatrocentos anos.

Com isso, Mirya se levantou novamente e tocou a borda da mesa, onde um fino painel estava acoplado. Dele saiu um holograma que preencheu o espaço.

— Feita de uma tecnologia perdida no passado, *Bosei* é a mais avançada máquina construída pela humanidade. Seus criadores morreram na Terra logo depois de construí-la e ninguém nunca pôde compreendê-la ou reproduzi-la — a líder explicou, fitando a irmã. — É a única do seu tipo, e é também a única que pode nos levar de volta. Por infelicidade, está desaparecida desde a instauração do Império Lunar.

CAPÍTULO 22
O INSTINTO HUMANO DE SOBREVIVÊNCIA

— É impossível de ser destruída — Mirya continuou —, por isso, *precisa* estar em algum lugar. *Talvez* o Imperador saiba a localização — sugeriu.

— Já ouviu falar de algo do tipo no palácio? — foi a vez de Júlio dirigir a palavra à princesa.

— Não. — Ela suspirou, tentando recuperar algo de suas memórias. — Nunca ouvi falar de uma nave desse porte. Mas pesquisei brevemente e consta nos arquivos do palácio que todas as informações referentes à chegada dos humanos na Lua e às tecnologias humanas estão guardadas em Grimaldi — explicou, lembrando-se do representante simpático do clã da tecnologia.

— Conseguiria acesso a essas informações para nós? — perguntou o líder do clã da América.

— Eu sou uma fugitiva do palácio; se já não tinha acesso a elas quando princesa, nunca conseguirei agora.

Murmúrios de desagrado foram ouvidos pelo aposento.

— Ela está certa — Mirya acalmou os ânimos. — Já estávamos organizando algumas pessoas para se infiltrar em Grimaldi. Agora temos a confirmação de que precisamos: o Imperador vive, e isso talvez facilite o processo de tomarmos o palácio.

— O que? — Ayla perguntou, sobressaltada.

— Iremos tomar a superfície — Mirya falou — em alguns dias. Temos nos preparado para isso há muito tempo. Nosso objetivo não é tomar o controle da Lua, apenas pressionar o governo para que nos entregue a localização da nave e nos deixe partir em segurança. A invasão de seu baile foi uma tentativa pacífica que claramente falhou. Mas temos a tecnologia e as frotas necessárias para fazermos isso, se assim for necessário. Talvez se mantivermos a torre do Imperador como alvo de ataque, façamos a princesa Caluya colaborar de modo mais ágil.

Taluya abaixou o olhar, com uma risada amarga presa na garganta.

— Isso não vai acontecer — ela levantou o rosto, decidindo falar. — Ela não se importa com ele, talvez até agradeça se matá-lo. — Um peso apoderou-se de seu coração só de pensar naquela possibilidade.

— É sério? — Mirya passou as mãos pelos fios de seu cabelo, frustrada. — Bom... ainda podemos pressioná-la com a tomada, ela é a princesa regente, se tem alguém que deve saber é ela.

Taluya assentiu, tentando acreditar naquela possibilidade, mas convicta de que a irmã *nunca*, em qualquer possibilidade, cederia aos humanos. Continuou a responder cada pergunta que lhe era apresentada, compartilhando sobre sua rotina, as movimentações dentro do palácio e tudo o que sabia a respeito do exército de Kepler. À medida que o tempo passava, percebeu que aquelas pessoas à sua volta não poderiam ser definidas como boas ou ruins; estavam desesperadas, cansadas e com medo. Sentimentos com os quais, pela primeira vez, ela se identificou.

Mirya encerrou a reunião, e cada membro foi saindo aos poucos, enquanto conversavam uns com os outros. A mente de Taluya havia se tornado indiferente aos cumprimentos. Ela sorria, com graça, enquanto na verdade estava distante dali, questionando como uma missão impossível daquelas poderia se realizar e como ela poderia ser de ajuda.

— Princesa? — Elliot a chamou, ele estava em pé ao seu lado e notou o seu olhar distante.

— Sim? — Ela virou o rosto para ele, agindo como se sempre estivesse ali.

— Bom, Mirya me colocou responsável por você pelo dia de hoje. Tem algo específico que ela gostaria que eu te mostrasse.

— E por que parece incomodado por isso? — ela respondeu, notando o desânimo em sua voz.

— Eu não estou, é só que, como capitão, deveria estar com a minha frota e... — Ele parou, tentando pensar na melhor forma de dizer.

— Agora vai ficar de babá — Taluya completou para ele, cruzando os braços.

— É uma forma de dizer. — Ele deu de ombros, com o esboço de um sorriso, o que a pegou desprevenida.

— Eu poderia pedir para que ela o liberasse. Já prefiro mais a companhia de seu pai do que a sua, devo admitir — ela falou, observando o líder à porta, que conversava com a irmã.

— Não tem como competir com ele, mas eu posso me esforçar.

— Tudo bem. Eu aceito. — Taluya por fim assentiu, sem entusiasmo. Era grata a Elliot pela forma que a ajudou no dia anterior e sabia que deveria estar em dívida com ele, mas havia algo sobre o rapaz que a incomodava. Era o seu olhar frio, mesmo que suas ações fossem até gentis, e a forma como não parecia confiar nela.

Eles caminharam em silêncio até o carro do rapaz, despedindo-se dos últimos remanescentes pelo caminho. Quando o veículo já estava entrando no túnel que levava para fora dali, Elliot falou:

— O que sabe sobre as cidades subterrâneas, princesa? — Elliot perguntou assim que entraram no carro.

— Quase nada. — Ayla deu de ombros. — Nem esperava que fossem tão desenvolvidas.

— Faz sentido, os lunares criaram essa *propaganda* de que somos seres inferiores e todos compraram essa versão. Só que a história não é bem essa.

— O que quer dizer?

Elliot deu partida no carro, e eles adentraram um túnel escuro, iluminado apenas por feixes de luzes *led* azuis no teto.

— Que a narrativa é contada ao contrário. Toda a tecnologia que vocês lunares têm, seus dispositivos, seus veículos, suas armas, foram criadas por humanos.

— É claro que não, elas foram criadas em Grimaldi — respondeu de imediato, com o seu conhecimento lunar falando mais forte.

Elliot riu e balançou a cabeça.

— Não foi; até hoje Kepler tem alguns poucos humanos que trabalham a serviço do Império, aprimorando o que já existe. A cidade imperial foi originalmente construída por humanos, enquanto as cidades subterrâneas eram originalmente a moradia dos lunares. Vê os escombros em todos os lugares, não? — Apontou para a estrada. — São muito mais antigas do que o tempo dos humanos na Lua. Quem você acha que morava aqui? —falou, virando o rosto para ela, com seus olhares se encontrando.

Taluya de início o fitou com ceticismo, mas viu que suas palavras eram honestas. Ela arqueou a sobrancelha, processando a informação, enquanto ele voltava o olhar para a estrada, com um sorriso de satisfação. Ela se lembrou do baile e como a nave deles não era nada como qualquer outra nave imperial, parecendo ser feita de uma tecnologia completamente própria e mais avançada.

Elliot acelerou o veículo e eles saíram do túnel, entrando em uma caverna com as primeiras construções à vista, o início (ou fim, dependendo de onde vinha) do clã da Europa.

— Foi nessa região que eu cresci — comentou enquanto passavam pelas casas.

A arquitetura dali era bem diferente da dos bairros da Ásia. Havia as mesmas construções de pedra por baixo, porém, assim como lá, as casas eram continuadas e aprimoradas por terraços, painéis e segundos andares construídos por cima, com a melhor das tecnologias humanas. Os telhados eram todos iguais, simétricos, e as janelas dos prédios mais novos eram longas e estreitas.

— As cidades subterrâneas são as antigas cidades lunares. Eles não conseguiam sobreviver na superfície, ninguém conseguia — ele continuou depois de um tempo, levemente incomodado pelo silêncio da princesa; pensou que ela já estaria fazendo perguntas a essa altura.

— Então a redoma foi criada pelos humanos? — ela perguntou, lembrando-se da fina camada que cobria a cidade a todos os momentos, e se arrependeu de nunca ter se interessado em entender melhor a tecnologia.

— Sim, os humanos construíram *tudo*. Mas, com o desenvolvimento da cidade, Kepler teve medo e atacou as bases humanas, nos expulsando aqui para baixo e roubando nossa tecnologia. Tivemos que praticamente recomeçar do zero; mas isso não foi um empecilho intransponível, tivemos quatrocentos anos para isso.

— A nave com que invadiram o baile, ela era diferente.

— Tecnologia refletora. Faz com que fiquemos invisíveis, foi desenvolvida nos últimos trinta anos e tem sido aprimorada desde então.

— Se os lunares contruíram esse lugar, existe também algum crédito nisso — ela comentou, enquanto se afastavam dos bairros mais preenchidos, passando por alguns espaços onde havia apenas escombros. — É impressionante também. É necessário certa inteligência para desenvolver algo dessa magnitude.

— Uhum — Elliot resmungou, virando o carro para o lado e entrando em outro túnel.

— Honestamente. — Taluya empertigou o corpo e olhou para ele. — Qual é o problema?

— Nada. É evidente que continuaria defendendo eles, eu entendo.

— É por isso que não gosta de mim ou não gosta do fato de eu estar aqui? Por que sou lunar? Como eu descobri ontem e você já bem sabia, eu não tive *escolha* — ela falou, irritada, sem perceber que soou como Mirya.

— Eu nunca disse que não gostava do fato de estar aqui; fui eu quem a levou para Mirya ontem, caso tenha esquecido.

— Então, qual é o problema? —insistiu.

— Você se encaixava lá, até bem *demais*. — Ele parou o carro de forma abrupta, e Taluya não tinha percebido que ele dirigia em direção a uma parede sólida, sem qualquer outra saída.

Inconformada, ela o fitou, frustrada.

— Você não entende. — Ele coçou os olhos, com pequenas olheiras embaixo que mostravam o quanto estava exausto.

— Então me explique. — Ela cruzou os braços e virou o corpo mais na direção dele, sentada no banco.

— Nós... — Ele bufou, sem saber por onde começar. — Nossas famílias eram próximas, nossas mães morreram juntas, você desapareceu e o meu pai se culpa por tudo isso desde então. Ele se culpa por não ter estado lá na hora do ataque, por você ter sido levada pelos lunares. Pelos últimos anos, desde que descobrimos que você era *você*, ele e Mirya nutriam esse sonho utópico de que você retornaria. Porém, enquanto isso, você estava dando suas festas e ocupada sendo o rosto da beleza lunar, sempre em todos os hologramas e revistas. Você *era* uma lunar, ponto-final. Enquanto eles esperavam, você vivia sua vida perfeita de realeza. Não tinha por que voltar, por que *querer* ser humana.

O semblante de Taluya se endureceu.

— Você não sabe o que fala, minha vida no palácio foi *tudo*, menos perfeita. Acha que eu estaria vagando pelo túnel inabitado em que você me encontrou se esse não fosse o caso?

— Tudo o que sempre vi sobre você indicava isso. Como queria que eu pensasse diferente?

— Se fizesse questão e não me julgasse apenas pelas aparências — ela rebateu sem pensar duas vezes, o rosto começando a esquentar.

Elliot, que tinha o semblante firme como o dela, abriu os lábios para responder e, então, desistiu. Ele abaixou o rosto, pensativo.

— Tudo bem, eu estava errado sobre você e agora está aqui, quebrando todos os meus argumentos. — Ele gesticulou, se dando por vencido. — A verdade é que não sei quem você é, não é a criança que desapareceu nem a princesa intocável.

O coração de Taluya foi se acalmando aos poucos e, ao ouvir isso, ela prostrou o corpo, repousando as costas no banco.

— Eu também não. Nem sei mais qual o meu nome — admitiu. — E não sei como poderia ser de qualquer uso para essa missão de *vocês*.

— *Nossa* — Elliot a corrigiu, com a voz mais gentil, pela primeira vez. — Você é humana agora.

Ela levantou o rosto para ele, encontrando o seu olhar. Reparou que seus olhos eram azuis profundos e que havia uma pequena cicatriz em sua sobrancelha.

— Ayla Young, filha de Eun Young e Thiago Correia. — Ele falou e estendeu a mão para ela. — É um prazer, levemente assustador, descobrir que não era quem eu pensava.

Ela sorriu, sentindo seu orgulho acalmar dentro do peito e aceitou o gesto, encaixando a mão na dele. Sua palma era quente, seu olhar, um completo desconhecido, e sua presença, pesada e cheia, preenchendo o veículo.

— Elliot Ramsdale, ainda não tenho muitas boas opiniões sobre você, espero que se esforce para mudar isso.

A fala dela quebrou o silêncio no carro e pela primeira vez Elliot sorriu, um sorriso completo, que fez com que duas covinhas surgissem em sua bochecha.

— Você está me conhecendo no meu pior momento, não sei se consigo prometer muita coisa.

— Eu estou notando — ela comentou, retirando a mão e virando o rosto para frente. — Você nos trouxe para lugar nenhum.

— Tem certeza? — Ele arqueou a sobrancelha, e abriu a porta do carro.

Ela seguiu o seu movimento e saiu também.

— Ficou louco, finalmente? — sugeriu, vendo que ele caminhava até a parede de pedra sólida da caverna.

— Ainda não, apesar de que pode me perguntar de novo daqui a quatorze dias.

— Então o que estamos fazendo aqui? — ela resmungou com uma careta no rosto e caminhou até onde ele estava, cobrindo os braços ao sentir o vento gelado da caverna.

— Quando te disse que nos desenvolvemos em tecnologia, era verdade, porém, não podemos deixar que ela caia em mãos lunares.

Aproximando-se um pouco mais da parede, Elliot colocou a mão na pedra, ação que ativou um círculo neon, que surgiu ao redor de sua palma.

— Identificação — uma voz mecânica ecoou da própria pedra.

— Capitão Elliot Ramsdale, da frota humana.

As sobrancelhas de Taluya arquearam, sobressaltada com tudo aquilo.

O círculo neon girou até desaparecer na pedra.

Um barulho de engrenagens foi ouvido, e a estrutura da parede mudou, como se fosse líquida, até ganhar a forma de uma porta, estreita e alta. Ela subiu na vertical, revelando um corredor.

— Bem-vinda, princesa, à base da frota humana — apresentou de forma pomposa enquanto atravessavam o corredor. — É com ela que iremos tomar a superfície e encontrar *Bosei*.

Eles adentraram uma outra caverna, muito maior que todas as outras que Ayla havia visitado. Ela se estendia em diferentes camadas mais profundas na terra e parecia não ter fim.

— Mais de mil naves e três mil pilotos treinados. Tudo construído aqui, em segredo, fora de qualquer radar do Império.

Ayla ficou sem palavras.

— É o instinto humano de sobrevivência. — Ele sorriu. — Vai descobrir que o seu povo não é dos que desiste.

CAPÍTULO 23
A FROTA ESTELAR

A grande caverna oculta era um pátio de naves. Algumas voavam mais ao fundo, em treinamentos, entrando em outros túneis e desaparecendo no coração do pequeno corpo celeste. Outras estavam estacionadas, formando fileiras e mais fileiras que não pareciam ter fim.

— Os lunares acabaram nos fazendo um favor ao nos mandar para cá — Elliot começou a explicar enquanto caminhavam por entre as naves. — Existe um mineral aqui no subsolo que é muito rico. Ele é capaz de gerar uma carga elétrica muito maior do que qualquer outro mineral da Terra e até mesmo da superfície da Lua. Por isso, não conseguiram rastrear nossa nave no baile, é uma tecnologia única, desconhecida para eles. Naves-fantasma, é como gostamos de chamar.

O rapaz falava com orgulho do que haviam alcançado, e Taluya sentiu o mesmo; a dignidade daquele povo estava estampada em cada feito. A não ser pela própria Gravidade, ninguém mais seria capaz de extinguir a raça humana do universo. Ela renasceria vez após vez, e, a cada minuto que passava ali com eles, Taluya reconhecia isso.

— E o que estão planejando aqui?
— Bom, estamos construindo um exército, venha ver.

Ele a guiou por um corredor de naves. O teto da caverna era coberto de hologramas que traziam instruções para diferentes batalhões. Reluzia lá no alto também a imagem ao vivo do relógio dos quatrocentos anos, mostrando que faltavam treze dias.

— Estamos trabalhando nesse projeto há mais de quarenta anos — o jovem falou animado. — Meu pai viu essas cavernas serem mineradas desde o início. Com essa tecnologia não criamos apenas naves, mas formas de passarmos despercebidos pelo Império. Se preparar para uma viagem interplanetária como essa demanda muitos recursos, racionalização de alimentos, controle populacional exato e, é claro, meios de se proteger e contra-atacar caso a missão seja colocada em risco.

— Mas, com todas essas naves, já poderiam ter assumido a superfície, não? Por que continuam trabalhando, cumprindo as cotas de trabalho impostas por Caluya?

— Como humanos, a primeira coisa que nos foi ensinada desde criança foi a espera. Nosso objetivo nunca foi nos rebelarmos contra o Império e sairmos do seu domínio, foi *deixar* a Lua. Se tivéssemos atacado antes, com certeza seríamos subjugados novamente. Uma guerra civil começaria, perderíamos muitos dos nossos e Kepler, que tem nossa tecnologia militar ancestral à qual não temos acesso e mais naves e mais soldados do que nós, retomaria o controle em algum momento. Por isso não agimos dessa forma até *agora*.

— Mas vocês vão — Taluya concluiu, se lembrando das palavras da irmã.

— Está se mostrando necessário. Principalmente por não termos encontrado nossa nave em todos esses anos. Mas teremos que agir rápido e estarmos conscientes de cada movimento. Queremos tomar a superfície apenas por alguns dias, o suficiente para encontrarmos a nave e partirmos, rápido o bastante para não dar tempo de Kepler contra-atacar.

— Essas naves não poderiam fazer o trajeto? — ela perguntou, observando os caças, que eram longos e estreitos. — Eu digo, até a Terra?

— Não, mesmo com a tecnologia avançada, nossas naves não foram feitas para viagens interplanetárias. Aguentariam apenas algumas horas no espaço, e a viagem para a Terra duraria cerca de três a cinco dias, pelos registros que temos. — Ele franziu o cenho. — E não é só isso.

— O que é?

— Essas são naves-caça que cabem, no máximo, duas pessoas. O que precisamos fazer é transportar toda uma população de mais de cem mil humanos, daqui até a Terra. Apenas um cruzador como Bosei pode fazê-lo.

— Então, é impossível. — Taluya exasperou, sentindo-se ansiosa só de pensar no número.

— Sim, é uma missão impossível. — Elliot riu a contragosto. — Ainda mais agora, quando temos poucos dias até o cumprimento da promessa e nenhum sinal de encontrá-la. Mas não temos outra escolha senão acreditar. — Ele franziu a sobrancelha, mostrando que também tinha dificuldade com isso. — Nós subsistimos até aqui por esse momento; se não acreditarmos que a promessa é real, então nada na nossa vida fará mais sentido.

— E você acredita? — ela perguntou, notando seu semblante.

— Eu acreditava mais, quando era mais novo. Pensava que, a essa altura, com o relógio marcando treze dias, já estaríamos fazendo as malas e nos organizando na nave, com os lunares, de alguma forma, aos nossos pés — ele

falou, levantando o rosto e fitando o holograma do relógio que brilhava no topo da caverna. — Eu era ingênuo.
— Você era esperançoso.
Ele olhou para ela e sorriu de forma amargurada.
— O problema da esperança é que, quando ela não se realiza, se transforma em desespero.
— Eu sei bem o que é isso. Esperar por algo que nunca chega.
Elliot a olhou, esperando que dissesse mais.
— Quando meu pai adoeceu, a Imperatriz já havia morrido, então não havia muito mais o que temer. Mas ele era a única fonte de luz que eu tinha naquele palácio, o único capaz de tornar o aperto em meu peito menos visceral. Ele me *via*, via os meus medos sem eu sequer contá-los e sempre falava a coisa certa na hora certa. Ele *cuidava* de mim — ela falou, com a voz falhando e os olhos enchendo de lágrimas. — Quando ele adoeceu, minha irmã se tornou ainda mais rígida devido às responsabilidades que se acumularam sobre seus ombros e ela se distanciou ainda mais da amiga que eu tinha tido na infância. Por mais de três anos eu acordava todos os dias na esperança de ele melhorar, *se ele voltasse*, talvez Caluya não fosse para o mesmo caminho da nossa mãe, *se ele voltasse*, talvez minhas opiniões e desejos fossem reconhecidos e valorizados. Mas ele nunca voltou e ninguém nunca foi capaz de curá-lo. Eu sinto que morri um pouco com ele, mesmo que nós dois continuemos vivos.
— Eu sinto muito — Elliot respondeu, depois de ouvir atentamente. Seu olhar havia suavizado e ele notou o peso da dor que saía em cada palavra dela. Vendo Taluya ali, percebeu que ela não era perfeita, como a imagem que mostrava, ela estava quebrada em vários pedaços, assim como ele.
— Não sinta, a situação de vocês é infinitamente pior — ela respondeu, secando os olhos e esboçando um sorriso, o que fez com que a conversa se tornasse um pouco mais leve de novo.
Elliot assentiu, abrindo um sorriso triste.
— Eu só espero que ela apareça. — Engoliu em seco, solvendo o peso daquelas palavras. — A Gravidade.
Uma nave alçou voo e passou bem por cima deles, fazendo o holograma do relógio tremeluzir por alguns instantes. Taluya gritou assustada ao sentir seus cabelos esvoaçarem e fitou entusiasmada ao ver o veículo que mergulhava para dentro da caverna, seu olhar a acompanhou até perdê-la de vista.
— Para onde esses túneis levam? — Ela perguntou, intrigada.
— Para as minas de Luton, o mineral lunar de onde vem toda a nossa tecnologia.

— Poderíamos ir lá?

— É claro. Presumo que não saiba pilotar... — Ele franziu a sobrancelha.

— Oh, não, e nem tente me ensinar, obrigada. — Ela levantou as mãos, em resposta. — Porém, espero que *você* saiba — provocou.

Elliot curvou os lábios fechados em um sorriso, fazendo aparecer as covinhas.

— Não me ofenda, princesa. Sou o melhor piloto da frota.

— E muito humilde também, como posso perceber.

— Venha. — Elliot ignorou o insulto e começou a caminhar em direção à nave mais próxima.

CAPÍTULO 24
AS MINAS DE LUTON

Quando o modelo preto e reluzente de caça em que Taluya e Elliot estavam alçou voo, passando rente ao teto da caverna, a princesa pensou por alguns instantes que morreria. Fechou os olhos, se segurando no banco e com os lábios travados para que não gritasse. Ela nunca se considerou corajosa; Caluya costumava falar que ela era muito *fresca*, fraca demais para a vida, e por muito tempo acreditou nisso. Mas, naquele momento, voando no alto da uma caverna secreta construída pelos humanos a muitos quilômetros do palácio, pensou que talvez não fosse inteiramente verdade, afinal, tudo o que havia feito até ali demandava coragem, até mesmo entrar naquela nave, e em nada ela havia retrocedido.

— Elliot, tem certeza que isso é... — Foi tirada de seus pensamentos assim que abriu os olhos, vendo que a nave estava prestes a cair em um túnel mais estreito que os outros.

Antes de conseguir pronunciar a palavra *seguro*, a nave despencou em queda livre até o fundo da caverna, descendo pelo estreito caminho. O teto estava bem rente à nave, porém, ela voava de forma fluida e segura, sem encostar nele.

— Está com o melhor piloto da frota, princesa. Eu lhe disse — ele falou no banco da frente, com um sorrisinho convencido no rosto.

— Exibido — ela murmurou, enquanto se segurava com força.

Aos poucos, Taluya relaxou os ombros e se recostou no assento, sentindo o zunir da nave em sua pele. Ela era rápida, mais do que qualquer nave lunar, com certeza. Seu coração foi acertando as batidas, e a nave foi mergulhando mais profundo, revelando uma paisagem bela e inesperada. O longo túnel em que voavam se abriu em uma caverna de formato oval, coberta em todos os cantos por pedras azul-turquesa, que reluziam iluminando o local com diferentes tons da cor. Aos poucos, o veículo foi desacelerando, e a garota estava fascinada demais com a vista à sua volta para agradecer.

— O silêncio significa que está viva, certo? Espero que sim — Elliot comentou do banco da frente, tentando olhá-la com a visão periférica.

Pousaram de forma suave no chão, em um pedaço de terra que não estava coberto pelos cristais. A escotilha se abriu, e Taluya suspirou aliviada, arrumando os fios de cabelo.

— Isso é Luton? — ela perguntou, saindo da nave.

— Sim, o mineral que encontramos no centro da Lua — ele respondeu, dando um pulo e saindo do veículo, caindo no chão. — Cristais de Luton. É o que move nossas naves e a matéria da qual nossos escudos de invisibilidade são feitos.

— É lindo. — Ela suspirou, aceitando a mão dele para sair da nave, seus pés tocaram o chão com um pequeno pulo.

— E inesgotável, ao que parece. Há minas e mais minas como essa aqui embaixo.

— É sorte até demais — comentou, encontrando o olhar dele.

— Pois é. Ou, talvez, algo mais que isso. — Elliot suspirou.

A Gravidade, Ayla pensou consigo mesma. Sorte ou, talvez, o cuidado invisível de alguém que nunca se ausentou de fato.

O lugar era lindo e remetia à sensação que tinha em seus sonhos mais profundos, onde as regras da realidade não se aplicavam e tudo parecia etéreo e infinito.

Seu olhar foi atraído para um cristal em especial que brilhava no chão, cuja luz refletia em seu rosto. Ela se aproximou até a pequena pedra, e Elliot acompanhou seu movimento.

— Gostou dessa? — ele perguntou ao lado.

— Não sei. — Ela riu. — Gostei de todas, são lindas. — Ayla deu de ombros e se agachou para observar o mineral mais de perto.

— Pode levar, se você quiser. — Agachou ao seu lado.

— Tem certeza? — disse, olhando para ele e estranhando a resposta.

— Sim, olha esse lugar! — Elliot estendeu os braços. — Não acho que vai sentir falta.

Ayla observou a pedra e então balançou a cabeça, como se afastasse um pensamento.

— O que é?

— Não importa. É só um pensamento, bem fútil, na verdade. — Franziu o cenho.

— Agora vai ter que me contar para que eu te julgue propriamente.

— É que ficaria lindo como uma joia. Um colar, talvez, ou um anel. Sei que vai me julgar, mas é a única coisa da qual eu senti falta nesta manhã: minhas roupas e meus acessórios.

— Então uma parte de você realmente é uma princesa patricinha — ele cruzou os braços e falou com sarcasmo.

— Quer saber, eu disse que não importava — ela respondeu e se levantou, irritada.

Elliot balançou a cabeça e caminhou até onde ela estava, abaixando-se próximo à pedra da qual falavam segundos antes. Ele tirou uma fita prateada de seu cinto que estava presa próxima à arma. Ele tocou a ponta do objeto, cuja extremidade se acendeu em uma luz azulada suave, e o aproximou da rocha.

— O que está fazendo? — Taluya perguntou, observando-o por cima.

Ele não respondeu e passou o dispositivo, que agora parecia mais cortante do que uma navalha, no cristal, tirando um pequeno pedaço, que caiu em sua outra mão.

— Posso mandar fazer algo para você — ele respondeu, ficando em pé, bem à sua frente. — O que quer? Um colar ou um anel?

— Por que se importa? — Ela cerrou as sobrancelhas, desconfiada.

— Vai querer ou não? — Ele arqueou uma das sobrancelhas, desviando do assunto.

— Tudo bem. — Taluya respondeu, emburrada. — Um colar, por favor.

— Acho que fica melhor como um anel — ele comentou, observando a pedra de perto e caminhando de volta para a nave.

— Então por que perguntou?! — Ela revirou os olhos e jogou as mãos para o alto, acompanhando-o a contragosto.

— Eu não me lembro de muitas coisas da minha infância antes do ataque nem me lembro dos detalhes sobre a sua mãe, mas em todas as fotos e vídeos que temos daquela época, ela era sempre a mais bem-vestida — comentou, virando o rosto para ela, parando próximo à ponta da nave. — Talvez tenha puxado isso dela e não do palácio.

Taluya sorriu, surpresa pela capacidade dele de irritá-la e falar exatamente o que ela queria ouvir ao mesmo tempo.

— É verdade. Eu vi o álbum do meu aniversário de um ano, ela era impecável.

— Eu estava nele, aliás. É inclusive a única memória forte que eu tenho de antes da morte da minha mãe.

— É sério? — O semblante da princesa se iluminou.

— Eu não lembro de muita coisa, mas lembro da alegria, e de como Mirya, que na época devia ter uns quatorze anos, brincou comigo a noite inteira. Lembro dos meus pais sorrindo, de você chorando de susto na hora do parabéns, o que fez todo mundo rir, mas me deixou irritado, porque eu queria comer o bolo logo. Lembro como se fosse ontem — ele falou com um sorriso saudoso.

    Taluya ouviu, saboreando os detalhes, daria tudo para ter aquelas memórias, para se lembrar um pouco daquela noite que, mesmo tão trivial, parecia ter tido um impacto tão grande em todos que compareceram. De certa forma, a impactava também. Decidiu naquele momento que era a sua *não memória* favorita. Pelo menos tinha alguma para chamar de sua.

CAPÍTULO 25
O MAIOR ESCRITOR DA NOVA TERRA

As ruas dos bairros humanos estavam cheias de carros e trabalhadores voltando do dia exaustivo de trabalho quando Elliot deixou Taluya na porta da casa de Mirya. Eles passaram a tarde nas cavernas e ela foi apresentada para as principais pessoas que estavam coordenando o ataque à superfície, assim como a outros soldados e pilotos.

— Obrigada por hoje — ela falou, assim que o carro parou. — Mesmo que tenha sido um sacrifício excruciante para você.

— Não tem de quê, princesa. É esperado de um homem que ele faça sacrifícios — falou com ironia, com o semblante leve.

— Sabe que pode me chamar pelo meu nome. — Ela hesitou por um momento, aceitando a palavra dentro de seu coração primeiro. — Ayla.

— Não. — Elliot fez uma careta. — Acho que prefiro princesa mesmo. *Princesa patricinha*, talvez fique ainda melhor.

Ela bufou e abriu a porta, não se rendendo à provocação.

— Boa noite, Ramsdale — falou, antes de fechá-la.

— Boa noite — Elliot respondeu, mas ela já tinha ido.

Taluya cumprimentou os dois guardas que estavam à porta; eram diferentes dos da noite anterior, e eles apenas moveram a cabeça em resposta. Quando entrou na casa, foi recebida por um M4 afobado, que correu logo ao seus pés.

— Não era bem isso que eu esperava quando escolhi deixar o palácio com minha senhora.

— Como assim?

— Bom, se é para eu ficar trancafiado aqui, então não sou melhor do que um droide de funções básicas.

Ela riu.

— Você meio que é um droide de função básica, M4. Um robô de armazenamento de memórias.

— Exatamente — o robô pontuou. — Como poderei armazenar suas memórias se não vivenciá-las com você?

— Eu posso te contar.

— Nada seguro, você poderia alterar os fatos.

— Está bem. — Taluya revirou os olhos. — Eu te levarei para conhecer os bairros humanos amanhã.

— Excelente — o robô bradou de vitória e orgulho, em seguida saiu rolando até a sala.

— É um robô genioso, esse seu — Mirya falou da cozinha.

— É, sim.

Taluya seguiu até o cômodo e encontrou a irmã sobre a pia, com C3-D6 ao lado dela embalando algo em uma vasilha compressora de ar.

— Desde o momento em que cheguei ele ficou me perguntando sobre seu paradeiro, me deu um pouco nos nervos, admito. Jafari, porém, o amou. Conversaram por horas.

— Pois é, M4 é um pouco sociável demais para um robô comum.

As duas riram, preenchendo a cozinha com o leve som de gargalhadas.

— Como foi o seu dia? — Mirya perguntou, recuperando o semblante austero. — Elliot cuidou bem de você?

— Foram muitas informações — a princesa admitiu. — Mas amei conhecer as minas de Lutons, não imaginava que a Lua poderia guardar tamanha beleza.

— Que bom, pensei mesmo que iria gostar delas.

— Treze dias, então — ela comentou, depois de alguns instantes de silêncio.

— Sim. — Mirya suspirou, cansada. — É tudo o que temos.

— E sem nenhuma pista da nave?

— Não.

— Lobos da lua... — sussurrou, sentindo a pressão daquele povo aos poucos se tornando a sua.

— Sua irmã está procurando por você, aliás — a irmã comentou enquanto deixava o aposento. — Como imaginávamos.

— Eu acredito que sim.

— Tivemos um fluxo incomum de soldados de Kepler rondando os diferentes bairros humanos hoje. Estavam em busca de algo.

— De mim, no caso.

— Com certeza. Parece que a princesa não quer tornar público seu desaparecimento, então foram cautelosos e depois partiram.

— Eles voltarão. — Taluya suspirou, abalada.

— Com certeza.

Mirya guardou a vasilha em um compartimento e virou o corpo para ficar de frente para a irmã, apoiando-se na pia.

— Sabe do que eu tenho mais raiva dela? — Mirya falou, fitando a parede da frente. — Não é por sua crueldade nem pela forma que tem tratado os humanos. É por ter roubado o *meu* lugar — ela comentou; sua voz falhou por um momento.

— Mirya — Taluya falou, pegando na mão da irmã.

— Era para eu ter te visto crescer, entende? Era para eu estar com você, mesmo depois de eles terem partido. Era para eu ter *cuidado* de você. Te ensinado coisas básicas, como passar maquiagem, ouvir sobre o seu primeiro amor e te defender se alguém te enchesse o saco na escola. Eu perdi tudo isso e agora você já tem *vinte* anos. — Com os olhos lacrimejando, ela tocou o rosto da irmã mais nova. — E eu não vi nada. Sei que ainda pode estar sendo estranho para você ter uma nova irmã, mas eu te prometo que sou uma irmã mil vezes melhor do que aquela *tirana*.

Ela falou de forma magoada, o que fez o semblante de Taluya se suavizar.

— Caluya nunca fez nada disso por mim e eu nunca tive um primeiro amor porque nunca me apaixonei, prometo te contar quando acontecer, tudo bem? — sugeriu com um sorriso.

— Tudo bem — a irmã falou, limpando a lágrima solitária que marcava sua bochecha.

— E, além do mais, nós teremos tempo para criar todas essas memórias. Juntas.

— Será que teremos? — Mirya levantou o olhar para ela, preenchido por preocupação.

— Por que diz isso? — Taluya engoliu em seco.

— Eu não sei. — Ela balançou a cabeça. — Eu estou com medo, assim como todos. Eu creio nela, Ayla, creio de todo o coração que a Gravidade vai cumprir sua promessa, mas não tenho como garantir isso, entende? Eu não a ouço, não a vejo, não como nossa mãe.

— Mas ela é real, não é? Só de saber disso já deveria ser um... consolo — Taluya respondeu, sem saber ao certo o que dizer.

— Sim, a Gravidade é real e disso não há dúvida. Só espero que ainda esteja se lembrando de nós.

— Eu espero também. — Taluya suspirou, abraçando o próprio corpo, sentindo o medo da irmã passando para ela.

— Me desculpe por atormentá-la com minhas preocupações. Eu vou colocar Jafari para deitar agora, porque aposto que ainda está lendo algum quadrinho debaixo da coberta, e vou dormir também, se não se importar.

O comentário fez Taluya sorrir e ela percebeu que sentiu falta de ver o sobrinho durante o dia. *Sobrinho*, o termo ainda parecia estranho para ela.

— É claro, vá descansar — assentiu. — Posso tentar convencê-lo a dormir, na verdade, assim você pode ir direto para o banho. Sei que é estranho, mas... eu *amei* ele — admitiu.

— Oh, não é nem um pouco estranho, você é a tia dele. E o garoto te adora desde *sempre*. Aposto que sua palavra vai ter mais peso do que a minha.

— Tudo bem. — Taluya riu.

— Tem comida para você aqui na cozinha, depois é só pedir para a C3-D6 que ela vai te mostrar.

— Sem problema.

Elas subiram a escada e Mirya se despediu com um abraço, e murmurou enquanto entrava no seu quarto:

— Boa noite, *dongsaeng*.*

— *Dongsaeng* — Taluya repetiu a palavra, pensando no que ela significaria.

Ela caminhou até o quarto no fim do corredor, que era o do sobrinho, e bateu na porta.

Não houve resposta.

— Hum oi, Jafari. Sou eu, Tal... Ayla — ela falou, se corrigindo.

Barulho de passos foram ouvidos e a porta foi aberta.

— Oi, tia! — O menino negro apareceu, com um sorriso estampado no rosto, um pijama com naves desenhadas e um dispositivo de vidro fino debaixo dos braços, com algumas ilustrações. — Pensei que era a minha mãe.

— E você estava fingindo estar dormindo? Que feio. — Ela cruzou os braços.

— É porque ela sempre quer que eu durma cedo, é um saco. Nem ela dorme cedo.

Taluya riu e entrou no quarto do garoto. Era um espaço maior do que aquele em que ela dormia, com o mesmo banheiro pequeno na ponta direita, mas desenhos cobrindo todas as paredes. Eram grandes e coloridos, e ela não pôde reconhecê-los.

— O que é que estava lendo? — ela perguntou, quando o garoto voltou para a cama e se sentou na ponta.

— É um quadrinho de super-herói! Eles eram muito famosos na Terra, no passado, meu pai me mostrou e... acho que eu viciei.

— Eu posso ver? — Ela sorriu.

— Sabe, tia, quando eu crescer, é isso que eu queria fazer. Não queria ter que trabalhar nas usinas, ou nas minas; queria escrever histórias e criar quadrinhos, para fazer as pessoas rirem, igual elas riam no passado — ele falou, entusiasmado. — Mas minha mãe disse que é impossível.

**Dongsaeng* significa "irmã mais nova" em coreano.

O coração de Taluya apertou e naquele momento ela quis, de alguma forma, garantir que o garoto fizesse exatamente aquilo.

— Quando voltarmos para a Terra, as pessoas vão precisar de histórias. Histórias que as façam sonhar e rir, como elas riam no passado. E para essa missão teremos Jafari Young, o futuro maior escritor da nova Terra — ela respondeu, mal compreendendo de onde vieram aquelas palavras.

— Acredita mesmo? — O olhar dele se iluminou.

— Com certeza, mais do que isso, eu vou estar lá para ver acontecer — ela falou, sentindo um aperto no peito logo em seguida, sabendo que não tinha como garantir.

— Legal! — Ele balançou a cabeça, animado.

— Mas agora você precisa obedecer sua mãe e ir dormir. Dizem que quanto mais horas de sono alguém tem, mais criativo ele fica.

— É sério? — Ele abriu os lábios.

— É claro!

— Tudo bem, então.

O garoto guardou o equipamento e deitou na cama. Taluya apagou a luz e fechou a porta, sentindo-se transbordante.

CAPÍTULO 26
O CONSOLO VIRÁ DAS ESTRELAS

Ela desceu as escadas, acompanhada pelo silêncio da casa, pensando que poderia se acostumar a viver ali. Esse pensamento se dissipou no instante seguinte, quando se lembrou que estavam todos de partida. Não bastava descobrir que era humana e tentar se adaptar àquela nova realidade, se acostumaria apenas para se despedir logo em seguida, em exatos treze dias.

Isso se a Gravidade se revelar a tempo, pensou.

Queria acreditar nela pelo legado que sua mãe carregara, mas ainda assim era estranho, incômodo e incerto.

As imagens do seu pesadelo ainda permaneciam gravadas em sua mente, voltando a perturbá-la nos raros momentos de descanso, quando não estava pensando em nada específico.

Ela entrou na cozinha e C3-D6 estava encostada na parede, imóvel e com os olhos robóticos fechados.

— C3-D6? — falou, na esperança de ativar a robô.

— Sim. — Os olhos se abriram e os braços se moveram de leve, como se estivesse reativando as engrenagens.

— Mirya falou que você guardou comida para mim.

— Ah! Minha senhora está bastante interessada em sua reação, devo reportá-la pela manhã.

— Ah, é mesmo? — Ayla riu.

A robô caminhou até a outra extremidade da cozinha e com os polegares robóticos pressionou um compartimento na parede que se abriu, revelando uma comprida geladeira horizontal. Um pequeno holograma foi ativado, mostrando todos os alimentos que havia ali. C3-D6 selecionou uma imagem específica, e um pequeno pote foi trazido até ela pelas ondas gravitacionais. Ao pegar o recipiente em suas mãos de robô, o esquentou em segundos com as ondas de calor que saíam de suas juntas nos dedos.

— Aqui está — anunciou, ao colocar a comida em um prato já preparado na pequena mesa removível que havia no cômodo. — Sente-se — a robô a convidou, indicando o banco magnético flutuante que estava ao lado da mesa.

Ayla se aproximou e sentou, com certa dificuldade de permanecer estável no assento.

— Obrigada, C3-D6 — agradeceu enquanto fitava com desconfiança o prato à sua frente.

Assemelhava-se a uma massa, coberta por um molho vermelho.

— Sabe o que é? — interrogou à robô, antes de colocar o alimento na boca.

— *Tteokbokki*, senhora. Esse era o prato coreano preferido do seu pai.

— Oh! — exclamou, surpresa, um pouco mais encorajada.

Colocou o primeiro pedaço na boca e não foi nada desagradável, então comeu mais um. *Era o prato preferido do meu pai.*

— Há quanto tempo serve esta família, C3? — perguntou, ainda presa naquele pensamento.

— Há trinta anos, desde minha criação. Houve algumas atualizações aqui e ali, mas ainda sou eu — a robô respondeu, com um inesperado bom humor.

— Então os conheceu? — a voz falhou em sua garganta. — Meu pai e minha mãe?

— Sim. Dizem que robôs não podem sentir saudades, mas devo admitir que sinto.

— Eu queria poder sentir. — A princesa sorriu e colocou mais da massa de arroz na boca. — A minha mãe era tudo o que dizem? — indagou de repente.

— Ela era ainda mais. Ainda mais real, ainda mais amorosa e ainda mais humana. A memória dos homens tende a falhar algumas vezes; eu, porém, me lembro perfeitamente.

— Você armazena memórias também? — perguntou, com uma ideia surgindo.

— Entre várias outras funções, mas, sim.

— De quanto tempo atrás são os seus registros holográficos?

A robô moveu a cabeça, já compreendendo o que a garota queria.

— De mais de vinte anos — afirmou. — Logo após minha primeira atualização.

— Então você... — O coração de Taluya se agitou dentro de seu peito, e ela levantou da cadeira, já não mais interessada na comida.

— Sim, os meus registros holográficos datam de antes da morte de sua mãe.

— Lobos da lua! — Colocou a mão sobre a boca, contendo a emoção que subia pela garganta.

— Qual registro gostaria de ver?

Ela já tinha a resposta.

— Minha festa de um ano, por favor — respondeu, trêmula e com um sorriso no rosto, ainda não crendo que aquilo seria possível.

Um mecanismo se abriu, rente ao que seria o coração da robô humanoide, e projetou um oceano de imagens e detalhes pela cozinha. O holograma se deformou um pouco ao encontrar a mesa, a pia e outros cômodos do espaço, mas logo Taluya e C3-D6 se viram dentro de uma festa que aconteceu há vinte anos.

A gravação era detalhada, e o software do robô havia armazenado um grande escopo de imagens. Taluya pôde ver a mesa do bolo e muitos dos convidados que estavam em volta, até mesmo a música que era tocada naquele momento ecoava pela cozinha em um idioma que não era a linguagem universal.

Havia luzes brilhantes por todo o teto, e ela procurava a sua mãe pela cena. Seu coração parou quando a encontrou passando pelas pessoas e cantando em voz alta a música que tocava. Ela caminhava em direção à mesa, onde um homem de cabelos pretos encaracolados a esperava. Ayla reconheceu ambos no mesmo momento pelo *hanbok** que usavam. Observou o pai, reparando como ele também era muito bonito. A pele morena, o cabelo preto encaracolado e o largo sorriso que até a fez lembrar o sorriso de Elliot.

Ayla, porém, não conseguia encontrar a si mesma na cena, e se surpreendeu quando o holograma de um pequeno garotinho de cabelos loiros passou correndo, em direção à mesa do bolo.

— Elliot?

As pessoas se reuniam em volta da mesa, e logo ela estava à vista. Uma garota de quatorze anos caminhou até a mesa com uma pequena bebê no colo. Era Ayla. A mesma da foto. Tinha até bastante cabelo para uma humana da sua idade e sorria para qualquer detalhe. Não entendia ao certo o que estava acontecendo, mas estava gostando.

Eun se aproximou pegando-a do colo da irmã mais velha e, por um mero instante, Taluya pôde ver o olhar de dor no rosto da mãe, mas ela logo o substituiu por um sorriso enquanto balançava a criança. Ela já estava ali, a saudade premeditada.

Eles cantaram parabéns e a pequena Ayla chorou, como Elliot tinha dito, até ser consolada pela mãe. Os olhos da princesa se encheram de lágrimas,

---

*Roupa tradicional coreana, popularizada na dinastia Joseon.

enfim presenciando aquela memória. Ela era feliz, ali, naquela festa, naquele momento com a sua família. Não tinha idade suficiente para sequer processar o que era felicidade, mas sem dúvida era.

Pela primeira vez, entendeu: o Império Lunar *havia* tirado isso dela. Mais do que ter feito de sua infância um inferno, a Imperatriz Natirya havia lhe tirado a oportunidade de ter aquilo, uma vida saudável e feliz. Ela foi criada pelos mesmos que assassinaram sua família. Toda aquela alegria à sua frente seria massacrada e logo transformada em sangue e saudades.

Ela suspirou, o rosto molhado por lágrimas enquanto a determinação preenchia seu peito. Sua mãe não poderia ter morrido em vão, tinha que existir um propósito, eles *precisavam* voltar para a Terra.

A gravação começou, então, a passar de forma acelerada, o que atraiu sua atenção. O holograma se moveu de acordo com o ritmo da festa, que logo chegou ao fim. Taluya se surpreendeu quando a imagem mostrada por toda a cozinha era agora da sua mãe sentada no sofá da sala, com ela no colo.

"Pode gravar isso para mim?", Eun perguntou ao robô.

A máquina respondeu algo que não ficou registrado.

Eun suspirou e pegou a bebê, virando-a em seu colo. Ela fitava a pequena, que apenas sorria e pegava em seu cabelo.

"Eu te amo, filha, você é muito nova para entender isso, mas eu te amo. Por isso, quero deixar gravado", ela disse, virando o olhar direto para a câmera da robô. "Mirya já ouviu isso de mim. Como você não vai se lembrar, essa gravação sempre vai estar aqui para você. Eu..." Sua voz falhou e os lábios tremeram. "Eu vou morrer daqui uma semana, ninguém sabe... Quer dizer, apenas você e eu." Ela balançou a bebê enquanto as lágrimas começaram a rolar pelo rosto. "Mas não é sobre isso que eu quero falar."

A mulher no holograma levantou o rosto e enxugou as lágrimas com a mão livre. Respirou fundo, e a força pareceu voltar para seu rosto.

"Eu estou gravando isso porque você precisa saber para que nasceu. Tem que saber que nem a minha morte, nem a de mais ninguém determina o futuro da humanidade. Nada determina nosso futuro, a não ser aquela que já o estabeleceu: a Gravidade. Seja na morte ou na vida, seremos levados de volta para casa, seremos levados de volta para ela. Nos encontraremos no fim do universo, onde estaremos, enfim, sob sua presença."

Com o semblante refeito pela esperança, Eun vasculhou uma bolsa que havia ao seu lado no sofá, até retirar de lá um papel-tela.

"Eu gostaria de ler algo para você. Não sei quándo encontrará essa gravação, mas espero que essas palavras te encontrem nesse momento também."

Ela respirou fundo, segurando o papel com as mãos trêmulas e começou:

Consolo, consolo virá das estrelas,
Fale com carinho ao meu povo,
e diga que seus dias de lutas acabaram,
e que toda a sua culpa foi apagada.
Pois a Gravidade castigou a humanidade por suas transgressões,
mas a levará de volta por sua misericórdia.

Ela dobrou o papel e colocou de volta na bolsa. Balançou a bebê, que ainda a olhava, interessada, e então se voltou para a gravação no robô.

"Essas foram as palavras profetizadas pela segunda oráculo da Lua. É sobre o fim do nosso exílio. A Gravidade nunca compartilha comigo mais do que eu estou pronta para saber, mas chame de instinto de mãe", ela confessou com um sorriso, "eu sinto que você terá alguma parte nisso."

"Eun?", alguém a chamou além do que estava sendo transmitido no holograma.

"Estou indo", ela anunciou, colocando-se de pé.

Seu olhar voltou mais uma vez para o robô.

"Isso é tudo que eu posso deixar para você, Ay. A Gravidade é sua herança. Confie nela."

O holograma de sua mãe desapareceu da cozinha e, pouco a pouco, todos os outros elementos da cena também. Um barulho de engrenagem foi ouvido e Taluya se viu sozinha com o robô.

CAPÍTULO 27
A ÚLTIMA ESCOLHIDA PELA GRAVIDADE

Quando foi dormir naquela noite, o coração da princesa batia tão rápido que, caso os outros pudessem ouvir, acordaria toda a casa. Ela tomou seu rápido e desconfortável banho no cilindro de metal e se vestiu com o par de roupa *off white* que havia na cama para ela: uma blusa de manga comprida e uma calça. M4 a surpreendeu permanecendo na cozinha no andar de baixo com C3-D6; os dois robôs pareciam começar a se dar bem.

A cabeça de Taluya zunia com tantas informações que seria um milagre conseguir pegar no sono naquela noite. Ela se forçou a deitar na cama, sentindo o peito pressionado pela angústia que, se antes estava adormecida, havia acabado de despertar. Não voltaria ao palácio de nenhuma forma e queria mesmo deixar aquele maldito corpo celeste. A Lua que lhe havia dado tanto tinha tirado muito mais.

Lágrimas de raiva rolaram pelo seu rosto até a boca, fazendo-a sentir o gosto salgado da dor. Queria gritar, mas não podia, e pela primeira vez desejou que os humanos nunca tivessem deixado a Terra. Ela cerrou os olhos, ansiando mergulhar e desaparecer na mistura de saudade, medo e confusão que sentia.

Só percebeu que havia adormecido quando foi acordada, no meio da madrugada. Um barulho de porta batendo a fez despertar, sobressaltada. Foi um baque forte o suficiente para fazer tremer toda a sua cama. Abriu os olhos e olhou para a porta, mas estava fechada, sem qualquer indício de quem causou o barulho. No cômodo, tudo o que entrava era a fraca luz de *led* vinda da rua.

Não pode ter sido coisa da minha cabeça, pensou enquanto se levantava. Ela caminhou sonolenta até a porta e a abriu, conferindo o corredor. Estava escuro e vazio, do jeito que ela o havia deixado na noite anterior.

Piiiiiiim.

Um barulho de metal caindo no chão ecoou no andar de baixo, Taluya tapou os ouvidos, o zunido parecendo penetrar até em seus vasos sanguíneos. Alguma coisa aconteceu no andar de baixo e não era nada bom.

Saiu do quarto e desceu as escadas, desesperada, esperando ouvir outros passos atrás de si. Quando chegou na sala, parou, percebendo que o andar de cima estava tão calado quanto antes. Ninguém descia, não haviam sequer acordado.

Impossível.

Caminhou desconfiada em direção à cozinha, onde havia deixado os dois robôs na noite anterior.

— M4? — sussurrou enquanto a baixa luz da sala iluminava o caminho.

Ambos os robôs estavam desativados, um ao lado do outro, e tudo permanecia no lugar. Não havia sinais de que algo aconteceu ali. Ela caminhou até eles, ainda sentindo que algo estava errado, porém, sem saber dizer o quê.

— C3-D6? — chamou, balançando a mão na frente do rosto mecânico.

Nenhuma resposta.

— Ei, M4! — Taluya se agachou próximo ao robô. — Ativação automática — deu o comando, esperando alguma resposta. — M4, ativação automática — falou mais uma vez, com o medo transparente na voz.

Nenhuma resposta.

Apertou os botões à vista, na esperança de ter algum efeito, mas nada aconteceu.

— Que droga!

BAM!

Um barulho de batida ecoou do lado de fora, balançando a estrutura da casa e jogando Taluya no chão, estremecida de susto.

Ela se ergueu, aturdida, com as pernas trêmulas e os pés falhando. Em seguida, caminhou com dificuldade até a porta. Encontrou-a entreaberta, e isso fez seu coração acelerar.

— O quê? — As palavras falharam em seus lábios, tamanho era o medo que sentia.

Abriu a porta com receio e não encontrou os guardas na entrada. Caminhou até o lado de fora, sendo encorajada sabe-se lá pelo quê, e desceu os degraus devagar, com os pés descalços, sem vislumbrar nenhum movimento na rua. O que a estava atraindo até ali parecia brincar com ela. A rua estava vazia e silenciosa, sendo iluminada apenas por alguns *leds* ligados no teto da caverna.

Taluya olhou para cima, buscando algo que pudesse ter causado o barulho, mas tudo que encontrou foi o teto de pedra. Suspirou, sentindo-se um pouco aliviada, entretanto, quando deu um passo em direção à casa, foi mergulhada na escuridão. Todas as luzes se apagaram de uma vez e um arrepio preencheu sua espinha. Ela virou o corpo, lutando para não ser tomada pelo medo.

Uma única luz se acendeu no teto da caverna, brilhando ao longe, como se indicasse o caminho.

— Eu não acredito — Taluya resmungou, começando a se irritar.

Foi em direção à luz, tendo a certeza de que algo a atraía. Talvez estivesse apenas sonhando e logo acordaria no seu quarto. Caminhou até o fim da rua, parando embaixo da única luz acesa. Uma outra se acendeu mais distante, e ela repetiu o processo, um pouco sem paciência.

Quando já estava longe demais de qualquer construção humana, teve a sensação de ter se perdido. Havia sido atraída para o coração da caverna, onde não pôde mais ver as luzes no teto. Elas haviam acabado logo atrás, e Ayla agora estava sozinha em uma caverna muito menor do que as outras, vazia e com um teto baixo, rente à sua cabeça. Era pouco iluminada apenas pela luz que vinha de fora.

Ela caminhou, confusa, sem saber o que procurava, até se deparar com algo que fez suas pernas bambearem.

Era impossível! *Impossível.*

À sua frente, estava uma macieira, exatamente como as que ela havia visto em seu sonho, uma árvore terrestre crescendo em pleno solo lunar.

A árvore era grande demais para a pequena caverna, seus galhos se estendiam, enroscando-se no teto, e uma brisa suave que vinha das suas folhas passou pelo corpo da princesa, fazendo-a se arrepiar inteira. Era impossível que algo daquela natureza crescesse ali. Por todas as gerações de humanos que nasceram e morreram na Lua, contavam-se histórias de florestas e árvores da Terra, até os próprios lunares conheciam a lenda, mas até aquele momento ninguém havia visto uma.

A mente de Taluya não teria capacidade o suficiente para pregar uma peça daquelas, tinha que ser real, *era* real, e ela sentia isso. Levantou a cabeça, observando cada detalhe do ser vivo, até que de repente percebeu que não conseguia mais respirar. Seus olhos se arregalaram com a constatação, ela tentou gritar, mas nenhum som saiu, o ar estava ali, à sua volta, no entanto, algo o havia bloqueado. Desesperada, caiu de joelhos, o tecido da calça rasgou sob o impacto doloroso da pele com a pedra.

— Ahhhhh — puxou o ar, sentindo a vida voltar para seu corpo no momento em que tocou o chão.

A árvore se estendia à sua frente, cobrindo toda sua vista.

Lobos da lua, como vim parar aqui?

Ela não percebeu de início, quando sua mão apoiada no chão começou a ser coberta por diferentes raízes que saíam da árvore. Quando sentiu o movimento era tarde, pois já estava coberta por elas, completamente presa ao solo. Tentou tirá-la, mas sequer se moviam.

— *Ayla.*

Ouviu alguém chamá-la por entre os galhos da árvore. Assustada, ela olhou para cima, mas não encontrou ninguém.

— *Ayla.*

Dessa vez, o chamado foi tempestuoso, ecoando por todo o lugar.

— O que você quer comigo? — choramingou, com a voz trêmula.

— *Eu me lembrei da promessa que fiz à humanidade e estou prestes a cumpri-la.*

Aquelas palavras ecoaram, preenchendo cada poro do corpo de Ayla, como se fosse a própria matéria em forma de som. Assustada, a princesa chorou de desespero, com lágrimas de pavor rolando-lhe pelas bochechas.

— *Eu não estou atrasada, como alguns pensam. Pelo contrário, tenho trabalhado por todos esses séculos em meu tempo perfeito.*

O chão começou a tremer. Assustada, a princesa chorou de desespero, com lágrimas de pavor rolando-lhe pelas bochechas.

— Quem é você? — balbuciou.

— *Eu sou quem os tirou da Terra e sou quem os levará de volta.*

De repente, não havia nada mais à sua volta, nem sob os seus pés. Estava flutuando no espaço infinito, acima de planetas e supernovas. Moveu os braços de forma lenta, como se o tempo passasse mais devagar, e sentiu pequenas estrelas roçarem seus dedos. Pareceu-lhe que o universo era um grande oceano.

A princesa olhou em volta, tomada pelo êxtase, em busca de algo que explicasse como havia ido parar ali. Foi quando percebeu que todos os elementos do vasto universo à sua frente formavam uma única imagem. As constelações se uniam em dois arcos, um em cima e outro embaixo, e a supernova que queimava a toda potência se encaixava bem no centro, como se fosse a íris de um olho. *E de fato era.*

— *Sou a força que rege todo o universo, a mão que segura os planetas, e a escolhi antes de seu nascimento para ser a minha oráculo nos tempos finais e aquela que guiará seu povo de volta ao mundo que dei a vocês.*

Ayla sentiu seu estômago revirar e a força abandonar seus membros.

— O quê? — foi tudo o que conseguiu dizer na imensidão do espaço.

Ela imaginou que, mesmo sendo aquela a maior força de todo universo, isso não a impedia de estar completamente errada.

O universo à sua volta, assim como o olho que tomava toda a sua vista, foram se afastando, como um rolo de filme voltando ao início, e ela sentiu seus joelhos colidirem com o chão de pedra.

— Você deve ter se enganado — murmurou.

— *Eu nunca me engano.* — A voz pareceu rir, mas de uma forma pavorosa, deixando Ayla em choque pelo fato de ter sido respondida. — *Escolhi você e aquele que te acompanhará. Vocês serão meus mediadores entre o seu povo e poderão me buscar sempre que precisarem.*

A jovem sentiu o braço esquerdo queimar e olhou para baixo. Era a mesma mão que continuava presa pelas raízes, porém, agora uma veia branca subia por ela, ardendo e fazendo brilhar todo o caminho.

— *Este é o sinal de que você é a oráculo final, a última escolhida pela Gravidade.*

Após essas palavras, a árvore que iniciou tudo começou a queimar à sua frente, transformando-se em chamas brancas que logo tomaram a forma de uma esfera, uma minisupernova flamejando dentro da pequena caverna. A luz esbranquiçada preencheu todo o lugar e sua mão foi libertada pelas raízes. A luz brilhou incandescente, cegando os olhos e enfraquecendo seu corpo. Ela caiu para trás, sentindo sua força se esvair e tudo desaparecer aos poucos.

CAPÍTULO 28
O SOLDADO ESQUECIDO

ELLIOT

Quando chegou na base em que estava morando provisoriamente com o pai naquela noite, Elliot estava com a mente agitada. A base ficava dentro das cavernas ocultas, construídas pelos humanos e desconhecida pelo Império.

Apesar de Mirya ser a líder da comunidade humana, Reuel havia exercido aquela função por muitos anos antes e, em um período da sua vida, esteve bastante presente no suposto sindicato dos humanos na superfície, o que não passava de uma fachada, mas fez com que seu nome ficasse conhecido na superfície e que muitos lunares acreditassem que ele ainda era o líder dos humanos. Após o baile, como pai e filho esperavam, Caluya mandou um batalhão até o clã de Europa atrás deles, mas não os encontrou. Alguns dias haviam passado, mas, com a fuga da princesa, a mira voltaria para os dois, por isso permanecerem escondidos ainda era o mais seguro.

Eles dividiam juntos uma suíte dupla, na base de dois andares onde outros pilotos também moravam. O local estava silencioso quando Elliot chegou, o que o fez notar que passara mais tempo fora com Ayla do que imaginava. Ele entrou em silêncio, notando que a porta que levava para o quarto do pai já estava fechada. Tirou as botas e o cinto, colocando-os no armário, e se sentou na cama. Passar aquele tempo com Ayla havia feito ele voltar no tempo, e voltar no tempo era se lembrar da mãe, coisa que ele tentava ao máximo não fazer. Ele tinha três anos e meio quando ela morreu, e a verdade era que, quanto mais os anos passavam, menos ele se lembrava dela. E, apesar das memórias falharem, o vazio que ela deixou nunca foi preenchido.

Ele suspirou, sentindo o peito pesado. A verdade era que estava frustrado consigo mesmo. Havia deixado Ayla se aproximar, o que prometeu a si mesmo que não faria; não importava se ela tinha deixado o palácio, ela *era* uma lunar e isso deveria ser motivo suficiente para que não confiasse nela e em sua suposta mudança. Ele não queria voltar no tempo, não queria ter simpatia pelo fato de que ela parecia tão ferida quanto ele, mesmo crescendo em condições infinitamente melhores. Não queria se importar, ou crer cegamente como seu pai fazia, não podia se dar esse luxo.

Faltavam treze dias. Treze dias e a nave não havia sido encontrada. Treze dias e nem uma palavra sequer da Gravidade. A princesa tinha uma única utilidade para ele: a nave. Ou, pelo menos, era disso que tentava convencer a si mesmo. Por isso o baile, por isso a ajudou em Nubium. Mas não havia servido para nada, já que ela também não sabia a localização.

Ele sentia que eram todos como peças inúteis em um jogo que a Gravidade havia desistido de jogar. Era isso, a Gravidade. Ele tinha raiva de si mesmo, pela pessoa amarga que estava se tornando, tinha raiva de Ayla, por ter vivido todo aquele tempo no palácio sendo cúmplice de Caluya e seus atos, mesmo que não tivesse escolha, e tinha, mais do que tudo, raiva da Gravidade, por ela tê-los abandonado. A verdade é que ele não acreditava, *não mais*, não agora que já estava claro que haviam sido abandonados. Ele tinha que fingir que sim, e encorajar os outros pilotos quando eles vinham para ele com a mesma dúvida, afinal, era filho de Reuel, tinha que mostrar que estava tão seguro quanto o pai, que confiava na Gravidade da mesma forma, quando, na verdade, fazia anos que ele não esperava muito mais dela do que o silêncio.

Um barulho no quarto do pai o tirou de seus pensamentos e ele se levantou, sentindo o corpo pesado como chumbo.

— Pai? — Abriu a porta com cuidado.

— Ah, não se preocupe, Elliot, ela já está voltando.

O quarto estava escuro e Reuel estava de pijamas, parado em pé de costas para ele, olhando a janela.

— Olivia já está voltando, ela foi apenas ao mercado com Eun. Você vai ver, quando ela voltar, vai ter tanto orgulho de você.

Elliot engoliu em seco ao ouvir isso, percebendo que o pai estava dormindo. Há vinte anos aquilo acontecia e ele não aguentava mais. Desde a morte da mãe foram incontáveis as vezes que ele se deparou com um pai sonâmbulo andando pela casa, querendo sair pela porta, tudo para buscar por Olivia. Reuel não lembrava de nada pela manhã, enquanto Elliot sempre acordava com um pedaço a menos do peito.

— Pai, ela não vai voltar. — Ele foi até o homem e gentilmente o guiou até a cama.

— Vai, sim, ela já está chegando — o homem insistiu, não gostando de ser levado de volta.

— Não, não vai! — Elliot explodiu, dando um passo para trás. — Olivia está *morta*, minha mãe está morta.

O semblante de Reuel se alterou e ele fez uma careta de dor, não querendo ouvir aquilo.

— Mas eu fiquei. — Elliot piscou, com os olhos começando a arder — Eu *fiquei*, pai. Eu ainda estou aqui, eu ainda estou vivo, diferente dela. Mas você não se importa com isso, não percebe, não *tenta* perceber. Você me vê só como um soldado e se esquece de que não foi só você que a perdeu. Você perdeu sua esposa, mas *eu* perdi a minha mãe *e* o meu pai. Tudo o que você pensa desde então é em retornar à Terra, honrar o legado de Eun, mas se esqueceu de que eu fiquei aqui. E de que, mais do que um líder, eu precisava de um pai.

Ele despejou para fora tudo o que sentia, com o peito doendo.

Reuel piscou, com o semblante aéreo, e então virou o corpo para cama.

— Não se preocupe, vamos dormir, que logo ela chega — falou, antes de deitar na cama novamente.

Elliot observou o pai com amargura e decepção e se dirigiu de volta para o seu quarto, fechando a porta.

Na manhã seguinte ele acordou com um sobressalto, com o comunicador em seu peito pulsando. Só então percebeu que havia dormido em cima do edredom, com as mesmas roupas do dia anterior.

— Alô? — Ele tocou no visor, atendendo uma ligação que era de Mirya.

Um pequeno holograma se abriu do dispositivo, mostrando o rosto consternado da líder. Viu, pela borda da imagem, que eram quatro da manhã.

— Mirya, o que aconteceu? — perguntou, começando a ficar preocupado.

— É a Ayla. Ela foi encontrada desacordada em uma caverna próxima à entrada da região do clã da Ásia. Os guardas da patrulha foram os primeiros a localizá-la. Acabei de chegar no hospital com ela, até o momento você é o único a saber.

Ele sentou na cama, sobressaltado.

— Mas o que aconteceu? Ela está viva? — perguntou, sem conseguir esconder a preocupação na voz.

— Ela está, mas seus batimentos estavam acelerados. Ninguém sabe o que aconteceu, só vamos saber ao certo quando ela acordar.

— Tudo bem, eu vou acordar meu pai e vamos para aí.

— Por favor, mantenha sigilo. Talvez estejamos diante de algo maior do que pensávamos — Mirya falou, com a voz fraca.

— O que quer dizer?

— Eu ainda não sei, só venha.

Elliot correu até o quarto do pai, acordando-o. Como sempre, Reuel não se lembrava de nada da noite anterior e ele sabia que não podia odiá-lo por isso. Após tomar um banho rápido e vestir as primeiras peças que encontrou no armário, ele saiu na madrugada, junto com o pai, em direção ao hospital.

Com as estradas subterrâneas vazias naquela hora, em vinte minutos eles chegaram ao hospital, que era localizado no clã da América. Passou pelos corredores e adentrou o saguão principal cercado por murmúrios, comentários e sussurros daqueles presentes que haviam acompanhado a cena pouco tempo antes. Enquanto passava pelos corredores, pegou-se desejando que Ayla estivesse bem.

Ao chegar no andar, uma funcionária os guiou em direção ao quarto. Mirya estava parada à porta ao lado de um guarda com a insígnia da Ásia. O olhar dela se suavizou um pouco ao vê-los.

— Como chegaram tão rápido? — indagou, preocupada.

— Eu tenho meus caminhos — Elliot respondeu.

— Onde está a garota? Já acordou? — Reuel perguntou com preocupação.

— Ainda não. Mas... acredito que sei o que aconteceu com ela. Venham.

Mirya deu uma última olhada no corredor, garantindo que não havia mais ninguém além dos guardas, e os levou para dentro do quarto, fechando a porta em seguida.

Ayla estava deitada na maca, imóvel. Ela usava um par de roupas brancas hospitalares e tinha o cabelo preso para trás. Não estava dormindo, pois seus olhos estavam abertos, porém não mais da cor que costumavam ser. Tanto a pupila quanto a esclera brilhavam, ambas na cor branca, em tonalidades distintas. O olhar de Elliot percorreu o corpo dela, parando no braço esquerdo, onde havia várias veias brancas que também emitiam luz, crescendo da palma da sua mão em direção ao seu braço.

— Eu imagino que ela não tenha tido tempo de fazer uma nova tatuagem — ele falou, ainda com seu olhar vidrado nos olhos abertos e esbranquiçados dela, uma imagem completamente apavorante.

— Não, é uma marca — Mirya falou, o seu olhar encontrando com o de Reuel.

— Não! — o líder exclamou em espanto, finalmente se lembrando do padrão.

— Sim. — Mirya chegou ao seu lado, seus lábios estavam trêmulos, mas ela abriu um sorriso. — Estamos diante da última oráculo da Gravidade.

Elliot virou o corpo de imediato para eles, o semblante estático.

— O quê?! Vocês têm certeza?

— Sim, foi a mesma coisa com Eun. Toda oráculo, quando é escolhida, carrega uma marca como essa.

— E por que ela está... assim? — Ele engoliu em seco.

— O encontro com a Gravidade parece tê-la cegado momentaneamente, os médicos disseram que, com algum tempo de repouso, ela voltará a enxergar.

— Isso é...

O espaço em volta dele começou a girar e Elliot teve que se segurar na parede para recuperar o equilíbrio. Poucas horas antes ele havia ido dormir com ódio em seu peito, amaldiçoando a Gravidade, que os havia esquecido. E agora ela se manifestava.

Sentiu-se culpado e exposto, e se perguntou se ela conseguia ver seus pensamentos.

— Então é real. Temos uma última oráculo. A Gravidade... — Sua garganta ardeu, lhe doía admitir. — A Gravidade se manifestou.

— Sim! — Mirya abriu um sorriso de alívio, com os olhos marejados. — Eu sabia que ela não tinha se esquecido.

— Isso muda *tudo* — Reuel disse, compartilhando da emoção. — O povo precisa saber.

— Então ela vai ficar bem? — Elliot perguntou, apenas para confirmar.

— Melhor do que todos nós, tenho certeza.

— Você acha que ela vai dar conta? — A pergunta era sincera. — É um peso tão grande.

— Eu sei. — Mirya suspirou, o sorriso se esvaindo. — Mas é *ela*. Eu sempre soube disso, desde quando a Gravidade a salvou do massacre. Não era uma bebê comum e não estava destinada a um propósito comum.

Ela caminhou e se sentou na cadeira que havia na extremidade oposta, ao lado da janela do quarto.

— A Gravidade a escolheu. Nada é mais imutável do que isso. Agora, se ela vai dar conta ou não, cabe apenas a ela aceitar essa missão. — O olhar dos três pairou sobre Ayla e assim permaneceram, em hesitação. — E eu tenho fé de que ela vai, sim — Mirya falou mais para si mesma. — Ninguém que encontra a Gravidade permanece o mesmo.

CAPÍTULO 29

OS PRIMEIROS PASSOS DE UM RELACIONAMENTO

Aquele dia poderia muito bem ser definido como o pior de toda a existência de Ayla.

— Eu não aceito! Tem como eu recusar? — ela perguntou, desesperada, horas mais tarde, assim que acordou e lhe contaram sobre sua marca, o que a fez voltar para a noite passada.

Ela não estava enxergando mais do que vultos intensamente embaçados à sua frente, mal formando silhuetas, mas, para o seu alívio, Mirya lhe assegurou de que sua visão voltaria ao normal.

— Eu temo que não — Elliot respondeu, segurando o riso ao ver a expressão de desespero no rosto de Ayla. — O chamado de uma oráculo é intransferível, único e raro. Tem ideia do quão especial você é?

Ayla, abriu os lábios para contestar, mas foi pega de surpresa pela fala. Elliot só percebeu como o que disse poderia ter múltiplas interpretações quando já era tarde.

— Estou tentando dizer que você foi escolhida pela Gravidade, e a Gravidade nunca erra — corrigiu, aliviado, sentindo o olhar do pai sobre ele.

Ayla bufou e deixou a cabeça cair no travesseiro, inconformada.

Por fora parecia apenas irritada, mas por dentro estava completamente apavorada. Cada experiência da última noite rodeava sua mente, atormentando-a o tempo inteiro e a preenchendo de pavor. Uma força colossal, desconhecida e estranha escolheu *justo* ela, entre todos os milhares de humanos na Lua, para se revelar. Tinha a plena certeza de que mais alguns minutos em sua presença e poderia ter morrido. Era o tipo de experiência à qual poucas pessoas sobreviviam para contar, e Ayla não tinha o mínimo interesse em passar por ela outra vez.

— Vocês não viram o que eu vi — sua voz saiu fraca e trêmula. — Essa *força*... A Gravidade é pesada demais para mim. Eu não consigo — confessou, fechando os olhos completamente brancos.

— Nossa mãe conseguiu — Mirya falou de forma encorajadora, e ela deu um pulo, tentando identificar de onde a voz da irmã vinha.

— Mirya. Mirya. Por favor, me ajude! — ela implorou, tateando no ar em busca da irmã. — Eu não sou nossa mãe, não sou forte como ela.

— Estou aqui, *dongsaeng*. — A mulher se aproximou, pegando em sua mão. — Você pode não ser ela, mas carrega o mesmo sangue e a mesma bravura. É tão capaz de carregar esse posto quanto qualquer outra mulher que veio antes.

— Não, eu não sou. Por favor, eu não sou — murmurou, balançando a cabeça de um lado para o outro.

— É claro que é, você, Ayla Mei Young, é mais forte do que pensa. E a própria Gravidade, criadora da matéria e sustentadora dos planetas, sabe disso. Por isso te escolheu.

— Humhum, humhum — foi tudo o que ela conseguiu responder, pondo as mãos no rosto.

— Olhe pelo lado positivo — foi a vez de Reuel tentar encorajá-la, depois de alguns minutos de silêncio. — Você não estará sozinha. De acordo com a promessa, um oráculo homem também será levantado para liderar ao seu lado. E você poderá dividir o fardo com ele.

Elliot voltou o rosto para o pai, percebendo que havia esquecido daquela parte. Ele então fitou Ayla na cama, percebendo que se sentiu subitamente incomodado pela ideia. Ele se importava com ela? Talvez, mesmo contra sua própria vontade. Mas não *assim*. A ideia de ela desenvolver uma conexão de alma que transcendesse tempo e espaço com algum outro homem não deveria inquietá-lo. Mas inquietou.

— Ay, querida, você sabe o significado do seu nome? — Mirya falou, sentando na maca, próxima à irmã.

— Não — ela choramingou, sem mais forças.

— Bom, eu sei. Ajudei a mamãe e o papai a escolherem. — Ela passava a mão no cabelo da irmã, como uma mãe acalentando a filha. — "Pertencente à Lua." Esse é o significado. Agora, você acha que é só coincidência? Isso só pode ser um sinal da Gravidade. Confie nela.

Ao ouvir aquilo, Ayla não pôde mais conter as lágrimas, que rolaram quentes e silenciosas pelo seu rosto. Ela não tinha forças para falar e eles *não* entendiam.

— Sei que está com medo dela, da Gravidade. Ela não é segura e nunca vai ser, nunca iremos compreendê-la por completo. Mas, se estiver disposta a conhecê-la, mesmo sem compreender, talvez ela se mostre digna de todos os riscos. Nem sempre o que é seguro é bom, Ayla, e talvez o contrário se prove verdade também.

Horas haviam passado desde aquela manhã e o corpo inteiro de Ayla doía, enquanto sua consciência ardia em medo e pavor. Mirya e Elliot passaram diversas vezes para vê-la, inclusive Jafari a visitou, junto com M4, dizendo que agora que ela era uma oráculo escrevia uma história sobre ela, o que alegrou um pouco o dia. Mas nada tirava a solidão de seu peito, a inquietação na alma e o medo em seu coração.

O pior de tudo nem era isso, mas ser deixada sozinha no cômodo todas as vezes e, mesmo ainda não enxergando direito e se sentindo solitária, *saber* que não estava sozinha. Nunca, nem por um *mísero* segundo. Agora ela a sentia em cada instante de silêncio e em cada metro do cômodo, a Gravidade se fazia presente e Ayla tinha consciência disso.

Isso tornava tudo pior, pois sempre que reclamava e dizia não aceitar aquele chamado, o que acontecia exatamente em todo momento que alguém voltava para visitá-la, sabia que a Gravidade a ouvia. E, se ela fosse qualquer coisa parecida com um humano, não estaria feliz.

A noite chegou e, para a infelicidade de Ayla, ela já enxergava. Inclusive os médicos ficaram impressionados com a rápida recuperação, e ela soube que aquilo também era um ato da Gravidade.

Seu olhar atento vasculhava o quarto com as pálpebras semicerradas, em busca de algum movimento sobrenatural que indicasse a presença da Gravidade.

Sem sucesso, ela encheu o peito de coragem.

— Você está aí? — perguntou, com a voz trêmula.

Absoluto silêncio.

— Eu sei que você está, não precisa responder. — Cruzou os braços, acomodando a cabeça no travesseiro. — Só não sei por que me escolheu — resmungou, deitando a cabeça de volta no travesseiro.

Logo que fechou os olhos, não estava mais no quarto do hospital.

— *Tem certeza que não sabe?* — A voz ecoou à sua volta.

Não sabia se estava acordada ou sonhando, mas sabia que estava de volta a uma memória da sua infância. Lembrava-se com detalhes, mesmo que na época não conseguisse explicar, mas fora a primeira vez em que havia presenciado a ação da Gravidade.

A pequena princesa estava escondida no jardim. Seu pai, o Imperador, havia partido em uma cruzada para o lado escuro da Lua e se ausentado do palácio por alguns dias. Nisso, a Imperatriz Natirya planejava matá-la em segredo, como já havia tentado outras vezes, e então culparia os humanos. Caluya, a irmã mais velha, à qual era tão apegada, se afastou de repente, por ordem da mãe. Mesmo com apenas cinco anos de idade, ela sentiu que havia algo errado.

Na madrugada anterior, ouviu guardas na porta do seu quarto, planejando matá-la asfixiada assim que adormecesse. Movida pela adrenalina e o temor, preencheu sua cama de travesseiros e saiu pela sacada, escalando até o jardim suspenso que havia no andar de cima. Escondeu-se ali até o amanhecer, cercada por plantas fosforescentes e encharcada em suas lágrimas. Soluçando, pedia ao céu que não fosse encontrada.

Quando ouviu guardas caminhando em sua direção, ela se desesperou e saiu correndo, se afastou do conjunto de plantas que a protegia e foi parar no meio do jardim, exposta. Seus fracos pés de criança travaram no chão ao dar de frente com um soldado de Kepler, que tinha três vezes seu tamanho. Ayla deu alguns passos para trás, tomada pelo medo, e caiu no chão, trêmula e apavorada. Fechou os olhos, esperando sua morte, mas nada aconteceu.

Segundos depois, quando reuniu força suficiente para abrir os olhos, viu que o guarda permanecia parado no mesmo lugar, olhando para os lados. Ele não a via: por um milagre, não conseguia enxergar a garota bem à sua frente.

Mais de cinco guardas vasculharam aquele jardim e nenhum pôde ver a princesa bem à frente deles. Ela não ousou sair dali e permaneceu escondida no terraço por mais dois dias, desidratada e com fome, até que seu pai voltou da cruzada. Em diversos momentos pensou que morreria ali e desabou em lágrimas quando viu a figura consternada de seu pai correndo até ela. Ele a abraçou, a pegou no colo, e afirmou que ela estava segura. Com a cabeça escondida em seu peito, ela acreditou.

— Foi você! — Ayla balbuciou, entre o oceano de lágrimas que rolavam pelo rosto. — Foi você que me protegeu naquele dia.

— *Sempre fui eu.*

Estava de volta ao quarto. Colocou a mão nos lábios, paralisada pela revelação. Seu estômago se contorceu e ela se colocou de joelhos na cama, rendida às ondas de emoção que preenchiam seu corpo. Chorou de forma inconsolável, nunca havia sentido tanto medo na sua vida e nunca entendera como havia sobrevivido àqueles dias.

— Você me salvou — disse, refletindo e sentindo uma onda de sobriedade caindo sobre ela. — Todas as vezes.

—*Não só isso. Eu te escolhi.*

— E você não erra — reforçou para si mesma, tentando acreditar.

— *Nunca.*

Ayla deitou mais uma vez no colchão e apoiou sua cabeça no travesseiro. O coração batendo alto no peito e zunindo em seus ouvidos.

— Tudo bem, então.

CAPÍTULO 30
A FORÇA OCULTA

CALUYA

Já haviam passado dois dias. Nem toda a guarda de Kepler foi capaz de localizar a princesa fugitiva. Buscaram em toda superfície e subsolo lunar. Era uma afronta descarada ao governo de Caluya e uma infeliz amostra de sua incapacidade. Ela ardia em ódio e mágoa a cada hora que se passava sem notícias, a cada momento em que sua expectativa era frustrada, e a teoria de que sua irmã voltaria arrependida não se realizava.

No fim, ela sabia que Taluya não havia sido raptada ou algo do tipo. Fugira por conta própria, isso era fato, mas um fato que não poderia se espalhar. Uma parte dela também queria acreditar que a irmã retornaria para casa e tudo voltaria a ser como antes. Talvez, se exterminasse todos os humanos da face da Lua, conseguiria. A ideia não soou desagradável, afinal, até aquele momento todos seus problemas tinham vindo deles.

Caminhou agitada por seu escritório, dando voltas e voltas, tentando entender o que estava deixando passar. Onde Taluya se esconderia e por quê. Como, entre toda a população humana, poderia encontrá-la?

Você sabe como, ouviu sua própria consciência dizer.

— Não, isso não é necessário. — Balançou a cabeça, na tentativa de afastar aquele pensamento. — Eu não preciso disso. Sou mais do que capaz de encontrá-la por conta própria — disse, determinada.

A porta magnética do saguão se abriu ao longe, e dois guardas atravessaram o espaço, chegando até ela.

— Minha princesa. — O guarda abaixou a cabeça, em reverência.

— Me traga uma boa notícia, Hiro, pelos grandes lobos da lua.

Ela fez uma careta e colocou a mão esquerda na testa, irritada.

— Não conseguimos encontrá-la, alteza. — Um dos homens mais respeitados do exército de Kepler parecia apenas uma criança assustada diante da princesa regente. Ele abaixou o olhar, já antevendo a fúria dela. — Vasculhamos cada bairro humano no subterrâneo, minha senhora. Nenhum sinal nas ruas, é como se ela estivesse invisível para nós.

Os punhos de Caluya foram se cerrando com força a cada frase dita pelo homem. O ódio e o medo corriam em suas veias, se sentia incapaz e fracassada e nada, *nada* era pior do que isso para ela. Apertou as unhas com tanta força que sentiu a palma da mão latejar. Não aguentava mais aquilo.

— Basta! — gritou e levantou a mão, interrompendo o soldado em seu longo e fracassado discurso. — Eu não quero ouvir mais nenhuma desculpa sobre seu serviço inútil ao império. Encontre a princesa ou perderá o seu cargo.

O rosto dela se tornou frio como uma pedra, e o semblante que se apoderou de sua face não permitia nenhuma discussão. O soldado viu a fúria encarnada no olhar da princesa e não ousou desafiá-la. Ele abaixou a cabeça e deixou o aposento o mais rápido que conseguiu, acompanhado do guarda que o seguia.

— Droga! Droga! — gritou, batendo os pés no chão.

Sabia o que tinha que fazer, o que precisava fazer, mas nada conseguiria tornar a experiência que se seguiria menos horripilante para ela. Nem mesmo a promessa de encontrar a irmã.

Caluya odiava aquele elevador mais do que tudo naquele palácio. Ele evocava todos os seus medos e traumas escondidos. Todo o seu esforço e trabalho de anos ruía quando estava de frente para ele. Adentrando o elevador da torre solitária, ela voltava a se sentir apenas uma garota assustada. O evitava o máximo que conseguia, quanto mais longe da torre, menos escrava se sentia.

Mas agora havia chegado ao seu limite, e só havia uma pessoa que teria a resposta para as suas perguntas. Bom, não *exatamente* uma pessoa.

O elevador parou no último andar e ela caminhou em silêncio pelo longo corredor até chegar aos guardas. Tentando conter o tremor que se espalhava por suas mãos, fechou-as frente ao ventre, procurando passar segurança.

— Minha princesa — os guardas que protegiam os aposentos de seu enfermo pai a cumprimentaram.

— Eu vim vê-lo — falou com o olhar resoluto, tentando mascarar qualquer traço de insegurança.

O guarda que estava no centro se afastou e as portas mecânicas atrás de si foram abertas.

Ela não pode te ferir, repetiu para si mesma. *Ela não pode te machucar.*

A princesa regente adentrou a penumbra do cômodo sentindo os pelos dos braços se arrepiarem. Os grandes tubos pelo chão obstruíam a passagem até a cama onde seu asqueroso pai jazia, porém, ele não era o foco dela naquele dia.

Pela sua própria segurança, decidiu não se aproximar demais e permaneceu junto à porta.

Os olhos do homem inchado aos poucos se abriram, e com eles, os tubos presos em seu corpo pareceram *despertar* também.

— Quem é você? — ele, com a voz fraca e rouca, perguntou.

— É claro que não reconheceria — a princesa disse, magoada. — Sou eu, Caluya. *Sua* filha.

— Ah, você. — Os olhos lutavam para se manterem abertos. — E Taluya, onde está?

— *Desaparecida* — respondeu, cerrando os dentes.

— Que bom. — O semblante do homem, se é que ainda tinha um, suavizou.

Nenhuma outra palavra foi dita, o cômodo recaiu em um silêncio incômodo. Caluya reuniu as forças que tinha para fazer o que era preciso.

— Pai? — ela falou finalmente.

O homem já havia cochilado nesse meio-tempo.

— Ah, sim? — O Imperador despertou com o chamado da princesa.

— Eu vim para vê-la.

Caluya engoliu seco, sabendo que agora não haveria mais caminho de volta.

— Tem certeza? — O homem pareceu consternado, seu rosto pálido-acinzentado perdeu ainda mais a cor.

— Sim.

— Bom — a figura caricata que um dia fora um pai engoliu em seco —, que assim seja.

Ele respirou fundo e olhou para o lado, onde estava localizada a grande e grotesca máquina de onde todos os cabos saíam, a força vital que mantinha o homem vivo por todos esses anos.

— Querida, nossa filha está aqui para vê-la.

As palavras fizeram um arrepio percorrer toda a espinha da mulher lunar. A luz vermelha que brilhava no centro do mecanismo piscou, mudando de cor e tomando uma tonalidade azul. Em seguida, reproduziu uma voz muito familiar:

— Olá, querida, enfim você apareceu. Eu estava esperando há um bom tempo. E você sabe que eu *odeio* esperar.

CAPÍTULO 31
SANGUE NA LUA

[Onze dias para o cumprimento da promessa]

Ayla acordou se sentindo melhor pela manhã. Estava há duas noites naquele hospital e sentia falta de ver o céu. O dia anterior havia sido confuso e doce ao mesmo tempo. Desde que a Gravidade falou com ela pela segunda vez, o medo em seu peito diminuiu consideravelmente e, mesmo que a ansiedade ainda continuasse, ela se pegava a cada instante tentando aceitar aquela nova realidade enquanto se perguntava como a mãe que nunca conheceu havia reagido a tudo isso. Quando a Gravidade falou com ela pela primeira vez, será que sentiu medo? Ou será que foi forte desde o primeiro momento? Será que tentou fugir ou se sentiu sozinha, sendo a única de todos os humanos a poder se comunicar com uma força de magnitude como aquela? Será que teve vontade de se esconder e nunca mais ser encontrada?

Ela estava deitada na cama, com a visão já restaurada e o cabelo molhado do banho, pensando nessas coisas, quando Elliot chegou.

— Bom dia, princesa — ele falou, abrindo a porta com os ombros, enquanto carregava nas mãos uma bandeja.

— Bom dia — Ayla o cumprimentou, franzindo as sobrancelhas ao se deparar com aquela cena.

— É o seu café da manhã — ele disse, deixando a bandeja no colo dela, um pouco desconfortável.

— Eu posso andar até o refeitório — Ayla respondeu, desconfiada da ação.

— Eu só passei por lá e pediram para que eu te trouxesse. Vai aceitar ou não? — Ele moveu o braço de volta para alcançar a bandeja.

— Vou — Ayla resmungou, dando um tapa de leve na mão dele. — Obrigada, então.

— Não tem de quê. — Ele deu de ombros e se sentou na poltrona que havia ao lado da cama. — Como está se sentindo?

— Mais forte do que ontem, com certeza. Ainda um pouco enjoada, mas mal me incomoda — ela respondeu, pegando um bolinho da bandeja e levando-o até a boca.

— Como... é? — Elliot perguntou, de forma hesitante, levantando o olhar para ela. — Ouvir a voz dela, digo.

— É assustador. De início parece que você não vai sobreviver, porque *ninguém* poderia. Mas então quando você percebe que continuou viva, algo diferente toma o lugar do medo. Curiosidade, talvez, de saber como, mesmo depois de ouvir a voz inaudível da força que constitui cada átomo da realidade, eu ainda permaneço aqui. — Ela suspirou, expressando o que até aquele momento não tinha conseguido colocar em palavras.

Ouvindo ela falar, Elliot abriu um sorriso, um pouco triste e frustrado, mas ainda verdadeiro. Por mais que soubesse que aquela nunca seria a sua experiência, que ele nunca ouviria a voz da Gravidade ou sentiria sua presença, saber que alguém a um metro de distância de si estava vivendo isso lhe dava alguma esperança.

— Então parece que vamos mesmo sair daqui. — Ele refletiu. — Você era o sinal que faltava.

Ayla parou de comer e o observou, assustada.

— Eu não sei o que fazer, que fique claro. E continuo não entendendo o que pode ter feito ela me escolher.

— Não acho que precise se preocupar com isso. É literalmente a Gravidade, e ela falou pela primeira vez depois de vinte anos! O impossível já aconteceu — ele a encorajou, percebendo que aquelas palavras eram também para si. — O resto você dá conta.

Ayla riu de forma sarcástica, com a comida na boca, enquanto o peso da responsabilidade apertava seu peito.

— A última coisa que parece, nesse momento, é que eu vou dar conta. Eu era princesa e agora não sou mais, era lunar e agora sou humana. Era filha da última oráculo e agora... — Sua voz falhou por um momento. — *sou* a última oráculo.

Elliot a ouviu, sem saber ao certo o que poderia falar para ajudar. Observando-a ali, ele notou como a cada dia ela parecia mais humana, a pele, consideravelmente mais clara, os olhos amendoados realçados pelos fios escuros e as maçãs do rosto começando a ganhar uma consistência rosada. Ela parecia mais magra do que no baile e tinha duas olheiras marcando seus olhos. Seu semblante estava assustado, mas havia força nela e ele agora podia ver isso. Por inúmeras vezes ele a havia julgado de forma errada. Em seu orgulho, nunca pensou que a princesa aparentemente fútil, indiferente às dores deles, humanos, seria a mesma a salvá--los. Mas ali estava ela, assustada, porém reagindo melhor à notícia do que ele jamais conseguiria.

— Você não vai estar sozinha, já não está — foi o que ele conseguiu responder. — E tem Mirya, ela conviveu com sua mãe, com certeza poderá te ajudar.

Ayla balançou a cabeça, tentando se agarrar aos pequenos pontos de segurança que tinha, e terminou o seu café da manhã. Àquela altura não tinha como duvidar da Gravidade, era fisicamente impossível depois do que experimentou, mas duvidava fortemente de si mesma.

Após o café, Elliot, que havia sido enviado por Mirya, auxiliou Ayla a recolher seus pertences no quarto para que pudessem partir, agora que ela já havia se recuperado.

— Espera — ele falou, quando estavam saindo do quarto, se afastando alguns centímetros dela. — Aconteceu alguma coisa com o seu joelho? Você está mancando.

— O quê? Não. — Ela acompanhou o olhar dele para baixo, sentindo-se inesperadamente vulnerável. — Na verdade... eu sempre manquei, só me tornei muito boa em disfarçar. Mas como meu corpo está fraco, acho que não consigo. — Abriu um sorriso fraco, tentando evitar o curso de memórias ao qual aquela conversa estava tentando levá-la.

— O que aconteceu?

— Nada, só um acidente que eu sofri quando era criança. Vamos? — Ayla respondeu, empertigando o corpo e tentando mudar de assunto.

Elliot concordou e eles atravessaram o corredor em silêncio.

— Qual o próximo passo agora? — ela perguntou para o rapaz, enquanto caminhavam até o carro, já do lado de fora, escoltados por uma dupla de guardas, deixando o hospital de três andares para trás, o mais antigo de todas as cavernas humanas.

— Te levaremos para a mesma base militar que visitamos, nas cavernas ocultas; lá estaremos fora dos radares do Império. Por mais que já fosse improvável que Caluya te encontrasse na Ásia, já que ela é a última das cavernas, ainda não é perfeitamente seguro. E com você como oráculo, todo cuidado é pouco — ele explicou.

Ao entrarem no carro, Ayla percebeu que o semblante de Elliot estava mais leve do que nos dias anteriores. Ela sabia o que ter uma oráculo novamente significava para todos e só esperava que conseguisse ser o suficiente para o posto.

— O próximo passo, após garantir sua segurança, é você escolher o oráculo homem que irá pilotar *Bosei* ao seu lado — Elliot continuou, dando partida no carro.

— Mesmo antes de encontrar a nave?

— Estamos no escuro, talvez ter o casal de oráculos seja exatamente o que nos leve a achá-la — Elliot falou, o rosto um pouco mais tenso.

Era irritante como toda vez que pensava no assunto se sentia incomodado. Contanto que Ayla encontrasse um parceiro, seja quem fosse, todos sairiam ganhando, portanto não deveria se importar.

— Essa parte eu ainda não entendi. Não seria a Gravidade que o escolheria?

— Bom, a Gravidade através de você.

— E eu terei que... me casar com ele? — Ela sentiu a barriga doer ao pensar na possibilidade.

— A ideia te incomoda assim? — Elliot virou o rosto, esboçando um sorriso.

— Eu não me sentia pronta no baile dos clãs e definitivamente não me sinto agora — respondeu, admitindo.

— A verdade é que não sabemos muito, existiu apenas um casal de oráculos até esse momento, por isso não vem com um manual. O que sabemos é que o casal de oráculos será um homem e uma mulher, unidos pela própria Gravidade, se tornando um em mente, espírito e corpo, só assim poderão pilotar a nave juntos. Eles serão ligados um ao outro pelo tempo, espaço e toda a infinidade do universo, e o elo deles nunca poderá ser quebrado. Então, sim, é como um casamento ou o que casamentos deveriam ser.

— Lobos da lua! Isso é ainda mais assustador do que eu pensava. — Ayla enterrou o rosto nas mãos e suspirou. — Como vou saber que escolhi direito? Ou que ouvi certo?

— Existe um aparelho deixado pelo primeiro casal de oráculos, Ayo e Marta, nunca conseguimos desbloqueá-lo. Acreditamos que, agora que a Gravidade te escolheu, talvez você possa abri-lo.

— Espero que sim — Ayla disse, suspirando baixinho e se encolhendo um pouco no banco.

Eles ficaram em silêncio por alguns minutos, enquanto o carro passava por diferentes ruas, até que o silêncio foi cortado por um movimento abrupto. Um soldado desorientado parou bem em frente ao carro, a ponto de ser atropelado.

Elliot freou o veículo a centímetros do homem, fazendo todos os bancos chacoalharem. Ayla foi sacudida como um boneco de pano.

— Você está bem? — Ele se voltou para ela, tocando seu ombro, havia preocupação em sua voz.

— Sim. — Ela respirou ofegante, tentando encontrar a silhueta do homem do lado de fora, que agora estava perdido entre a fumaça cinza que saía do motor, embaçando tudo.

BAM.

Uma mão humana bateu no vidro da sua porta, fazendo-a dar um pulo no assento.

— Ah!

— O que aconteceu? — Elliot abaixou o vidro e perguntou.

— É a princesa Caluya. Ela cercou a base da Ásia com um batalhão de soldados de Kepler — o homem vomitou as palavras, atormentado.

— Mas os soldados geralmente não vão até lá — Elliot falou, com o peito já apertado.

— Eles foram. Estão em grande número, todos armados. Atiraram em algumas pessoas no caminho e... — ele parou de repente e desviou o olhar.

— E o quê? — Ayla gritou, a tensão fazendo seus ouvidos zunirem.

— Eles estão mantendo Mirya como refém. — O olhar do homem se encontrou com o da princesa. — É Caluya. Ela quer você.

A pressão de Ayla caiu, e ela sentiu toda a força de seu corpo ruir até ao chão.

CAPÍTULO 32
A IMPERATRIZ LUNAR

CALUYA

[Dois dias antes]

—A vida é uma bela de uma maldição, não era isso que eu sempre te dizia? — a voz mecânica chiou, como se tentasse reproduzir uma risada, porém, sem sucesso.

O corpo de Caluya tremia. Suas pernas encostavam uma na outra em busca de equilíbrio, enquanto os cabos grossos ainda pareciam se mover à sua volta.

Aquela era sua maldição, contudo, não via beleza alguma nela. Era inconcebível para sua mente que sua mãe ainda estivesse viva, mas a entonação na voz e o arrepio que ela causava eram inconfundíveis: de alguma forma macabra e não natural, a Imperatriz vivia. Ao mesmo tempo em que conservava vivo o enfermo marido. A máquina não sobreviveria sem o corpo, nem o corpo sem a máquina. Isso era tudo que Caluya sabia.

— Você teve todos esses anos para me invocar e o fez apenas agora. Imagino o porquê.

Aquela acusação soou maligna e ferida, cheia de ódio e de uma força medonha.

— Eu não quis decepcioná-la, minha mãe. — Caluya estava trêmula, encharcada pelo medo. — Mas eu falhei em algo, falhei com a senhora. E não posso mais viver com as consequências do meu fracasso. — Ela recuperou um pouco da postura restante e levantou o queixo. — Preciso da sua ajuda — disse, engolindo a vergonha daquela confissão.

— É claro que precisa — a voz respondeu, satisfeita.

— É Taluya, ela desertou do palácio, e desapareceu entre os humanos, levando consigo uma unidade droide. Não conseguimos rastrear o robô e os guardas de Kepler não puderam encontrá-la. Sua fuga foi um insulto ao meu governo e preciso encontrá-la.

— Criança, criança. Eu sempre disse para não se afeiçoar à humana — soou decepcionada, porém, não surpresa.

— Eu sei. — A princesa desviou o olhar.

— Pensou que criaturas como eles fossem capazes de amar? Capazes de expressar gratidão ou lealdade?

— Eu pensei que, caso fosse ensinada, ela poderia se tornar uma lunar.

— Ninguém se torna uma lunar; nasce-se uma! Nada em todo o universo poderia ensinar nossa decência àquela criatura inferior.

Doeu ouvir aquilo sobre a irmã, contudo, não podia discordar. Essa era a dura verdade que havia aprendido nos últimos dias.

— Eu errei. — Abaixou a cabeça, em reverência.

Caluya percebeu que o pai estava acordado, mas permanecia calado, preso à maca flutuante. Mesmo à distância, conseguiu captar um semblante assustado em seu olhar.

Ambos sabiam que o que vivia ali, naquela máquina, não era o que a mulher um dia havia sido, mas apenas uma parte sobrevivente da consciência da Imperatriz, presa à máquina. Nenhum sentimento da lunar restou, a máquina manteve viva apenas o cognitivo, sem nenhuma função emotiva que a diferenciasse de um outro mecanismo. Aquela versão da Imperatriz não tinha alma. Apenas raiva e fúria.

Ouvir aquela voz causava um misto de medo e saudade em Caluya; viver sem a mãe por tantos anos era difícil, mesmo com uma parte de sua consciência ainda intacta. A Imperatriz morreu em seus braços, envenenada, e desde então ela fez uma promessa que não poderia quebrar. Não por aquilo que fosse mais sagrado, nem pela bondade que ainda restava em seu coração.

— Preciso que me ajude a encontrá-la. Por favor — ela tremeu ao falar. — Dessa forma, retomarei meu respeito e autoridade sobre os humanos, reforçarei a segurança do Império, aumentarei as cotas de trabalho e então garantirei que eles nunca deixem a Lua.

— Como me prometeu — a voz reiterou em um tom intimidador.

— Como eu prometi.

— Tudo bem, vou ajudar — a resposta irrompeu no silêncio do cômodo. — Isso, é óbvio, se fizer algo para mim.

— O que pedir.

— Para encontrar a garota, basta encontrar sua família biológica. Eu matei a mãe muitos anos atrás, mas, por uma conspiração das estrelas, a filha veio parar logo em minha casa. Portanto, agora deve-se concluir a missão em que eu falhei: exterminar todos os remanescentes da oráculo. Exterminar a garota.

— Sim, minha mãe — Caluya respondeu com ferocidade, enquanto lágrimas rolavam pelo rosto.

CAPÍTULO 33
O ATAQUE DE CALUYA

As ruas estavam interditadas, o pavor estampado em cada olhar desprevenido, cada humano pego de surpresa.

O carro de Elliot se moveu com dificuldade pelas ruas, até chegar na entrada do bairro asiático, onde um pequeno batalhão de guardas humanos estava posicionado, fazendo um cerco e fechando o lugar. Todos com armas em punho, apontavam para os guardas keplerianos de uniformes esmeralda, que estavam parados do lado oposto da rua. A tensão preenchia o lugar e nenhum dos lados ousava fazer o primeiro movimento, sabendo que, uma vez que o tiroteio começasse, muitos morreriam.

No centro, protegida pelos soldados de Kepler, estava Caluya, trajando seu usual uniforme escarlate. Seus olhos eram frios e mortíferos e aos seus pés estava Mirya, ajoelhada e imobilizada, com uma arma presa ao pescoço.

No momento em que Ayla viu ambas as irmãs, a de sangue, sendo humilhada na frente do seu povo, e a lunar, capaz de cometer um ato tão cruel, suas pernas falharam e uma dor excruciante atravessou seu peito.

— Não! Não! — foi tudo o que conseguiu dizer, saindo do carro e se desvencilhando das pessoas da rua, trombando com quem quer que estivesse no caminho, experimentando uma dor que nunca pensou ser capaz de sentir. — Caluya! — gritou, aproximando-se, sentindo o medo preencher seu peito e a insegurança gritar alto em sua mente.

É evidente que sua irmã a encontraria, foi tola e inconsequente em pensar que poderia sair do controle de Caluya. E ainda mais inocente em não considerar que, ao fazer isso, estaria colocando a vida de outras pessoas em risco.

Mirya, ajoelhada no chão, tentava aparentar calma, mas Ayla viu o terror em seus olhos e isso despedaçou seu coração.

— Caluya, o que você está fazendo? — berrou com a voz entrecortada. — Cal, por favor...

Ela chegou no corredor de guardas humanos que fechavam a rua, e eles se moveram para o lado, abrindo espaço para ela passar. Elliot estava logo atrás, com sua arma empunhada em uma mão.

— Ah, a princesinha resolveu aparecer — Caluya anunciou para os guardas ao seu lado, assim que viu a irmã mais nova se aproximando.

Sorria saboreando a vitória, a sensação de ter retomado o controle. Ayla a conhecia há muito tempo e não queria acreditar que a mulher poderia se alegrar em criar um cerco como aquele.

— Caluya, por favor, deixe Mirya ir. — Ela levantou as duas mãos, em rendição, e se aproximou da irmã, medindo cada passo, consciente de que as armas dos soldados de Kepler agora estavam apontadas para ela.

— É a mim que você quer, não é? Eu estou aqui.

Pela primeira vez o seu olhar encontrou o da irmã adotiva, e não havia nada mais de fraterno entre elas. Caluya a fitava com desgosto, os olhos semicerrados, como se observasse uma escultura que havia quebrado e deixado de cumprir seu propósito. Ayla se perguntou se isso era tudo que ela havia sido para a irmã. Um objeto que havia deixado de cumprir sua função.

— Você nunca deveria ter fugido — a mais velha rosnou, apertando a arma ainda mais forte no pescoço de Mirya. — Pensou que poderia mesmo insultar o Império Lunar dessa forma? Pensou que existiria um centímetro desse lugar que não fosse de nosso domínio?

— Eu não pensei. — Balançou a cabeça, consternada. — Eu não pensei em nada. Por favor, me perdoe. Deixe Mirya ir e vamos voltar ao palácio. Você e eu. Tudo será como era antes. — Ela tentou forçar um sorriso, mas seus lábios tremiam e lágrimas agora rolavam pelo seu rosto.

A ideia de voltar ao palácio lhe rasgava o peito, mas ver Mirya naquele estado a feria muito mais.

— Não! Não existe mais Palácio para você, humana.

Com as mãos trêmulas, incapaz de mascarar o conflito interno, a princesa lunar levantou a mão que empunhava um revólver *laser* quântico e apontou para irmã mais nova, parada a quatro metros de distância.

— O quê? — Ayla arfou, surpresa.

— Não existe. — Caluya engoliu em seco, forçando para as palavras continuarem a sair. — Nunca deveria ter existido.

Assim que proferiu a última palavra, ela apertou o gatilho, no exato momento em que Mirya se levantou em um impulso, parando bem em frente à arma. Seu peito foi perfurado pelo *laser*.

CAPÍTULO 34
VEJA A TERRA POR MIM

O corpo de Mirya caiu no chão.

Elliot, do lado oposto, tinha a arma apontada para a princesa e atirou assim que ela se moveu, atingindo Caluya no braço, e ela caiu para trás com um baque.

Ele avançou em direção aos guardas e foi seguido, em seu ato de coragem, pelos outros guardas humanos em volta. Com a princesa regente atingida, os soldados de Kepler ficaram desestabilizados por um momento e Elliot usou isso ao seu favor, correndo até os dois mais próximos e os desarmando. Jogando ambos no chão, a raiva pulsava em seu sangue, e ele socou o rosto do lunar até que ele desmaiasse.

Ágeis como o líder, os combatentes humanos acompanharam Elliot, cercando os lunares com armas em punho, prestes a serem disparadas.

— Mirya! — Ayla correu até a irmã que estava estirada no chão, com o sangue manchando sua blusa e correndo pela pedra.

— Não, não! Pelos lobos da lua, não... — ela choramingou, com o corpo estirado sobre o de Mirya, que desfalecia aos poucos.

As mãos de Ayla tremiam, manchadas pelo sangue, e sua cabeça zunia, com as batidas apressadas e desreguladas do coração. Aquilo não era verdade, não poderia ser. Se tinha alguém que precisava ter ao seu lado era Mirya, não conseguiria nada sem ela. Nada faria sentido sem ela.

O chão da caverna estremeceu e toda a estrutura do lugar se moveu como em um oceano agitado. As construções tremeram, guardas lunares e humanos caíram, assustados, e Ayla se segurou ao corpo da irmã, que ainda vivia. As luzes neon brancas que iluminavam o lugar tremeluziam, assim como fizeram na noite em que a princesa havia se encontrado com a Gravidade.

A Gravidade. Ela estava ali, Ayla sentiu um arrepio na nuca, sua presença estava ali, tomando cada rua e, assim como a princesa, não estava nada feliz.

Barulhos de explosões foram ouvidos na superfície, o que fez a caverna tremer mais uma vez. Em meio à grande poeira que tomou o lugar e às rochas que caíam do teto, Ayla estreitou os olhos e viu o corpo desfalecido de Caluya sendo carregado pelos guardas lunares para longe. Estavam recuando, fugindo em meio à comoção.

Ela quis gritar, quis impedi-los, quis tentar fazer qualquer coisa para voltar no tempo, mas sua cabeça estava zonza, e havia perdido a noção de espaço com o terremoto.

— Ayla — debilitada, a mais velha chamou pela irmã, e então ela percebeu que não estava mais ao seu lado.

— Mirya! — Ayla se levantou com dificuldade, tropeçando nos próprios pés e sentindo tudo à sua volta girar. Ela viu a irmã no chão e caiu ao seu lado.

— Mirya, por favor. Você tem que aguentar mais um pouco. Nós vamos te levar para o hospital e vão cuidar de você. — Seu olhar perdido vasculhava o arredor em busca de Elliot, ou algum outro rosto familiar que pudesse ajudá-las. — Você vai ficar bem! Nós ainda temos que fazer nossas memórias, lembra?

— Ayla, não. — Mirya pegou a mão da irmã mais nova com dificuldade, forçando-a a olhar para ela. — Está tudo bem. — Suspirou com um semblante sereno à medida que seu rosto empalidecia.

— O quê? É claro que não está! Você precisa continuar forte, precisa viver, precisa nos levar para a Terra e ver seu filho crescendo lá! Jafari precisa de você, eu preciso de você...

— Não. — Arfou, puxando o ar que restava. — Foi o meu trabalho sonhar, mas eu nunca estive destinada a pisar na Terra. Acho que no fim eu sempre soube disso.

— Não... — Ayla balbuciou. — Você, mais do que todo mundo aqui, é quem merece chegar lá. Você precisa viver, precisa viver para vê-la com seus próprios olhos.

— Ayla, eu vou morrer na Lua — Mirya falou, resoluta, com a paz de alguém que havia aceitado o seu destino. — Assim como todos meus antepassados. Mas meu filho vai viver para conhecer a Terra, assim como todos os meus descendentes. Para eles, o nosso tempo de exílio não passará de uma memória ruim e antiga, que nunca lhe pertenceu e jamais pertencerá — falou com um fôlego só, a voz começando a falhar.

— Por favor, não fala isso...

Mirya tateou até pegar as mãos da irmã e as apertou.

— Você é a única que pode nos levar de volta para a Terra, eu sempre soube disso. Eu pavimentei o caminho, mas é você quem deve guiá-los para casa. É assim que deve ser.

— Não, Mirya, eu não consigo...

Os olhos da irmã mais velha piscaram enquanto sua alma era abraçada pela morte.

— Mirya, por favor — a mais nova implorou, o choro engasgado na garganta.

— Veja a Terra por mim, Ayla. Veja-a por mim.

Os olhos de Mirya se fecharam de forma pacífica; seu corpo estirado no chão, manchado de sangue, pouco a pouco se desligava dessa vida. A mente de Ayla zunia, e tudo girava à sua volta, não era real, não podia ser. Tinha acabado de ganhar sua irmã, sua família, e agora a estava perdendo diante de seus olhos.

— Não era para ser assim, Mirya. — Chorou, com as lágrimas caindo no corpo desfalecido. — Era para ser eu e você, eu e você!

CAPÍTULO 35
SUPERFÍCIE E SUBTERRÂNEO

Mirya morreu naquela manhã enquanto o caos se instaurava na superfície. Planadores haviam falhado e caído do ar, construções e grandes prédios foram atingidos pelo tremor e ruíram, causando incêndios e mortes. A fumaça coloriu o céu com tons de cinza, em meio ao pavor e confusão que tomou conta da população. Para os lunares, era o próprio apocalipse, enquanto para os humanos, era a chance de liberdade, mais um sinal da Gravidade.

Pequenas revoltas começaram a acontecer, e trabalhadores humanos aproveitaram o caos para tomarem o controle das fábricas em que trabalhavam. Outros grupos se rebelaram, tomando os bairros lunares e queimando todas as naves e robôs que eram do Império.

A notícia de que a líder humana havia sido assassinada correu rápido e fomentou ainda mais a raiva e vingança dos humanos. Uma revolta muito esperada tomava a superfície, e, pelo bem do futuro da humanidade, ela não poderia ser apaziguada. Se aquela era a chance que a Gravidade estava dando, eles não poderiam desperdiçá-la. Batalhões de soldados humanos, que estavam se preparando há meses, foram enviados às pressas, subindo pelas cavernas para darem força e fôlego aos ataques. Os portões das cavernas ocultas foram abertos e inúmeros caças saíram, cortando as cavernas até chegarem ao céu, somando à luta.

A humanidade lutava pela sua liberdade na superfície e sofria com o luto no subterrâneo. Mirya Young, a grande líder dos quatro clãs remanescentes da Terra, foi morta, assassinada pelas mãos da princesa Caluya.

Nos quatro clãs e seus diferentes bairros subterrâneos, não havia ninguém que não respeitasse Mirya e sua autoridade. Ela era firme e esperançosa, sua fé havia sido como uma corrente que ligava um clã ao outro e os fazia se moverem pelo mesmo motivo, o mesmo propósito: retornarem ao planeta natal, como um só povo.

Com a pessoa mais improvável escolhida como oráculo, *Bosei* ainda desaparecida e a líder morta, os líderes humanos não comemoravam tanto quanto seu povo.

Um pequeno grupo de dez pessoas estava reunido atrás da base militar que havia dentro das minas ocultas de Luton, que o governo lunar desconhecia. Decidiram fazer ali uma pequena cerimônia para se despedirem de Mirya. Seu corpo, agora pálido e vestido com roupas tradicionais coreanas, descansava sem vida em um cilindro de vidro transparente, que levitava.

O pequeno Jafari chorava abraçado ao pai, incapaz de fitar o corpo da mãe. Enquanto Abel, líder do clã da África, Júlio, líder do clã da América, e Reuel, líder do clã da Europa, estavam parados lado a lado, encarando o corpo em silêncio, se despedindo daquela que fez tanto por todos e foi tirada deles de forma dolorosa e inesperada.

Ayla estava afastada de todos, retraída em sua própria dor. Trajava branco, assim como todos à sua volta. Era um dos únicos costumes que os humanos haviam adquirido dos lunares. O branco representava a passagem e o desconhecido de possibilidades que a morte trazia. Usar branco era desejar um recomeço para quem havia partido, mesmo sem a garantia ou certeza de que, de fato, haveria algo assim.

A princesa queria chorar, gritar e extravasar toda a negação que se acumulava em seu peito, mas só conseguia encarar em silêncio o corpo da irmã mais velha que mal havia conhecido. Talvez elas teriam se tornado grandes amigas ou, quem sabe, se Mirya a conhecesse melhor, acabaria se cansando dela. Sabia que a irmã tinha defeitos, só que não viveu ao seu lado o suficiente para ter o privilégio de os conhecer. Era injusto ela ter morrido de forma tão abrupta. Não bastava ter sido roubada da sua infância, Ayla se sentia agora roubada do seu futuro também.

Do outro lado do cilindro, Elliot a observava, o olhar tão atento e preocupado que compartilhava da mesma dor e confusão dela.

Reuel coçou a garganta e se aproximou do corpo, dando fim ao silêncio que havia perdurado por tempo o suficiente.

— Ouça, ó humanidade — ele fechou os olhos e começou a proclamar as palavras já memorizadas em sua mente. — A Gravidade é uma. Ela tem o universo em suas mãos e os planetas não são nada mais do que o encosto para os seus pés. É ela que resta quando nossos corpos desfalecem, é ela quem pulsa quando a vida se esvai de nosso peito. Nós passamos, ela permanece.

— Ela permanece — alguns homens repetiram após ele, como mandava a tradição.

— Essas palavras não marcam apenas a morte de nossa amada líder — Reuel continuou —, pois elas eram a sua própria vida. Toda a vida de Mirya foi apenas um grande ensaio, para que enfim se encontrasse com a Gravidade e se tornasse uma com ela.

Uma fincada de dor apertou o coração de Ayla, a ficha caindo aos poucos.

— Agora Mirya descansa, nós não. — Sua voz se tornou firme e resoluta, e naquele instante ficou nítido para todos quem agora estava no controle. — Não devemos e não podemos descansar. Nem mesmo parar para viver nosso luto. A morte de Mirya só terá valido algo se terminarmos o que ela se comprometeu a fazer em vida. Levar a humanidade para a Terra.

— Sim — Júlio concordou, com o rosto fechado, raiva e dor crescentes em seu semblante.

— Guardem o seu luto para o planeta Terra, pois é para lá que iremos.

CAPÍTULO 36
O MUSEU DA HUMANIDADE

Dentro do cilindro flutuante, o corpo de Mirya adentrou um incinerador que havia ao lado, onde corpo e roupas se tornaram poeira reluzente, que subiram se espalhando pelo teto da caverna. Ayla sentia seu corpo duro como o de uma estátua, as lágrimas não saíam, a respiração parecia arder o peito e estar ali, presente, era sacrilégio. Ela queria falar algo, sentia que Mirya merecia isso, mas não teve forças e, quando a cerimônia se encerrou, sentiu-se covarde e culpada, parada ali naquele canto, incapaz de ser forte como a mãe e a irmã certamente seriam em um momento como aquele.

Ela se assustou quando viu Abul e Jafari vindo em sua direção e virou o rosto olhando em volta, pensando se teria alguma forma de fugir deles. Mas o olhar de dor no rosto do sobrinho fez seus pés travarem no chão. Ela sentia um amor por ele que nunca tinha experimentado antes, era o tipo de sensação que a fazia querer consertar tudo, só para vê-lo sorrir de novo. Porém, à medida que ele se aproximava, sua mente sussurrou para ela com condenação, lembrando-a de que o que ele realmente precisava era da mãe, e isso ele nunca teria de volta, por culpa dela.

Se eu nunca tivesse deixado o palácio ele ainda teria Mirya, todos teriam, pensou, deixando a culpa correr pelo seu peito como um veneno.

— Ayla, querida — Abul falou, ao parar na sua frente.

Ela desviou o olhar, com os lábios trêmulos.

— Me desculpe... — comentou, com a garganta ardendo, querendo apenas desaparecer e nunca voltar a existir.

— O que quer dizer? — O homem se aproximou e colocou a mão em seu ombro. — Você não tem nenhuma culpa nisso!

— Tenho, sim. Se eu nunca tivesse deixado o palácio, ela não teria morrido.

— Se você nunca tivesse deixado o palácio, nós não teríamos nossa oráculo — ele falou com convicção. — E foi por isso que Mirya esperou por cada ano de sua vida. Ela desejava retornar à Terra, sim, mas o que ela esperou verdadeiramente foi por você. Ela falava mais de você do que do nosso planeta natal, e sonhou ainda mais com o dia em que reencontraria a irmã do que com o dia em que pisaria na Terra. Por isso pode dizer, mesmo com dor, que ela não morreu frustrada. Você foi a espera que valeu a pena e a espera que se concretizou.

Duas lágrimas solitárias rolaram pelo rosto ainda fechado de Ayla, paralisado pela dor.

— Tudo o que eu te peço é que não deixe a dor te paralisar... Honre a fé que ela tinha em você.

— Eu... vou. — Ayla assentiu, limpando as lágrimas.

— E saiba que não está sozinha. Nós somos sua família agora — ele reforçou, com um sorriso.

Abul era mais forte do que ela jamais conseguiria.

— E família sempre permanece junto, tia — Jarafi falou, o que fez seu coração partir em mil pedaços.

Ela abaixou o olhar para ele e sorriu pela primeira vez.

— É verdade. — Ela estendeu a mão para ele. — E eu te prometo que vou levá-lo para a Terra, todos vocês, mesmo que ainda não saiba como. E que vou estar lá, no dia em que lançar seu primeiro quadrinho em solo terrestre.

— Quadrinho? — O pai olhou para o filho, surpreso.

— Beleza — o menino respondeu, envergonhado. — E aí eu vou escrever sobre a mamãe, ela vai ter um quadrinho só dela...

Os olhos de Ayla lacrimejaram e ela se aproximou do menino.

— Ela vai ter vários quadrinhos, porque um só não seria suficiente.

— E assim ninguém vai se esquecer dela, porque eu não vou deixar — o menino falou, com as lágrimas voltando a rolar pelo rosto, e abraçou a tia.

— Isso mesmo. — Ela o abraçou de volta, lutando com todas as forças para que ele fosse o único que estivesse chorando. — Isso mesmo. Nós não vamos deixar.

Pai e filho se despediram dela e saíram abraçados, de volta para o alojamento. Ayla, porém, permaneceu no mesmo lugar. Ela ficaria, ficaria pela irmã e por tudo que ela representava e acreditava. Ficaria pelo legado que havia começado com sua mãe, continuado em Mirya e que agora repousava sobre ela. Não queria, nunca em sua vida escolheria nada daquilo, porém, não fugiria mais. Mirya merecia isso, merecia que ela completasse a missão que perseguia as mulheres de sua família.

Puxou o ar para dentro, abraçando a dor, o luto e a responsabilidade que tomavam seu coração, sentindo cada fisgada do cansaço que irradiava pelo corpo.

— Ayla, querida — Reuel disse e se aproximou, trazendo-a de volta para o instante presente. — Dói meu coração demandar tanto de você em um momento tão delicado. — Ele suspirou. — Mas precisa iniciar seu treinamento como oráculo.

— Eu sei.

— Estamos correndo contra o tempo e é mais do que necessário que não percamos mais nem um momento sequer.

— Está certo. No que me direcionar, eu farei. — Um sorriso triste e curto saiu de seus lábios. Era de concordância, não de alegria.

— Eu sou grato por isso. Sou grato por você. — Reuel colocou a mão enrugada no ombro da mulher. — E sua irmã também era.

— Obrigada — Ayla falou com tristeza.

Reuel estendeu a mão, sinalizando que andassem.

— Nós temos guardadas algumas tecnologias pré-exílio. São máquinas e aparelhos que não funcionam mais. Contudo, existe algo em específico que pertencia ao primeiro casal de oráculos. Trata-se de uma cápsula holográfica, tudo indica que guarda uma mensagem ou gravação daquela era.

— Elliot me falou. Acreditam que eu posso destravá-la.

— É o que esperamos. Acontece que eu gostaria de te dar um apoio maior, mas faz quatrocentos anos que tivemos oráculos, e a Gravidade não deixou um manual de instruções.

— Eu entendo, estou meio que por minha conta — a oráculo completou.

— Não, nunca. Está por conta da Gravidade. E é por isso que deve ouvi-la com atenção pelos próximos dias, e tenho certeza de que ela guiará seus passos.

—Talvez a cápsula holográfica seja um bom início, então.

— Acredito que é o melhor que temos.

Ayla, Reuel e Elliot adentraram um galpão escuro, também localizado dentro das cavernas ocultas. Ali estavam guardadas todas as relíquias da humanidade: documentos, objetos e qualquer outra coisa que datasse do pré-exílio. Era o que o povo humano tinha de mais precioso, resquícios da sua história original, e por isso era mantido o mais longe possível das mãos dos lunares.

Não havia qualquer trabalhador humano no local e robôs cargueiros percorriam os diferentes setores do galpão, fiscalizando cada prateleira e cada sessão. Uma unidade humanoide C3 foi quem os recebeu na entrada e os guiou para dentro.

— Sejam bem-vindos ao museu da humanidade.

Eles entraram pelos portões e caminharam por mais de vinte minutos, o lugar não parecia ter fim. Ayla passou por todo tipo de objetos e relíquias dos quais nunca tinha ouvido falar. Um fusca branco, um violão, prateleiras de revistas e livros antigos e embalagens do que um dia haviam sido tubos de maionese.

Chegaram ao corredor dos eletrodomésticos e eletrônicos, que armazenavam geladeiras, carcaças de droides já desativados e pequenas naves que não funcionavam mais. O corredor terminava em uma grande caixa de vidro, protegida por uma tranca especial e que continha outros objetos.

— Você... está bem? — Elliot perguntou baixinho antes de chegarem ao local; havia hesitação e preocupação em sua voz.

Ayla virou o rosto para ele, fitando-o por alguns segundos antes de responder.

— Isso não é o que importa agora — ela falou com um sorriso sem vida e virou o rosto, indicando que não queria continuar a conversa.

— Como o senhor pediu — a robô avisou, desativando o alarme da caixa assim que chegaram e abrindo a porta. — Tudo o que temos referente à *Bosei* e aos seus dois pilotos.

— Obrigado. — Reuel balançou a cabeça e adentrou o curto compartimento, acompanhado de Elliot e Ayla.

Dentro do vidro havia uma mesa de metal simples e sobre ela, diferentes apetrechos tecnológicos. Assim que bateu o olho no espaço, Ayla encontrou o que procurava: a cápsula holográfica tinha o formato de um bastão, o comprimento de uns trinta centímetros, e, diferente dos outros objetos na mesa, o metal que a constituía era de um tom alaranjado.

— Dizem que a cápsula é feita do mesmo material da *Bosei*. — Elliot pegou o objeto pesado nas mãos, observando-o. Ele girou o objeto com uma mão só e se virou de frente para Ayla, seu olhar preocupado e acolhedor encontrando com o dela.

— Aqui.

A pele da princesa se arrepiou ao tocar o metal frio, o cilindro era mais pesado do que parecia. Segurou-o com as duas mãos, observando cada detalhe. Havia uma linha no meio e, em cada lado, pequenos círculos que passavam quase despercebidos. Eram como leves marcas de uso.

Segurando a ponta do bastão com a mão esquerda, ela fechou a outra mão em volta das marcas que havia no lado direito, porém, nada aconteceu. Repetiu a ação no lado esquerdo do bastão e, quando sua mão se fechou sobre ele, os pequenos círculos pulsaram sob sua pele, como se estivessem sendo ativados.

— Ai. — Ela se afastou, soltando o bastão sobre a mesa, com um pequeno choque correndo pela pele.

Seus dedos formigavam pelo choque e ela massageou a mão.

— Você está bem? — Elliot perguntou, sem entender o que tinha acontecido.

Ayla abriu os lábios para falar, mas foi interrompida pelo barulho que saiu da cápsula. Ela tremeu sobre a mesa de metal e refletiu um holograma de uma mulher loira de cabelos encaracolados, que preencheu todo o espaço do cubículo de vidro.

"Olá", a gravação da mulher falou com um sorriso. "Meu nome é Marta Fagundes e eu sou a piloto da nave *Bosei*, responsável por trazer o que restou da humanidade até a Lua. Se você está vendo esta gravação é porque foi escolhida pela Gravidade para nos levar de volta."

CAPÍTULO 37
A CÁPSULA HOLOGRÁFICA

A mulher que reluzia à frente deles era linda e aparentava estar em seus trinta anos. Seus traços mostravam que pertencia ao clã da América, e ela tinha o cabelo escuro na raiz, com os fios encaracolados pintados de loiro. Usava um uniforme azul-escuro com o símbolo da Terra no peito.

"No momento em que estou gravando isso, faz uma semana que chegamos à Lua. A atmosfera ainda não está no ponto certo para vivermos fora dos alojamentos, mas nossos cientistas geólogos estão trabalhando nisso construindo a redoma, que alinhará ambas as atmosferas."

Ayla, Reuel e Elliot fitavam o holograma em silêncio, perplexos.

"Tudo está sendo preparado para que, daqui a quatrocentos anos, a humanidade possa retornar. Todo o conhecimento sobre a *Bosei*, sua localização e funcionamento está guardado neste dispositivo, que só poderá ser aberto pelo casal de oráculos da posteridade. Você é uma parte deles, no caso."

Ela sorriu para o nada.

"No entanto, se está vendo esta gravação, significa que ainda falta algo: o oráculo homem que pilotará a nave junto com você. Apenas ambos, unidos, são capazes de ativar a *Bosei* e fazê-la funcionar. Ela não é uma nave comum e demanda uma carga neural forte demais para uma pessoa apenas. Por isso, a sua prioridade agora é encontrá-lo; não tente fazer nada sozinha, porque não vai conseguir. Falo por experiência própria."

— Como eu o encontro? — Ayla sussurrou para si mesma.

"Agora, como encontrá-lo?", a mulher na gravação continuou, fazendo com que Ayla a olhasse assustada. "Esse objeto que tem em mãos é a chave. A segunda parte da cápsula só poderá ser destravada pelo oráculo homem, aquele escolhido pela Gravidade. Sim, neste mesmo momento ela já o escolheu, seu trabalho será apenas de identificá-lo."

Ayla suspirou, o peito enchendo de ansiedade por aquilo. Se ele já estava escolhido, então ela não teria como fugir.

"Você deve estar se perguntando por que esse é o seu trabalho. Por que a Gravidade não se revela para ele, como fez com você? Primeiro, ela se revelará, pode ter certeza. Mas você faz parte desse processo assim como ele fará parte de sua missão. O que encontrará não é um mero homem, mas alguém que será equivalente a você em mente e espírito, cujas batidas do coração e fluxo de pensamento se alinharão ao seus, até se tornarem um. Vocês serão a representação da perfeita união que um dia a Gravidade terá com toda a sua criação. Um pertencerá ao outro e ambos serão um. Precisam ser equivalentes, como peças de um quebra-cabeça que foram feitas apenas para se encaixarem com a outra, e é por isso que você deve encontrá-lo."

As mãos de Ayla suaram frio e seu coração pareceu mais pesado em seu peito. Não era o tipo de intimidade que gostaria de ter, em especial em um momento como aquele.

"O bastão deve ser acoplado a um módulo de treinamento mental, são pequenos cubículos que usamos para treinar nossos soldados sem que tenham que sair para o campo. Uma vez conectado à máquina, ele gerará um teste mental, que apenas o casal de oráculos, juntos, poderá ser capaz de vencer. Isso atestará a conexão e compatibilidade de ambos. Assim que o encontrar, ele desativará a segunda parte desta mensagem. Boa sorte, e que a Gravidade te guie."

O holograma piscou por alguns instantes e então se encerrou, voltando para o bastão na mesa.

Um incômodo silêncio pairou no cubículo, ninguém sabia ao certo o que falar. Foram informações demais para um tempo tão curto.

Elliot deveria estar aliviado, estavam mesmo caminhando rumo ao cumprimento da promessa, a Gravidade não havia falhado e, encontrando o oráculo homem, eles voltariam para casa. Mas ele também não conseguia se alegrar com isso e já havia aceitado esse sentimento. Ele não deveria se importar, mas se importava. Perguntava-se como Ayla estava naquele momento, se seu peito doía tanto quanto o dele. Importava-se de ela estar segura, de estar confortável com quem quer que fosse escolhido naquela missão com ela. Importava-se com ela porque sempre tinha se importado, mesmo quando negava isso, mesmo quando tudo o que conhecia sobre ela eram seus reflexos nos hologramas. Suspirou, deixando a frustração de perceber isso passar por si e ir embora; faria o que Mirya gostaria que ele fizesse, cuidaria dela e garantiria que o homem que estivesse ao seu lado fosse digno da sua companhia.

— Então — Ayla foi a primeira a quebrar o silêncio —, precisamos encontrar esses módulos de treinamento mental. Certo?

— Sim — Reuel respondeu, pensativo. — É um modelo de treinamento que caiu em desuso, mas temos alguns. Basta encontrar um que ainda funcione.

— Eu posso ir ver isso agora — Elliot se prontificou, disposto a fazer qualquer coisa que ajudasse. — Me dê dois soldados e vamos procurar nos outros depósitos.

— Não — Reuel o cortou, levantando a mão. — Eu escolho alguém para fazer isso. Vocês dois, quero que descansem. Já temos o direcionamento que precisamos. Elliot, leve Ayla até os alojamentos na base militar daqui, é onde ela morará a partir de agora. — Ele moveu o olhar até se encontrar com o dela. — É mais seguro, querida.

— Tudo bem — Ayla respondeu, desanimada.

Mal havia se acostumado com a casa de Mirya e agora nem Mirya nem a casa existiriam mais.

— Sim, senhor — Elliot abaixou o rosto, em submissão.

— Providenciarei um módulo que ainda esteja em funcionamento e amanhã pela manhã começamos os testes — Reuel avisou, antes de dispensar o filho e a princesa.

CAPÍTULO 38
A PRINCESA E O CAPITÃO

Ayla e Elliot fizeram o trajeto até a base em silêncio. Ele andou cada metro do caminho com os olhos fixos nela, buscando alguma pista que o levasse a entender o que ela sentia, o que quer que estivesse passando em sua mente e desejando que ela falasse algo, qualquer coisa. Já Ayla mal reparou, seus olhos estavam fixos no chão, e ter a companhia do rapaz era o mesmo que estar sozinha.

— Você está bem? — ele perguntou assim que entraram na base militar, que era simples e dividida em seções. Na seção C ficavam os alojamentos dos capitães e líderes dos batalhões. Ayla foi destinada a ela.

— Uhum — ela respondeu, sem muita reação.

— Bom, vou te mostrar onde vai ficar. — Com um aceno ele pediu para que ela o acompanhasse.

— Estamos migrando toda a liderança humana para cá, para que... — Elliot engoliu em seco, incapaz de terminar.

— Não aconteça o que houve com minha irmã — Ayla completou.

— Exato — respondeu com o olhar distante.

Eles atravessaram um grande corredor e chegaram até duas portas de vidro que indicavam no alto: "seção C".

— Eu e meu pai também fomos realocados para cá, estávamos em outra base aqui na caverna. Vamos ficar neste dormitório. — Apontou para a porta ao seu lado. — E você aqui. — Deu alguns passos até alcançar a próxima porta.

— Tudo bem.

Elliot abriu a porta, convidando Ayla para entrar. Era um pequeno apartamento, com uma cama de casal em um extremo e uma pequena cozinha no outro. Ao lado da cozinha havia uma porta que indicava o banheiro. Era só um pouco maior do que o seu na casa de Mirya, mas isso nem a importava mais. Preferiria mil vezes aquele banheiro, se tivesse a irmã de volta.

— Obrigada.

— Vamos estar aqui do lado, caso precise de alguma coisa.

A princesa levantou o olhar e encontrou o de Elliot. Ela estava tão triste, tão fraca, que vê-la naquele estado fez o coração dele se comprimir. Queria saber o que falar, queria confortá-la da forma que ela merecia, queria poder tirar um pouco daquela dor e ver a vida voltando ao seu rosto de novo, queria poder garantir a ela que tudo ficaria bem, quando, na verdade, ele era a última pessoa que poderia fazer isso.

— Tem certeza que não quer conversar sobre tudo o que aconteceu? — ele insistiu, visivelmente desconcertado. — Não que tenha nada a falar, eu só... me incomoda que eu não possa te ajudar — admitiu.

— Você já me ajudou, me trouxe até aqui. — Ayla não se prolongou para não permitir que as lágrimas rolassem. — Só preciso descansar.

— Tudo bem. — Ele assentiu com a cabeça, os ombros caindo. — Vou estar aqui do lado, caso precise de alguma coisa — falou e começou a caminhar até a porta.

Ayla não queria falar, mas, naquele momento, não teve certeza se queria que ele fosse embora também. Não conseguia processar o que sentia, o medo, a raiva, a culpa, muito menos explicar isso para alguém. Mas Elliot havia sido, desde o baile, aquela presença inesperada, porém necessária, que no final fazia algum bem.

— Eu te vi no meu aniversário de um ano — falou antes mesmo de pensar com clareza. A imagem daquele menino correndo voltou à sua mente.

— O quê? — Ele parou na porta, virando o corpo.

— Você estava lá. Na gravação. — Um singelo sorriso, quase imperceptível, nasceu no rosto da oráculo.

Elliot sorriu, dando alguns passos de volta.

— Eu te disse. Foi uma das melhores festas de aniversário a que já fui. Faz vinte anos e ainda me lembro.

— Eles estavam *tão* felizes. Meus pais, Mirya, todo mundo. — Os lábios trêmulos da princesa, que ainda lutava com suas emoções, fizeram Elliot se aproximar.

— Ei! — Ele caminhou em direção a ela, notando que estava prestes a desabar.

— Eu não chorei desde esta manhã, sabia? Eu não consigo — ela admitiu, com a voz falhando.

Por que, dentre todas as pessoas, estava se abrindo com Elliot? Não sabia. Mas a forma com que ele a olhava naquele momento era muito diferente de como a olhou no baile. Suas sobrancelhas estavam franzidas, seus olhos azul-escuros atentos, ouvindo concentrado, e ele tinha uma pequena linha de preocupação na testa. Havia segurança e proteção naquele olhar, e isso foi o suficiente para fazê-la continuar.

— Eu sinto o meu peito sufocando e, por vezes, eu só desejo que Mirya não tivesse se levantado. Que *eu* tivesse morrido no lugar dela — admitiu, deixando o ar sair. — Eu queria nunca ter saído do palácio, queria que nunca tivesse invadido meu baile.

Ele hesitou, parando no lugar, com a culpa começando a tomar seu semblante.

— Eu sinto muito, eu não queria que nada tivesse acontecido dessa forma — respondeu com honestidade.

— Eu sei. — Ayla levantou o rosto em direção a ele. — O problema não é você, nem o baile, o problema sou... eu. Parece que a dor me persegue para onde quer que eu vá, e eu estou cansada de perder as pessoas que amo, quando elas já são tão poucas.

Duas lágrimas solitárias rolaram pelo seu rosto.

— Você não é o problema, Ayla. — Ele deu um passo em direção a ela, e a princesa percebeu que foi a primeira vez em que ele a chamou por seu nome humano desde o dia nas cavernas de Luton. — Você é a solução. E eu sei por que a Gravidade te escolheu.

— O quê? Por quê?

— Porque você é humilde e corajosa. Você passou por coisas que muitos não conseguiriam passar e sobreviver, mas ainda está aqui, de pé. A Gravidade vê isso, e agora eu sei que ela vai usar isso.

— Isso o quê? Minha fraqueza e total incapacidade de saber o que ela espera de mim? — Ela balançou o rosto, irritada, com as bochechas e o nariz vermelhos.

— Não, a sua persistência. Ela não é agressiva e obstinada como poderia ser em outras pessoas, mas é silenciosa e presente.

— Por que está me falando isso? — Ela cruzou os braços, com as lágrimas rolando e tendo dificuldade de aceitar aquelas palavras.

— Porque a Mirya via isso, e ela se sacrificou para que, um dia, você pudesse ver também.

Ayla balançou a cabeça, em negação.

— Não parece real — sussurrou em resposta. — Que ela não está mais aqui.

— Não deveria ser — ele respondeu, repousando a mão esquerda em seu ombro.

— Ela foi *tão* boa comigo, e eu sinto que nem a conheci. Esperei a vida toda só para passar alguns dias com ela. Então vem Caluya e... eu ainda não acredito que ela foi *capaz* de fazer algo assim, entende? Capaz de realmente tentar me matar. Talvez eu sempre soubesse e não quisesse acreditar — ela falou entre suspiros, com as lágrimas rolando soltas pelo rosto e começando a molhar sua blusa.

— Querendo ou não, ela também era a sua irmã. É como se tivesse perdido as duas de uma vez só, não?

Ayla balançou a cabeça em concordância, percebendo que ele havia colocado em palavras aquilo que ela mesma não tinha conseguido expressar. Sua dor era dupla, não somente por ter perdido Mirya, mas por ter sido Caluya a matá-la.

— É por esse motivo que *isso* tem que dar certo. *Eu* tenho que dar certo. Não podemos falhar em voltar para a Terra — falou suspirando, tentando, sem sucesso, parar as lágrimas.

— Nós não vamos.

— Não quero que Mirya tenha morrido por nada, não quero que a minha mãe tenha morrido por nada. *Eu* não quero morrer por nada. — Nesse momento as lágrimas rolaram livres por seu rosto, incapazes de serem contidas por um segundo a mais sequer.

— Você não vai morrer... — Elliot sussurrou baixinho e aproximou o corpo do dela.

— Mas eu ia, se não fosse Mirya. — Ayla colocou a mão trêmula nos lábios, sendo levada de volta para memórias antigas. — Eu tinha muito medo de morrer quando eu era pequena. Muito *mesmo*. — Afundou o rosto nas duas mãos. — Droga, eu não sei por que eu estou contando isso.

— Não, está tudo bem. — Elliot passou o braço em suas costas, em um instinto protetor.

Não havia distância ou incômodo entre eles, tudo aquilo estava sendo dissipado pouco a pouco. O calor do corpo dele a fez se sentir mais calma, mais segura, sensação que ela nunca tinha experimentado antes. Ela sempre chorava sozinha, era a primeira vez que tinha alguém para chorar com ela.

— Eu fiquei apavorada quando Caluya apontou a arma e todo aquele medo da minha infância voltou para mim. Mas, no instante seguinte, quando Mirya se levantou e recebeu o disparo que era meu, eu me senti egoísta e estúpida, não merecedora de tamanho sacrifício. Eu pensava em mim mesma, enquanto ela pensou em nós.

Com os corpos já bem próximos, ela afundou a cabeça no peito de Elliot, que hesitou apenas por um instante, mas então a envolveu em um abraço. Pela primeira vez se permitiu desmoronar, e era bom descobrir que tinha alguém para segurá-la.

Ayla era mais baixa que Elliot e sua cabeça se encaixava com perfeição em seus ombros altos. Ele era paciente e demonstrou precisar daquele abraço tanto quanto ela. À medida que os minutos passavam, ele sentiu cada uma de suas barreiras ruindo, seu orgulho, seu preconceito, sua aparência inatingível, tudo aquilo que Ayla não tinha. Queria poder ser vulnerável como ela, queria poder mostrar que ali dentro dele também doía. Percebeu naquele momento que tinha muito o que aprender com a princesa e se sentiu honrado por ser aquele que estava ali, mesmo sangrando uma dor diferente, consolando-a como podia.

CAPÍTULO 39
AS MEMÓRIAS DA ORÁCULO

Assim que Elliot saiu, o quarto pareceu mais vazio. Ayla se sentou na cama, o corpo fraco e cansado gritando por um pouco de descanso. Tirou os sapatos e tentou não pensar na pressão do dia seguinte. Deitou a cabeça no travesseiro e adormeceu, com a mente preenchida por imagens de Mirya e sua mãe.

Para a sua surpresa, acordou instantes depois, em uma cama diferente.

Ela se levantou, assustada, se vendo em um quarto de hotel terráqueo, com uma cama grande em formato circular e móveis em tons de laranja. No lugar da parede da frente havia uma extensa janela de vidro, que mostrava toda a paisagem de prédios, árvores e um céu branco e límpido. Estava na Terra.

Saiu da cama com dificuldade e começou a inspecionar o quarto, parou na frente de um espelho e percebeu que usava um uniforme azul com faixas laranjas, assim como Marta, a oráculo do holograma. Caminhou até a borda da janela, fascinada com a vista. O céu da Lua sempre assumia tons de azul e roxo, por isso, nunca havia visto um céu como aquele, claro e limpo, tão branco que chegou a arder seus olhos.

A Terra era linda e o horizonte se estendia até onde ela não conseguia mais enxergar. O oceano de prédios e arranha-céus à sua volta era magnífico e coberto de plantas e árvores que nasciam de todos os lugares e pareciam estar sempre crescendo, até mesmo naquele instante.

A Terra era linda, mas parecia vazia. Ela olhou para baixo e notou que não haviam mais avenidas, veículos ou pessoas. Todas as ruas tinham sido cobertas pela natureza.

A praga da Gravidade, pensou.

— Marta, está na hora. — Um homem abriu a porta, pegando-a de surpresa.

Ela se virou, confusa, tentando entender o que acontecia.

— Vamos, está na hora do pronunciamento. — O homem continuou a fitá-la com um semblante impaciente. — Não vai ser tão difícil assim, é só repetir o que a Gravidade falou com você. Caso tenha se esquecido, é a única que pode ouvi-la.

— O que a Gravidade falou? Eu não sei o que ela disse.

— Sabe sim, só está nervosa, vamos.

O homem caminhou até ela e, em seguida, a levou até a porta. Ayla notou que as mãos dele estavam tremendo um pouco e seus olhos percorriam todos os cantos.

— É louco isso, termos que nos submeter a uma força que nem vemos — ele comentou enquanto andavam por um corredor iluminado, com quadros alaranjados. — É assustador, na verdade. Há um ano eu não acreditaria em nada disso e agora estou aqui, sendo o assistente da única pessoa que pode ouvir a Gravidade.

Ayla riu desconcertada, fingindo entender do que ele estava falando.

Estava na Terra, isso era um fato, e o homem desconhecido a havia chamado de Marta. Pensou que talvez estivesse acessando alguma memória da primeira oráculo, mas, quando se olhou no espelho, viu a si mesma.

Eles continuaram a caminhar, e diferentes pessoas a cumprimentaram no caminho.

Saíram em um amplo saguão de formato circular, cujas luminárias, tapetes e móveis eram todos de tons alaranjados. Do outro lado, havia um corredor por onde saíram dois homens, um deles parecendo tão perdido quanto a própria Ayla. Quando ele se virou, ela pôde ver seu rosto com clareza, parando embasbacada onde estava:

— Elliot?

O homem a olhou, assustado, e também a reconheceu.

CAPÍTULO 40
O TESTE

Ayla acordou e se sentou na cama. Estava de volta ao seu pequeno apartamento na base militar. Suspirou aliviada ao ver o ambiente familiar à sua volta. Um barulho de engrenagens chamou sua atenção e ela olhou para baixo, encontrando M4 na borda da cama.

— M4! — gritou de alegria e escorregou pelos lençóis da cama.

— Bom dia, minha senhora — o robô respondeu de forma alegre.

— Eu esqueci de você, me desculpa! O dia de ontem foi...

— Tudo bem, todos nós estamos sofrendo muito com a perda de Mirya.

— Sim. — Ayla engoliu seco. — Como você veio parar aqui?

— O senhor Elliot me trouxe, ele me buscou na casa de Mirya.

Ayla sorriu.

— Fico feliz que ele tenha feito isso, é bom ter você por perto.

— A senhora está sofrendo, não está? Posso notar isso pelos meus sensores.

— Bastante. — Ayla suspirou. — Quando a pessoa que você pensava ser sua irmã assassina sua irmã de sangue bem na sua frente, e humanos contam com *você* para levar todos de volta para a Terra... É demais para uma pessoa só. A minha vida no palácio era simples comparada à de agora. — Ela riu de forma amargurada.

— Você deveria falar com a Gravidade sobre isso — sugeriu o robô.

— Por quê?

— Porque ela responde. É a única pessoa que pode se comunicar com ela, e, de acordo com meu dicionário, "comunicar" não significa só ouvir, mas falar também.

— Hum, você é sempre mais sábio do que eu espero que seja, M4. — Ayla sorriu e passou a mão no metal do robô. — Eu vou *tentar* fazer isso. Em algum momento — desconversou.

— Não deve fazer isso agora?

— Não, não. Agora preciso me preparar para um teste que fará o baile dos clãs parecer uma experiência calma e divertida. — Fez uma careta enquanto caminhava para o pequeno guarda-roupa que havia antes da porta do banheiro. — E você vai comigo.

— Tudo bem. — M4 moveu sua única roda para frente e para trás, animado com a ideia de participar de algo.

O espaço para os testes havia sido preparado naquela mesma base, na seção A, e Elliot recebeu Ayla e M4 na porta com um sorriso ansioso, assim que chegaram pelo corredor.

— Bom dia — ele os cumprimentou, carregando em suas mãos um visor.

Ayla acenou com a cabeça em resposta, lembrando-se do sonho que havia tido. Percebeu que Elliot tentava não olhar nos olhos dela e estranhou a reação para alguém que parecia tão próximo no dia anterior.

— Graças à Gravidade, conseguimos encontrar um módulo ainda em funcionamento — ele comentou enquanto entravam pela porta.

— Não é bem assim, meu caro, *eu* consertei ele. — Uma mulher de cabelos curtos encaracolados e pele escura se aproximou deles. — Prazer, Lilian.

Ela estendeu a mão para a oráculo.

— Ayla, Lilian é a engenheira-chefe das frotas de Luton e uma das mentes mais brilhantes que temos.

— Um pouco mais do que isso, mas tudo bem. — Ela piscou para Ayla e saiu andando em direção à grande esfera que havia no centro do salão, ocupando todo o espaço e quase encostando no teto.

— É uma pessoa um pouco desagradável, mas é a melhor no que faz. Vai nos ajudar nos testes hoje — Elliot falou com uma careta, mas quando virou o rosto para Ayla percebeu que ela não prestava atenção. Estava olhando para ele com bastante afinco, os olhos semicerrados, como se procurasse algo. — Ahn...

— Você sonhou esta noite? — ela perguntou de repente. — Eu tive um sonho *tão* estranho.

— Sonho? Não, *não*, eu nunca sonho — desconversou e seguiu a engenheira em direção à cápsula.

— Os batimentos do capitão estão mais instáveis do que o comum — M4 comentou, aos seus pés.

— Obrigada, M4! — Ayla olhou para Elliot com as sobrancelhas arqueadas e caminhou até o centro do cômodo, desconfiada.

O módulo era uma estrutura circular de metal escuro, ele tinha duas aberturas, uma na frente e outra atrás, por onde entravam os pilotos. Dentro, ele consistia de duas poltronas, uma do lado da outra, e um visor que cobria todo o interior da esfera, onde aconteciam os treinamentos no passado. O bastão havia sido conectado à interface da máquina, e era ele que unia uma poltrona à outra, preso no centro de controle entre elas.

— Você entra aqui, por favor — Lilian direcionou, parada na entrada do módulo. — O robô tem que ficar fora. — Usou o pé para barrar M4, que já tentava rolar para dentro.

— Está tudo bem, M4, é só ficar com Elliot — Ayla o tranquilizou, entrando no equipamento e sendo abraçada pela escuridão do lugar.

Ela se sentou na primeira poltrona. Era grande e feita de um material frio que fez sua pele arrepiar assim que a tocou. Uma assistente já estava lá dentro e encaixou um capacete em sua cabeça. Nele, havia fios que se conectavam ao assento. Além de calcular suas frequências neurais, o capacete funcionava como um visor para o painel acima de si; ele tampou toda a vista das extremidades.

— Como está aí dentro? — Elliot perguntou do lado de fora.

— Incômodo, escuro, mas tudo certo. — Ayla deu de ombros.

— Ótimo. Agora coloque a sua mão no bastão ao lado do assento, para que a cápsula seja ativada.

Ayla tateou até encontrar o lugar exato onde o bastão estava e fechou a mão sobre ele. Sentiu o leve choque de antes correr entre seus dedos. Toda a máquina em volta de si foi ativada, o painel brilhou com uma luz azul e uma mensagem foi reproduzida:

— Este teste foi criado por Marta Fagundes, a primeira oráculo e piloto da *Bosei*. É um teste único, que avaliará a compatibilidade da oráculo com o seu copiloto. A segunda parte da cápsula holográfica será desbloqueada assim que a prova for vencida, e o oráculo homem encontrado.

— Ayla — Elliot falou assim que a mensagem se encerrou —, está mostrando aqui que é um teste curto. Selecionamos alguns *candidatos* e já vamos começar com o primeiro — a voz dele falhou um pouco nessa parte. — Se precisar parar e descansar, avise a gente.

— Tudo bem.

A oráculo fechou os olhos e respirou fundo. Naquele instante, a ideia de falar com a Gravidade voltou à sua mente, mas ela a empurrou para longe, tentando focar o painel acima de si.

— Primeiro candidato — Elliot continuou do lado de fora. — Kim Jin, pertencente ao clã da Ásia, piloto classe B.

Ayla ouviu passos adentrando a cápsula, e o homem se sentou ao seu lado. Era silencioso e rápido, e isso foi tudo o que pôde notar.

No momento em que o capacete foi posto na cabeça dele, o painel mudou de cor, revelando os gráficos do teste.

Em um fundo cinza formado de linhas verticais e horizontais, havia uma montanha de cor roxa que se punha ao fundo e um avatar verde neon de um homem, parado a certa distância.

— O desafio é vocês dividirem a mesma consciência e, juntos, conseguirem coordenar o avatar para que ele alcance o topo — mais uma mensagem com orientações soou.

— O quê? — Ayla indagou, confusa.

— Isso se conseguirem sobreviver aos lobos.

— Lobos? — Ouviu o homem ao seu lado, tão confuso quanto ela.

CAPÍTULO 41
O PARCEIRO IDEAL

O gráfico de três lobos de cor azul surgiu no painel. Ayla se agitou no assento, sentindo-se sufocada pelo capacete e já se arrependendo de ter saído do quarto naquele dia.

Droga, droga.

O teste iniciou e os gráficos dos lobos ganharam movimento. Ela tentou balançar a cabeça para frente e para trás e nada do avatar se mover. Os resmungos ao seu lado indicaram que seu parceiro também estava tendo dificuldade com isso.

Ayla se achava boa para reconhecer coisas belas e úteis, mas não se considerava uma delas. Um teste como aquele era só mais uma prova do seu fracasso psíquico, mostrando que não era boa para tarefas manuais, nem seu intelecto salvava. Ela resmungou de revolta e fechou os olhos, tentando mentalizar qualquer movimento no maldito boneco.

BAM.

A tela assumiu tons de vermelho.

— Seu avatar morreu. Vocês não são compatíveis — informou a máquina.

— Como é? — Ayla pestanejou, tentando tirar o capacete.

— Calma, calma. — Elliot se aproximou e suas mãos quentes se encontraram com a dela por alguns segundos na tranca do capacete.

— Pronto, você está livre agora — ele falou com um sorriso brincalhão, parecia até... *aliviado?*

Ela fez uma careta inconsciente para ele e tirou o capacete apenas a tempo de ver a silhueta do homem ao lado, pestanejando ao sair pela porta.

— Acho que ele não gosta de perder — Elliot comentou, com inesperado bom humor em sua voz.

— Você está se divertindo com isso? — Ayla voltou o rosto para ele, fuzilando-o com o olhar.

— Não. Óbvio que não. — Levantou os braços. — Olha, Kim não era o parceiro ideal, só que você também não se esforçou.

— Eu. Não. Sei. O. Que. Fazer! Será que não deu para perceber?

— Ayla, você é a oráculo. Eu tenho certeza de que vai saber o que fazer, apenas precisa se concentrar.

Ela revirou os olhos, irritada.

— Você tem mais confiança em mim do que deveria, Ramsdale — resmungou.

— Você é a minha oráculo — ele respondeu dando de ombros, como se não tivesse qualquer outra escolha.

A forma como ele falou fez com que Ayla sentisse as bochechas levemente quentes, e ela se lembrou do sonho, estranhando a sensação. Balançou a cabeça, tentando esquecer daquilo por aquele momento, e fechou os olhos, lembrando da Gravidade. Da sua voz, da sua presença. De como foi ouvi-la falar e da missão que ela lhe deu.

— Tudo bem. — Respirou fundo e abriu os olhos, encontrando os olhos azuis de Elliot, que pareciam ainda mais profundos naquela manhã. — Quem é o próximo?

Ele instantaneamente desviou o olhar.

— Vamos lá. — A assistente da cápsula entregou um painel para ele. — Maddox Ford é um soldado combatente com mais de dez anos de experiência e é membro do clã da Europa.

— E por acaso Elliot também não é fã dele? — Ayla provocou.

— Vamos ver como ele vai se sair. — Elliot deu ombros. — Está pronta?

— Só não sei o que fazer, mas... sim.

— Apenas use sua mente. Imagine o corpo do avatar como se fosse seu próprio.

Com isso, Elliot se despediu e caminhou para o lado de fora. Ayla se encaixou na poltrona e, com uma respiração profunda, recolocou o capacete. A assistente o prendeu no assento e recebeu o segundo candidato.

— Bom dia, oráculo — esse se dignou a pelo menos cumprimentá-la.

— Bom dia, Maddox — Ayla respondeu, falhando ao tentar virar o pescoço com o capacete. — E boa sorte — desejou antes de o painel se iluminar.

Os gráficos apareceram e a mensagem surgiu mais uma vez:

— O desafio é vocês dividirem a mesma consciência e, juntos, conseguirem coordenar o avatar para que ele alcance o topo. Isso, se conseguirem se livrar dos lobos.

Ayla se ajeitou na cadeira, tentando se sentir um pouco mais confiante. Os gráficos dos lobos apareceram e o teste iniciou.

Eles tinham que ser compatíveis mentalmente, certo? Para, com isso, moverem juntos o avatar, como uma só consciência. Não poderia ser tão difícil. Ela prendeu sua mão mais forte ao redor do bastão e tentou acalmar a respiração. *As pernas dele são as minhas pernas, seus braços, meus braços*, repetiu para si mesma.

Primeiro tentou se imaginar andando, dando as mesmas coordenadas para seu cérebro, porém, sem se mover da poltrona.

Surpreendeu-se ao ver as pernas do avatar tremendo no painel.

— Isso! — gritou de alegria. — Você pode tentar mexer a perna direita, e eu, a esquerda? — sugeriu, sentindo-se mais animada.

— Tudo bem — o homem ao seu lado respondeu.

Os gráficos dos lobos se aproximavam, mas, juntos, eles conseguiram fazer o avatar dar alguns passos desregulados e desengonçados. Não estavam tanto em sincronia, contudo, talvez estivessem chegando lá.

— Vamos aos poucos — Ayla orientou. — Uma perna, depois a outra.

— Seu avatar morreu. Vocês não são compatíveis.

A tela ficou vermelha e Ayla afundou no assento.

— Pelo menos eu fui bem melhor dessa vez — tentou se justificar quando a assistente tirou seu capacete.

— Foi um prazer de qualquer forma, minha oráculo. — O homem parado à sua frente era alto e musculoso, com uma barba ruiva. Ele estendeu as mãos para ela.

— Sim, igualmente — ela respondeu ao gesto, ruborizada.

Ele sorriu e então se afastou, saindo do módulo.

— Eu sei, ele é lindo, né? — O rosto de Lilian surgiu do nada ao seu lado.

— Ah! Acho que sim.

— Eu que coloquei ele na lista, aliás. De nada — ela disse e foi puxada pelas mãos de Elliot.

— Lilian, saia daqui — ele mandou, como um adolescente.

— Foi você quem me chamou para ajudar, *espertão*. Preciso checar os sinais vitais dela — resmungou e pegou o pulso de Ayla. — Licença, querida.

Ayla segurou o riso, vendo a intimidade e provocação que havia entre os dois.

— Vocês se conhecem há muito tempo? — Não conseguiu evitar a pergunta.

— Por infelicidade, sim. — Elliot revirou os olhos, fazendo Ayla rir. — Estudamos juntos desde pequenos.

— Ah, eu sei de *cada* história. Caso tenha interesse, é só me falar.

— Lilian! Já acabou? — O rapaz arqueou a sobrancelha esquerda.

— Já — a engenheira resmungou. — O módulo está funcionando muito bem. Consegue fazer mais uma rodada? — perguntou, olhando para Ayla.

— Sim! Acho que estou pegando o jeito — brincou.

— Ótimo. Então agora é com você, *capitão*. — Lilian esbarrou de propósito em Elliot e saiu da cápsula.

— Ela é horrível.

— Eu gostei dela.

— Então ela é aceitável, eu acho.

Ayla riu, sentindo o medo e a pressão do teste se dissipando aos poucos. Reparou que estar próxima a Elliot a acalmava e se perguntou o porquê daquilo. Como, em pouco tempo, ele havia tomado esse lugar?

— Quem é o próximo? — Ayla perguntou, voltando ao tópico.

— Hum — ele conferiu no visor. — Outro piloto. João Morais, clã da América — falou com lentidão, incapaz de conter seu julgamento.

— Por que parece tão desinteressado quando fala o nome deles? Pensei que você os tinha escolhido.

— Eu escolhi, mas ainda os considero fracos. Não sei se serão bons o suficiente — falou como se fosse algo trivial.

— E acha que você é? — Ayla semicerrou os olhos, provocando-o.

— Não, é claro que não. Eu não me coloquei na lista. — Ele tossiu, desconcertado.

— E por que não? — Ela cruzou os braços.

— Porque não é o meu papel. Eu não conseguiria... — Ela nunca o tinha visto tão desconcertado. — Ayla, de todas as pessoas, eu sou a última que conseguiria ouvir a Gravidade — ele admitiu, e ela percebeu que havia mágoa escondida em sua voz.

— Você não tem como saber isso — ela respondeu em um tom de encorajamento.

— Eu acho que tenho, sim.

— Então... não se importaria em tentar, não é mesmo? Já que está tão seguro sobre o resultado final.

Elliot ouviu e desviou o olhar dela para a poltrona vazia ao lado, considerando com ressalvas.

— Elliot. Está assustado com a cápsula? — Ayla provocou.

— Não. — Coçou a garganta, orgulhoso.

— Então do que é que você tem medo?

Ayla o encarava, e Elliot não tinha forças para desviar o olhar.

— De *nada* — ele respondeu, inclinando o rosto para baixo, aprofundando o olhar.

— Já que é assim, por favor, me acompanhe. — Apontou para a cadeira ao lado. — Como oráculo, eu escolho você — falou brincando, sem perceber na hora a profundidade das suas palavras.

Elliot olhou em volta, hesitante, e então abaixou a cabeça, caminhando até ela.

— Tudo bem, *oráculo* — provocou, antes de colocar o capacete.

— Vamos ver o que consegue fazer, *capitão*.

CAPÍTULO 42
OS ORÁCULOS DA GRAVIDADE

Elliot e Ayla se posicionaram nas poltronas e colocaram os capacetes de forma sincronizada. Sem planejar, estavam em perfeita sincronia.

Eles fecharam os punhos sobre o bastão ao mesmo tempo e o painel foi ativado.

Quando os gráficos apareceram, Ayla respirou fundo, mais calma e focada. Ela tinha um objetivo e iria alcançá-lo, precisava alcançá-lo.

Suas pernas, minhas pernas, meus braços, seus braços. Repetiu em pensamento. *Seu coração, meu coração.*

— Um coração — sussurrou.

O teste iniciou e um silêncio tão grande recaiu sobre o cômodo que ela podia ouvir as batidas do próprio coração. Ou eram as de Elliot? Não conseguia diferenciar mais.

O avatar surgiu novamente na tela, mas, antes que ela percebesse ou pensasse logicamente sobre isso, ele já estava andando. Suas pernas se moviam como uma só e, em instantes, o avatar no painel começou a correr enquanto era perseguido pelos lobos. Ela nem teve tempo de reconhecer a vitória, estava concentrada demais *sendo* o avatar, correndo por sua vida. Não percebeu que as pernas se moviam de forma natural e simétrica, ou que seu coração batia tão rápido no peito quanto o de Elliot ao seu lado.

Ayla correu monte acima, Elliot podia sentir as pedras sob seus pés. Ayla inspirava, Elliot expirava. Com rapidez, alcançaram a montanha como se fossem um só. O avatar parou no topo e os gráficos desapareceram, fazendo o painel assumir a cor verde.

— A missão foi concluída, vocês são 100% compatíveis.

A mensagem final foi o único som ouvido no módulo por um bom tempo. As luzes se acenderam e, do lado de fora, a assistente destravou o capacete de ambos. Elliot o tirou primeiro e Ayla, logo em seguida. Seus olhares confusos e surpresos se encontraram. Um pequeno sorriso nasceu no rosto de Ayla.

— Era você no meu sonho. Tivemos o mesmo sonho esta noite, não foi? — ela falou, perplexa.

— Acho que sim — ele murmurou com o olhar tenso.
— Então você já tinha sido escolhi...
Ayla foi interrompida pelo holograma que saiu da cápsula holográfica e iluminou todo o centro do módulo.

Marta estava presente mais uma vez, com seu uniforme azul e alaranjado e seu cabelo encaracolado tingido de loiro. Agora estava ao seu lado um homem de pele escura, porte atlético e olhar destemido. Ele trajava um uniforme similar ao dela.

"Saudações a ambos, últimos oráculos da Gravidade", o holograma do homem falou. "Eu sou Ayo, copiloto de Marta na missão de trazer a humanidade até a Lua. O trabalho de vocês será levá-la de volta. Esta cápsula foi mantida segura até este momento porque as informações que colocamos aqui são sigilosas."

"Vocês vão encontrar, dentro do dispositivo, os mapas originais da *Bosei*", Marta emendou, lançando um olhar de intimidade para Ayo. "Tendo os mapas, encontrarão sua localização."

"Isso é tudo o que podemos fazer por vocês daqui, bom, do passado." Ayo sorriu. "A jornada de um oráculo não é fácil, mas essa é a maior graça da Gravidade sobre vocês: o outro. Acreditem, em uma missão como esta, ser dois é muito melhor do que ser um."

"É uma oportunidade singular a que vocês têm, de ouvir e se comunicar com a Gravidade. Não é só um cargo ou uma missão, é um privilégio. Tentem não esquecer disso", Marta aconselhou com um sorriso, enquanto Ayo a fitava, em devoção.

"É isso", o homem completou, fechando as mãos sobre o abdômen. "Do primeiro casal de oráculos para o último: boa sorte na missão, e que a Gravidade os guie."

O holograma piscou e desapareceu, sendo recolhido para dentro do bastão.

Ambos permaneceram estáticos, sem saber como reagir e quando Lilian entrou de volta na cápsula, ela foi a primeira a falar.

— Que loucura, então era você! — Bateu no ombro de Elliot com animação. — Por que já não foi o primeiro a tentar logo?

— Não — ele respondeu de repente, com o semblante duro, e se levantou.

— O quê? — Ayla perguntou, confusa, repetindo o movimento dele e ficando em pé.

Ela queria ficar aliviada, ao menos estaria presa a alguém que já conhecia um pouco, mesmo que não com profundidade. Mas o semblante de Elliot era cético e o seu olhar, frio.

— Está errado. Mande vir o próximo candidato. — Ele falou, com o rosto empalidecendo.

— O quê?! Você viu, nós destravamos a mensagem! Somos *cem por cento* compatíveis! — Ayla gritou, com confusão em sua voz.

Elliot não respondeu de primeira, mantendo os olhos no chão. Depois de instantes ele levantou o rosto e a fitou; havia culpa e tristeza neles.

— Desculpa. Eu não deveria ter tentado.

Assim, saiu pela porta do módulo, sem qualquer aviso prévio.

— O que está acontecendo com ele? — ela perguntou, confusa, para Lilian, que parecia tão perdida quanto ela.

— Eu não sei, nunca o vi assim.

Com o peito ardendo, Ayla bufou e saiu do módulo, seguindo-o.

— Então é isso?! Você vai fugir? — ela gritou, enquanto ele saía do cômodo, esbarrando nas pessoas sem se importar.

Ele a ouviu e continuou a andar, o que a deixou ainda mais irritada.

— Elliot! — insistiu Ayla, batendo os pés no chão, estavam ambos sozinhos no corredor que levava até o espaço dos testes.

Ele parou, então, ainda de costas, os ombros subindo e descendo, mostrando que respirava com dificuldade.

— Você não tem esse *direito* — ela falou entre dentes, surpresa com como sua voz saiu ferida.

— Direito de quê? — Ele virou o rosto.

— De fugir agora. Você não sentiu? Nossos corações ali, batendo como um só? Nossos pensamentos tão alinhados que eu mal notei quando o avatar começou a andar? Seria o homem mais desonesto de toda a Lua se dissesse que não sentiu.

— Eu senti! Tá bom? — Ele gesticulou, o rosto começando a ficar vermelho, e caminhou até ela. — É obvio que eu *senti*, mas isso não muda nada.

— Elliot, isso muda tudo! Você é o oráculo homem da Gravidade — ela falou, de forma intensa, e abriu um sorriso no final.

— Não, eu não posso ser! Você não entende. — Ele colocou as mãos no rosto e Ayla percebeu que nunca havia visto Elliot tão desestabilizado assim.

— Então me explica.

— Ela *não* fala comigo! Ela nunca falou! E tudo o que eu quis, desde o momento em que desejei qualquer coisa na minha vida, era que ela falasse. Ela não falou quando a minha mãe morreu e ela não falou quando o meu pai entrou em depressão e eu fiquei completamente sozinho. Ela não falou quando eu acreditava nela de *todo* o meu coração e não falou quando eu comecei a duvidar. Ela nunca falou e ela não tem o direito de falar agora, não comigo — despejou, enquanto duas lágrimas solitárias rolaram pela sua bochecha.

No reflexo dos seus olhos, Ayla viu toda a dor que estava guardada ali. Pensou por quantos anos ele havia armazenado essa ferida em silêncio, um incrédulo no meio dos que criam.

O seu peito se acalmou e ela sentiu toda a raiva se dissipar.

— Elliot... — ela sussurrou, estendendo a mão em direção ao rosto dele, para limpar a lágrima, mas, antes que ela encostasse em sua pele, ele partiu.

CAPÍTULO 43
O ORÁCULO INCRÉDULO

ELLIOT

Elliot saiu às pressas da base, os pés pisando firme no chão, enquanto o peito batia acelerado. A cada passo que ele dava era mais difícil conter tudo lá dentro. Seus olhos ardiam pelas lágrimas que segurava e sua garganta doía pelo choro que precisava sair. Naquele momento ele tinha três anos novamente, revivendo todo o pavor de encontrar sua mãe morta sobre o carpete e se perguntar por que a Gravidade não a tinha salvado.

Ele entrou na primeira nave que encontrou estacionada e, com seu código de capitão, a destravou, fazendo-a voar no céu, enquanto o piloto da mesma gritava do solo, sem compreender. Assim que ela subiu, ele sentiu seu corpo mais leve, a ansiedade menos latente. Naquele momento, era só ele e os intermináveis túneis do coração da Lua. Se ficasse perdido entre eles para sempre não precisaria voltar e enfrentar a garota que havia deixado para trás, com o olhar de decepção no rosto.

Desde a morte de sua mãe ele encontrara um único consolo, ouvir a Gravidade. Nutriu a ideia de que, se ela falasse com ele, lhe explicaria o porquê, o porquê de tudo ter acontecido e ele ter sido deixado sozinho. Se ela falasse com ele, pela primeira vez não estaria sozinho. Aquele sonho o manteve firme e com fé por muitos anos, mas, à medida que crescia, mais dura a realidade se tornava. A Gravidade nunca falaria, não com ele. A fé que tinha antes se transformou em negação, o que mais tarde se transformou em raiva. Essa raiva crescia e consumia seu peito, se tornando uma dor física que agora estava mais latente do que nunca, porque, diferente de estar com raiva de um ser humano, ele poderia gritar para a Gravidade, mas ela nunca gritaria de volta.

Ele encostou a cabeça no banco, sentindo o seu coração bater mais rápido do que deveria e a respiração falhar, fazendo com que tivesse que puxar o ar com violência. Sua cabeça girava enquanto ele tentava racionalizar o que havia acontecido.

Guiou a nave por entre os túneis, sem saber ao certo para onde estava indo, enquanto lágrimas quentes rolavam pelo seu rosto. Sua garganta ardia e sua dor se transformou em palavras, palavras presas há muito tempo em seu peito.

— Onde você estava quando eu precisei de você? Onde você estava quando eu implorei que me desse o único sinal, só para eu saber que você me via? — gritou a todo pulmão, o túnel ficando cada vez mais estreito. — Você não estava lá, assim como *eu sei* que não está aqui agora — as palavras saíam com amargura.

Ele suspirou, sentindo o peito mais leve, e, quando foi mudar o curso da nave para sair dali, suas mãos congelaram no ar. A sua respiração parou, os controles da nave desligaram todos ao mesmo tempo e, para o seu desespero, a carcaça começou a cair em queda livre.

O pavor tomou cada músculo de seu corpo, que não se mexia, e ele arfou, sem conseguir sentir qualquer partícula de ar. Sentiu seu peito esmagado por uma mão forte e pesada, que não via, mas estava ali agora. O espaço dentro da nave ficou rarefeito e ele, em pavor, constatou que não estava sozinho. Havia olhos sobre ele, e, por mais que não os visse, sentia o peso daquele olhar, que consumia todo o seu passado, presente e futuro.

— *Eu pergunto* — a voz da Gravidade ecoou por todo o espaço, fazendo seus músculos imóveis tremerem — *onde estava você?*

A nave caía a toda velocidade, com as asas raspando nas paredes dos túneis, prestes a colidir com tudo na caverna inferior para onde a passagem levava.

— *Onde estava você, quando eu constituí a matéria?* — ela falou e, mais uma vez, tudo tremeu. Imóvel, tudo o que Elliot conseguia fazer era chorar, as lágrimas de pavor e surpresa descendo pelo seu rosto. — *Onde estava você, quando eu lançava os fundamentos dos mundos?*

O chão da caverna abaixo se tornava cada vez mais próximo. Elliot devia implorar por sua vida, ele devia ter consciência de que dali a alguns segundos tudo terminaria, seus medos, suas dores e esperanças, em uma grande explosão que encerraria seus dias. Mas ele não se importava com nada disso, não conseguia; a única coisa que passava por sua mente era que... ela havia respondido.

Ele fechou os olhos esperando o baque e, quando tudo escureceu, o rosto de Ayla foi o primeiro que veio à sua mente. Ele sorriu, pensando que, mesmo que ela nunca soubesse, naquele momento era grato a ela de formas que ela nunca poderia imaginar. Decidiu que morreria com esse pensamento em mente, com esse rosto.

Mas então a nave parou, no meio do ar, a alguns metros de distância do solo, flutuando. O controle da nave foi reativando aos poucos, o visor voltando a brilhar. Elliot abriu os olhos, em surpresa, e notou que seus braços se moviam novamente, assim como a respiração, que havia retornado.

Ele olhou em volta, exasperado, e um sentimento que nunca havia sentido antes tomou conta do seu corpo: vergonha. Ele havia questionado a Gravidade e ela o tinha respondido! Mais do que isso, ela tinha escolhido ele para ser o seu oráculo. Ele! O menos merecedor de todos os homens.

— Por que eu? — perguntou com culpa e vergonha na voz, o peito comprimido por esse sentimento. — Por que *eu*?!

— *Porque eu ouvi.*

A nave chacoalhou e caiu, pousando finalmente no chão da caverna, com um baque que quebrou as rodas de apoio.

— O quê? — perguntou, exasperado, com as pupilas dilatadas.

— *Eu ouvi todas as vezes que me chamou quando criança.*

Os lábios de Elliot tremeram enquanto suas lágrimas se transformavam em um choro sonoro, e ele fechou os olhos, imaginando todas as versões de si mesmo. A criança, o menino, o adolescente e o adulto. Todas quebradas, todas com aquela mesma ferida aberta, que ali, naquela caverna, naquele exato momento, estava sendo curada. A presença da Gravidade encheu cada um de seus vazios, até sentir seu peito inteiro de novo e ser capaz de abrir um sorriso.

Não sabia o que deveria fazer, nem como faria, mas aquela era a Gravidade, e se ela o estava puxando para si, *não* tinha como lutar contra.

CAPÍTULO 44
A CIBORGUE

CALUYA

[Dez dias para o cumprimento da promessa]

O corpo de Caluya se estendia sobre a maca da ala hospitalar do palácio. Ela ficou desacordada durante um dia inteiro após a cirurgia à qual foi submetida. O tiro de Elliot havia acertado embaixo da clavícula e atingido os vasos sanguíneos, por isso, o membro necessitou ser amputado às pressas. No lugar, um braço mecânico foi colocado, desenvolvido pelos melhores cientistas de Grimaldi. Ele foi conectado ao sistema nervoso central por microagulhas que perfuravam o pescoço da princesa.

Com uma dor latejante se espalhando pelo corpo à medida que a anestesia perdia o efeito, Caluya começou a recuperar a consciência. Sua cabeça zunia, e ela mal conseguia abrir os olhos, sua sensibilidade gritando todas as vezes que tentava. Queria se mexer, mas não tinha forças, queria se levantar, mas se sentia presa na maca.

— ARGH! — Rangeu os dentes de raiva e frustração enquanto uma lágrima solitária rolou sobre a sua bochecha.

Descansou a cabeça mais uma vez, frustrada e humilhada. Ela perderia tudo o que tinha e sabia disso. A forma como Taluya havia olhado para ela durante o embate estava impressa em sua memória. Era um pesadelo que a atormentava, estando ela dormindo ou acordada. Iria matá-la naquele momento, estava mesmo disposta a isso, porém, quando viu seu olhar de pavor e surpresa, sentiu seu próprio coração sendo penetrado pelo *laser*. E, de fato, foi atingida instantes depois por aquele *maldito* humano. Ainda não entendia como Taluya poderia tê-la traído dessa forma e se aliado a eles.

A confusão e a raiva pressionavam sua mente da mesma forma que a dor latejava em seu braço direito. Ele pesava muito mais do que qualquer outro membro, e foi apenas quando conseguiu abrir o olho esquerdo que descobriu a causa de tanta dor. As memórias anestesiadas do dia anterior voltaram de uma vez. A dor excruciante, o sangue jorrando, as lágrimas incontroláveis e os robôs amputando seu braço.

Olhou para o membro, agora mecânico, com desgosto. Todos aqueles anos mantendo um físico exemplar, todo o treinamento, esforço e horas de produção para que fosse o modelo de beleza em toda a Lua, para agora se tornar incompleta, quebrada, parte lunar e parte máquina.

O ódio que queimou em seu peito a impulsionou a se erguer. Ela mordeu os lábios ao sentir a pontada de dor. O sangue escorreu da boca pelo queixo, mas não retrocedeu e empurrou o corpo até estar sentada.

Já ereta, Caluya observou o cômodo ao seu redor, as paredes brancas, as lâmpadas amareladas, e o grande brasão do império moldado na parede ao seu lado, reluzindo.

Seu Império. Seu povo. Sua responsabilidade.

A porta mecânica se abriu, e por um instante ela desejou ver um rosto lunar saindo dali, mas quem entrou foi um droide humanoide, que caminhou até onde estava.

— Minha princesa, trago atualizações urgentes do clã de Kepler.

— Diga — ela murmurou.

— General Aio, líder do clã, está morto. E os humanos estão tomando a cidade. O clã de Tycho caiu.

CAPÍTULO 45
ELA ESCOLHEU MESMO ASSIM

Era noite e Ayla não conseguia dormir, com a preocupação por Elliot tomando cada um de seus pensamentos. Ele não havia sido encontrado durante todo o dia e o estado em que a deixou no corredor mostrou que havia muito que ela não conhecia sobre ele. Aquela raiva, aquela dor, como não havia percebido elas ali antes? Cansada de aguardar por qualquer notícia, ela deitou na cama, se encolhendo entre os lençóis e torcendo para que adormecesse logo. Foi quando seus olhos finalmente se fecharam que alguém bateu na porta.

— Elliot? — ela sussurrou, levantando em um pulo. Esqueceu-se até mesmo do robe e correu para a entrada.

Ao abrir a porta às pressas, ela se deparou com o exato rosto que desejava. Elliot estava parado à sua frente, usando as mesmas roupas de manhã, porém com alguns botões na farda abertos. Seus cabelos loiros estavam desgrenhados, o rosto branco com algumas manchas e os olhos inchados, demonstrando quanto tinha chorado. Apesar disso, seu semblante estava leve e seus olhos eram gentis. Ela abriu um sorriso de alívio, achando-o estranhamente belo, ali, daquela forma exata.

— Ayla, me perdoe — ele falou, colocando-se de joelhos aos pés dela, o que a pegou completamente de surpresa.

— Elliot! — Ela pestanejou, olhando para o corredor com o semblante confuso. — O que está fazendo? Entre!

Segurou seus ombros e o forçou a se levantar, com o momento de fascínio tendo passado, achando-o apenas irritante novamente.

Eles entraram no cômodo e ela fechou a porta, sendo seguida por ele.

— Por favor, me perdoe, por *tudo*. Você não merece alguém como eu de nenhuma forma, muito menos como o seu oráculo. — Ele desabou, pondo-se de joelhos mais uma vez, ação que fez com que Ayla não conseguisse conter um riso, pensando que ele havia enlouquecido de vez.

Porém, a feição dele era de tamanha dor e assombro, que o seu sorriso sumiu. Ele parecia tão diferente do soldado imponente e fechado que conhecia, seus ombros estavam caídos, e ela nunca o tinha visto tão humilhado.

— Elliot, o que aconteceu? — perguntou com tensão na voz, ajoelhando-se em frente a ele.

— Ela falou comigo, a *Gravidade* — ele balbuciou, com brilho nos olhos. — Ela falou comigo e eu a ouço, ainda *agora*... suas palavras se repetem na minha mente, sua voz está ecoando em meus ossos e eu não pensei que eu iria sobreviver. Eu não deveria ter sobrevivido.

O peito de Ayla se aliviou e ela deitou os joelhos, caindo sentada no chão.

— Eu entendo. — Ela sorriu com cumplicidade. — Não parece que fomos feitos para sobreviver a tamanha *força*.

— Eu ainda não acredito que ela me escolheu — ele suspirou, com uma lágrima rebelde rolando, que ele prontamente correu para limpar.

Queria manter qualquer postura ou honra que ainda pudesse ter, mas sentiu que já as tinha abandonado naquela caverna.

— Eu não sei *por que* ela me escolheu.

— E você acha que eu sei?! — Ayla exclamou. — Eu ainda não sei o que eu estou fazendo aqui, Elliot, como eu *vim* parar aqui! Quanto mais conseguir fazer tudo o que ela espera de mim, conseguir ser tudo o que ela espera que eu seja! — admitiu, dando voz ao sentimento que continuava guardado em seu peito. — E agora que está na minha pele, você entende.

Elliot concordou, sentando no chão também, com o apoio das mãos.

— E como — ele falou sem orgulho. — Eu vivi a minha vida sendo a imagem de um humano perfeito, fingindo ter fé, fingindo ter esperança, quando por dentro eu era o completo oposto.

— Eu vivi da exata mesma forma. — Ayla arqueou a sobrancelha, surpresa com a semelhança. — Vestindo a imagem da lunar perfeita, quando quem eu era de verdade estava muito distante disso. Era uma técnica, inclusive, que eu aprendi quando criança: criar uma barreira, segura e convincente, e me esconder atrás dela. Ali, ninguém nunca me veria de verdade e dali eu não precisaria sair.

— Mas alguém viu — Elliot concluiu, com os olhos avermelhados. — Alguém viu nós dois, atrás de nossas defesas impenetráveis.

— Que nunca passaram de cercas caindo aos pedaços, vamos ser honestos — Ayla falou, o que fez ambos rirem.

— Ela nos escolheu mesmo assim — ele falou.

— Ela nos escolheu mesmo assim — ela repetiu, em concordância, os olhos começando a arder também.

Eles passaram alguns minutos em silêncio, absorvendo aquele fato, de que eram ambos, sentados no chão daquela base e sem muita confiança sobre o que viria a seguir, os dois últimos oráculos da Gravidade.

— É irônico, não é? — Ayla foi a primeira a falar; seu semblante havia suavizado e seus lábios estavam inclinados no formato de um sorriso.

— O quê?

— Que nós dois estejamos destinados a encontrar a *Bosei* juntos. Sendo que foi por causa dela que você veio até mim.

— Não acha ela uma nave idiota agora, não é?

— Não. E espero que a Gravidade não tenha ouvido isso — ela respondeu, abraçando os joelhos.

— Definitivamente ela ouviu e talvez foi até por isso que escolheu nós dois.

— Acha que a Gravidade tem senso de humor?

— Depois de hoje, eu definitivamente não duvido de mais nada sobre ela — respondeu com honestidade.

— Parece que alguém aprendeu a lição.

— Por que eu sinto que a lição só está começando?

— Porque provavelmente é isso que significa ser um oráculo. — Ela deu de ombros, deixando o corpo cair para trás.

— Encontrar uma nave milenar, guiar a humanidade e retornar para a Terra. Nessa ordem — ele falou em voz alta, mais para si mesmo.

— Existe um passo antes desse, na verdade. Você fugiu antes de ficar sabendo. — Ayla falou e Elliot notou seu rosto ruborizar um pouco.

— É claro. — Ele cobriu o rosto com a mão. — Só para ter certeza, você já me perdoou por isso?

— Estou no processo.

— E o que é? O passo antes?

— Bom... — Ayla, gesticulou, as mãos dela se movendo no ar. — De uma forma simplificada, uma espécie de... casamento.

— Oh! — Elliot arqueou a sobrancelha, tentando conter a surpresa. — Eu estava esquecendo dessa parte.

— Pois é, eu, infelizmente, não. Amanhã precisamos realizar a cerimônia dos oráculos, o mesmo ritual que Marta e Ayo fizeram quatrocentos anos atrás, nos tornando um perante a Gravidade e o povo.

O clima, que antes estava leve e complacente, se tornou tenso e apreensivo.

Ayla desviou o olhar, enquanto o de Elliot permanecia fixo nela.

— É claro que não precisa... Não vai ser um... — O rosto de Ayla se esquentava a cada frase incompleta. — Não precisa ser um casamento de verdade.

— Ah, não? Quer dizer, é claro que não! — Ele tossiu, mordendo o lábio inferior.

— Que bom. — A oráculo colocou a mão no peito, aliviada. — Acho que, de qualquer forma, é muito mais um ritual, sabe? Firmar nossa... *aliança*...

— O que parece bastante com casamento. — Ele arqueou uma sobrancelha.

— Podemos parar de usar a palavra casamento, por favor?

— Foi você quem começou. — Ele provocou, o que fez com que a tensão nos ombros de Ayla se suavizasse.

Não tinha o que temer. Elliot era bom e a Gravidade o havia escolhido para ela, o que não era ruim, afinal, preferia dividir aquele fardo com ele do que com qualquer outro rapaz. Mas era apenas isso e nada mais.

— Temos que estar de pé às sete. Reuel encontrou nos documentos que datam do pré-exílio uma transcrição exata da primeira cerimônia dos oráculos, e tudo o que devemos fazer é reproduzi-la. É claro, com isso sendo transmitido para os quatro clãs da Terra. — Ela pressionou as mãos no chão e se pôs de pé.

— Ah, que ótimo, princesa, nada assustador. — Ele seguiu o movimento dela e se levantou também.

Ayla abriu um pequeno e quase imperceptível sorriso; não admitiria, mas gostava de quando ele a chamava de princesa, era o único entre os humanos que ainda o fazia. Era como se ele estivesse dizendo, implicitamente, que reconhecia e valorizava todas as suas versões.

Ela caminhou até a porta, para abri-la, e Elliot a acompanhou com o olhar, notando em suas costas, que estavam expostas, uma grande cicatriz que ia de um ombro ao outro.

— Ayla! — ele exclamou com preocupação, se aproximando e tocando o local, o que fez a pele dela arrepiar. — O que aconteceu?

Ela virou o rosto, confusa.

— Não é nada. — Tossiu, com o semblante mais fechado. — É só uma cicatriz de infância.

— Parece um pouco mais do que isso... — Ele estendeu a mão em direção ao local, mas ela desviou, segurando a mão dele.

— Não é nada — insistiu, com o olhar resoluto, tentando esconder a dor.

— *Quem* fez isso com você? — Ele arqueou as sobrancelhas, sentindo o peito comprimir. Aquela não era uma cicatriz isolada; suas costas desciam, para dentro da camisola, com outras marcas, assim como pequenos cortes em seus braços, que agora estavam visíveis.

— Quem fez isso comigo já está morta há muito tempo. Acredito que os banhos de mióxio cobriam as cicatrizes, por isso não eram visíveis antes. Mas, como eu disse, agora está *tudo bem*.

Elliot assentiu e abaixou a mão, dando-se por vencido.

— Certo. Eu sinto muito, de qualquer forma — ele falou, incapaz de mensurar a raiva e tristeza que cresceu em seu peito ao ver aquilo. Ela não merecia, não merecia nenhuma dor que o palácio a causou.

— Não precisa sentir, eu sobrevivi. — Ela sorriu, com um brilho triste nos olhos, mas orgulho na voz.

— É claro. Você, Ayla Young, sobreviveria a qualquer coisa.

— Eu espero que sim. — Sua face corou levemente, um pouco afetada por aquelas palavras, enquanto ela abria a porta para ele.

— Boa noite — Elliot se despediu, com um último sorriso para ela. Desviando o olhar, caminhou em direção ao corredor.

— Ei, Ramsdale — ela o chamou quando ele já estava a alguns centímetros de distância.

— Sim? — Ele virou o rosto, com as sobrancelhas levantadas.

— Fico feliz que seja você. Meu oráculo.

Ele sorriu e abaixou o rosto, em reverência.

— Minha oráculo.

E assim saiu.

CAPÍTULO 46
A CERIMÔNIA DOS ORÁCULOS

[Nove dias para o cumprimento da promessa]

Na manhã seguinte, toda a liderança lunar havia sido convocada para o mesmo espaço aberto, longe das naves, em que havia sido o velório de Mirya. Um palco tinha sido construído às pressas, com mais de seis câmeras estrategicamente posicionadas à sua volta. As pessoas, que somavam perto de cinquenta, estavam sentadas em cadeiras, enquanto o caminho entre elas e o palco era decorado por espelhos de Lutons, camadas finas da pedra preciosa colocadas no chão e que resplandeciam. Era, para a infelicidade de Ayla, um casamento.

Elliot e Ayla estavam parados um ao lado do outro, alguns metros afastados do espaço, esperando o sinal dos técnicos de filmagem para que, então, entrassem. Ela estava vestida com um belo vestido branco que cobria todo o seu corpo, até o pescoço, tinha uma faixa cinza na cintura, que caía até os pés, e um broche azul do formato da Terra no peito. Seu cabelo estava puxado para trás com gel e sua franja havia sido presa com duas presilhas. Elliot, ao seu lado, estava vestido praticamente da mesma forma, terno e calças brancas, sem botões, um cinto cinza na cintura e o broche no peito.

— Você está com medo? — ela sussurrou entre os dentes, mantendo o olhar fixo no altar à frente.

— Não sei se medo seria a palavra — ele admitiu, descendo o olhar até ela. — Honrado, talvez.

As palavras a pegaram de surpresa e Ayla o fitou de volta, o semblante em conflito.

— Meu filho! — Reuel exclamou, caminhando em direção a eles com os braços abertos.

Elliot tossiu e desviou o olhar e Ayla sentiu que só então conseguiu voltar a respirar.

— Olá, pai. — Elliot abriu um sorriso, que a oráculo notou que não era inteiramente verdadeiro.

— Meus filhos, na verdade — o líder exclamou, abraçando ambos ao mesmo tempo. — Hoje, se torna minha filha, Ayla, e eu não poderia estar mais orgulhoso de ambos.

— Obrigada, Reuel. Faremos o máximo para honrar nosso compromisso como oráculos — ela falou, de forma mecânica, como se tivesse repetindo algo que memorizou.

— Vocês já estão fazendo, ambos! E eu sei, do fundo do meu coração, que Eun, Thiago, Mirya e Olivia estariam orgulhosos.

Elliot assentiu, percebendo os olhos arderem com a menção à mãe. Quantos haviam perdido no caminho? Parecia que aquela lista só aumentava.

— Vamos honrar a morte de cada um deles, pai. Eles não terão morrido em vão.

— É certo que não. — Reuel sorriu e, então, se aproximou do filho. — Eu estou orgulhoso de você, Elliot, estou mesmo. Nunca duvidei de que seria importante nessa transição.

— Obrigado, pai. — O rapaz suspirou.

— Bom, vamos então? — O líder parou entre os dois.

— Sim. — Ayla foi a primeira a responder, a ansiedade martelando seu peito.

Os técnicos mais à frente deram o sinal e, então, os três começaram a caminhar, um ao lado do outro, pelo corredor.

Câmeras-drone voaram entre eles, acompanhando-os no trajeto e fazendo com que Ayla se sentisse ainda mais desconfortável, uma semana já havia sido o suficiente para se desacostumar completamente com elas.

Reuel caminhava alguns poucos centímetros à frente dos dois, como líder dos remanescentes da Terra, guiando o caminho.

Depois do que pareceu uma eternidade para ambos os oráculos, eles chegaram até o palco, onde uma pequena mesa havia sido colocada e duas câmeras estavam posicionadas nas extremidades. Reuel subiu na frente o e casal de oráculos o seguiu, parando um pouco antes, posicionados de frente um para o outro.

— Cara humanidade, estamos aqui, reunidos, testemunhando o momento com o qual nossos antepassados sonharam e esperaram por todas as suas vidas. Contemplem o último casal de oráculos da Gravidade! — o líder bradou, apontando para Ayla e Elliot, cujos olhares se encontraram por um momento, ambos compartilhando a mesma ansiedade no peito e o peso por tamanha responsabilidade.

Os líderes reunidos aplaudiram, enquanto a imagem de dois jovens oráculos assustados era transmitida em cada casa e moradia humana, por todas as cavernas.

— Ayla Young, filha de nossa falecida oráculo e irmã de nossa grande líder, Mirya Young, que será por nós eternamente lembrada — ele falou, e seus olhos, tomados de expectativa, perderam o brilho por um instante —, e Elliot Ramsdale, meu amado filho, capitão do esquadrão quatorze, foram os escolhidos pela Gravidade para nos guiarem nesses tempos finais e nos levarem de volta para a Terra — continuou, com o semblante tomado por emoção. — Agora, com esta cerimônia, eles se tornarão *um* perante a Gravidade, dando o primeiro passo para o fim do tempo da humanidade na Lua.

Ayla respirou fundo, puxando o ar com dificuldade, e inclinou o olhar um pouco para cima, encontrando o de Elliot que, por todo aquele tempo, não desviou dela. Ele parecia tão assustado quanto ela, mas também havia fascínio em seu rosto, como se estivesse percebendo algo que havia deixado passar até então. O peito de Ayla se comprimiu e ela percebeu que havia sido olhada de muitas formas em sua vida, mas não daquela.

Reuel se aproximou da mesa e tirou uma faixa cinza que estava ali, igual ao cinto que ambos usavam. Ele voltou seu olhar para o casal que, entendendo o sinal, se aproximou um do outro. A mão esquerda de Elliot deslizou gentilmente pelo braço de Ayla, subindo com cuidado a manga longa do vestido dela até o cotovelo. O toque frio da pele dele fez seu coração acelerar e ela fechou os olhos de forma involuntária, tentando afastar aquela sensação. Engolindo em seco, ela repetiu o movimento e, deslizando a mão por baixo do braço, fechou a mão no cotovelo dele. Com os braços entrelaçados, Reuel se aproximou, com a faixa em mãos, e a amarrou nos braços deles, dando duas voltas.

— Pela autoridade que tenho perante o meu povo e como o último líder humano na Lua, eu os declaro agora liderança sobre todos nós e unidos perante a Gravidade.

— Um com o outro, um com a Gravidade — Ayla encheu o peito e declarou, como constava nos registros.

— Um com o outro, um com a Gravidade — Elliot repetiu, com o peito subindo e descendo.

— Até que nosso Sol nos despeça e sejamos finalmente reunidos com ela, no fim do universo.

— Até o fim do universo — Elliot falou em um só respiro, mudando o original e Ayla arqueou a sobrancelha, surpresa.

No mesmo momento, o braço da oráculo preso ao dele, na região em que estava a marca da Gravidade, que subia além do cotovelo, começou a se mover. Ela fechou os olhos, a dor irradiando pela pele, e Elliot grunhiu, sentindo a dor também. Ayla abriu os olhos e contemplou sua marca crescer e se espalhar, subindo para o braço de Elliot e o marcando também. O processo durou apenas alguns segundos, mas a dor foi excruciante e ambos tiveram que se segurar um no outro para permanecerem em pé. Uma luz irradiou das marcas e queimou o tecido amarrado nos braços, que caiu aos pés deles.

Ambos fecharam os olhos e puderam sentir seus batimentos como um só; mais do que isso, eles sentiram um terceiro batimento pulsando entre deles, em uma velocidade levemente diferente. As pernas de Elliot falharam e ele fraquejou, colocando-se de pé logo em seguida; a Gravidade estava ali, entre eles, *neles*.

No mesmo momento em que a presença preencheu cada parte de seus corpos, ela partiu, fazendo a dor da ferida cessar por completo e trazendo alívio a ambos. Os oráculos suspiraram aliviados, ambas as respirações orquestradas como uma só. Reuel, atrás deles, os observava com lágrimas e bradou com emoção.

— Glória à Gravidade, que nos feriu e agora há de nos curar.

— Nos feriu e agora há de nos curar — os humanos ali presentes repetiram, todos levantando de suas cadeiras ao mesmo tempo.

Ayla suspirou, sentindo o medo que antes havia em seu peito ser substituído por uma grande emoção que a tudo tomou. Ela encontrou o olhar de Elliot, abrindo um sorriso de alívio e, talvez, para a sua própria surpresa, de alegria. Aquela ali, naquele palco, humana, marcada, ferida, mas também gradualmente sendo curada, era quem ela *era*, profunda e verdadeiramente.

Em um ato não planejado, Elliot abaixou a cabeça, ficando alguns centímetros mais próximo dela e, inclinando o rosto, beijou sua bochecha. A respiração dele roçou sua pele e seu toque queimou mais do que mil sóis.

Ayla sentiu o coração parar por um instante e subiu a mão livre de forma involuntária, roçando os dedos no local com cuidado. Elliot, parado à sua frente, sustentou o olhar dela, vendo seu semblante de surpresa, mas não esboçando qualquer reação a isso. Ele a olhava com ternura, com devoção, e era um olhar pesado demais para que ela sustentasse, mas não tinha forças para desviar, não com suas mãos entrelaçadas uma na outra, com a marca da Gravidade pulsando em ambos os braços como se fossem um só. Eles eram um só, não foi o que Reuel havia acabado de declarar? *Um só diante da Gravidade.*

O tempo passou, a cerimônia se encerrou e algumas pessoas se moveram ao redor deles, e ela pensou ouvir alguém falando alguma coisa, mas não conseguia discernir *o quê* ou *quem*. O tempo havia parado e todo o cômodo não passava de poeira translúcida, levada embora. Não havia chão, nem câmeras, nem paredes. Estavam ambos pisando em matéria estelar, sustentados em pé pela Gravidade, soltos no vazio do espaço. Havia agora uma corda que os unia; ela era invisível e firme, como as mãos daquela que tudo constituiu. Ela os prendia juntos, conectando cada elo de uma alma à outra em uma promessa inquebrável.

Somente parada ali ela constatou o que havia *acontecido* consigo. Aquilo que nunca tinha sido uma possibilidade, não com o vazio no seu peito, as dores que a feriram, o luto que a pressionava e a responsabilidade que agora lhe era entregue. Não havia espaço nos cômodos que a constituíam e não deveria haver, mas de alguma forma havia acontecido. Estava apaixonada. Por Elliot. E nada, nem Caluya ou a Gravidade, poderia ser tão assustador.

CAPÍTULO 47
AS PLANTAS DE *BOSEI*

A cerimônia se encerrou e, quando Ayla finalmente encontrou forças para se soltar da mão de Elliot, ela fez a coisa mais madura e sensata que seria esperado de uma oráculo da Gravidade: correu até o seu alojamento. Ela sentiu o olhar de Elliot a acompanhando, mas ficou aliviada ao notar que ele não a seguiu, diferente de M4, seu fiel robô, que percorreu todo o trajeto com ela. Pessoas a paravam no caminho para abraçá-la e agradecê-la, então ela forçava um sorriso e algumas palavras gentis, como o próprio palácio lunar a havia ensinado, para apenas se ver livre novamente e continuar seu caminho até o alojamento.

Quando finalmente entrou em seu quarto, tirou as botas de salto alto que usava e se jogou na cama, sentindo toda a tensão das suas costas se dissipar ao toque macio do colchão. Ela ficou ali, imóvel, ouvindo o coração bater acelerado, enquanto sua respiração se realinhava.

— Minha senhora, aconteceu alguma coisa? Seus batimentos indicam que deveria procurar o hospital urgentemente — M4 falou, com preocupação.

A tensão na voz robótica somada ao nervosismo que sentia fizeram Ayla soltar uma gargalhada. Era uma gargalhada de nervoso, mas ainda assim uma que lhe fez bem.

— Eu estou bem, M4. — Ela suspirou, fechando os olhos. — Te garanto que vou sobreviver, mesmo sem saber ao certo como.

— Mas então porque partiu de repente, se não estava se sentindo doente? — o robô indagou.

— Por nenhum motivo especial, eu só precisava ficar sozinha — mentiu.

— Meus sensores captaram que você está mentindo — ele respondeu de imediato, com a voz soando ofendida.

Ayla se sentou na cama e abriu um sorriso para o robô.

— Caro M4, você não pode só... ficar calado?

— Que rude. Isso é porque me preocupo com você e não sou como os outros robôs de armazenamento que se rebelam e deixam suas moradias — o robô falou, ofendido, e se moveu até a entrada do cômodo, onde recolheu sua roda.

Ayla revirou os olhos e aguardou até que o robô se autodesativasse.

Ela cruzou, então, as pernas, sentada em cima da cama, e se lembrou imediatamente de Mirya e Abul, com seus olhares e palavras doces, contando de como haviam se apaixonado. Ela moveu o corpo e se encolheu, abraçando as pernas, sentindo a saudade da irmã perfurar seu coração mais uma vez. Tudo seria tão mais fácil se ela estivesse ali, para orientá-la, para chorar junto e também, talvez, para se alegrar.

Alegria não era uma palavra à qual Ayla estava acostumada, na realidade ela nunca havia conhecido seu significado. Por isso, era estranho pensar que ela poderia entrar em sua vida agora, depois de vinte anos sem senti-la. Mas era isso que a Gravidade causava nela, indescritível medo e inesperada alegria. Fora isso que ela sentiu na cerimônia: alegria. Alegria de ser vista, de ter sido escolhida para algo, de sentir a Gravidade firmando seus pés e a sustentando. De ver, pela primeira vez, mais do que as feridas, fraquezas e medos que se acumulavam em seu peito. De ser escolhida e de ter sido escolhida para alguém. O último pensamento fez o seu estômago embrulhar e ela fechou os olhos, tentando não acreditar nele. Mas já era tarde e o estrago já estava sendo feito, aquela sensação havia descido de sua bochecha até seus lábios e estava, naquele momento, a caminho do seu coração.

Homens bonitos já flertaram com ela e a cortejaram antes, mais do que ela poderia se lembrar, mas em todas aquelas vezes ela estava seguramente guardada atrás de seu muro de proteção, inalcançável, inatingível. Mas não agora, não mais. Não havia mais muro nem imagem perfeita para que ela se escondesse atrás, Elliot a via e seu olhar parecia perscrutar cada parte do seu ser. Ela havia sentido seu coração, seus batimentos, e percebeu que ambos estavam ali, completamente descobertos e desarmados.

O problema era que havia pedaços dela que faltavam, e esses pedaços não a impediam de cumprir seu compromisso como oráculo, mas a faziam pensar que era impossibilitada de viver o amor. Até porque, para ela, ele era um bicho selvagem, tão estrangeiro quanto a alegria.

— Mirya. — Ela fechou os olhos, com uma única lágrima rolando pelo rosto. — Eu não sei se pode me ouvir, mas eu prometi que te contaria. Contaria quando tivesse o meu primeiro amor. Bom... eu acho que estou apaixonada por Elliot e... não faço a mínima ideia do que fazer com isso. Queria que você me ensinasse, que me contasse das suas experiências, queria saber como nossos pais se apaixonaram, queria entender se a Gravidade também teria isso para mim. Queria você aqui. Sinto muita saudade — ela sussurrou, com a voz anasalada, com mais lágrimas rolando pelo rosto.

A dor da perda ainda estava latente e ela se encolheu, deitando no colchão. Se a irmã mais velha estivesse ali, tudo seria tão mais fácil. Sabia que àquela altura não devia chorar por Mirya, mas sim lutar por ela, viver por ela. Mas, naquele curto momento, tudo o que queria, mais do que ser oráculo, era ser uma irmã mais nova de novo e ter alguém com quem desabafar.

Algum tempo depois alguém bateu na porta, e Ayla deu um pulo inconsciente na cama, levando um susto. Ela se levantou, limpou o rosto mais uma vez e conferiu a aparência no espelho, antes de andar até a entrada, descalça.

Que não seja Elliot, que não seja Elliot, pediu em pensamento.

Abriu a porta. Era Elliot.

— Oi — falou, tentando não manter contato visual.

— Ayla, você está bem? Saiu às pressas — o oráculo parado à sua frente perguntou, com confusão na voz.

— Eu estou bem. — Ela acenou com a cabeça, em afirmação. — É só que tinha tanta gente nos assistindo e tudo ficou tão *oficial* agora. Eu só precisava de um tempo sozinha.

— Eu entendo — ele assentiu, o olhar doce e compreensivo. — Foi tudo bem *intenso*.

— E irreversível — Ayla completou, o nervosismo aparecendo em sua voz.

— Sim, irreversível — Elliot repetiu e desceu o olhar até o braço dela, onde a borda da manga revelava as linhas da marca da Gravidade.

Ele levantou o rosto e ambos se fitaram em silêncio por alguns segundos.

— Então você veio saber se... — Ayla coçou a garganta, incapaz de sustentar o olhar.

— Não, quer dizer, sim, mas não só isso. Meu pai pediu para te chamar. Está convocando uma reunião privada sobre os próximos passos para encontrar *Bosei*. Mesmo com todos os ataques à superfície, nenhuma de nossas frotas foram capazes de localizá-la até agora e mesmo as plantas dos oráculos originais ainda não indicaram nenhuma localização de onde ela possa estar.

— Claro — ela respondeu, respirando fundo e realinhando seu coração às prioridades daquele momento. — Vamos, então.

O pequeno grupo se reuniu no escritório de Reuel. Lilian, engenheira que Ayla havia conhecido no teste dos oráculos, já estava analisando as plantas contidas na cápsula há um dia, mas elas não batiam com nenhuma nave ou local conhecido. *Bosei* estava tão perdida quanto sempre estivera.

— Até agora nada? — Elliot perguntou, aflito, sentando-se no sofá do escritório.

— Nada — Lilian bufou do outro lado da mesa.

O holograma de três plantas diferentes reluzia na frente do seu rosto. As plantas mostravam os diferentes compartimentos da nave, assim como alojamentos e o painel de controle.

Ayla se aproximou da mesa, fitando os hologramas mais de perto. Tinha a vaga sensação de que eram familiares, só que não se lembrava onde os tinha visto. Uma sugestão surgiu em sua mente: pergunte a ela, à Gravidade. Ayla piscou, tentando entender como faria aquilo. Por todas as vezes em que ouvira ou sentira a presença da Gravidade até ali, a própria Gravidade iniciou o contato, não o contrário. Não sentia que esse era o seu lugar como oráculo, ser aquela que falava primeiro.

— Eu acredito que, mesmo tendo as plantas, sem ter acesso ao sistema original de toda a tecnologia trazida da Terra, não vamos conseguir localizá-la — ela falou, cruzando os braços.

— Sistema que foi roubado pelos lunares e está arquivado em Grimaldi, não é? — Elliot completou, lembrando da conversa deles na hamburgueria.

— Sim — ela assentiu. — Pelo menos foi isso o que constou na pesquisa do M4.

— É claro! — Lilian abriu os braços. — Nossa tecnologia e sistema foram roubados antes mesmo da constituição do Império, porém isso ainda não tinha acontecido quando Marta e Ayo estavam vivos.

— Por isso, na época deles, encontrar as plantas bastaria, todos os registros ainda eram públicos — Ayla completou, no mesmo fluxo de pensamento.

— Então... o único caminho é entrar em Grimaldi — Elliot falou, reflexivo.

— Tycho foi o único clã lunar tomado pela frota humana até agora, e Kepler tem reforçado a proteção de Grimaldi, porque sabem que é lá que queremos chegar — Reuel falou, de trás da sua mesa.

— Se conseguirmos entrar na base central, poderemos ler as plantas de dentro de um computador de lá — Ayla iniciou.

— Então, encontraremos a localização da *Bosei* — Elliot completou com um sorriso no rosto.

Seus olhos se cruzaram por um momento.

— Seria muito arriscado — Reuel contestou, com as sobrancelhas franzidas.

— Usamos o meu esquadrão, pai. Zaki tem assumido o controle dele nos últimos ataques. Podemos fazer um ataque coordenado, como distração, enquanto outra nave do esquadrão nos leva para dentro da base —

Elliot propôs, com expectativa, percebendo como sentia falta de estar em ação com os seus homens.

— A questão não é só militar, inteligente. Mesmo se passarmos por Kepler, ainda tem o servidor de Grimaldi. Precisaríamos de um gênio para conseguir o acesso — Lilian comentou, sentando na cadeira ao lado, frustrada.

A expectativa desapareceu dos olhares de todos no cômodo, e um silêncio recaiu sobre eles enquanto cada um pensava no assunto.

— Bom — Elliot falou de repente —, eu conheço alguém que pode, no mínimo, nos colocar lá dentro.

— O quê? Quem? — Lilian franziu o cenho, confusa.

Elliot apenas arqueou as sobrancelhas para ela e sua expressão mudou.

— Não, não mesmo. Não *ele*.

— Por que não? — Reuel perguntou, mesmo sem saber quem era.

— Ele *quem*? — Ayla resmungou, irritada por não entender o que acontecia.

— Um amigo nosso de infância, o maior hacker de toda a superfície.

— Que nos traiu *diversas* vezes, vendendo informações para os lunares, não esqueça disso — Lilian acrescentou.

— Ah, o Miguel — Reuel murmurou, com um tom saudoso.

— É por isso que ele pode nos ajudar. — Elliot se aproximou de Lilian, animado com a ideia. — Conhece o sistema lunar melhor que ninguém. Se tem alguém que consegue nos colocar lá dentro, é ele.

— Colocar quem? Seja específico — Reuel pediu. — Porque se acha que vou deixar o meu casal de oráculos se arriscar em território inimigo, está muito enganado.

— Pai, se tem alguém que precisa fazer isso somos Ayla e eu. Se somos nós que pilotaremos a nave... então, nós devemos encontrá-la.

— É verdade, senhor — Ayla falou, aprumando o corpo. — A *Bosei* chama os seus pilotos. É o *nosso* papel — reforçou, sabendo que falava mais para si mesma do que para o homem.

Reuel fitou ambos com as sobrancelhas cerradas e um semblante de hesitação.

— Tudo bem. Vamos reunir seu esquadrão e encontrar Miguel, então.

CAPÍTULO 48
O HACKER

A casa de Miguel ficava no fim do bairro mais afastado do clã da América, onde todo o tipo de atividades ilegais aconteciam. Isso se dava porque o lugar não era supervisionado nem pela liderança humana, nem pelos lunares.

O carro militar parou na porta e Elliot, Ayla e Lilian desceram juntos. As pessoas na rua, tanto comerciantes vendendo produtos falsificados quanto os próprios moradores, os reconheceram assim que eles saíram do veículo.

— Os oráculos! — um homem exclamou. Fascinado, aproximou-se do grupo tentando oferecer como presente os telecomunicadores que estava vendendo, mas Elliot recusou.

— Obrigado, mas não precisa. Porém, você pode nos ajudar se souber dizer onde Miguel Ferreira mora. Por favor.

O homem parou por um instante, como se decidisse se falaria a verdade ou não.

— Queremos apenas conversar com ele — Elliot reforçou. — Ele cumpriu o que devia para a liderança humana, por enquanto.

— Tudo bem, então. — O homem mostrou um sorriso amarelo e entregou a mercadoria que segurava para um pequeno droide assistente ao seu lado. — Venham comigo.

O comerciante sinalizou para que o seguisse e começou a caminhar por entre barracas e latarias de naves. Entrou em uma viela estreita.

— É uma boa coisa termos feito o anúncio mais cedo — Ayla comentou, logo atrás de Elliot.

— Com certeza — ele assegurou.

Eles passaram por entre portas de bares e lojas de troca com hologramas animados e reluzentes à volta. Se fosse algum tempo atrás, Ayla nunca estaria adentrando um local como aquele em busca de um criminoso desconhecido. Mas as coisas eram diferentes, precisavam encontrar uma nave gigantesca e milenar cuja piloto, de alguma forma, seria ela. Mesmo naquele momento, tão próximo da culminação de tudo, ainda se perguntava como seria capaz de pilotar uma nave como aquela, de fazer o que era esperado.

A sensação em seu peito voltou, o desejo de falar com a Gravidade, de perguntar a ela, de ouvir suas respostas e ser acalmada por isso. Mas tudo era muito novo, ser a oráculo e poder ouvi-la, quanto mais falar com ela.

O grupo continuou a andar, passando pelos comércios que provavelmente deviam ser ilegais, viraram à direita e depois entraram em outra rua estreita. No momento em que Ayla se virou, um holograma piscou à sua frente: "FALE", e ela o atravessou, vendo as partículas da luz amarela passarem pelo seu corpo. Olhou para trás, instigada, e continuou seguindo o grupo.

— Estamos perto, é ali.

O homem apontou para uma porta de emergência enfeitada com o holograma de um globo de cristal e uma frase que reluzia acima: "A resposta encontrará apenas se perguntar."

Ayla parou mais uma vez, assustada e confusa. Seria tudo aquilo a Gravidade falando com ela?

— Tudo bem? — Elliot perguntou ao seu lado.

— Não é nada. — Ela se virou para o homem que os guiava. — Por que essa placa?

— Ah... — O semblante do homem empalideceu. — É só uma fachada. Pergunte à madame Tussou e essas coisas.

— Entendi. — Deu de ombros, ainda intrigada.

Eles entraram pela porta e subiram a escada do prédio. Uma melodia que Ayla nunca ouvira antes ecoava no andar, com batidas aceleradas e tambores. Ela vinha de uma porta protegida por dois homens.

— Eles vieram para ver Miguel. Precisam de ajuda — o senhor que os guiava explicou, forçando seu sorriso amarelo. — São os oráculos da Gravidade, viu? — Balançou as mãos de forma agitada, apontando para Elliot e Ayla.

— E somos amigos de infância também — Elliot completou. — Bom, eu sou.

Os guardas olharam um para o outro e, antes de formularem a resposta, a porta foi aberta por dentro. O metal deslizou para dentro do chão, até desaparecer. Do outro lado estava um homem de cabelos pretos encaracolados que desciam até o ombro. Ele usava uma blusa florida, uma bermuda preta e chinelos vermelhos com meia por baixo. Sem nenhum senso de estilo, na visão de Ayla.

— Eu sabia que em algum momento você precisaria de mim. — Ele sorriu de forma orgulhosa, apontando para Elliot. — Só não sabia para quê, mas sabia que precisaria.

— É bom te ver também, Miguel. — Elliot sorriu e caminhou até o homem. — Faz um bom tempo — acrescentou. — Está mais responsável agora, eu espero.

— Eu sempre fui. — Miguel deu de ombros, esbanjando o sorriso.

— Miguel, essa aqui é Ayla, ela é...

— A sua namorada, eu sei! Vi nos transmissores.

— Olá. — Ayla acenou, com o rosto enrubescido.

O olhar de Miguel se moveu até parar em Lilian, que estava encostada na escada com os braços cruzados e o rosto fechado.

— Oi, Lilian, quanto tempo. — Ele sorriu, virando a cabeça, e deu uma piscadela.

— Não foi minha escolha vir aqui, caso esteja se perguntando — ela falou, olhando para baixo.

— Sei, pode continuar dizendo isso para si mesma.

Lilian levantou o rosto, prestes a respondê-lo com algum insulto, mas foi interrompida por Elliot.

— Miguel, precisamos da sua ajuda — o oráculo falou, antes que as provocações se estendessem. — No caso, todo o futuro da humanidade depende disso.

O sorriso no rosto do homem desapareceu e ele arrumou a postura, cruzando os braços.

— Eu fiquei sabendo. Então é verdade que voltaremos para a Terra? — ele perguntou, com o semblante de quem não se importava, mas havia um brilho diferente em seus olhos.

— Sim — Elliot assentiu. — Tudo já foi preparado, a Gravidade já levantou os últimos oráculos, que somos Ayla e eu, mas uma coisa ainda falta.

— A nave onde retornaremos — Ayla completou, parando ao lado do seu par. — Ela está escondida em algum lugar da Lua e ainda não conseguimos rastrear sua localização.

— Não é essa a nave que deve comportar toda a humanidade? — Miguel questionou, arqueando as sobrancelhas. — Não acho que seria exatamente fácil escondê-la.

— Não mesmo, idiota, mas de alguma forma conseguiram — Lilian debochou.

— E onde eu entro nisso?

— Nós temos as plantas originais de *Bosei* agora e precisamos entrar na base de Grimaldi e invadir o servidor deles, para achar nos arquivos a localização da nave — Elliot explicou.

— Então precisam de um hacker para invadir o sistema mais seguro de toda a Lua? — Miguel sorriu, imediatamente entusiasmado. — E acham que eu sou esse cara?

— Você é? — Lilian perguntou, fitando-o com desdém.

— É claro que sou. — Ele abriu um sorriso exibido.

— E não vai perguntar o que você ganha com isso? — Elliot arqueou a sobrancelha, já acostumado com o comportamento do rapaz.

— Uma passagem de volta para a Terra, eu espero. Uma vaga na sua nave. — O hacker falou, estendendo a mão para o oráculo, como em um acordo de negócios.

— Combinado. — Elliot sorriu e apertou a mão.

— Como vocês se conheceram, afinal? Os três. — Ayla perguntou quando já estavam sentados no sofá desbotado, dentro do *painel de operações* de Miguel, que na verdade não passava de um quarto abarrotado de computadores e hologramas por todos os lados.

Miguel estava sentado em sua poltrona, administrando três telas de uma só vez, com um olhar concentrado.

— Nós estudamos juntos na mesma classe da escola por vários anos — Elliot explicou; Ayla e ele estavam sentados um ao lado do outro, dividindo o espaço apertado de um sofá de couro, enquanto Lilian estava parada em pé, atrás de Miguel, conferindo os visores com desconfiança.

— Isso até completarmos a idade e sermos enviados para os trabalhos obrigatórios de serviço na superfície — Lilian comentou, virando o rosto e olhando para eles.

— Eu fui para as usinas, por onde trabalhei pelos últimos... oito anos. — prosseguiu Elliot. — Após concluir a minha cota, eu descia para o subterrâneo, onde era treinado na escola humana de aviação.

— Enquanto eu e Miguel fomos juntos ao setor de controle de operação de máquinas, onde aprendemos tudo sobre engenharia e tecnologia, e ele foi *comprado* pelos lunares — a jovem humana contou, com a amargura presente em sua voz.

— Isso já faz quatro anos! — Miguel murmurou, com os olhos ainda fixos nas telas, mas atento a tudo. — E eu me arrependi.

— Não, não se arrependeu. Você foi pego pelo conselho humano, é diferente.

— De qualquer forma, eu me retratei. Paguei a minha dívida com Mirya — Miguel respondeu, de forma incomodada, e virou a cadeira, parando de frente para Lilian. — Por que todos parecem ter me perdoado, até mesmo o nosso amigo Elliot ali...

— Eu não tenho tanta certeza quanto a isso — Elliot levantou a mão, contestando, mas ambos não o ouviam.

— ... menos você? — Miguel levantou a sobrancelha, fitando a garota humana com cabelos castanhos ondulados.

— Porque você não só nos traiu, você me deixou, *sozinha*, naquele centro de controle — ela respondeu, com o semblante firme, mas os olhos incapazes de esconder a mágoa.

— Mas e se eu encontrar essa nave, será que consigo colocar um sorriso no seu rosto de novo? — ele falou de forma gentil e segurou de leve na cintura da jovem, tentando trazê-la para perto.

— Se encostar a mão em mim de novo, eu vou garantir que você seja empurrado para fora da nave quando ela estiver lá em cima, passando pela estratosfera — Lilian respondeu, dando um tapa nele.

Ayla e Elliot, que assistiam à cena atentos, seguraram o riso e olharam um para o outro, cúmplices.

— Esqueci de comentar um detalhe, eles eram namorados na adolescência — Elliot sussurrou, próximo ao seu ouvido e Ayla abriu os lábios, surpresa e entretida com a informação que deu sentido a toda aquela cena.

Lilian passou por eles, fuzilando Elliot com o olhar, que encolheu os ombros em uma expressão de "mas eu não disse nada".

Depois de alguns minutos, com apenas o som do teclado de Miguel preenchendo o cômodo apertado, ele exclamou.

— Encontrei!

O grito fez Ayla, que começava a sentir o cansaço do dia batendo em seu corpo, saltar no lugar.

— Existe uma entrada. — Miguel virou a cadeira de forma dramática, deparando-se com o olhar dos três. — Ela parece estar desativada, e com a guerra tomando cena na região central, talvez passe despercebida. Existe, porém, um batalhão ainda posicionado lá, então precisaremos de uma distração.

— Meu esquadrão vai servir para isso — Elliot falou com orgulho.

— Depois que o caminho estiver liberado, tudo o que eu preciso é hackear as câmeras de segurança na entrada no corredor, até a primeira sala de controle, onde vamos entrar no servidor. Nada disso será difícil, é claro, uma vez que estiverem lá dentro.

— Ótimo. — Elliot se levantou do sofá, estalando os dedos.

— Ah, um último detalhe — Miguel falou de forma enigmática. — Espero que gostem da cor verde, porque para entrar, terão que se passar por soldados.

CAPÍTULO 49
INVASÃO A GRIMALDI

De volta à base da liderança humana, nas cavernas ocultas, um conjunto de dez caças, todos pintados com o mesmo símbolo que estampava a nave de Elliot, uma estrela cortada por um meteoro, estavam estacionados a alguns metros das moradias.

O semblante de Elliot suavizou ao identificar rostos que ele não via há muitos dias.

— Zaki! — ele exclamou, abrindo os braços, e um rapaz negro de uniforme correu em sua direção.

— Capitão. Sua falta tem sido sentida. — O rapaz o alcançou e o abraçou.

— Mas eu sei que está fazendo um ótimo trabalho liderando o esquadrão por mim. Talvez nem me coloquem de volta — Elliot comentou, com o semblante de orgulho.

Zaki era três anos mais novo. Quando entrou na academia, Elliot fora seu mentor e, assim que conseguiu, o trouxe para o seu esquadrão.

— Eu acho possível, já que agora é o maioral por aqui, senhor oráculo da Gravidade — o mais jovem comentou, levantando as sobrancelhas.

Eles caminharam juntos até onde Ayla estava, observando-os a distância, com um sorriso no rosto.

Nem havia notado o tanto que Elliot havia tido que abdicar para ficar ao seu lado, primeiro por determinação de Mirya, depois por escolha da Gravidade.

— Minha oráculo. — O rapaz cumprimentou Ayla, com uma reverência. — É um prazer.

— O prazer é meu de conhecer qualquer amigo de Elliot.

— Preciso dizer que está ainda mais bela humana do que era como lunar. O comentário pegou Ayla desprevenida, que sorriu sem graça.

— Zaki?! — Elliot virou o rosto para o amigo, incomodado pela audácia.

— Foi só um elogio, me desculpe! — O rapaz levantou as mãos, abrindo um sorriso. — Eu esqueci, ninguém *nunca* podia falar nada de você perto dele.

— Isso é verdade? — Ayla arqueou as sobrancelhas, segurando um sorriso nos lábios ao ver o rosto de Elliot ruborizar.

— É claro que não. Talvez. Não importa, vamos. — Ele deu a mão para ela e caminharam juntos até o restante do batalhão.

O batalhão dos escavadores, antes pertencente a Elliot, era naquele momento formado por dez naves, já que duas haviam sido derrubadas nos conflitos da superfície. Os soldados aceitaram trabalhar juntos com os oráculos naquela missão e retornaram ao subterrâneo assim que receberam a notícia.

Eles se mobilizaram e, na manhã seguinte, o escopo da missão já estava montado, com as naves em posição. Metade do esquadrão bombardearia o batalhão menor que ainda protegia a entrada mais vulnerável da base de Grimaldi, enquanto a outra metade focaria na entrada da equipe ao local, dando cobertura.

Ayla e Elliot estavam vestidos com uniformes roubados de Grimaldi, fardas esverdeadas, dividindo o espaço do caça do oráculo. Miguel e Lilian os acompanhavam na missão, porém, cada um em uma nave diferente, já que os caças, diferente dos planadores, eram menores mas muito mais velozes.

As naves voaram pelos túneis em direção à superfície, levando para uma saída que ficava na fronteira do bairro lunar com a zona de Tycho, e nada poderia preparar Ayla para o que viu assim que saíram. A capital lunar, cidade em que havia crescido, era agora uma zona de guerra. Fumaça de incêndios e naves cortavam o céu a todo momento. Alguns bairros ao longe, incluindo a região do palácio, permaneciam menos afetados, protegidos por naves de Kepler no céu e pelotões nas ruas, mas nenhum local estava realmente imune ao conflito. O céu havia perdido a consistência arroxeada que ela tanto amava e assumia agora tons de cinza. Aquele mundo sofria com o conflito e ela agora via isso.

— É tão triste — ela sussurrou e Elliot viu o reflexo dela no vidro da nave.

Ele a observou por alguns instantes, lembrando que, mesmo ali, mesmo sendo a oráculo da Gravidade, uma parte de Ayla sempre seria lunar.

— Isso não era o que queríamos, eu garanto — ele falou, tentando se explicar.

— Eu sei. Só espero que acabe logo — disse, suspirando.

— E vai. Assim que encontrarmos *Bosei* — Elliot respondeu e moveu a mão esquerda, que estava livre, para trás. Ayla aceitou o gesto e pegou a mão dele, apertando-a.

Chegando próximo à zona de Grimaldi, o esquadrão se separou em dois, cada grupo de naves seguindo uma direção. As naves que estavam com os oráculos começaram a dar a volta, diminuindo a altura para não serem notadas com tanta facilidade, enquanto as outras partiram em direção ao batalhão, chamando atenção de imediato. Assim que os soldados de Kepler avistaram no céu cinco naves vindo em direção ao posto desfalcado, quatro soldados correram às pressas até duas de suas naves que estavam no solo e subiram no ar. Voando em direção a eles, as naves de Kepler começaram a atirar, mas os caças humanos se moviam com agilidade, fazendo curvas, girando em círculo, com poucos tiros pegando de raspão, porém sem contra-atacar.

— Agora! — Zaki, que pilotava a nave principal, deu o comando e fez uma manobra, mudando a direção do voo.

Com a mira perfeitamente alinhada, ele atirou na primeira nave dos soldados keplerianos, atingindo-a bem na turbina, e o veículo explodiu no céu em instantes.

A nave lunar que restava focou sua mira nele e atirou, atingindo uma das asas de raspão. Em vez de atacarem novamente, as quatro naves voltaram a suas posições, uma ao lado da outra, e fugiram em direção à Tycho. Em poucos segundos outras naves lunares já haviam sido acionadas de outros postos e voavam no céu em direção a elas.

Enquanto isso, na entrada agora vazia, uma nave humana pousava, com o escudo de invisibilidade ativado, enquanto três outras naves planavam no céu, também passando despercebidas.

— Vamos, nós temos pouco tempo — Elliot falou assim que pousaram às pressas. — Nossos escudos de invisibilidade não duram por muito tempo e gastam energia do motor. Então, quanto mais tempo invisível...

— Menos tempo no ar — Ayla supôs, correndo atrás dele.

— Exato! — Ele virou o rosto, orgulhoso. — Ponha seu capacete.

Ambos correram até a entrada, colocando os capacetes.

— Ei, conseguem me ouvir?! — a voz estridente de Miguel gritou nos comunicadores que ambos usavam.

— Ai! Infelizmente — Elliot reclamou.

— Sim — Ayla respondeu, pressionando o ouvido.

— Ótimo, eu vou guiar vocês. Lembrem-se, só avancem quando eu derrubar o sistema de filmagem de cada corredor. Existe um computador de dados próximo a essa entrada, se tudo der certo, vão conseguir ler a planta por lá.

Ayla e Elliot caminharam um ao lado do outro durante todo o trajeto até a entrada desativada, um portão pequeno comparado aos outros e que tinha duas placas de metal lunar cobrindo a sua frente, como um X. Com os rostos parcialmente cobertos pelos capacetes, cujo visores desciam até o nariz, o casal de oráculos estava completamente camuflado, se passando perfeitamente por trabalhadores de Kepler.

Ao chegar até o portão, Elliot se abaixou e tirou de dentro do uniforme o mesmo dispositivo fino que usou na caverna de Lutons, uma espécie de chave de fenda mais fina, que, ao ser pressionada, ativava um *laser* na ponta. Com o *laser* fez um círculo na base, pequeno, mas grande o suficiente para passar um microrrobô drone, não maior que a palma de sua mão, do mesmo modelo que usou no baile dos clãs. Ele tirou de dentro da blusa o dispositivo que estava sendo controlado por Miguel direto da nave e o jogou pelo buraco.

O pequeno robô, com três pernas finas de cada lado, subiu pela porta do lado de dentro, chegando até o visor desativado; com uma carga de choque, reativou-o e entrou no sistema daquele corredor.

— E então, Miguel? — Ayla perguntou, com ansiedade em sua voz, enquanto olhava para trás a todo momento.

Com o clique a porta foi reativada e se abriu.

— Você quis dizer que você é o melhor hacker de todos os tempos, Miguel? — ele zombou, de forma orgulhosa, de dentro da nave.

— Agora eu entendo por que vocês dois eram amigos — Ayla respondeu, revirando os olhos.

— Ei, eu sou muito mais humilde do que ele — Elliot se defendeu, enquanto abaixava o corpo, passando por baixo da placa de metal e estendendo a mão para Ayla.

— Você sabe que ninguém que fala que é humilde realmente é humilde, né, Elliot? — Lilian comentou, na mesma linha.

Ayla se abaixou e se esgueirou pela viga de metal, entrando no corredor e parando ao lado de Elliot. Assim que entraram a porta foi fechada atrás deles.

— As câmeras desse corredor já estão desativadas. Podem avançar — Miguel falou no comunicador.

Eles começaram a caminhar, mantendo as mesmas expressões de antes, e perceberam, depois de alguns minutos, que aquela região estava vazia.

— Miguel, por que não tem ninguém aqui? — Ayla perguntou.

— Eu estou checando. — As mãos de Miguel se moviam velozes pelo teclado do computador, dentro da nave, tentando encontrar uma solução. — O sistema não aponta nada de anormal, talvez tenha havido uma realocação dos cientistas, a maioria está agora trabalhando na manutenção das naves e droides usados nos conflitos. Podem continuar. O primeiro computador está a dez metros.

— Ótimo — Elliot sussurrou, e eles seguiram a caminhada.

Viraram à esquerda e depois à direita, à medida que, da nave e com a ajuda do robô que se movia veloz pelas paredes, Miguel ia desativando cada uma das câmeras.

— É a porta à frente de vocês, no fim do corredor — Miguel anunciou eufórico. — Estão quase lá.

Elliot e Ayla trocaram um rápido olhar de expectativa e apressaram o passo. Foi então que eles ouviram um barulho vindo do corredor ao lado. Não eram passos nem vozes humanas, mas rodas e o som de engrenagens.

— Droga, droga! — Miguel gritou pelo comunicador. — Ferrou. Tem um droide de registro caminhando para esse corredor, eles fazem a segurança dos perímetros quando os humanos não estão presentes.

— O que isso significa? — Elliot sussurrou pelo comunicador.

— Que ele vai querer a identificação e VOCÊS NÃO TÊM. — Ele bateu a mão no teclado, irritado. — Droga, Miguel, como você é *burro*! Vocês têm que sair daí, têm que sair daí agora!

CAPÍTULO 50
A NAVE-MÃE

— Não, não dá tempo! — Ayla se recusou, parando os pés. — Já estamos aqui!

— Espera. — Elliot pegou o seu braço e a puxou até a parede, com o som do robô chegando cada vez mais perto. — Os comunicadores da liderança humana são equipados com *algumas* funções a mais, talvez isso funcione.

Correndo o indicador pela linha fina de metal que cobria seu pulso, ele ativou um fino escudo de invisibilidade, que saiu de dentro do dispositivo, parecendo como uma camada de vidro extrafina, em formato oval.

— Oh! — Ayla exclamou, supresa.

— O escudo individual! Você é genial, Elliot, genial — o hacker comemorou de forma emotiva pelo comunicador.

O escudo era alto, porém, estreito.

— Droga, não está funcionando — Miguel declarou, desesperado, mudando totalmente o tom de voz, enquanto conferia a imagem das câmeras direto do seu computador. — Os escudos desses dispositivos são para apenas uma pessoa, o robô ainda vai conseguir ver vocês!

O som se tornou cada vez mais próximo até que o ressoar de rodas virando mostrou que o droide tinha entrado no corredor em que estavam.

— Desculpa — Elliot pediu baixinho antes de envolver sua mão direita na cintura de Ayla e puxá-la para perto de uma vez. Ele prendeu o corpo dela ao seu, segurando com força.

— Deu! Funcionou! O escudo de invisibilidade está ativado! — Miguel comemorou, estourando o tímpano de ambos. — Ele tem algumas instabilidades, mas pelo modelo desse robô creio que ele não irá notar, agora é só esperar ele passar.

Ayla prendeu a respiração, certa de que na verdade não conseguiria respirar de qualquer forma. Seu rosto estava tão próximo de Elliot que ela podia sentir a respiração dele acima de si e ouvir as batidas aceleradas do coração sobre seu peito. Se estivessem um pouco mais perto, diria que até conseguia ouvir seus pensamentos. Ele mantinha o braço preso em sua cintura, sua mão forte segurando de forma gentil, mas firme, o corpo da oráculo, sem deixá-la cair um centímetro sequer para trás.

Depois de alguns instantes fitando o chão, ela levantou a cabeça lentamente e seu olhar encontrou o de Elliot, que já a observava. Ele puxou o ar, parecia estar tendo tanta dificuldade para respirar quanto ela. De repente, o oxigênio não pareceu mais ser o problema, nem mesmo toda a situação em que eles se encontravam. A mesma sensação inebriante que sentiu na cerimônia dos oráculos a abateu novamente: a conexão irrefreável, a linha invisível se amarrando cada vez mais em volta deles.

Ayla se sentiu irresistivelmente atraída por ele, como a força gravitacional de um planeta, como a Gravidade em si. Sem ter consciência da sua ação, ela aproximou o rosto do dele a apenas um centímetro, e observou Elliot repetindo o movimento. Seus lábios estavam terrivelmente próximos aos dele, e ela se lembrou do beijo na bochecha que ainda estava marcado em sua pele.

— ELE JÁ FOI! — a voz estridente de Miguel ecoou nos comunicadores.

Elliot e Ayla se afastaram, assustados e ofegantes. Ela passou as mãos no rosto e afastou o olhar, recuperando a respiração.

— Vamos! — Correram de uma vez até a porta, logo à frente deles.

Elliot desativou o escudo, guardou o aro, puxou o ar por um momento e então a seguiu.

Eles entraram no espaço, que também estava vazio, no entanto, com sinais de que pessoas haviam estado ali há pouco tempo.

— Teremos que ser rápidos. — Elliot correu até o grande painel que ocupava o lugar e se sentou na cadeira.

— Sim. Está com as plantas aí? — Ayla perguntou, chegando ao seu lado.

— Estou. — Elliot tirou um pequeno *pendrive* e inseriu no painel da máquina à sua frente.

— Miguel? — perguntou, chamando o hacker.

— Já estou trabalhando nisso.

A imagem das três plantas apareceram na tela que ocupava metade da parede do cômodo e, com Miguel ativando manualmente o buscador pelo computador, a máquina começou a procurar por algo no registro que correspondesse aos arquivos enviados.

— Vamos, por favor. — Ayla cruzou as mãos. — Só precisa estar no sistema; se é ainda o mesmo sistema do início, *Bosei* estará nele — sussurrou para si mesma e, naquele momento, percebeu que seu desejo de encontrar a nave havia se tornado um pouco maior do que o seu medo de pilotá-la, o que já era uma vitória.

Seu corpo ainda tremia, mas seu coração surpreendentemente queimava pelo cumprimento da promessa. *Bosei* era o último passo, era tudo o que eles precisavam. Se a nave ainda existia, então existiria um caminho. Se a nave ainda existia, então a Gravidade não havia se atrasado, como muitos pensavam. Se a nave ainda existia, então nenhuma morte ou dor tinha sido em vão. Se a nave ainda existia, então tudo ainda fazia parte de um grande plano.

"NAVE-MÃE *BOSEI* ENCONTRADA", o computador avisou, mostrando a mensagem em uma caixa verde. A imagem do mapa ao fundo ainda estava sendo carregada.

— Vamos, vamos — Ayla sussurrou.

A mensagem verde desapareceu, e o mapa se tornou nítido na frente deles, com uma seta apontando para a localização de *Bosei*.

— Espera! — Elliot se aproximou da tela, sem conseguir acreditar.

— Isso não faz sentido nenhum — Ayla balbuciou ao seu lado. — Essa é a localização do palácio, não tem como uma nave desse tamanho estar escondida... — as palavras falharam em sua boca, e ela ficou em silêncio. Seu rosto se moveu até encontrar com o de Elliot. — Não, não pode ser. Estava na nossa cara todo esse tempo.

— Sim. — Elliot moveu a cabeça, incrédulo.

— A nave *é* o palácio — ela balbuciou, as batidas do coração zunindo na sua cabeça à medida que percebia. — Eu estive morando na estrutura de *Bosei* por toda a minha vida.

CAPÍTULO 51
O PALÁCIO IMPERIAL

Naquele momento, nada mais fazia sentido para Ayla. Ela correu os olhos pela sala em que se encontravam, as luzes no painel piscando, apontando para a localização da nave e o silêncio amedrontador escorrendo por todo o espaço, como se o próprio prédio tivesse parado para assistir à sua reação.

— Ayla — a voz de Elliot soava como um alto zunido à sua volta. Tudo estava errado, mas, ao mesmo tempo, irrevogavelmente certo.

Ele se lembrou então de onde já havia visto aquelas plantas: do sistema de M4, na noite em que decidira deixar o palácio.

— Esteve sob os meus pés todo esse tempo — sussurrou.

— Você não sabia, ninguém sabia. É a *droga* de um palácio! Não se parece com uma nave — ele exclamou com fúria, a voz cheia de confusão e descrença.

— Não parece... mas, *faz* sentido. — Ela suspirou. — Na noite em que deixei o palácio eu passei por alguns corredores antigos e desativados, eles eram feitos de um material que eu nunca havia visto e que não se assemelhava em nada à arquitetura do palácio. Estava óbvio! Por que demorei tanto para perceber? — Ela bateu a palma da mão na testa, furiosa consigo mesma.

— Porque o palácio não era uma opção e nem *deveria* ser. — Ele socou o painel, com toda a esperança que antes havia em seu peito se dissipando. — Acha que os lunares estavam tentando escondê-la? Que Caluya sabia esse tempo todo que o palácio é uma nave?

— Honestamente, eu não acho que ela saiba — Ayla respondeu.

Elliot ouviu o barulho de uma trava de porta sendo desativada ao longe, o som ecoando de leve no corredor.

— Acho que está na hora de sairmos daqui — ele falou, pegando a mão da oráculo.

Antes de contestar, Ayla já estava sendo puxada para o lado de fora. Correram pelo corredor que ainda se mantinha vazio, fazendo o caminho de volta.

— Ainda está aí, Miguel? — Elliot perguntou no comunicador.

Do outro lado, Miguel engoliu em seco.

— Confuso e em choque, mas estou — respondeu. — As câmeras continuam bloqueadas, podem seguir.

— Ótimo.

Eles percorreram o corredor vazio e viraram à esquerda, onde uma figura inesperada surgiu à sua frente.

O lunar, escondido sob os óculos-tela que cobriam metade de seu rosto, pareceu tão surpreso quanto eles com o encontro.

— Miguel — Elliot xingou baixinho o humano, atônito e tentando não demonstrar nenhuma reação.

Ele apertou ainda com mais força a mão de Ayla contra a dele e sentiu o quanto ela tremia.

O lunar desativou a tela que brilhava sobre seu rosto.

— O que estão fazendo aqui? Precisamos de todos os cientistas trabalhando no setor norte... — As palavras sumiram dos seus lábios assim que seu olhar parou em Ayla.— Princesa Taluya?

A pele dela agora era quase como a de um humano qualquer, e o cabelo preto preso dentro do capacete a deixava nada parecida com a princesa que foi um dia. Ainda assim, ele a reconheceu.

— Zion? — Ela cerrou os lábios, o coração saltando pelo peito.

— Sim, minha princesa.

Droga.

De todas as pessoas que poderia encontrar, encontrou justo um grimaldiano que já a conhecia. Ela sabia que fingir naquele momento não lhe valeria de nada. Zion a reconheceu, e qualquer lunar que a olhasse por tempo o suficiente faria o mesmo.

— Zion — falou, com um suspiro. — Você foi gentil comigo no dia do baile e espero ter causado a mesma impressão em você. Eu nem sei como começar a explicar, mas preciso que nos ajude. Poderia confiar em mim? — Ela finalizou com o melhor sorriso que pôde dar. Foi o mais doce e sedutor que conseguiu recuperar de sua memória, da época que acreditava ter algum efeito nos homens. Da época que se importava com isso.

Que idiota, Ayla!

— Mas...— ele balbuciou, perdido — Você foi levada pelos humanos e agora você se parece com eles.

Ayla engoliu em seco.

— Eu *sou* humana, Zion. E eu não fui levada, eu fugi. Nem tudo no Império é o que parece. Inteligente como é, você já deve ter percebido.

— Mas, minha princesa, você...

Antes que o lunar completasse a frase, Elliot tirou o dispositivo fino de dentro do bolso e atacou o lunar com ele, mirando direto em seu pescoço. Uma corrente de choque correu pelo rapaz, que tremeu e caiu no chão, desmaiado.

— Elliot! — Ayla exclamou, aterrorizada.

— Ele não está morto, se é com isso que está preocupada — o humano respondeu, levantando os braços.

— Não, ele ia nos deixar ir! Não precisava disso.

— Precisava, sim, ele já estava me irritando.

— Isso foi... ciúmes? — Ela arqueou a sobrancelha.

— Não. Só praticidade.

Ayla revirou os olhos e fitou o lunar no chão com um gosto amargo nos lábios. Não era mais a princesa, não devia mais lealdade aos lunares.

— Vamos. — Elliot a guiou até a porta enquanto ela sentia suas pernas dormentes.

Foi quando saíram que a realidade a despertou. O barulho de tiros misturado às sirenes dos diferentes distritos apitando fez a adrenalina voltar ao seu corpo, e ela correu ao lado de Elliot até alcançarem a nave deles, cujo escudo de invisibilidade começava a falhar, piscando de forma desordenada.

Ambos entraram na nave e Elliot ligou o motor. Em questão de segundos o veículo já estava no ar novamente, misturando-se à paisagem.

CAPÍTULO 52
O PLANO DOS PRIMEIROS HUMANOS

Todo o esquadrão chegou às cavernas ocultas em segurança, com nada mais do que arranhões no casco de algumas naves. Os caças pousaram e, assim que todos estavam em chão firme, eles se reuniram em um semicírculo em volta de Elliot e Ayla, em busca de respostas.

O coração da oráculo ainda batia acelerado quando ela pulou para fora da nave, e perceber o olhar de confusão no rosto de todas aquelas pessoas, buscando justamente *nela* alguma orientação, não ajudava em nada a dissipar o aperto em seu peito.

— Então é isso, a *nossa* nave, a única capaz de nos tirar desse lugar, é o palácio real?! — Lilian foi a primeira a falar, com o semblante consternado.

— Bom, acho que podemos nos preparar para ficar na Lua mais um bom tempo, então — Miguel comentou, com o computador que havia usado na nave debaixo do braço e um olhar de frustração no rosto.

— Fale isso por você! Sabe o que Kepler vai fazer quando eles conseguirem reassumir o controle dos bairros, se o nosso ataque à superfície não for bem-sucedido? Não vai ter qualquer futuro para vivermos aqui — Zaki falou, com urgência na voz.

— Elliot, diga que não é verdade — Lilian implorou.

— Vocês ouviram nos transmissores! Miguel viu o mesmo que nós, o palácio é *Bosei*. Mesmo que não faça qualquer sentido.

Ayla observava a cena à sua frente em silêncio, com cada momento em que havia passado no palácio voltando para sua mente. Os jardins, as antessalas, os elevadores e a torre de seu pai. Tudo, cada parte dali era *Bosei*, a tecnologia mais singular criada por mãos humanas, o caminho pelo qual a Gravidade cumpriria sua promessa. Nave que havia desaparecido sem deixar vestígios séculos atrás, mas que estava sob seus pés por todos aqueles anos. Naquele momento, toda a discussão que se tornava lentamente mais acalorada de repente se dissipou, e ela não ouviu mais a voz de ninguém. Se ela havia crescido por toda a sua vida dentro de uma nave *humana*, passando por seus corredores e sentindo uma certa conexão com lugares específicos da construção que estaria no futuro destinada a pilotar, então uma coisa agora finalmente lhe era clara: a Gravidade não havia errado ao escolhê-la. Ela não era a oráculo há uma semana, mas estava, de alguma forma, sendo treinada para sê-la por toda a sua vida.

— Silêncio — ela demandou a todos, surpreendida com o tom de sua voz. — Sim, o palácio é *Bosei*, e não, recuperá-la não é mais impossível agora do que já era antes. Em vez disso, deveríamos fazer a pergunta correta.

Elliot virou o corpo para ela, admirado e tranquilizado por sua postura.

— E qual é? — perguntou.

— Como a tiramos de lá. Quando eu fugi, os arquivos do sistema mostravam algumas áreas do palácio escondidas, inutilizadas. Foi por um corredor assim que eu consegui escapar. Era como se houvesse uma construção por cima de outra.

— O palácio deve ter sido construído em cima da nave — comentou Elliot.

— Eu suponho que o palácio é uma espécie de casco e que a nave está ali dentro, como a fundação original.

— Acha que os lunares fariam isso de propósito? Construíram o palácio por cima da nave apenas para escondê-la de nós? — Lilian perguntou, com a sobrancelha franzida.

— *Não* foram os lunares que construíram o palácio — Elliot falou de repente, tudo se tornando evidente para ele.

— Exato — Ayla concordou com um sorriso.

— Os alicerces da cidade, assim como as construções mais antigas, foram feitos pelos humanos, antes da revolta de Kepler e a criação do Império — o oráculo continuou.

— E uma dessas construções é o palácio — Lilian completou, arqueando as sobrancelhas e abrindo a boca.

— Marta e Ayo provavelmente estavam à frente disso — Ayla acrescentou. — Por isso, as plantas da nave foram escondidas e a estrutura do palácio, modificada. Para que ela estivesse sempre protegida, sempre próxima, adormecida...

— Até que fosse encontrada e ativada — Elliot continuou. — Pelo último casal de oráculos — assim que falou, o olhar da princesa se encontrou com o dele.

Eles fitaram um ao outro, encontrando forças no propósito que os unia, no destino de mais de quatrocentos anos que culminava neles.

— Se a nave está escondida, protegida pela construção que foi feita em volta, então, a única forma de ativá-la me parece óbvia: destruindo a carcaça exterior.

— Miguel tem razão — Elliot concordou. — Isso já estava premeditado. Quem construiu o palácio sabia que ele era isso, um casulo que em algum momento teria que ser destruído.

— Então, sua ideia é evacuar o palácio e explodi-lo? — Lilian perguntou. — Ainda é o lugar mais seguro e protegido de toda a superfície. Continua sendo impossível.

— Não explodi-lo. Se tudo isso foi feito de forma intencional, deve haver um *gatilho*, alguma ativação que leve a nave de volta à sua forma original. E, sim, até lá o palácio teria que ser evacuado.

— Por que isso parece ainda mais impossível? Por que ela não podia estar enterrada no deserto? Ou escondida no subsolo? Por que ela tinha que estar no último lugar em que deveria estar? — a engenheira humana desabafou, não parecendo mais forte como antes.

— Por minha causa. Porque eu cresci exatamente no lugar em que deveria — Ayla afirmou, com aceitação na voz. — Porque fui eu quem cresci ao lado de Caluya, e, para deixarmos a Lua, não vamos ter escapatória. Teremos que enfrentá-la. Eu terei.

CAPÍTULO 53
O LADO ESCURO DA LUA

CALUYA

Vestida com um longa bata lilás caindo até os pés, Caluya via de cima toda sua cidade em guerra. Estava sendo levada por um aerodeslizador até o lado escuro da Lua. A nave viajava de forma silenciosa e suave, cortando o céu negro e passando quase despercebida no horizonte. Era a pior hora para sair do palácio, mas ela precisava de respostas sobre os humanos, sobre sua mãe e sobre tudo.

A nave adentrou o deserto gélido, afastando-se mais e mais da grande metrópole. À medida que se distanciava, conseguia ver melhor a redoma translúcida que cobria a cidade e os mais altos prédios; era ela que deixava o céu arroxeado e que permitia que a vida florescesse na superfície.

Caluya sabia da história verdadeira, a que muitos lunares na capital desconheciam: séculos atrás seus ancestrais moravam em cavernas, espalhados por todo o núcleo do satélite. A atmosfera do subsolo era menos rarefeita, com oxigênio o suficiente para a existência de vida, enquanto a superfície era inabitável, feita de hidrogênio e argônio. Com a chegada do povo humano e sua avançada tecnologia, a superfície foi sendo lentamente modificada, através de terraformação e da construção dos biossatélites que criavam a redoma, até aquela parte da Lua se tornar habitável para lunares e humanos.

Porém, o povo lunar era vasto e dividido, e não foram todos que aceitaram de bom grado a chegada e o *avanço* promovido pelos humanos. Algumas comunidades se mantiveram reclusas no subsolo, guardando consigo as tradições e costumes ancestrais da raça.

Caluya só havia ido até a caverna dos *Mare Nectaris* uma única vez, há muito tempo atrás. Os humanos não eram aceitos lá, mas todo lunar que buscasse ajuda dos *mare* era recebido.

A nave adentrou uma abertura no solo, mergulhando em um largo túnel sem qualquer iluminação. Bastaram alguns minutos de silêncio para chegarem às portas da primeira comunidade. Esculpida da própria rocha, a porta era alta e majestosa, com arabescos desenhados por toda a extensão. Nele estava a história dos lunares.

Dois guardas estavam à frente e caminharam até a nave, eles trajavam vestimentas antigas, com colares de pedras lunares cobrindo o pescoço e cabelos completamente raspados. Em seguida, sinalizaram para que ela pousasse. Assim que a nave tocou o chão, a escotilha foi aberta e Caluya desceu por ela, exibindo o olhar firme, seguro e o cabelo verde preso em um alto coque. Ao reconhecerem-na, os guardas fizeram uma pequena saudação. Eram um povo livre, mas ainda assim respeitavam o Império.

A nave permaneceu do lado de fora com os pilotos, e ela foi guiada para dentro. O povo *mare* era contra qualquer tipo de tecnologia, por isso, insistiam em manter a vida da mesma forma que ela tinha séculos atrás.

Todas as casas eram esculpidas na própria rocha, e o que iluminava a densa escuridão das cavernas eram lanternas incandescentes, presas em todo o teto, fazendo com que o interior parecesse um eterno céu estrelado.

— Eu vim ver Mie-xea Drigoi — ela comunicou aos guardas na língua ancestral.

O seu *lur* estava enferrujado, pois havia anos que não praticava aquele idioma.

— E ela você verá — o guarda ao seu lado esquerdo respondeu, fazendo com que ela se sentisse aliviada por terem compreendido o que disse.

Eles a escoltaram até uma grande construção de pedra, cuja memória permanecia intacta no seu inconsciente. A levaram até a mansão de Mie--xea Drigoi, a imortal bruxa lunar.

Diziam que ela fez um pacto com o próprio Vazio, para que seus anos não fossem mais contados e a morte não viesse procurá-la. Mas isso havia trazido consequências inesperadas, e a principal foi com sua aparência. O Vazio lhe deu toda a vida que desejava, mas isso custou sua capacidade de ver beleza à sua volta. Seus olhos foram engolidos, e no lugar havia apenas a pele acinzentada com cicatrizes. Não mais capaz de ver o mundo físico, contudo, ela dizia poder ver o mundo invisível, e era isso que atraía diferentes lunares para sua casa, enriquecendo-a, assim como a comunidade que ela regia.

A porta circular da mansão de pedra rolou para o lado, movida por engrenagens e convidando Caluya a entrar.

O lugar era iluminado por velas posicionadas no chão, fazendo uma trilha a se seguir. Havia lunares nas extremidades, sentados em mesas e conversando entre sussurros, mas nenhum se dirigiu a ela.

— Princesa Caluya — a voz eletrizante da bruxa a chamou do trono de pedra onde estava sentada.

O olhar da princesa regente se encontrou com o vulto da misteriosa mulher, e por um instante ela se sentiu criança novamente, como quando visitou aquele lugar há muitos anos, acompanhada de sua mãe. Respirou fundo, recuperou a coragem e caminhou até ela.

— Madame Drigoi, muito obrigada por me receber em sua casa — falou em *lur* enferrujado.

— Todo lunar é bem vindo em Nectaris, é como deve ser.

— Como deve ser — a princesa assentiu.

— Em que posso ajudá-la, Alteza? Há muitos anos esperava sua visita.

— Eu busco o seu conselho. — Caluya deu um passo à frente, se aproximando mais do trono. — E também gostaria que investigasse o meu futuro.

— A arte de ver o mundo invisível e suas diferentes ondulações não é barata, princesa regente. O que está disposta a dar? E não me venha com seus apetrechos tecnológicos que não me servem de nada.

De dentro da capa, a princesa tirou uma pequena esfera de no máximo quatro centímetros e a posicionou aos pés do altar. Era branca e destoava de forma gritante da pedra escura da qual o ambiente havia sido feito.

— Uma pérola do mar da serenidade. Ouvi dizer que a senhora estava em busca de uma para sua coleção.

O rosto sem olhos da mulher se mexeu, mostrando que estava surpresa, e um sorriso horripilante cresceu em seus lábios arroxeados.

— Ah, princesa, você nunca me decepciona! Me diga o que precisa.

— O que se sabe sobre a suposta *promessa* na qual os humanos acreditam? Eles estão mesmo destinados a deixar a Lua?

— Hum, é lógico que essa é a pergunta que a atribula. Ainda mais em um tempo como esse.

— Como assim?

— É um tempo de alinhamento, Alteza. As estrelas no céu e a própria Lua têm nos avisado disso. Os humanos não pertencem a este lugar e estão fadados a deixá-lo. Existe, porém... — o rosto da mulher se comprimiu em dor. — Uma *força* por trás deles, o espírito invisível que se move entre os astros.

— A Gravidade. É a divindade *deles*.

— Ah, não, querida, a Gravidade não pertence aos humanos. Pelo contrário, todo o universo pertence a ela. É ela quem cria e destrói os planetas, quem propicia a vida e também a extermina. Incontrolável e incompreensível, ela é o oposto do Vazio, e é por isso que deve se manter longe dela.

— E por que uma força como essa se comprometeria com os humanos?

— Porque ela quis, e eu temo dizer que essa é a única resposta possível quando se fala da Gravidade.

— Lobos da lua... — A princesa rangeu os dentes, em frustração.

— Minha princesa, o ódio pelos humanos cegou sua mãe no passado, não permita que faça o mesmo com você. Não se oponha à vontade da Gravidade. Uma mera poeira espacial não pode lutar contra uma supernova.

— Mas eu não posso deixá-los ir!

— *O espírito de sua mãe que ainda vive não é mais lunar.* — A voz da mulher mudou de repente, se tornando aguda e penetrante como o ferro. — *Ele é fruto de experimentos proibidos que cruzam a barreira do natural. A Gravidade virá buscar por ela, cobrando o preço, e poderá levar você junto.*

O ambiente se tornou instantaneamente mais escuro e os pelos do braço de Caluya arrepiaram. Ela sentiu um medo diferente se apossar do seu coração, temeu mais do que por sua vida, temeu pelo seu povo e pelo destino que os aguardava.

— *A princesa regente carrega nas mãos o futuro* — a bruxa predisse, com o corpo tremendo. — *A Gravidade há de ferir a sua morada e ela há de salvá-la. No alinhamento dos tempos, o destino dos clãs será selado.*

CAPÍTULO 54
ACREDITE NA PROMESSA

Todo o quarto girava em volta de Ayla assim que ela sentou na cama, horas depois, após tomar um banho.

Eles se apresentaram a Reuel trazendo a notícia, e uma reunião de emergência foi marcada para a manhã seguinte. O casal de oráculos foi liberado e orientado a descansar e, se possível, ouvir algo da Gravidade.

Descanso era uma palavra quase desconhecida para o corpo e a mente exausta da antiga princesa. Por mais que fechasse os olhos com força e pressionasse suas mãos contra as pálpebras, nada fazia o mundo ao redor voltar ao lugar.

A Gravidade. Caluya. Elliot. A guerra. A nave. *A Gravidade.*

Ela sentia êxtase e desespero ao mesmo tempo, sentia-se segura e completamente à deriva. Encontrara mais marcas da presença da Gravidade durante a sua vida, quando ela ainda parecia um enigma naquele momento presente.

Por que tinha que ser daquela forma? Por que não podia ser um pouco mais seguro ou ao menos ter um caminho minimamente delineado? Por que a Gravidade tinha que chamá-los e então deixá-los, se fazer presente e então ficar em silêncio? Prometer algo e então não entregar nenhuma prova palpável até o último minuto de que aquilo seria realmente possível? Para Ayla, era como se ela fizesse de propósito, testando-os até o limite final, espremendo-os contra uma dura e áspera parede de não sinais e nenhuma certeza a não ser a voz que primeiro a chamou naquela caverna. Para a oráculo, naquele momento, doía fisicamente acreditar. Mas, mesmo ali, aquela dor era tudo que ela tinha.

Levantou-se com o quarto ainda girando e mirou incisiva em direção ao banheiro, forçando suas pernas a se moverem. O ar tinha um gosto salgado e o chão tinha uma superfície pegajosa, puxando-a para baixo. Alcançou o banheiro a tempo de começar a vomitar, colocando tudo para fora na privada, tudo o que comeu, tudo o que sentiu e tudo o que viveu nos últimos dias.

Lágrimas rebeldes rolaram pelo seu rosto enquanto seu estômago se contorcia no abdômen; ela se sentia ainda mais fraca do que antes.

O medo de ter de enfrentar Caluya latejava em sua cabeça e o rosto da irmã aparecia todas as vezes que fechava os olhos. Ela se sentia forte e então fraca, capaz e terrivelmente amedrontada. Não entendia como tamanha dualidade poderia habitar seu peito.

Sua cabeça pendeu para baixo enquanto a sua visão turva mostrava a silhueta de um robô: M4 se aproximando.

Naquele momento, com o quarto girando de leve, pela primeira vez Ayla *viu* a Gravidade. Enxergou além da realidade material à sua volta e a fraqueza da sua mente despertou algo diferente, uma sensibilidade antes adormecida. Ela viu com os olhos embaçados um fino véu branco e translúcido: a *força* que mantinha tudo em seu lugar. O véu percorria o cômodo à sua volta, assim como seu corpo fraco caído no chão, segurando tudo no lugar. A Gravidade a tudo cobria, a tudo segurava e a tudo preenchia.

Ela se levantou com cautela e, com a ajuda do robô, caminhou entre tropeços até a cama. Seu rosto era molhado por lágrimas que prometiam levar tudo aquilo embora, o luto, o medo da irmã, os traumas da infância e o peso da responsabilidade.

Se a Gravidade era forte o suficiente, poderia segurá-la? Poderia lhe dar a coragem que nunca teve? Poderia, em tudo que se fazia necessário, torná-la sua oráculo? Inteira, completa, capaz.

Ela deitou na cama, a baba se misturando com as lágrimas, e esperou até o quarto parar de girar.

— M4 — fez força para chamá-lo.

— Sim, minha senhora. Estou aqui.

— Você pode repetir para mim aquele poema que os pais humanos ensinam aos seus filhos?

— O poema do seu sonho? Farei isso.

As engrenagens do robô começaram a fazer barulho, e um pequeno holograma foi refletido rente ao pé da cama.

Eu vivi os meus dias contando as estrelas,
colecionando as dores que me trouxeram até esse planeta,
sou forasteiro em uma terra estrangeira,
sinto saudades de um mundo que nunca vi,
e pergunto se nossa história acabará por aqui.
Mas ninguém é órfão se tem um lar para onde voltar,
somos filhos do sol e herdeiros do mar,
em nosso sangue está cravada a promessa,
de que um dia,

juntos,
retornaremos para a Terra.

Assim que o robô terminou, nada mais foi dito. E a cada respiro que dava, Ayla tentava recuperar as forças, costurando aquelas palavras ao seu coração.

— Você acha que eu consigo, M4? — ela perguntou depois de um tempo, com os olhos fechados, checando se o robô ainda estava ali. — Fazer tudo isso. Enfrentar Caluya, recuperar a nave e levar o povo humano de volta à Terra?

O robô demorou para responder, como se ponderasse a pergunta.

— Sozinha, não.

Ayla bufou.

— Elliot está tão perdido quanto eu e...

— Não é a Elliot que me refiro — o robô a interrompeu. — Mas, sim, à Gravidade.

Ayla bufou outra vez e se levantou com dificuldade.

— Não é simples como parece, M4. — Ela se sentou, com os olhos marejados, o peito ardendo. — Nada é! *Especialmente* a Gravidade. O próprio fato de uma força desta magnitude ter me escolhido já não faz *sentido*. Mas agora eu sei, sei que não poderia fugir dela nem se quisesse, sei que ela já havia me escolhido desde sempre e que estava destinada a encontrá-la. Mas isso não torna nada mais fácil ou mais simples. — Ela balançou a cabeça, frustrada. — Deixa. Não tem como você entender, é só um robô.

— E por que acha que eu não entendo o que é ser pequeno? — o robô falou de forma segura, surpreendendo-a. — O que é ser criado por alguém maior que você?

— Eu não...

— As minhas engrenagens e o meu sistema, por mais avançado que possam ser, não são nada comparado ao seu cérebro humano e a cada neurônio que o constitui. Da mesma forma que até a raça mais avançada não é nada comparada à consciência que rege o universo.

Ayla levantou o olhar, incapaz de segurar um pequeno sorriso que nasceu em seus lábios. Surpresa, era assim que M4 sempre a deixava.

— Você é tão assustadora para mim, minha senhora, quanto a Gravidade é para você. E mesmo assim eu a amo e continuo te servindo. Não só porque está na minha programação, mas também porque eu quero.

— Você com certeza não é um robô comum, M4. — Ela semicerrou os olhos. — Eu imagino quem foi que te fez... — sussurrou para si mesma.

— Então, respondendo sua pergunta, sim, acredito que é capaz de fazer tudo que a Gravidade está te chamando para fazer, se depender dela. Essa promessa foi feita antes de você nascer e as consequências dela vão perdurar mesmo após a sua morte. É muito maior do que você.

— Sim — Ayla murmurou, os olhos marejando novamente. — Eu só não consigo imaginar como faremos Caluya ceder. Não quero que ninguém mais morra por causa disso. Não posso permitir.

O choro voltou a arder em sua garganta, e ela se lembrou de Mirya. Nem tinha conseguido processar sua partida ou ao menos estar de luto por ela e, internamente, se sentia culpada por isso. Mirya merecia semanas de luto e silêncio, ela merecia ser lembrada, o vazio que deixou em cada cômodo, sempre reconhecido. Mas em vez disso as responsabilidades a haviam puxado como uma corrente bravia, afastando-a até mesmo do luto preso em seu peito.

— Parece que toda forma de vida está sempre propensa à guerra. Não é algo que eu, como robô, consigo compreender, mas é como as coisas são. A morte sempre é uma possibilidade.

— Pois é. Esse é o problema. — Ayla fungou e voltou a se deitar, sentindo sua cabeça afundar no travesseiro. — Eu não gosto muito dela.

Seus olhos pesaram e, mesmo com o mal-estar que sentia, permitiu que seu corpo descansasse. Aos poucos, sentiu tudo ficar mais leve: os medos, os problemas, o colchão e o cômodo à sua volta.

Pela primeira vez em muito tempo, Ayla dormiu uma noite sem sonhos. Nem a Gravidade, nem as memórias dos antigos oráculos vieram atormentá-la, apenas uma frase ecoou repetidas vezes em sua mente, suave como um sussurro, incessante como um lembrete: *acredite na promessa*.

CAPÍTULO 55
DOIS PLANETAS HABITANDO O MESMO SOL

credite na promessa.
Ayla acordou sonolenta, com o estômago roncando e aquela frase ressoando em sua mente. Era simples e insistente: *acredite na promessa, acredite na promessa, acredite na promessa.*
Ela levantou o corpo na cama, irritada.
— Está bem, eu já entendi — declarou para as paredes.
Seu estômago vazio se contorcia na barriga, e ela entendeu que, se quisesse estar viva para guiar a humanidade, tinha que aprender a comer de maneira regular.
Saiu do colchão com dificuldade, o pijama branco balançando a cada movimento. Em pé na beirada da cama, ela sentiu a estabilidade de volta ao seus membros e percebeu que o quarto não girava mais, o que, em si, já era um grande alívio.
M4 estava desativado, diante da porta do banheiro, e ela calçou os sapatos de forma silenciosa para não chamar sua atenção. Colocou um casaco militar verde que havia sobre a porta e saiu.
O corredor estava silencioso, e as luzes no teto iluminavam o caminho para onde os alojamentos acabavam. Ela caminhou observando cada detalhe, não tinha tido tempo para fazer isso antes. Era uma instalação simples e parecia ter sido construída às pressas. Reparou que era nos pequenos detalhes que os humanos tentavam fazê-la sua casa. Algumas portas estavam decoradas com placas diferentes ou desenhos de crianças, provavelmente das famílias que moravam ali. Não tinha tido tempo de conhecer ninguém, de ver os rostos cujas vidas dependiam dela. Talvez fosse até melhor assim.
Ayla andou, guiada pelas placas nas paredes, até chegar ao refeitório mais próximo. O lugar era longo, com cinco corredores de mesas e uma cozinha industrial ao fundo. No centro, entre um corredor e outro, brilhava um holograma, o mesmo holograma de sempre, mostrando o relógio dos quatrocentos anos e os dias que faltavam naquele momento. Sete dias e vinte horas, exatamente.

Um arrepio percorreu sua nuca. Era apavorante ver o tempo passar e sentir que cada vez tinha menos controle de tudo. Ela balançou a cabeça e afastou aquele pensamento, naquele momento queria apenas comer até se esquecer de tudo. A luz da cozinha estava acesa, e ela caminhou até lá, imaginando que seria alguém da limpeza.

—Boa noite — falou assim que entrou, procurando por algum rosto. — Eu não jantei ontem à noite e... Elliot?

O oráculo estava no canto da cozinha, com um olhar assustado, enquanto não sabia o que fazer com o prato em suas mãos.

— Oi. — Ele arregalou os olhos como uma criança que tinha sido pega em flagrante.

— Estava comendo escondido? — Ela se aproximou sem conseguir conter o sorriso.

— Não é sábio deixar um bolo na geladeira sem o nome do dono! Eu prometi a mim mesmo que compraria outro pela manhã e então meu delito nunca seria descoberto — ele justificou com um sorriso se estendendo nos lábios.

— Bom, eu estou aqui agora, acaba de ser descoberto.

Elliot limpou a boca e, com um sorriso, colocou o prato na bancada.

— E o que você vai fazer com essa informação? — ele a provocou.

— Eu vou te chantagear, não tenha dúvida. — Ayla deu de ombros, se aproximando um pouco mais. — E fazer com que divida o bolo comigo.

Elliot não conteve a risada e com um sorriso pegou um segundo garfo na gaveta e entregou a ela.

— Vamos ser criminosos juntos, então.

Ela assentiu, pegando o talher e dando uma garfada no bolo.

— Eu nunca comi isso antes, inclusive. Bolo. Só conheço das fotos do meu aniversário — ela comentou, com a mão na boca, sendo mais uma vez surpreendida pelo sabor.

Elliot encostou na pia e a observou comer em silêncio. Seu corpo magro parecia pequeno dentro do casaco militar e seus cabelos pretos estavam puxados para trás da orelha.

— E então?

— É mais doce do que eu esperava, mas ainda foi a melhor coisa que comi em dias. — ela comentou, depois de limpar o prato, sentando-se na cadeira que havia na bancada ao lado.

— Há quanto tempo você não come? — ele perguntou, preocupado.

— Eu não sei, mal tenho tempo para isso, Elliot, mal tenho tempo para respirar. — Colocou o cotovelo na mesa e pousou a cabeça na mão.

— Eu sei. — Ele se aproximou e sentou ao seu lado. — Mas não pode negligenciar sua saúde. Me desculpe por não ter percebido.

— Não, não foi sua culpa, é só que *tudo isso* é demais para mim, é *muito* pesado e, mesmo sabendo que estou destinada a isso, ainda duvido se vou mesmo aguentar — disse, balançando a mão livre em um círculo.

No outro extremo da cozinha estava uma janela de vidro que mostrava a caverna do lado de fora. Um rastro de luz brilhou por ela, atraindo o olhar de Ayla enquanto ainda falava.

— O que é aquilo? — ela perguntou, enquanto o olhar de Elliot ainda estava cravado na mulher.

— Ahn? Oh! — ele respondeu, depois de alguns instantes, com um sorriso de animação nascendo nos lábios. — São vaga-lumes das cavernas. Venha.

Ele pegou a mão dela e juntos correram até a porta dos fundos da cozinha, que dava direto para a parte de trás da base. Ao saírem, Ayla sentiu o frio da caverna roçando o seu rosto, estavam em uma região onde, a alguns poucos metros à frente, o chão da caverna descia em um sulco inclinado, que terminava em dois grandes túneis, indo cada vez mais para baixo.

Elliot os guiou até a borda, onde se sentou no chão, convidando Ayla para fazer o mesmo. Ela seguiu o gesto dele e se sentou, com os olhos fixos no bando de vaga-lumes que iluminavam o teto, dançando de um lado para o outro.

— O que estão fazendo? — ela perguntou, atenta.

— Migrando. Eles se movem dentro das cavernas durante todo o ano, indo para regiões diferentes dependendo da época.

— É lindo. E tão... livre — falou fascinada, atraindo o olhar de Elliot para si.

— É sim — ele respondeu, observando-a.

Ela sentiu seu olhar e suspirou, virando o rosto. Olhá-lo agora doía, estudar o azul de seus olhos doía, notar as covinhas que surgiam ao lado de seus lábios quando ele sorria também doía. Não era uma dor ruim, mas ainda era terrivelmente assustadora.

— As minhas cicatrizes — ela falou de repente, desviando o olhar. — Você me perguntou quem as tinha causado.

— Sim. — Ele apoiou o braço na pedra, aproximando-se um pouco mais dela e inclinando a cabeça, ouvindo atentamente.

— Foi a Imperatriz e... eu parei de contar depois da décima quinta. — Ayla engoliu em seco, compartilhando aquilo que nunca havia contado a ninguém. — Ela me batia constantemente quando criança, isso apenas para externar a raiva que sentia de mim. Ela me odiava e o seu olhar de ódio me acompanhava por cada cômodo do palácio, não importava onde eu tentasse me esconder. É claro que agora eu sei que ela fazia isso porque sabia que eu era humana, mas, na época... era tão doloroso. Ver como uma mesma mulher poderia demonstrar amor por uma filha e desejar a morte da outra.

— Morte? — Elliot exclamou, horrorizado.

— Sim, morte — Ayla respondeu, com um sorriso triste no rosto. — Ela tentou me matar alguma vezes, algumas mais agressivas do que outras. Tudo acontecia quando o meu pai deixava o palácio. Uma vez ela enviou guardas para me matar enquanto eu dormia, mas eu fugi, ficando escondida no jardim por três dias, até que meu pai retornasse.

Enquanto Elliot a ouvia, sentia seu peito sendo lentamente perfurado, ele fechou as palmas de forma inconsciente, desejando matar a Imperatriz com suas próprias mãos, se pudesse, mesmo com ela já morta. Uma grande culpa se abateu sobre ele por todas as vezes em que olhou o palácio ou os hologramas da princesa e sentiu raiva, pensando na vida boa que ela estava tendo, quando na verdade tudo o que Ayla havia feito ali era sofrer. Desejou ter pulado aqueles portões e a resgatado dali, desejou ter feito alguma coisa muito antes.

— Teve uma outra vez — ela continuou a contar, fitando os vaga-lumes — em que ela me jogou do quinto andar. Era impossível que eu sobrevivesse à queda, mas mesmo assim eu sobrevivi, tendo apenas uma perna quebrada. — Voltou o olhar para ele, os lábios cerrados. — É por isso que eu manco. O meu *terrível* segredo que só você descobriu. — Ela tentou fazer uma piada mas notou que Elliot não sorria.

— E Caluya nunca te defendeu? — ele perguntou, com cólera tomando seu semblante.

— A verdade é que Caluya também tinha medo dela e eu *sabia* disso. Ela não era *assim* quando éramos pequenas, sabe? Era uma boa irmã, cuidava de mim da forma que conseguia. Talvez ela não me amasse, talvez nunca me amou, mas eu genuinamente sentia que se importava comigo. — Ayla balançou a cabeça, voltando o olhar para o teto da caverna. — Ou talvez foi apenas uma mentira que eu criei para mim.

Elliot a fitou com profundidade, o semblante completamente transformado.

— A questão é que ter que enfrentá-la agora faz que eu me sinta pequena de novo, apanhando da Imperatriz enquanto eu esperava Caluya fazer alguma coisa... mas ela nunca fez. — Ela passou a palma das mãos no rosto. — Me desculpe, eu nunca contei isso para ninguém.

— Obrigado — Elliot respondeu e, da forma que ele a olhava, parecia que ouvir sobre suas dores e traumas era realmente a honra da sua vida.

— Obrigada por ouvir. — Ela deu de ombros e subiu os joelhos para descansar a cabeça sobre eles, abraçando as pernas. — Eu só espero ser forte o suficiente.

— Você é — ele afirmou com convicção.

— Eu não me sinto forte.

— Isso é porque você não se vê da forma que eu te vejo. — Ele soltou, sem hesitação.

Ayla arqueou a sobrancelha e levantou a cabeça, virando o corpo de frente para o dele e cruzando os braços.

— E como é que você me vê, Elliot Ramsdale? — perguntou, com um sorriso guardado nos lábios.

— Você que perguntou. — O semblante dele se iluminou em um sorriso que fez Ayla se arrepender de imediato. — Você é extraordinariamente impossível, Ayla Young. É forte *e* gentil, duas coisas que eu nunca pensei que poderiam coexistir antes. É como um baú que guarda muito mais do que demonstra. Você permanece em pé, enquanto carrega tanta coisa, tanto peso, que eu tenho certeza que nem o mais forte dos homens aguentaria. É um paradoxo... *lindo*, o mais bonito que eu já encontrei.

O sorriso de Ayla foi minguando aos poucos, com o medo começando a transparecer em seu semblante. Não eram as palavras que esperava e muito menos as que se sentia pronta para receber.

— Você é capaz de enfrentar Caluya, porque eu tenho a absoluta certeza de que é capaz de qualquer coisa. Mas não precisa fazer isso sozinha — ele falou e o coração dela se apertou. — Porque já esteve sozinha, mas *não* está mais.

— Elliot... — ela balbuciou, sentindo o ar evaporar em seus pulmões.

— Eu quero te ajudar, Ayla. Quero ser a mão que segura a sua quando você não tiver mais forças para se manter em pé sozinha. Quero te ver crescer porque você me faz crescer. Todo o meu orgulho e meus preconceitos, você os quebrou um a um, sem nem perceber.

Ayla soluçou e quando viu seu rosto estava molhado, mas não eram lágrimas de tristeza, eram lágrimas de ter sido descoberta. Alguém realmente havia passado por cima de sua barreira impenetrável, visto o que havia por dentro e decidido ficar, decidido amar.

— E eu quero ficar, Ayla, eu quero ficar — ele disse com devoção nos olhos, assustando-a por ser exatamente o que ela havia acabado de pensar. — Eu quero chorar com você, eu quero ficar de luto com você, quero sofrer junto, para que você não precise sofrer sozinha. Quero sentir tudo o que você sente, quero sentir suas dores, assim como suas alegrias. Não é isso o que significa ser um casal de oráculos? — Elliot aproximou o seu corpo do dela, deslizando a mão suavemente por sua cintura, trazendo-a mais para perto.

Ela se sentiu coberta, protegida, aconchegada e desejou sempre tê-lo para segurá-la assim. Sentindo-se mais segura do que jamais esteve, ela afundou a cabeça em seus ombros, deixando que ele a abraçasse.

Com os corpos entrelaçados, ela sentia o coração de Elliot bater forte sob o seu peito, enquanto encolhia ainda mais no seu abraço, deixando que os braços dele a envelopassem. Estava guardada, protegida, *amada*. Ayla tremeu, sentindo a presença da Gravidade ali, naquele abraço, forte como o peso de planetas, suave com o vento. Elliot era também, para ela, um ato de amor da Gravidade. *Amor*, seu corpo arrepiou com o pensamento que nunca havia lhe ocorrido antes, *talvez a Gravidade também seja amor*.

Depois de alguns minutos, Ayla finalmente se soltou do abraço, sentindo o sangue correr mais rápido pelo seu corpo como um pedido para que ela não saísse dali. Afastando-se lentamente, seu rosto roçou no de Elliot. Olhos se encontrando. Narizes se tocando. Ela o encarou e sentiu a mão dele subir devagar pelo seu rosto, afastando um fio solto de cabelo e, então, segurando seu maxilar com delicadeza.

Atraídos como dois polos magnéticos, Ayla inclinou um centímetro a mais, fechando os olhos. Reduziu a curta distância que os separava. Ali não havia um planeta e seu satélite, apenas dois planetas distintos, orbitando o mesmo Sol, muito maior do que eles mesmos, que os guiava e os atraía, sem poder evitar, um ao outro. Ela sentiu a respiração ofegante de Elliot próxima de seus lábios, quase os alcançando.

— Minha senhora, que bom que a encontrei — M4 chamou da porta da cozinha, fazendo ambos pularem no chão.

— M4? — Ayla arfou, o coração batendo forte em seu peito e o formigamento se espalhando por suas mãos. — O que está fazendo aqui?

— Eu não a encontrei em seus aposentos e... — O robô hesitou, sua câmera se moveu e parou na figura de Elliot, escaneando seus batimentos cardíacos. — Eu atrapalhei alguma coisa? — ele perguntou, com a voz desconfiada.

— Não, M4 — Elliot respondeu, irritado, considerando por um momento a possibilidade de jogar o robô na direção de um daqueles túneis.

Ayla não pôde deixar de notar a irritação do rapaz e riu, deixando a tensão se dissipar pelo seu corpo.

— Tudo bem, então, estava apenas preocupada com minha senhora — o robô disse.

— E é exatamente por isso que você é um bom robô, o melhor, na verdade. — Elliot colocou ambas as mãos no chão e se levantou em um pulo.

— Por favor, não o bajule, ele é já orgulhoso o suficiente como está — Ayla zombou, quando Elliot estendeu ambas as mãos para ela.

Ela aceitou o gesto e se pôs de pé.

— Também é bom que você durma mais algumas horas até a reunião — Elliot sugeriu, tocando o rosto dela e colocando alguns fios para trás da orelha.

— Você também, capitão, e dê um jeito de conseguir repor seu bolo.

— Eu vou. — Ele piscou para ela e se aproximou, deixando um beijo na sua bochecha. — Boa noite.

— Boa noite. — Ela suspirou e começou a caminhar para trás, quase tropeçando em M4.

Forçando suas pernas a se moverem, ela virou o corpo e entrou de volta na cozinha.

— Acredito que já seja de seu conhecimento — disse M4 aos seus pés —, mas os sinais vitais indicam que o senhor Ramsdale está apaixonado por você.

CAPÍTULO 56
A PROPOSTA ARRISCADA

Naquela manhã, Ayla entrou na sala de reunião sentindo o coração mais leve, um pouco mais curado.

Assim que entrou no cômodo, notou que o olhar doce de Elliot a acompanhava, o que a fez se sentir mais segura. Sorriu para ele movendo a cabeça e nenhuma palavra precisou ser dita. A conexão de um casal de oráculos era a mais íntima e transcendente que existia, mas que ambos ainda não compreendiam por completo. Esta conexão se mostrava presente em momentos como aqueles, onde os pensamentos e emoções deles se alinhavam, mesmo sem nenhuma conversa verbalizada.

— Obrigado a todos que vieram, mesmo nessa hora da manhã. — Reuel se levantou da cadeira em que estava, cumprimentando a todos na sala de reunião com o olhar.

No cômodo, estavam presentes Júlio, líder do clã da América, Emanu, líder da África, Abul, o viúvo de Mirya, Lilian e Miguel, para a surpresa de todos. Alguns outros rostos preenchiam o local, mas ninguém que Ayla reconhecesse.

— Ontem, nosso time infiltrado em Grimaldi nos trouxe notícias que avançam nossa missão de retorno para a Terra, porém, que também a complicam. — Seu olhar correu até parar em Elliot, que, percebendo o sinal do pai, se levantou.

— Exato. — Ele caminhou até o centro da sala, onde ativou um holograma que refletiu a imagem das plantas de construção da nave. — *Bosei* foi mesmo encontrada. — Os líderes olharam uns para os outros, sobrancelhas arqueadas e bocas entreabertas de surpresa. — Porém, sua localização não é a das melhores. Os primeiros humanos na Lua construíram o palácio real em volta dela, como forma de guardá-la e protegê-la. Agora o palácio pertence ao inimigo, assim como a nave. *Bosei* é o palácio.

— Isso não é possível, é loucura — Júlio exclamou, consternado.

— É a verdade — Reuel o cortou. — E é mais um desafio que venceremos como humanidade, assim como venceremos todos os outros.

— E qual é o seu plano? — o líder da América indagou.
— De início, a diplomacia.
Júlio riu de forma sarcástica.
— Diplomacia? E quando foi que isso nos ajudou? Quer pedir aos lunares e à sua princesa *louca* que simplesmente nos cedam o palácio?
— Acho que deveríamos no mínimo *tentar* negociar com eles. Não estou disposto a perder mais homens para esta guerra, já que só queremos *deixar* a Lua. Não fará mais sentido tomar todo o controle dela para recuperarmos a nave se não houver mais humanidade para levar de volta!

Um silêncio se instaurou no ambiente, Reuel tinha razão e todos sabiam disso.

— Por isso — ele continuou, de forma serena —, quero propor um primeiro contato. Poderíamos tentar oferecer uma troca comercial pelo palácio.
— E o que seria isso? — Abel perguntou.
— Nossas minas de Luton. As instalações já estão prontas e montadas, em troca de nossa nave.
— Entregarmos o nosso melhor recurso nas mãos do inimigo, Reuel? Acha isso sensato? — o senhor que liderava o clã da África perguntou.
— Acho arriscado, sim, como qualquer outra opção que tivermos. São tempos difíceis e tudo o que eu tenho em minhas mãos são medidas drásticas. — Ele passou a mão nos fios brancos, o olhar mostrando o quanto aquilo o preocupava.
— Então estaria disposto a correr esse risco? Tentar negociar com *lunares*? — Júlio perguntou, fitando-o com seriedade.
— A esse ponto, eu não acredito que exista uma opção sem riscos.
— E por que pensa que eles vão cooperar?
— Porque estamos em guerra e até este momento *estamos* ganhando. A cada dia tomamos o controle de mais bairros da cidade, e se a princesa se importar o mínimo com seu povo, vai considerar.
— De fato, o cessar do conflito seria bom para ambos os lados — Elliot comentou, apoiando o pai.
— Tudo bem. — Júlio bufou, coçando a barba. — E como pretende fazer isso, propor esse encontro?
— Bom — Reuel abaixou o olhar —, acredito que a princesa Caluya só ouviria alguém que já a conhece, alguém que, talvez, possa convencê-la.

Todos os olhares no cômodo se direcionaram para Ayla.

— Sim. Eu me voluntariei para me encontrar com a princesa regente — ela assentiu com o semblante firme. — Se tem alguém que talvez possa convencê-la, sou eu. Mesmo que ainda duvide disso.

— Então esse é o nosso plano? Organizar um encontro familiar? — Júlio falou, com descrença.

— Você não conhece a princesa como eu conheço. Ninguém conhece. Eu não acredito que a fúria de Caluya possa ser aplacada, mas tenho a perfeita consciência de que não existe caminho para deixar a Lua que não passe por ela — Ayla falou, e a insegurança estava cada vez menos presente em seu olhar.

— E como faremos isso? — Júlio cruzou os braços.

— Enviaremos um drone com uma mensagem: um convite, para um encontro em uma região que seja neutra — Reuel explicou.

— Vamos realmente fingir que isso é possível? Que Caluya vai colaborar?

— Ela ama seu povo na mesma proporção em que nos odeia. Levando em consideração as perdas de vidas lunares na superfície, acredito que vai ao menos aceitar o encontro.

— Mas e se ela tentar algo, oráculo? — Emanu indagou com preocupação. — Sabemos que ela já atentou contra a sua vida uma vez.

— Eu não tenho medo de Caluya — Ayla afirmou, despreocupada, mesmo que aquilo ainda não fosse totalmente verdade.

— Certo, então — Reuel falou. — Miguel e Lilian vão trabalhar juntos para garantir que a mensagem chegue direto à princesa e então... esperamos.

CAPÍTULO 57
A IMPERATRIZ

CALUYA

A mente de Caluya andava mais perturbada que o normal depois da visita aos *mare*. Ela sentiu saudades de quando falava sua língua materna, *lur*, na infância, das aulas que tinha e de como isso foi a primeira coisa em que percebeu ser boa. Essas memórias, porém, a levavam de volta a Taluya, já que a irmã estava presente em cada uma delas.

A mágoa ardeu em seu peito enquanto continuava a travessia pelo palácio, de volta aos seus aposentos. Os humanos malditos continuavam avançando, destruindo a cidade e tomando o controle de diferentes áreas. Ela sentia o controle escorrer pelas suas mãos a cada dia, fazendo-a crer que isso a deixaria louca. Louca como a sua mãe, ou como qualquer mulher de sua família antes dela.

Sua avó materna tinha tirado a própria vida, já sua mãe foi assassinada em um atentado pelos próprios súditos, e agora tinha a parte restante de sua consciência aprisionada em uma máquina. Seria seu destino tão trágico e cruel quanto o delas? Era um medo que a atormentava, mas se recusava a admitir.

Precisava de uma resposta, de uma solução para *tudo*. Precisava ser mais forte, precisava ser melhor, precisava ser tudo o que não sentia que era.

A silhueta de seu marido à porta de seus aposentos a desestabilizou de imediato, fazendo-a tropeçar no tecido do vestido lilás que usava. Gemeu enraivecida, irritada por ele ainda ter algum *poder* sobre ela.

Estavam se separando; ela não tinha tido a coragem de verbalizar as palavras ainda, mas sabia disso e, sendo honesta consigo mesma, pouco se importava, ou pelo menos era o que dizia para si. Após a última discussão, ele havia solicitado a mudança de aposentos, e ela aceitou de imediato. Tinha se cansado da presença de Axyon, da sensação que ele sempre trazia: a de ter fracassado em mais uma área de sua vida.

— Princesa regente — ele a cumprimentou com a feição dura.

— Axyon — falou baixo. — O que está fazendo aqui? Eu não tenho tempo para frivolidades.

— Não pretendo tomar seu tempo, princesa — falou de forma impessoal. Como se nunca a houvesse chamado de outra forma, como se nunca tivessem sido mais que isso, Alteza e súdito.

— Então o que quer?

— Apenas anunciar meu retorno ao meu clã e te entregar isso. — Deu dois passos para frente, alcançando-a. Segurava nas mãos uma tela dobrável, um documento.

Caluya pegou o vidro com receio, sem controlar o tremor em suas mãos ao tocá-lo. Ela sabia o que um documento daquele significava: era uma carta de divórcio. Seria a primeira da família real a se divorciar de forma legal e pública.

— O que é isso? — perguntou irritada.

— Estou me resignando de minhas *funções* com você. Um espaço para mim já está sendo preparado nas instalações de Copernicus e...

— Não! Você não pode deixar o palácio.

— Por que não? Mal olha para mim, e estou convicto de que não me considera mais como marido, muito menos como amigo.

— Sim, mas deve permanecer, continuar vivendo aqui. Se as pessoas souberem, isso não seria bom para a imagem do Império.

— Ah. É isso o que importa para você. Se preocupa com o que as pessoas vão pensar. — Ele abaixou o olhar, cerrando o maxilar, irritado.

— É óbvio que me importo com o que meu povo vai pensar! É impressionante que isso ainda não esteja evidente para você. Eu não posso ser a primeira realeza que tem um divórcio anunciado ao público.

— Bom, eu sinto muito, não deveria ter se casado comigo.

— E você não deveria nunca ter *existido*! — ela vociferou, o coração batendo rápido em seu peito. — Nem ter aparecido no meu baile dos clãs ou feito qualquer *coisa* depois disso.

A princesa pousou a mão no rosto, respirando de forma pesada, frustrada consigo mesma, com ele e com tudo.

— A minha decisão está tomada, Caluya. Adeus. — Com um aceno de cabeça, ele passou por ela, caminhando pelo corredor.

Quando estava na metade, Axyon não conteve a tentação e se virou, encontrando a princesa na mesma posição, incapaz de se mover.

— Caluya — ele a chamou, amaldiçoando a si mesmo por isso, mas precisava saber. — Algum dia, em algum momento, você chegou a me amar? — perguntou com a voz entrecortada.

Ela se virou, revelando olhos marejados e um semblante de raiva que só parecia crescer.

— Não — falou em um suspiro, o rosto duro como uma pedra. — *Nunca*, nem por um só momento.

Axyon riu, balançando a cabeça.

— É claro que não, você é incapaz disso. Sempre foi. — Virou o corpo e saiu, caminhando a passos largos. O som de suas botas ecoou pelo corredor.

Caluya apertou o documento de vidro em suas mãos com força até vê-lo começar a rachar. O vidro entrou em sua pele e a fez sangrar.

— AHHH.

Ela jogou a tela na parede de seu quarto, assim que entrou, fechando a porta. O documento do divórcio bateu no espelho e se desmantelou em pedaços.

Caminhou com as pernas bambas. Suas forças estavam se esvaindo e o choro entalou-se na garganta. Parou de repente, percebendo que o seu braço havia se prendido na quina da cabeceira. Sacudiu-o, irritada, amassando o móvel. Ainda tinha aquilo, aquele maldito braço, aquela maldita imperfeição. *Mais um fracasso*.

Pressionou sua bota contra os pedaços de vidro no chão, vendo-os se partir em outros milhares de pedacinhos e pensando que eram exatamente como seu coração naquele momento. Odiava Axyon, odiava Taluya, odiava tê-los deixado entrar em seu coração. Detestou ter sido fraca ao não ter dado ouvidos à sua mãe.

Era isso: a sua mãe. Era ela quem estava certa por todo esse tempo. Caluya virou o rosto, as lágrimas de frustração rolando por suas bochechas, o maxilar marcado. Via-se o ódio em seus olhos. Ela odiava os humanos. Odiava o que eles haviam feito com ela, feito com *seu mundo*.

A mãe sempre esteve certa, ela nunca deveria ter amado ninguém e se apegado a nada. Deveria ter vivido como ela gostaria: fria, calculista, no controle, sempre à frente de todos. Estava cansada da vida que havia guiado até aquele momento. Cansou-se de todos, também de si mesma. Apenas a Imperatriz traria a resposta.

A princesa fixou os pés no chão, em frente à grande máquina de metal escurecido que guardava a consciência de sua falecida, porém, ainda viva, mãe.

— Eu não quero mais sentir — balbuciou com lágrimas molhando o rosto. — Não quero mais sofrer, nem *perder mais*. Você pode tirar isso de mim, não pode? Por favor, tire — implorou, com a voz entrecortada. — Me torne forte como você. Eu *quero* ser como você.

— Eu posso, minha querida. Eu posso tirar tudo de você. Tudo o que dói, tudo o que te deixa fraca. É isso que você quer, não é?

— Sim, por favor. É isso o que eu mais quero.

— Então levante-se. Agora!

A princesa obedeceu, trêmula, as mãos desamassando o vestido. Ela viu pelo canto do olho que seu pai estava desperto e a observava com um olhar preocupado.

— Caluya, filha, não — ele tentou chamá-la. Ainda que o escutasse, não lhe deu ouvidos.

Caminhou resignada até parar em frente à máquina. O sensor vermelho, *um* olho grande e reluzente, iluminou seu rosto.

— A partir de agora seremos uma só, Caluya. Não precisará mais lutar, eu farei isso por você.

Caluya respirou fundo, ignorando todos os sinais que seu corpo dava e estendeu seu braço mecânico sobre a máquina.

— Sim, minha mãe.

CAPÍTULO 58
APRENDENDO A OUVIR

Quando o encontro de paz foi marcado, faltavam cinco dias para o fim da promessa. Ayla se encontraria com Caluya, em uma tarde quando um cessar-fogo fora anunciado. Uma redoma de vidro foi construída bem no limiar onde se dividiam os bairros sobre o controle lunar daqueles já conquistados pelos humanos.

Quando o drone foi enviado com a proposta, uma tensão silenciosa se instaurou na base a cada hora que se passava sem nenhuma resposta. Porém, para a surpresa de todos, a princesa Caluya topou o encontro, aceitando todos os termos colocados para que ele acontecesse. Assim que a data foi marcada, uma guerra silenciosa, dentro da mente da oráculo, começou.

Os dias pareciam passar mais devagar, escorrer de forma torturante em volta dela. Ia rever sua irmã e, mais que isso, tinha a missão de convencê-la. As últimas horas tinham sido focadas em compreender e decorar todo o plano de paz de Reuel e, nos momentos livres, estudar mais sobre a *Bosei* com Elliot. Porque, assim que Caluya cedesse, isso se ela o fizesse, teriam que estar prontos para partir. E se tinha algo que Ayla não estava, era *pronta*. Não se sentia pronta para absolutamente nada.

O casal de oráculos observava o holograma das três plantas de *Bosei*. Estavam refletidas sobre a mesa do escritório em que apenas os dois se encontravam. Não tinham conversado tanto no último dia, fruto da tensão crescente que afetava a todos.

— Ela parece mais calada esses dias — Elliot comentou enquanto Ayla olhava de forma vazia para o holograma azulado da nave. Já havia decorado tudo o que podia e nada mais cabia em seu cérebro cansado.

— O quê? Quem? — Levantou o olhar, encontrando com o dele do outro lado da mesa.

O holograma brilhava entre eles.

— A Gravidade. Você tem tentado se comunicar com ela?

— Não, eu não tenho — admitiu. — Eu sei que preciso, agora mais do que nunca, só que nunca sei como... *começar*, entende?

— Talvez devêssemos tentar fazer juntos. Se tem um momento que precisamos de conselhos é agora. Ela fez a promessa.

— E só ela pode cumpri-la — Ayla completou em um tom baixo.

— Exato. — Ele engoliu seco. — E é a isso que tenho tentado me segurar.

— Tudo bem. — Ayla desativou os hologramas na mesa. — O que você sugere?

Elliot olhou em volta do cômodo, pensativo.

— Nós *iniciarmos* a conversa, eu acho.

— Só vai saber a resposta se perguntar — Ayla declarou baixinho, lembrando-se das palavras no holograma no dia em que foram atrás de Miguel.

— O quê?

— Foi algo que eu acho que ouvi ela me falando, alguns dias atrás.

— Vamos perguntar, então. — Elliot estendeu os braços e os esticou sobre a mesa.

— O que é isso? — Ayla riu do gesto, lembrando-se que Mirya havia feito algo parecido na noite em que a conheceu.

— Vamos, me dê sua mão.

Ela assentiu e segurou a mão dele, com um pequeno choque correndo pelo seu braço.

— Existe uma oração tradicional da Gravidade que sua mãe ensinou a todos, em sua época, e meu pai passou para mim. Fazia anos que eu não a dizia, mas nunca me esqueci de uma só palavra — ele explicou, com o rosto sereno.

Ayla sorriu de orgulho, ele havia falado a verdade naquela noite nos fundos da base, eles estavam realmente *crescendo juntos* e era estranho e belo notar isso.

— Tudo bem, *me guie* — ela respondeu, fechando os olhos.

Elliot a fitou por um instante, distraído pelo efeito que a voz dela teve nele. Mas então forçou seus olhos a se fecharem e coçou a garganta, antes de começar:

— Bendita sejas tu, matéria que a tudo constitui, força que a tudo segura. Grande, poderosa e temível Gravidade, que outorga bondades, que tudo cria, que recorda a fidelidade do passado e... — os lábios dele falharam, trêmulos. — Que não esquece de suas promessas.

Antes que percebesse, Ayla já estava chorando, sua mão apertava a de Elliot com força, enquanto seu estômago se contorcia dentro de si. Todo seu corpo reconhecia que não estavam na presença de alguém comum.

Ambos sentiram o exato instante em que a Gravidade se fez presente no quarto. O ar da sala se tornou espesso. De repente, ficou difícil respirar, e até mesmo abrir os olhos era algo doloroso. Ela sentiu a Gravidade empurrando-a para baixo, fazendo seu corpo se prender na cadeira.

— *Ninguém pode rasgar o tecido da realidade, a não ser aquele próprio que o constituiu. Ninguém pode libertar um povo, a não ser aquele que o aprisionou. Pois nas minhas mãos está a ferida e nas minhas mãos também está a cura.*

A voz ressoou, fazendo se desmantelar a própria realidade do cômodo em que se encontravam.

Ayla sentiu a pressão sobre o seu corpo aumentando cada vez mais, até abrir os olhos e perceber que tudo à sua volta estava de fato ruindo, se desfazendo. Ambos os corpos estavam tão pesados que afundavam nas cadeiras, chegando até o chão, como se a matéria que constituía o cômodo estivesse se derretendo ao seu toque.

— *Voltando e descansando, serão libertados. No perdão e na confiança estará a sua força.*

E então... Tudo se tornou leve.

Ayla abriu os olhos e estava sentada na cadeira. O cômodo, tão sólido quanto antes.

Seu olhar assustado encontrou o de Elliot, que mostrava o mesmo pavor e confusão em seu semblante.

— Ayla, você... — ele balbuciou, tentando falar. — Você viu isso também?

— Sim. — Ayla arfou, piscando os olhos com força.

— O que acha que significa? — ele perguntou, desprendendo suas mãos das dela.

— Eu não sei. — Ela puxou o cabelo liso para trás, bagunçando a franja.

— Não faço ideia.

— No perdão e na confiança — Elliot repetiu. — Precisamos confiar nela, isso já entendemos. Mas perdão... Será que devemos *pedir* perdão?

O coração de Ayla parou por um instante, ainda sentia a presença da Gravidade, e naquele momento entendeu o que ela quis dizer. Como uma fincada, a mensagem se tornou clara.

— Não. — Ela suspirou, frustrada. — Acho que sou eu que tenho que perdoar. Ela está me pedindo para perdoar Caluya.

CAPÍTULO 59
O ACORDO DE PAZ

Acompanhada por cinco guardas, Ayla desceu do aeroplanador assim que ele pousou na superfície. Ela tinha o cabelo preso em um coque com dois hashis, usava um terno branco e carregava no peito a insígnia do clã da Ásia, quem a olhasse assim diria que estava a imagem exata de Mirya quando ela tinha a sua idade. Aos seus pés, estava M4, responsável por armazenar todo o projeto do tratado de paz que mostraria a Caluya.

Ao tocar os pés no chão, a oráculo teve um choque com a realidade, viu os prédios a distância destruídos, os painéis de led que iluminavam a rua tremeluzindo e o olhar assustado e tenso estampado nos rostos de ambos lunares e humanos, que protegiam suas respectivas partes da cidade.

Apenas aquela rua estava limpa e organizada, porque, depois da murada de naves e soldados, as consequências da guerra continuavam. Sua cidade, uma vez tão bela, agora estava tão dividida, os arranha-céus não mais brilhavam como antes e os diferentes hologramas que uma vez coloriam o céu agora estavam falhos ou desativados. Ela tinha que parar, tinha que encerrar o conflito.

Respirou fundo e andou acompanhada até a grande estrutura redonda de vidro construída no meio da rua. Repetia entre sussurros as palavras da Gravidade para si.

Acredite na promessa, acredite na promessa. Apenas acredite.

Caluya já se encontrava dentro da cúpula, tinha o cabelo trançado para trás e trajava um macacão verde-água, misturando a tonalidade das madeixas à roupa. Seus braços estavam expostos, revelando a parte mecânica de seu corpo, sem mais vergonha.

Ayla engoliu em seco quando a viu, o braço mecânico, o rosto tomado por algumas veias escuras que começavam a crescer acima do pescoço e o semblante frio, irredutível. *Quem era aquela mulher?*

A oráculo reuniu toda a coragem que tinha e adentrou a redoma, um guarda humano a acompanhando, enquanto um lunar permanecia ao lado de Caluya. As duas irmãs estavam por fim reunidas, contudo, sob a vigilância do exército de Kepler e a observação de toda frota humana. Elas tinham o destino de ambos os povos em suas mãos.

— Taluya — a princesa mais velha cumprimentou com um olhar macabro, sentando-se na cadeira do seu lado da cúpula.

— É Ayla, na verdade. Meu nome humano — a oráculo falou com segurança, mesmo que as pernas tremessem, e também se sentou, parando bem de frente para a irmã.

Elas se olharam por alguns instantes, em completo silêncio. Ambas haviam mudado tanto. A pele cinza de Ayla não mais existia, assim como a vitalidade no rosto de Caluya. Uma tornou-se humana, a outra, escrava de forças ocultas. E, apesar de tudo, continuavam sendo irmãs. Um vínculo como aqueles não se extinguia em algumas semanas, e Ayla soube disso assim que seu olhar se encontrou com o dela. Ela a odiava e tinha raiva de todo o mal que havia lhe causado até ali, como ter tirado Mirya dela, de Jafari e de Abul, como ter encerrado a vida de alguém que tinha *tanto* a viver. Porém, mesmo assim, seu coração apertou ao vê-la, ela olhava a lunar à sua frente e via cada memória, cada momento que haviam passado juntas. Havia uma parte de sua afeição que nunca poderia ser inteiramente retirada, nem se quisesse.

A raiva e a culpa preencheram o coração da oráculo e ela desviou o olhar. *Preciso perdoá-la*, lembrou a si mesma, a contragosto.

— Caluya, somos gratos por ter me recebido aqui. Espero que ouça nossa proposta e possa ao menos tentar entender o lado do povo humano.

— É claro, *humana* — a irmã respondeu com sarcasmo. — Por favor, me apresente. — Balançou a mão sobre a mesa.

Ayla percebeu que ela estava diferente, ainda mais fria do que o comum. A Caluya que conhecia teria ao menos enchido-a de xingamentos por bons minutos, mas essa apenas a fitava com indiferença.

— M4, por favor. — Sinalizou para o robô ao seu lado e ele refletiu um holograma no centro da mesa.

— Existe uma promessa, feita pela Gravidade para nós, humanos, de que depois de quatrocentos anos vivendo no exílio, poderíamos retornar para nossa terra natal. Tudo o que queremos é deixar a Lua e *nunca* voltar a perturbá-los.

— Um futuro sem humanos. — A princesa olhou para as próprias unhas. — É uma proposta tentadora, devo admitir. Imagino por que não deixaram esse mundo ainda; algo está faltando, não é?

Ayla coçou a garganta. Era agora que teria que ter cuidado com cada palavra que dissesse.

— Sim, nossa nave. Ela se encontra em território lunar.

— *Toda* a Lua é território lunar, Taluya. — Ela foi dura e cortante, da mesma forma que falava para corrigi-la quando pequenas.

— Sim, mas a nave se encontra em um território que não está sob nosso domínio, domínio dos humanos — Ayla explicou desviando o olhar, tentando controlar as batidas aceleradas de seu coração.

Você não a teme, repetiu para si mesma, *você não a teme*.

— Continue.

— Não queremos que esse conflito se prolongue, Caluya, nem que mais nenhum humano ou lunar tenha que morrer. Tudo o que queremos é nossa nave; assim que a tivermos, estaremos prontos para deixar a Lua.

— Se este mundo é nosso por direito, por que faríamos isso? Por que entregar uma tecnologia como essa para vocês?

— Porque nos querem fora daqui, certo? Assim como nós.

— Eu não diria isso, a humanidade foi útil para o Império por todos esses anos. O que aconteceria com nossa mão de obra?

— Os lunares *podem* trabalhar.

— Não se os humanos ocupam esse papel.

— *Ocupavam*, Caluya! Caso não tenha percebido, não existe humano trabalhando mais, porque estão muito ocupados tomando a *sua* cidade! — O sangue ferveu em Ayla, e ela encontrou dentro de si a determinação necessária para lutar. — Se pensa que continuaremos a ser explorados e manipulados por você, está enganada.

— E é isso que acha que fiz com você? Te explorei e manipulei, não é? — A princesa ergueu o corpo sobre a mesa, os olhos faiscando. Ela queria conflito, e a oráculo sabia disso.

— Não. Isso não diz respeito a esse encontro. — Ayla respirou fundo. — Só peço, *por favor*, que considere a proposta.

— E qual seria ela?

— Uma troca comercial, que beneficiaria também os lunares. — Ayla moveu as mãos sobre o holograma, passando o arquivo e revelando a imagem de uma mina. — A nave em troca do que o povo humano tem de mais valioso: um novo modelo de tecnologia, movido por um recurso precioso e em abundância, Luton, um mineral encontrado no interior da Lua.

Caluya aproximou o rosto do holograma, observando as imagens, os olhos se movendo de forma frenética.

— É fácil para você, não é? — ela falou, voltando a se encostar na cadeira.

— O quê?

— Se submeter a este papel. — Balançou a mão. — *Brincar* de ser humana. Passou toda sua vida no palácio, usufruindo de regalias e privilégios que o Império ofereceu e agora quer virar as costas, agindo como se fosse você a ferida, a explorada.

Ayla se ajeitou na cadeira, sentindo o duro olhar do guarda kepleriano sobre ela.

— Pobre Taluya. Está tão desesperada para ser aceita que se submete ao que quer que seja. Más notícias: *eu matei sua mãe, sua irmã e matarei cada um da sua raça.* — A voz da princesa se tornou rouca e profunda, ao mesmo tempo em que a mesa começou a tremer entre elas.

Ayla prendeu suas mãos na cadeira, o medo adentrando suas veias.

— Mas não se preocupe, pequena imprestável, eu deixarei você viva para assistir a tudo e jamais esquecer que nunca pertenceu nem aos humanos nem aos lunares. Porque você nunca pertenceu a nada.

Ayla se levantou, assustada, o corpo tremendo, ao identificar a voz e toda a atmosfera à sua volta anunciando o perigo.

Aquela não era a sua irmã, não era a sua voz.

— Eu não quero suas minas, nem suas súplicas. A humanidade nunca deixará a Lua.

Caluya se levantou da cadeira, uma fúria tomando seu rosto e sinapses fazendo tremer seu corpo. Com o braço de metal, pegou a mesa e a jogou para o lado, fazendo tremer o vidro em volta delas.

O guarda humano se aproximou de Ayla, colocando-se à sua frente.

— Seu sangue correrá como um rio e pelas garras do glorioso Império a humanidade dará seu último respiro — Caluya falou em outro idioma, *lur* antigo, e Ayla entendeu com dificuldade.

Um arrepio correu por sua espinha e a princesa sentiu que era um aviso da Gravidade.

— Precisamos sair daqui — ela informou o guarda, tentando manter a calma. — Não terá acordo.

— Vamos. — Ele se virou, segurando seu braço e a guiando para fora.

Dois soldados de Kepler que não estavam lá antes pararam na entrada, impedindo-os de sair.

— Eu sei quem você é, oráculo — Caluya declarou, de trás dela, aproximando-se.

Ayla girou o corpo, todos os seus membros tremendo em uma mortal sintonia.

Não.

Não.

Ela não chegaria tão longe para falhar logo agora. A Gravidade não os abandonaria nesse ponto, abandonaria?

— Caluya, me deixe ir.

— E perder todo o espetáculo? Mas é claro que não.

Assim que ela falou, o impacto de bombas ativadas explodiu no ar. Elas começaram como uma sinfonia, explodindo no chão, fazendo ruir toda a região em volta da cúpula de vidro. Entre fumaça e fogo, a terra rachou, engolindo humanos e lunares.

— Você é louca! — Ayla gritou, horrorizada com a cena. — Está matando seu próprio povo!

BAM.

Mais explosões ecoaram em volta. Os gritos de socorro reverberaram ao longe enquanto aeroplanadores caíram em conjunto, cortando o céu lilás.

— Não. — O olhar feroz e inumano de Caluya encontrou o de Ayla. — Eu *sou* o meu povo.

— O quê? — O som da sua voz foi cortado por um estrondo, tudo escureceu à sua volta, e a imagem de Caluya se perdeu no vazio.

O barulho de explosões se misturou com um zumbido ensurdecedor que preencheu sua mente, fazendo-a perder os sentidos.

Ayla desmaiou e por alguns instantes sonhou que estava voando. Ela sentiu a Gravidade a puxando para cima e o ar passando de forma gentil por seu corpo. Sons a despertaram e, quando conseguiu abrir os olhos, viu uma corrente de fumaça à sua volta e uma nave passando por cima de si. Tentou se virar, assustada, mas então congelou, o seu corpo ficou estático, imóvel. Toda a cidade em chamas se estendia abaixo dela, prédios, naves e a cúpula de vidro, agora estourada, com um grande buraco no meio.

Todos no chão pareciam estar mortos, ela, porém, flutuava acima da cidade, com a marca da Gravidade em seu braço esquerdo brilhando de forma incandescente, mais forte do que nunca. Ela ia morrer, ali, naquele exato momento, no entanto, a Gravidade a salvou.

CAPÍTULO 60
A MARCA DA GRAVIDADE

Ayla flutuava no céu da cidade, incapaz de se mover, ela sentia seu braço arder onde estava a marca da Gravidade. Tentando entender o que acontecia, ouviu o barulho de turbinas se aproximando e fechou os olhos em reflexo, retraindo o corpo. Morreria ali, naquele exato momento, em pleno ar, atingida por uma nave. Porém, assim que o aerodeslizador se aproximou, sentiu uma presença familiar nele, e mesmo de olhos fechados reconheceu quem estava a bordo: Elliot.

— Precisa de uma carona, princesa?

Ela abriu os olhos, assustada, e encontrou o homem ao seu lado, o corpo preso à nave por cordas e os braços estendidos na direção dela. A feição dele era de dor e perda misturadas a alívio por tê-la encontrado, por Ayla estar viva.

— Que bom que está viva — ele suspirou, a voz fragmentada de preocupação.

— Não vai se livrar de mim tão fácil assim, Ramsdale — ela murmurou, enquanto ele puxava seu corpo paralisado para dentro da nave.

Ao entrar no veículo, Ayla sentiu o peso voltar ao seu corpo, que caiu no chão, como em um estalo. A porta foi fechada ao lado deles, e a nave partiu a toda velocidade.

Ofegante, Ayla sentiu as forças voltarem aos poucos. Elliot se sentou ao seu lado, checando seus pulsos e conferindo se ela estava ferida.

— Você está bem? — perguntou, colocando a mão em seu rosto e acariciando sua bochecha.

— Eu acho que sim. — Ayla retribuiu o gesto, colocando sua mão sobre a dele. — O que aconteceu?

Elliot franziu o cenho e a ajudou a se sentar.

— Caluya explodiu todo o perímetro. Ela, é óbvio, sobreviveu. Parecia ter um escudo de proteção na hora em que a bomba atingiu a redoma e foi resgatada por uma nave logo em seguida.

— Todos estão mortos? — ela choramingou, a garganta ardendo.

— Sim, infelizmente — ele respondeu com olhos marejados.

— Não! — A oráculo começou a chorar, tremendo os lábios e incapaz de falar qualquer palavra.

Elliot aproximou o rosto e encostou sua testa na dela, fechando os olhos enquanto deixava uma lágrima solitária rolar.

— Nós vamos morrer — ela balbuciou com os olhos cerrados. — Todos nós. — O peito doía ao admitir isso, e o choro entalou em sua garganta. — A promessa não vai se cumprir.

— Não... não fala isso.

— Eu acreditei Elliot, eu acreditei. Acreditei que Caluya ouviria. Que a Gravidade a convenceria. — Soluçou, um soluço longo e dolorido.

Foi quando abriu os olhos que se deu conta de que algo estava faltando.

— Espere. — Abriu os olhos, se afastando e olhando em volta. — Onde está M4?

— O quê?

— M4! — a voz dela saiu esganiçada. — Ele estava na redoma comigo! E depois da explosão...

Elliot balançou a cabeça e correu a mão pelo cabelo loiro desgrenhado.

— Eu sinto muito, Ayla. — O rapaz a olhou com dor e pesar.

— Não... Não! Eu não posso perder ele.

Ayla tentou se levantar, mas suas pernas falharam e ela caiu, estava muito fraca.

— Eu não posso perder ele, Elliot! Eu já perdi demais.

— Eu sinto muito. — Aproximou-se dela, envolvendo-a em um abraço.

— Ele era meu robô, *meu* robô! — choramingou, desolada, afundando a cabeça nos ombros dele.

Quando a nave pousou em segurança dentro da base militar escondida, Ayla percebeu que não conseguia andar. A marca da Gravidade em seu braço havia parado de brilhar e arder, mas a força que ela usou para salvá-la também lhe custou algo. Frustrada, fraca e desolada, foi carregada por Elliot para dentro dos alojamentos.

O casal de oráculos entrou na base, ambos cobertos de fuligem, chamando a atenção de todos. Os soldados os cumprimentavam com respeito e, ao mesmo tempo, descrença. Eram os símbolos de uma esperança antiga que estava prestes a morrer. Tão perto do fim da contagem do relógio dos quatrocentos anos, a humanidade havia falhado.

Ayla tentava evitar os olhares, fingindo que não os notava, assim como os comentários. Já era doloroso o suficiente ter perdido seu robô e ter que ser carregada até seu alojamento. Sentia-se fraca, em vez de corajosa, falha, em vez de escolhida. Porém, ao mesmo tempo, a Gravidade a salvara, fazendo um espetáculo para todos verem. Ela não havia agido da forma que Ayla esperava, mas se fez presente mesmo assim.

— Está entregue — Elliot a colocou na cama, com delicadeza.

O toque dele era suave e confortante e seu corpo tremeu quando ele se afastou.

Seu quarto parecia dez vezes mais vazio sem a presença de M4. Olhou em volta, desolada, ainda não acreditava que ele havia partido.

— Era um robô tão bom. Eu devia tê-lo tratado melhor. — Balançou a cabeça, com culpa.

— Ele era mesmo um robô singular — Elliot respondeu e se sentou na cama ao seu lado.

Ele aproximou a mão e tocou seu rosto, acariciando sua bochecha. Ayla fechou os olhos em um reflexo.

— Você vai ficar bem? — Elliot perguntou, observando-a com preocupação.

— Vou, sim. Só preciso tirar toda essa fuligem e sangue do corpo — ela respondeu, abrindo os olhos, que pesavam como duas pedras.

— Vou te deixar para isso então. Eu volto mais tarde com o jantar — ele falou e beijou de leve sua bochecha em um movimento rápido, e então se levantou.

— Obrigada — Ayla sussurrou, tocando de forma inconsciente o rosto.

É o terceiro, ela pensou, colecionando cada beijo em sua memória, como se as pequenas alegrias também fossem de dor.

— Ayla — Elliot a chamou na porta e ela virou o rosto. — Eu sei que não parece, mas ela ainda está no controle. Só acredite na promessa — o rapaz falou em um sussurro e fechou a porta, deixando-a sozinha.

CAPÍTULO 61
CUMPRA A MISSÃO, VIVA A PROMESSA

Como prometido, Elliot a visitou durante à noite, trazendo atualizações. As frotas humanas haviam voltado a atacar na superfície, mas as explosões mataram muitos soldados e isso estava começando a enfraquecê-los. Reuel tinha sido ferido, entretanto, estava bem e sendo tratado na ala hospitalar. Miguel e Lilian também estavam em segurança, trabalhando contra o tempo em um plano B. Algo sobre construir túneis subterrâneos que se conectariam com o palácio, todavia, Ayla mal ouvia, sabia que não daria certo.

— Eu estou esperando — Elliot resmungou da cadeira do quarto onde estava sentado.

Ele tinha trazido sopa e se recusava a deixar o cômodo até que ela tivesse comido o suficiente.

Se tinha algo que ela não sentia naquele momento era fome, mas se alimentou mesmo assim. Por gostar da companhia dele, de forma intencional, comeu o mais devagar possível, prolongando a permanência do rapaz.

Ele tamborilava os dedos no joelho enquanto a observava. Ficaram em silêncio por um bom tempo, já que não havia nada mais para ser dito, e ambos mal tinham forças para isso.

Quando ela terminou, ele se levantou aliviado e foi pegar a tigela de suas mãos. Seus dedos se encontraram e ela o segurou.

— Fique aqui comigo, por favor — pediu, prendendo o prato na mão.

Ele a fitou por alguns instantes, os olhos tão cansados quanto os dela, preocupados e amorosos.

— Tudo bem. — Ele abriu um pequeno sorriso, quase imperceptível, e caminhou até a pequena mesa do quarto, colocando a tigela sobre ela.

Fez o caminho de volta e se sentou na borda da cama, apoiando o cotovelo na perna e escorando a cabeça nas mãos.

Ayla pegou suas mãos e puxou para mais dentro da cama. Ela deitou a cabeça no travesseiro, na extremidade e, de início relutante, Elliot a acompanhou, tirando as botas e se deitando ao lado dela. Com as mãos entrelaçadas eles permanecerem naquela posição por alguns minutos, um fitando o outro, ambos em silêncio.

— O que fizemos errado? — Ayla teve a coragem de perguntar.

— Não sei. Não acho que ela nos deixou, mas talvez não entendemos de forma correta o que ela quis dizer.

— Não faz sentido. Eu tentei perdoar Caluya, eu *realmente* tentei. Mas aquela não *era* ela... não parecia com ela. Era como uma versão dez vezes pior da Caluya que eu conhecia. Parecia... a nossa mãe — ela admitiu, com o medo que aquele nome trazia fazendo seus braços arrepiarem.

— A antiga Imperatriz?

— Sim, estava agindo exatamente como ela.

Elliot assentiu, pensativo.

— Ela não vai ceder, não é?

— Não mesmo. — Ayla passou a mão pelos fios negros, bagunçando o cabelo. — O que vamos fazer, Elliot? Eu sinto que deveríamos estar fazendo *algo* agora, mas não sei o quê.

— Voltando e descansando serão libertados — ele repetiu, reflexivo. — Acho que precisamos descansar, mesmo que isso não faça nenhum sentido. *Esperar* para ver o que *ela* vai fazer. Já que não podemos fazer mais nada.

— Eu odeio não poder fazer mais nada — Ayla resmungou, com o olhar ainda preso no oceano azul dos olhos de Elliot.

— Esperar é fazer algo e então esperamos *juntos*, mesmo que não faça qualquer sentido.

Ayla abriu um sorriso de admiração.

— Você é um bom homem, Elliot Ramsdale. É um consolo saber que de todos os pretendentes do baile dos clãs e candidatos a oráculos, eu me casei com você. Qualquer garota seria privilegiada de tê-lo feito — ela admitiu, o cansaço inibindo qualquer vergonha de expor seus pensamentos mais honestos.

— Casamento? — Elliot arqueou a sobrancelha, com um sorriso malicioso nascendo. — Você está chamando assim agora?

— Você torna o termo um pouco menos assustador — ela admitiu, sem desviar o olhar.

— Está tentando me seduzir para nos fazer esquecer de nossos problemas, princesa? — Ele provocou, chegando um pouco mais perto.

— Eu poderia... — Ela suspirou. — Mas só estou grata por ter você. Aqui. Comigo.

— E você sempre vai ter — ele prometeu, pegando suas duas mãos e as beijando.

Quando Elliot havia se tornado tão galanteador? Ela não sabia, mas tinha acontecido.

— Mesmo se tudo der errado? — perguntou.

— Mesmo se tudo der errado — ele assentiu com um sorriso, como se fosse a coisa mais óbvia do mundo.

— E mesmo se tudo der certo? Depois que voltarmos pra Terra.

— Ayla, caso não tenha percebido, não existe prazo de validade em um casal de oráculos. Não importa o que acontecer, não vai conseguir se livrar de mim — ele respondeu, desenhando com o indicador o caminho pelo seu braço.

Ayla sentia o braço arder em cada local em que ele tocava, mas então abriu uma boca de sono de repente, sentindo o peso em seus olhos. Elliot afastou a mão, com um sorriso compreensivo, e se aproximou mais dela, até que a oráculo estivesse aninhada em seus braços.

— Pode descansar, Ayla, mesmo agora você ainda pode descansar — sussurrou em seu ouvido e ela sentiu como se fosse a própria Gravidade falando com ela. — Minha oráculo — ele completou, com um beijo em sua testa.

— Meu oráculo — ela respondeu, adormecendo de imediato.

De início, ela adentrou em um sono pesado e profundo, sem sonhos. Mas então, aos poucos, uma imagem foi se tornando clara, como acontece quando a luz de um cômodo é acesa e os olhos demoram para se acostumar.

— *Eu te escolhi* — a Gravidade sussurrou em sua consciência. — *E eu não erro*.

Tudo se iluminou à sua volta e Ayla se viu em um lugar familiar: o quarto no alto da torre do palácio, o cômodo de seu pai. Os *leds* piscavam no teto, e os cabos de sempre estavam lá, ligando a máquina quadrada no canto até à cama onde o corpo de seu pai repousava.

Ela fez uma análise rápida, tentando entender o que acontecia, e então voltou o olhar para a cama. Seu pai estava deitado, inconsciente, só que não havia mais nenhuma doença ou inchaço em seu corpo. Ele tinha a mesma aparência de anos atrás, o corpo forte e saudável e sua longa barba verde.

Ayla se aproximou devagar da cama, tentando entender o que estava acontecendo. O corpo do Imperador, apesar de saudável, estava preso pelos cabos de metal que se moviam em volta de seu corpo, imobilizando suas mãos e tampando o seu rosto. Aquela cena a fez dar um passo para trás, assustada, mas ela acabou tropeçando em um dos cabos, que tentou se enrolar nela com um movimento rápido, mas ela conseguiu se desvencilhar dele a tempo e trombou com as costas na porta.

— *Existe um mal que, mesmo exterminado na Terra, veio até a Lua com os humanos* — a Gravidade falou, e tudo em volta tremeu. — *Ele corrompe governos e corrói mesmo a melhor de minhas criações.*

À medida que a Gravidade falava, a cena começou a mudar. O olhar de Ayla foi atraído para a grande máquina e um som como o de batidas de um coração começou a ecoar, vindo do objeto. De dentro do quadrado, surgiram raízes verdes, com espinhos e folhas que começaram a crescer e a se enroscar em tudo ao alcance. Elas percorreram o chão, se enrolando nos cabos e crescendo cada vez mais. Espalharam-se até chegar nas pernas de Ayla, tomando todo o seu corpo em questão de segundos.

Ela tentou se mover, mas não conseguiu, começou a se sentir sufocada, incapaz de respirar. As plantas tomaram o cômodo até o teto, criando um cenário similar ao do seu pesadelo com a Terra. E antes de tudo escurecer, a Gravidade disse a ela:

— *Você será a última oráculo da Gravidade. Com o cumprimento da promessa, a ordem será restaurada. Não haverá mais ruído ou distância, lágrima ou perda. Eu falarei com todos e serei ouvida por todos. Cumpra a missão. Viva a promessa.*

— Ahhh! — Ayla acordou em um pulo, puxando o ar e o sentindo voltar para seu corpo.

Elliot, que dormia ao seu lado, despertou com os olhos arregalados.

— O quê?! — Ele se sentou, olhando em volta em busca de algum perigo.

— A Gravidade — Ayla respondeu com um sorriso. — Ela falou comigo.

Não havia mais medo ou dúvida no seu coração, apenas certeza.

— Agora eu entendo por que viemos para a Lua, por que a guerra tem que cessar e por que precisamos retornar para a Terra.

— Oh, então ela falou *mesmo* — Elliot exclamou, a esperança faiscando em seus olhos.

— Sim. — Ayla riu, tomada por entusiasmo e alívio. — E eu *sei* o que fazer.

CAPÍTULO 62
UM PASSO ARRISCADO

Havia escombros por toda parte, tapando-lhe a visão. Seu painel, colorido por um tom vermelho, indicava o estado crítico em que se encontrava. Havia perda de diferentes funções, assim como a parada crítica da estabilidade magnética que fazia seu corpo funcionar e se mover. A pequena criatura de cabos e metal escaneou todo o espaço à sua volta, tentando encontrar uma forma de sair dali. Ainda não havia completado sua missão, então, não era hora de parar. A não ser que a própria Gravidade o impedisse, ele retornaria para sua senhora.

M4 ativou sua roda, que se moveu fazendo subir a poeira, porém, sem trazer nenhum resultado. Sua ventoinha rodou de forma acelerada, tentando forçar seu pequeno e pesado corpo a se mover. Ele cumpriria a missão, cumpriria a promessa que tinha feito ao seu criador. A lembrança o impulsionou e, ativando os propulsores de emergência, conseguiu se mover, recuperando a estabilidade magnética. Sua parte superior levantou em um impulso, voltando a se apoiar sobre a única roda. Ele a ativou e passou por baixo do maior escombro detectado e saiu de onde estava preso.

Pequenos estilhaços de vidro prenderam na sua roda, mas ele continuou a se mover. Não pararia até estar em casa, não pararia até estar com ela.

Procurou em seu sistema qual era a entrada mais próxima para as cidades subterrâneas e rumou em direção a ela, passando despercebido por entre as explosões e fumaças, com uma parte de sua estrutura exterior pendida e se arrastando pelo chão.

Reuel fitava Ayla e Elliot com um semblante atordoado. Ele abriu a boca para falar, mas desistiu logo em seguida, cerrando os lábios.

— Vocês *têm* certeza? — perguntou, preocupado.

— Eu nunca tive mais certeza — Ayla respondeu, o coração pulsando com determinação e euforia. — Sei que não faz nenhum sentido, mas é por isso que devo fazer. E não vamos precisar arriscar a vida de ninguém, seremos apenas Elliot e eu.

— Como exatamente pretendem entrar no palácio? Eu ainda não entendi.

— Pelo mapa da *Bosei*. A torre onde meu pai está escondido faz parte da construção original da nave. Não foi uma adição para a arquitetura ou algo assim, é a própria ponte onde o casal de oráculos ficava, acima do painel de controle, que é, na verdade, parte do pátio leste. Por isso eu sempre me senti conectada a ela.

— Com um planador B7, apenas de transporte e não de ataque, podemos ativar o escudo de invisibilidade e voar até lá — Elliot completou, repassando o plano.

— E como, pela própria Gravidade, entrarão lá?

— A *Bosei* responde aos seus pilotos. Isso aconteceu comigo uma vez, a tecnologia da nave respondeu ao meu toque e acredito que vai acontecer de novo. Existem alguns compartimentos que são fechados, paredes foram construídas em volta, e esses corredores só conseguem ser abertos e acessados por nós, os oráculos. A própria estrutura da nave nos reconhecerá e nos deixará passar. *Eu espero.*

— Você espera? Vocês mal têm uma estratégia, se falharem serão pegos. — Reuel passou a mão no rosto suado, transtornado.

— Se falharmos, vai ser porque a Gravidade assim quis que fosse — Ayla respondeu. — A minha visão foi clara, eu preciso voltar para aquele cômodo, preciso parar a força medonha que cresce lá. Como isso vai nos levar para a Terra eu ainda não sei, apenas sei que é o que a Gravidade falou para eu fazer. Estamos nas mãos dela agora.

— Apenas uma nave, pai — Elliot pediu. — Nos deixe ir. Sem fazer alarde ou anunciar para o povo.

— Uma missão às cegas — Reuel declarou, descrente.

— Sim, mas uma que vai funcionar! — Ayla juntou as mãos em súplica. — Apenas *acredite* em mim, Reuel. Acredite...

— Na promessa — o líder completou, seu olhar se encontrando com o dela.

— Isso. — Ela sorriu, tranquilizando-o.

— Tudo bem. — Ele se levantou da poltrona. — Mandarei preparar a nave.

— Ótimo. — A oráculo olhou para seu parceiro, a mesma esperança e adrenalina estampada em seus olhos.

— *Ninguém* pode ficar sabendo. Estarão por conta própria e façam o favor de não serem pegos.

Uma pequena risada saiu da garganta de Elliot.

— Sim, senhor.

Uma batida oca na porta desviou a atenção. Ela foi aberta logo em seguida, revelando um guarda de pele escura e olhar confuso.

— Senhora oráculo — ele meneou a cabeça, em respeito —, nós encontramos o seu robô.

— Como disse? — O semblante de Ayla se iluminou em surpresa e dúvida. — M4?

— Sim, senhora.

— Lobos da lua! — Tampou a boca, com os olhos marejados. — Eu não acredito! Onde ele está?

— Estão trazendo-o para a base agora. Ele foi encontrado em frente ao portão, tentando de toda forma abri-lo para entrar.

— Pelas estrelas! — Ela se segurou a Elliot, as pupilas dilatadas e as mãos trêmulas. — Isso é...

— Senhora — o soldado a chamou.

— Sim?

— Acho que seria bom avisá-la que ele está *diferente*. Foi muito danificado pela explosão, é um milagre que tenha conseguido se mover até aqui.

— Diferente como, soldado?

— Bom, ele está falando coisas que não fazem sentido.

CAPÍTULO 63
A MISSÃO DE M4

Quando M4 chegou até a base, seu sensor piscava e alguns compartimentos se abriam sozinhos. O robô, por outro lado, se movia sem parar, impulsionando sua roda para frente e para trás.

— M4! — Ayla correu até ele, agachando-se e desmoronando ao seu lado. Ela cobriu o corpo do robô com um abraço, esticando bem seus braços.

— Minha senhora. — A voz dele falhou, sua saída de som também estava comprometida.

— Eu estou aqui, M4. E você também está — ela disse de forma anasalada, estava se segurando para não chorar com tantos soldados em volta. — A Gravidade sabe que eu não aguentaria perder mais ninguém. — Fechou os seus olhos e encostou a cabeça no metal do robô.

— A explosão. A explosão.

— Sim, eu achei que você tinha sido destruído na explosão — respondeu Ayla.

— Não, minha princesa. A explosão me lembrou.

Ayla arqueou as sobrancelhas e afastou o rosto.

— Te lembrou do quê?

— Do meu criador e da mi-minha missão original.

Ayla riu, confusa.

— Você sabe quem te montou? Quem construiu você?

— Sei.

— Quem?

— O seu pai, minha senhora. Thiago Correia Magalhães.

— O quê? — a voz de Ayla saiu entrecortada e seu corpo caiu para trás, com a mão apoiada no chão. — Como assim?

— Seu pai me construiu com o propósito de proteger você. Foi por isso que ele me mandou para o palácio, um pouco antes de você ser adotada pelo Imperador.

— Por que nunca me disse isso?

— Porque eu esqueci.

— Como?

— Você se lembra, há muitos anos, de quando me jogou da varanda esperando que eu voasse?

As bochechas de Ayla coraram, e ela ouviu Elliot rindo baixinho acima de si.

— Sim — sussurrou entre dentes.

— Eu tive que ser remontado após o incidente e, com isso, parte da minha programação original foi perdida.

— Grandes lobos da lua!

— Porém, quando a bomba estourou à minha volta, essa função oculta, impossível de mapear dentro da minha placa, foi reativada.

— Então meu pai te criou para que estivesse comigo. Eles sempre se fizeram presentes, mesmo quando não estavam mais aqui. — Ayla segurou as lágrimas.

— Sim, mas essa não era a minha missão. Não a principal.

— Como assim?

— Sua mãe me confiou a missão de guardar o *tétame*, chave que desde a construção do grande palácio foi passada de oráculo para oráculo, por quatrocentos anos, até que estivesse segura nas mãos da última escolhida.

— E o que isso faz?

— Não tenho essa informação. Apenas sei que é crucial para que a nave decole. E que só pode ser ativado de dentro.

Ayla levantou o rosto, encontrando o olhar de Elliot. Eles se comunicaram apenas com olhares:

Será que...?

Sim, é claro que é a Gravidade.

Ela está nos dando as ferramentas.

E apenas no palácio saberemos para quê.

Ela voltou o rosto para o robô, determinada.

— Esse *tétame*, você guardou ele para mim? E como minha mãe poderia saber? Saber que eu... seria a última oráculo?

— Eu não sei, minha senhora. Talvez simplesmente porque ela era mãe.

O robô se aproximou um pouco mais dela, movendo a roda de forma instável. Ele abriu um compartimento onde estava seu visor, seu único *olho*. O círculo se moveu para o lado e dele saiu um cristal, tão branco como a marca da Gravidade que havia no braço de Ayla.

— Um cristal bhaskar — Elliot se agachou ao lado dela. — Eu pensei que fossem uma lenda, que não existissem de verdade.

— O que é? — a oráculo perguntou, confusa.

— Dizem que os cristais bhaskar são o que restou dos destroços do primeiro planeta de *todo* o universo. O primeiro planeta que a Gravidade criou — Elliot respondeu, recitando as lendas que tanto ouviu de sua mãe.

— De fato, o cristal é uma fonte de energia desconhecida e indomável. Dizem até que tem consciência. Acredito, minha senhora, que parte da minha personalidade que tanto a intrigava sempre teve influência dele.

— Mas você vai ficar bem sem o cristal?

— Tirando o fato de que estou caindo aos pedaços e em poucos minutos minha placa fritará inteiramente, ficarei bem. Com as reparações necessárias, serei apenas um robô mais normal.

— Eu nunca quis um robô normal — Ayla balbuciou, com um aperto crescendo em seu peito.

— Por favor, pegue o cristal, com ou sem ele continuarei sendo o que sempre fui: seu robô. — Ao falar isso, a luz do visor se apagou, e ele pareceu estar sendo desativado.

Ayla pegou o cristal antes que ele caísse no chão, pesado e quente como uma pequena chama. A roda de M4 parou de se mover e o robô tombou para trás.

— Cuidaremos dele, minha oráculo. — Um guarda de olhar compreensivo se aproximou e o levantou, sinalizando para que outros o ajudassem. — Ele será levado para nossos mecânicos e estará novo a ponto de ver a nave pousando na Terra — prometeu, com um leve sorriso.

— Tudo bem — Ayla disse, o olhar triste fixado na carcaça suja e em frangalhos, e em seguida se levantou.

Ela fechou o punho sobre o cristal e o sentiu ativar a marca no seu braço, que voltou a brilhar. Seu olhar se encontrou com o de Elliot, confiante e resignado, como o dela. E com apenas um piscar, ele disse tudo o que precisava:

Vamos para o palácio.

CAPÍTULO 64
QUE A GRAVIDADE OS GUIE

Antes de partir, tinha uma coisa que Ayla precisava fazer. Ela caminhou sozinha até os alojamentos do corredor oposto ao seu na base e bateu na porta do quarto 21.

— Ayla! — Abul exclamou ao vê-la, envolvendo-a em um abraço.

— Tia? — A cabeça de Jafari surgiu de dentro de um outro quarto do alojamento e ele correu na direção dela, para abraçá-la.

— Me perdoem por não ter dado a devida atenção a vocês nos últimos dias. Eu deveria ter visitado antes.

— Não, querida, por favor, não — o viúvo de Mirya a consolou, fechando a porta atrás deles. — Você estava ocupada trabalhando para nos levar de volta à Terra, sendo a nossa oráculo.

— Sim — ela assentiu, caminhando com eles e sentando-se à mesa redonda que havia no quarto.

Jafari fez questão de se sentar ao seu lado e ela notou que havia um pouco menos de tristeza nos olhos do menino. O que, para ela, ainda não era o suficiente.

— Eu vim pedir que façam uma coisa para mim, ambos — ela falou com expectativa.

— O quê? — Os olhos do sobrinho brilharam.

— Preparem suas malas — orientou com confiança. — Porque vamos partir em breve.

— É sério? — Abul perguntou, com o semblante confuso. — As coisas não pareciam ir tão bem.

— Eu sei, mas elas estão prestes a mudar. Preciso apenas que se preparem em fé, assim como Mirya faria. — Ela encorajou, sentindo uma paz que nunca havia experimentado antes se espalhando pelo seu peito. — E tenho uma missão específica para você. — Ela tocou no nariz do sobrinho.

— Para mim?

— Sim. Uma missão oficial da sua oráculo. Você aceita?

— É claro! — O garoto quase pulou da cadeira.

— Sabe o vão que tem logo no final da base, na parte de trás do refeitório?
— Onde os vaga-lumes estão ficando?
— Exato. Pode fazer um desenho de lá para mim? Gostaria de ter para quando voltarmos para a Terra. — Ela sorriu, colocando os cotovelos na mesa.
— Acha que consegue? Mas tem que ser logo, porque estamos partindo.
— É claro. — O garoto ajeitou a coluna, inflando o peito. — Vou lá agora mesmo.
Ayla soltou uma risada.
— Então combinado, quando chegarmos na Terra você me mostra, pode ser?
— Uhum.
— E eu prometo que, assim que chegarmos lá, nós nunca nos separaremos de novo e nem minhas *ocupações* de oráculo vão me afastar de você, de vocês dois. — O olhar dela subiu para Abul. — Vamos ser a família que Mirya sonhou. *Por ela.*
— Por ela — o viúvo concordou, com os olhos marejados.

Ayla e Elliot caminharam em silêncio pelo corredor que os levaria até o galpão de naves dentro da base. Ambos trajando roupas militares brancas, comunicadores posicionados no rosto, sob a orelha, e nada mais, além da certeza de que estavam no caminho certo. Suas mãos estavam entrelaçadas e a presença da Gravidade havia se tornado mais palpável do que nunca. A cada passo que davam, sentiam o próprio ar os envolvendo, uma força invisível os impulsionando, os confortando.

Com um visor em mãos, Elliot os guiou até a nave que Reuel havia selecionado para eles. O líder estava parado em pé, de frente para ela, aguardando os dois.

— Pai — Elliot o cumprimentou com uma reverência.
— Houve algumas mudanças na missão — Reuel falou sem rodeios.
— Como assim? — Ayla perguntou, as sobrancelhas franzidas.
— Vocês não irão sozinhos.
— Pai, você é o líder de todos os quatro clãs, não posso arriscar ter você lá.
— Eu? Ah não, eu não vou.
— Então quem vai?
A porta foi aberta, e a figura de Miguel emergiu da escuridão.
— Bem-vindos a bordo — ele falou com um sorriso, balançando a cabeça.
— Miguel?
— Pois é. Reuel sentiu que seria mais seguro se tivéssemos uma equipe de apoio.

— Que sou eu, no caso. — Lilian apareceu ao lado dele, os cabelos encaracolados presos em um coque alto e um semblante sério no rosto. — Miguel é responsável apenas pelas piadas ruins.

— Como trabalharam bem na última missão, pensei que seria melhor que estivessem acompanhados — Reuel explicou.

— Vocês têm certeza? — Elliot perguntou, preocupado. — Não podemos prometer segurança, nem retorno. Estaremos no escuro, apenas com a Gravidade para nos guiar.

— E isso já não tem sido a nossa vida *inteira*? Prefiro fazer algo do que permanecer aqui, segura e futuramente *morta* — disse Lilian.

— É isso aí, vamos queimar todos os malditos lunares. — Miguel levantou o punho, em comemoração. — Eu estou brincando, sei que esse não é o objetivo da missão.

— Vamos. — Lilian revirou os olhos e sinalizou para que o casal de oráculos entrasse. Seu olhar, porém, estava suavizando em relação ao hacker.

— Obrigada, Reuel — Ayla agradeceu, já dentro da nave. — Obrigada por acreditar.

O líder assentiu.

— Nós passamos...

— Ela permanece — a oráculo completou, antes da porta ser fechada.

Dentro da nave, Ayla caminhou até onde Elliot estava e se sentou ao seu lado. Miguel e Lilian entraram na cabine.

— Prontos, então? — o hacker de ascendência brasileira falou pelo microfone. — Rumo ao palácio imperial.

Os propulsores da nave foram ativados, e ela levitou, deixando o chão. O grande portão do galpão foi aberto, e a nave voou até ele, a princípio de forma lenta e constante, consciente dos outros veículos no local. Assim que a estrutura passou pelos portões, Miguel aumentou a velocidade, todos se seguraram em seus assentos e a nave mergulhou na escuridão da caverna enquanto seu escudo de invisibilidade era ativado, tornando-se uma só com os túneis por onde passava.

CAPÍTULO 65
A PONTE DE IMERSÃO

A nave mergulhou pelo céu lunar, misturando-se com os prédios e as cores que o constituíam. O conflito estava mais vivo do que nunca na superfície, porém, agora, parecia que os lunares estavam ganhando.

Ayla levantou o olhar, tentando se distrair enquanto sua barriga se contraía de ansiedade pelo que estava prestes a fazer. Ela se surpreendeu com a mão de Elliot se enroscando na dela. Virou o rosto e viu que ele a olhava. Apertou a mão dele com força e levou seu corpo para mais perto dele, que a envolveu em um abraço.

A nave voou até a torre do Imperador, enquanto Miguel era guiado por Lilian, que, com o mapa da *Bosei* em mãos, buscava o lugar exato onde deveriam parar.

— Tem certeza que a estrutura da torre não foi alterada? — ela perguntou da cabine.

Ayla se levantou e foi até a mulher.

— *Quase* certeza. Compare com a planta, a estrutura parece estar intacta, sem nenhuma camada por cima.

— Droga, eu espero que esteja certa.

A nave se aproximou da localização dada por Ayla, onde havia apenas a parede lisa da torre, sem janela, varanda, ou nada que servisse de entrada.

— Estamos chegando — Miguel avisou.

Elliot se levantou e caminhou até Ayla, já parada em frente à porta. Miguel aproximou a nave o máximo possível, colocando-a rente à parede da torre, a poucos centímetros de encostarem.

A porta foi aberta, e o frio da noite os encontrou. Ayla tremeu e teve que se segurar por causa da vertigem. Pelas frestas, ainda podia ver a cidade abaixo e o quão alto estavam.

— Juntos? — Elliot perguntou, ainda encarando a parede à sua frente.

— Juntos — Ayla respondeu.

Eles moveram as mãos ao mesmo tempo, encostando a direita na superfície gélida da torre. Com a outra, Ayla segurava o cristal. Assim que tocaram na estrutura, um choque percorreu os braços de ambos. Era como sentir uma fera, adormecida por muito tempo, acordar. A nave estava viva, pulsando na mesma frequência dos seus corações.

Lutando contra a dor que irradiava pelo braço, Ayla manteve a mão, tentando ser forte. O frio da noite raspava seu rosto e fazia seus lábios tremerem. Depois de alguns instantes, o metal se mexeu de leve, parecendo desfazer-se de seu estado sólido e causando pequenas ondas em volta de onde as mãos estavam. Círculos pequenos, que se espalharam e multiplicaram, foram crescendo em harmonia, até um barulho metálico ser ouvido.

Uma linha fina surgiu no centro, revelando duas portas que se abriram, deslizando para os lados de forma muito mais rápida e suave do que qualquer tecnologia conhecida era capaz de fazer.

A nave respondeu, e um corredor de formato redondo iluminou-se à frente deles.

— Pela promessa da Gravidade! Vocês conseguiram! — Miguel berrou da cabine.

— Parece que sim — Elliot arfou, com os batimentos do coração retumbando no peito.

— Vamos entrar — Ayla comunicou, dando um largo passo e deixando a nave para entrar no corredor.

Ela caminhou para dentro, sentindo-se atraída pela própria nave, eliminando os seus medos, aumentando sua coragem. De certa forma, estava em casa. *Sempre havia estado.*

Elliot deu um pequeno salto e a acompanhou, fascinado e assustado por cada detalhe. Assim que ambos entraram, a porta se fechou de uma vez, como se voltasse a ser sólida. A tecnologia da *Bosei* era diferente de tudo que ele conhecia, era intuitiva, pulsante, *quase* viva. O próprio chão iluminado reagia aos seus passos, retumbando e tremeluzindo, como se estivesse se adaptando a ele, reconhecendo-o. Não havia uma força de energia específica que fazia as luzes funcionarem naquele momento, era uma nave movida pela própria Gravidade e ambos entenderam isso no instante em que pisaram nela.

Ayla avançou pelo corredor, respirando fundo, refletindo sobre o propósito e a verdade que estavam escondidos ali por todos aqueles anos. Porque a humanidade foi exilada. E porque ela não poderia ir para aquele caminho mais uma vez.

O corredor os guiou até uma bifurcação, onde tinha três caminhos diferentes para se seguir.

— *Em frente.*

A Gravidade orientou antes mesmo que ela pedisse por ajuda.
Ayla sorriu e tomou o caminho do meio.
O corredor começou a se ampliar à medida que caminhavam. O teto se tornou mais alto e o chão se abriu para várias outras passagens e portas que apareciam ali.

— Todo esse espaço! — Elliot exclamou. — E eles não usaram nada disso como parte do palácio.

— Talvez porque tivessem um motivo para escondê-lo. — O olhar da oráculo se encontrou com o dele. — Mas qual seria?

— Acho que estamos prestes a descobrir.

Elliot parou em frente a uma porta de formato hexagonal alta e com dois pequenos hexágonos no centro. Diferente das outras, esta permanecia fechada.

— O formato é diferente das outras portas — Ayla comentou, chegando ao lado dele.

Ela estendeu a mão e a colocou em um hexágono, que se acendeu ao seu toque. Emitiu uma luz verde-água. Antes que virasse para chamá-lo, Elliot repetiu a ação. O hexágono do lado dele também se acendeu e a porta se dissolveu bem na frente deles.

— Bem-vindos à ponte de imersão, oráculos — disse uma voz robótica, que ecoou do lado de dentro.

— Isso é...? — o olhar de Elliot se fixou em Ayla.

— Eu acho que sim — ela respondeu com um sorriso. — A ponte de imersão dos oráculos.

Mesmo em um momento crucial, ele pensou em como Ayla ficava bonita com *aquele* sorriso. Não o sorriso dos outros dias ou o sorriso de obrigação, *aquele* sorriso, o sorriso de esperança. Era a primeira vez que ele realmente o via nela.

Eles entraram na câmara, tentando se familiarizar com o ambiente. Havia um grande painel de vidro translúcido, que cobria boa parte da parede e estava desativado. Depois dele estavam duas cadeiras tão grandes e amplas, cheias de apetrechos e funções, que mais pareciam cápsulas. Ayla engoliu em seco só de pensar em estar presa a uma delas. Seu olhar correu pelo cômodo, observando cada detalhe, tentando encontrar o que quer que a Gravidade desejasse que ela visse. Seu olhar parou no fim da parede, no canto extremo do cômodo, onde uma mancha preta crescia sobre o metal claro. Ayla se aproximou, sentindo os pelos do seu braço se arrepiarem de súbito.

— Elliot — chamou baixinho enquanto se agachava.

A mancha preta ocupava parte da parede e do chão e parecia estar corroendo o material, enferrujando-o.

— Isso vem do outro lado — Elliot comentou, observando de perto.

Ayla se levantou em um pulo, um arrepio se formando em sua espinha.

— Aqui. — Ela engoliu em seco, tocando na parede e sentindo sua vibração. — É o quarto do meu pai. É onde ele foi colocado desde a doença.

— Seja o que for que tenha crescido por lá, não é nada bom.

— Não mesmo. — Ela contraiu o maxilar.

— Mas... é lá que vamos entrar, não é mesmo? — Ele fez uma careta, tirando sua chave de fenda-*laser* do cinto.

— Sim.

— Tudo bem. — Ele ativou a função *laser* no objeto e caminhou até a parede. No instante em que encostou o dispositivo na estrutura, uma onda de choque preencheu seu corpo, jogando-o para trás.

— Elliot! — Ayla gritou, assustada, correndo até ele. — Você está bem?

Com o rosto vermelho, o oráculo bufou e jogou a arma no chão, exasperado.

— Não funciona com ela. Parece que a nave não pode ser danificada ou destruída. Não por tecnologia humana — falou, aceitando a mão de Ayla e se levantando.

— Como atravessamos, então?

— Talvez da mesma forma que entramos.

O rapaz respirou fundo e começou a caminhar em direção à parede, encarando-a como um inimigo que deveria ser vencido.

Ayla se posicionou ao seu lado e olhou hesitante para ele antes de encostar a palma da mão na parede. Não havia nenhum sinal de que alguma porta já havia existido ali, mas, por serem os oráculos, a construção respondia de forma diferente a eles. Pelo menos era isso que Ayla esperava.

A oráculo encostou a mão, com a de Elliot ao seu lado, e, mesmo sabendo que não fazia sentido, se pegou conversando com a nave, pedindo que os deixasse passar. A superfície se moveu na frente deles, abrindo uma porta. A *Bosei* havia respondido.

CAPÍTULO 66
A VINGANÇA DA IMPERATRIZ

Ayla pegou na mão de Elliot e a segurou com firmeza antes de passar pelo espaço, adentrando o cômodo abafado e pouco iluminado onde estava seu pai. Ambos esbarraram nos cabos assim que entraram, eles estavam, como sempre, por todo o lugar, cobrindo todo o chão.

A espinha da oráculo se arrepiou ao sentir uma força vindo da sua esquerda. Ela se virou, parando bem em frente à grande máquina quadrada, de onde vinham todos os cabos. Deu um passo para trás, assustada. O único olho do aparelho, um visor vermelho, se virou para ela, reconhecendo sua presença ali.

O cristal queimou na palma de sua mão e uma dor de cabeça instantânea tomou a parte de trás da sua cabeça.

— Você... Eu deveria ter te matado quando tive a chance. — A voz de máquina soou fina, cortante e familiar.

— Quem é você?

— Quem você acha, verme?

Verme era um dos inúmeros insultos com os quais a Imperatriz gostava de se referir a ela. Nunca, nem por uma só vez, a chamou de Taluya, muito menos de filha.

— Não! — A voz de Ayla saiu abafada, o desespero apertando o seu peito, que começou a subir e descer de forma desenfreada.

— Quem? — Elliot perguntou, confuso em ver a reação causada na oráculo.

— A Imperatriz Lunar — Ayla respondeu com os lábios trêmulos e pavor nos olhos.

Elliot engoliu em seco e tirou sua arma da cintura.

— Mas ela está morta! Está morta há muitos anos — Ayla gritou, em desespero, sentindo os cabos se moverem por seus pés.

— Acha mesmo que este Império teria sobrevivido se eu não estivesse presente, mesmo trabalhando nas sombras?

— Não — Ayla balbuciou.

O cristal queimava ainda mais forte em sua mão.

Ele queria lhe contar algo.

— Está certa. Ele não teria — a máquina respondeu.

— Não! — a oráculo repetiu. — Você não é a Imperatriz. Ela está morta, eu a vi morrer!

O peito da oráculo entrava em pane, revivendo cada uma das memórias do dia em que finalmente se viu livre daquela sensação de morte que lhe agarrava pelo peito. Ela havia passado pela Imperatriz, envenenada por um grupo de súditos que se revoltaram contra ela. Ayla se lembrava de tudo, o corpo envenenado da mulher, caído no saguão principal, bem na entrada do palácio, com sangue saindo pela boca e fúria ainda nos olhos. Aquele último olhar a atormentou por muitos anos, um olhar que prometia se vingar.

— Todos viram, querida, e todos amaram. Inclusive seu queridíssimo pai, que não fez nada.

Ayla virou o rosto, procurando a maca do Imperador e o encontrou bem no centro do cômodo. O corpo tão inchado quanto antes, contudo, os olhos estavam abertos, com as pupilas dilatadas.

— Taluya — ele sussurrou, já fazia um tempo que ninguém a chamava assim —, saia daqui — demandou, com determinação.

A tensão no corpo de Ayla aumentou ainda mais, e ela se voltou para a máquina.

— O que você *fez* com ele? — perguntou rangendo os dentes.

— Oh, você ainda não percebeu? Ele é a minha fonte de vida. Minha consciência permanece viva enquanto o corpo dele permanecer. Mas não se engane, é o mesmo para o contrário. O Imperador só vive enquanto eu viver.

— Você está matando ele! Esse tempo todo! — Desespero pulsava pelo corpo de Ayla, enquanto ela tentava pensar desesperadamente no que devia fazer.

— Eu estou dando o que ele merece! Por ter me traído, por ter te trazido até aqui. Na vida ou na morte, não foi querido? Bom, no vão entre isso também.

— Isso não é vida, é completamente miserável!

Percebendo que não era um truque da sua mente e que os cabos em volta deles estavam de fato se movendo, Elliot segurou firme na arma já posicionada em suas mãos, mirando-a em direção ao chão.

— Por que está fazendo isso com ele? Por que está fazendo isso com todos nós?! — Ayla gritou, lágrimas de raiva e tensão rolando pelo rosto, os cabos se moviam cada vez mais por suas pernas e ela se sentia desamparada.

— Porque as mulheres de minha linhagem são ligadas por uma promessa: vingança. E ela não morre quando nós morremos, não. Ela apenas se torna mais viva e mais forte.

— Por quê? Vingança contra quem?

— Contra toda a sua raça. Por roubarem nossa terra, mancharem nossas mulheres e se apossarem do que nunca foi de vocês. E, no meu caso, vingança contra um homem específico.

O olhar de Ayla se encontrou com o de Elliot, ambos conscientes do perigo e de como o cômodo lentamente se virava contra eles.

— Um humano, Frederik Russel. Assassinou meu pai e forçou minha mãe a se casar com ele. Depois que ela tirou a própria vida, fez com que eu tomasse o lugar dela e desempenhasse suas funções. Eu jurei que subiria até a elite lunar, fazendo o que fosse preciso, para que vingasse minha mãe e todas as mulheres da minha família. E aqui estou, cumprindo a minha promessa, porque nem a morte me impediria de fazê-lo.

— Você conhece esse nome? — Ayla sussurrou para Elliot, virando o rosto de leve.

— O nome Russel nunca representou nada de bom. Dizem que o ancestral deles tentou matar o casal de oráculos e roubar a *Bosei* — ele respondeu, os olhos ainda fixos nos cabos. — Isso uns vinte anos depois da chegada.

Ayla voltou o olhar para a máquina.

— Não me importa o que te fez odiar a gente, não pode condenar todo um povo por causa do erro de *um homem*. Seu plano nunca funcionaria, nem quando matou o meu tio para se casar com o meu pai, nem quando matou minha mãe, a minha mãe de *verdade*. — A garganta de Ayla ardeu. — Seja lá quem você é, e eu não acredito que seja mesmo a Imperatriz, você *nunca* vencerá.

— E por que não? — perguntou, zombeteira.

— Porque nenhuma força neste universo é maior do que uma promessa. Uma feita pela própria Gravidade.

— Felizmente, para você, vou garantir que continue viva para assistir quando seu povo ruir e essa promessa for destruída.

Os cabos que antes cobriam todo o chão ganharam vida em questão de segundos. Um deles se enroscou na perna de Ayla e, antes que ela pudesse lutar, jogou-a de uma vez no chão. Ela puxou Elliot consigo com a mão direita, de forma involuntária, e ambos caíram lado a lado. Ao cair, ela ainda segurava o cristal firme, rente ao corpo, e o baque da queda fez com que a pedra fosse pressionada contra a palma da mão esquerda, o que ativou o objeto. Um choque percorreu o corpo do casal de oráculos e, com uma rajada de luz que emanou da pedra, de forma constante e incandescente, tudo se tornou branco.

CAPÍTULO 67
A PRAGA DA HUMANIDADE

Tudo se tornou tão claro que Ayla teve que fechar seus olhos, pois começaram a arder. Quando os reabriu, estava pairando no espaço, sem corpo material, apenas observando uma cena. Uma grande nave cortava as estrelas, navegando de forma constante rumo ao pequeno satélite da Terra. Ela não conseguia vê-lo ao seu lado, mas sentiu que Elliot também presenciava tudo com ela.

A cena mudou, e eles estavam observando os primeiros dias da humanidade na Lua, os alojamentos sendo construídos, os primeiros conflitos emergindo.

— *Quando a natureza tomou a Terra de volta, punindo os humanos e restaurando o que havia sido corrompido, nem todo o mal foi extinguido.*

Ayla não conseguia discernir se era o cristal ou a própria Gravidade lhe contando a história. Parecia ambos.

— *O mal cria raízes muito mais fácil do que o bem, e foram essas raízes que levaram à queda da humanidade.*

A imagem mudou, e eles estavam de volta à Terra, no exato dia em que a maldição tomou a atmosfera e transformou toda a praia artificial de Allum em uma floresta de máquinas, barcos e pessoas, todos transformados em árvores. Dando um fim ao continente terrestre extinto da Oceania.

— *Um homem, porém, escapou. Matando o piloto, pegou a primeira aeronave que viu, um módulo individual, e voou o mais alto que pôde, saindo dali. Esse homem era Ignar Russel. Nascido de uma longa linhagem comprometida em extrair todo e qualquer recurso do planeta a custo da riqueza e do avanço. Ele não era o único homem mau sobre a Terra naquele tempo, mas foi o único que sobreviveu. Ignar fez parte da missão global de exílio humano, ganhando a confiança e o respeito por usar de seus recursos. Ele estava nas reuniões, nas grandes assembleias e conheceu o casal de oráculos. Em pequenas ações, ele continuou na Lua os traços da ganância e da subversão que levaram a humanidade ao exílio.*

A imagem mudou e os anos foram passando. Eles viram Ignar em um escritório, reunindo-se em segredo com uma dezena de homens e programando um motim. Ignar não acreditava na punição ou na promessa e estava determinado a voltar para a Terra. A Lua não lhe servia, nem para os seus propósitos, nem para os seus desejos.

Ao tentar tomar o controle de *Bosei*, ele foi morto no mesmo instante pela própria Gravidade, caindo como pedra no chão.

— *Pela sua desobediência, Ignar amaldiçoou todas as suas futuras gerações e o seu espírito de morte e avidez continuou sobre elas.*

Elliot e Ayla viram as décadas passarem, a tecnologia humana se desenvolver e o conflito entre lunares e humanos despertar. Viram Frederik, séculos depois, repetir as mesmas ações de seu ancestral: viram-no roubar, matar e destruir ao tentar alimentar o vazio interminável que tinha dentro de si. Sempre clamava por mais e nunca se satisfazia. Nada, nunca era suficiente.

Ayla viu uma Imperatriz jovem, apenas uma menina, com uma faca nas mãos e o sangue humano cobrindo o seu braço.

— *Depois que morreu, o mal que habitava o espírito de Frederik se apossou do coração da Imperatriz e lá fez morada. Criando raízes e crescendo como erva daninha.*

— Ignar não acreditou na promessa — Ayla concluiu enquanto as imagens à sua volta iam desaparecendo. — Ele tentou realizá-la antes do tempo e assim amaldiçoou a todos nós. Nós destruímos a Terra e alguns tentaram fazer o mesmo na Lua. O mal que habitava a Terra foi exterminado, mas parte dele sobreviveu e passou para cá, criando raízes, assim como as plantas, que tomaram tudo.

— É como se continuamente *não* aprendêssemos — Elliot expressou ao seu lado, mesmo sem ela conseguir vê-lo. — Correndo o risco de cometer o mesmo erro, *de novo*.

— Somos nós. — Ayla arfou, sentindo seu corpo voltar para o cômodo. — Nós somos a praga.

CAPÍTULO 68
O FIM DO MEDO

A imagem lentamente desapareceu e Ayla despertou, percebendo que estava imobilizada pelos cabos, que agora subiam até o seu pescoço.

— Elliot? — chamou com dificuldade, as cordas vocais sendo pressionadas.

— Aqui — ele respondeu, a alguns metros de distância.

Ela virou a cabeça e o viu, o rosto vermelho sendo quase inteiramente coberto pelos cabos.

— Thul'dei — a voz do seu pai ressoou do outro lado, falando em *lur* antigo, áspera e falha. — Thul'dei... al agorath.

Demorou alguns minutos para que seu cérebro traduzisse as palavras em *lur*, idioma no qual nunca foi boa.

— Filha... — ela repetiu, as engrenagens do seu cérebro funcionando. — Filha?

A porta mecânica do cômodo se abriu, revelando a figura de Caluya, parada na entrada. Ela entrou, se movendo mais como uma máquina do que uma lunar.

No momento em que a viu, a tradução das palavras de seu pai vieram à tona: salve a minha filha.

Salve Caluya.

— Não pensei que seria burra a esse ponto. — O braço mecânico da princesa regente parecia pulsar, ainda não aceitando bem a conexão com o corpo.

— Caluya — Ayla sentiu a própria respiração faltar no corpo —, ela não é a sua mãe, não *mais*.

Com o cerrar dos olhos da princesa regente, os cabos pareceram se apertar ainda mais sobre o corpo da oráculo.

— Caluya, por favor. — Ayla tossiu, a força lhe esvaindo. — Você está sob a influência de uma força muito mais antiga do que qualquer um de nós. Mas você pode parar, pode parar aqui.

— Poupe as suas palavras, *humana*.

A lunar se aproximou, o semblante frio e resoluto estampado em seu rosto. Não sentia nada, não demonstrava nada. No entanto, Ayla viu, mesmo por um instante, um tremor em seus olhos.

— Caluya, por favor, você não precisa ser igual a ela. *Não precisa.* — implorou, sufocada pelo ar que faltava e pelas memórias que voltavam. — Você não precisa.

Caluya ponderou por um instante, alguém já tinha dito aquilo para ela antes. Há muito tempo atrás.

Você não precisa.

Anos atrás, Axyon segurava firmemente a sua mão, enquanto toda uma multidão de lunares em aeroplanadores e cadeiras os observavam atravessar a ponte do palácio real. Era sua cerimônia de casamento.

"Você não precisa ter medo." Ele sorriu com os olhos para ela, tão confiante, tão certo. A princesa tentava mascarar, com passos seguros e um semblante austero, mas ele viu que estava com medo. Tudo que ela tentava esconder Axyon sempre via. Naquele momento, com a segurança que ele trazia e a mão quente envolvendo a sua, ela quis acreditar, quis acreditar pela primeira vez que não precisava ter medo. Ele a fez *querer* acreditar.

A princesa engoliu em seco, com a consciência da máquina se sobrepondo à sua.

— Mate-a! — a mãe ordenou na sua mente.

Caluya empunhou a pistola de *laser* que estava na sua cintura, apontando com a mão trêmula para a cabeça da oráculo.

— Não — a voz sussurrou de volta. — Mate ele primeiro. Deixe-a assistir.

Caluya hesitou, mas moveu as mãos, mirando no corpo imóvel de Elliot, preso pelos cabos, parado bem em frente à grotesca máquina que guardava a consciência da mãe.

— Eu avisei que a faria assistir, oráculo — a voz mecânica ecoou pelo aposento, parecendo mais alta dessa vez. — É assim que começa a extinção da raça humana e o não cumprimento da sua promessa — zombou, seguida com o que pareceu ser uma gargalhada mecânica.

Ayla tremeu e sentiu a marca da Gravidade em seu braço começar a arder. Fechou os olhos e deixou que o poder se canalizasse sobre ela. A marca brilhou incandescente, causando um rasgo no cabo que a prendia. Para a sua própria surpresa, caiu no chão, livre.

— O quê? — Caluya indagou, confusa, voltando a arma para ela.

Naquele momento, parada a alguns metros de distância, tudo o que Ayla conseguiu ver à sua frente era a sua irmã. Corrompida, tomada pelo medo e pelo ódio, pela praga que causou a ruína da Terra e agora se alastrava pela Lua. A praga da corrupção, do ódio e da ganância.

Todavia, ela não faria isso, não deixaria que a praga crescesse em si.

Respirando fundo, deu um passo em direção à irmã que sempre amou e a quem sempre temeu. A insegurança, a inferioridade, tudo vinha à tona quando estava diante de Caluya. Porém, não agora. Não mais.

— Não se mova — a princesa regente ameaçou, rangendo os dentes, enquanto uma guerra acontecia em seu coração.

— Eu não tenho mais medo de você, Cal. — A oráculo abriu um sorriso de compaixão. — Eu tenho pena. Você está presa, mas me matar não vai te libertar.

Os olhos da ciborgue se encheram de raiva, e ela mirou a arma para as pernas da irmã, atirando um raio *laser*. O tremor das mãos fez com que o raio passasse raspando, o suficiente, porém, para fazer com que Ayla caísse de dor no chão.

— Deixe-a. Mate-o — um sussurro maligno escapou da mente da princesa.

— Caluya, você não precisa fazer isso, por favor, entenda.

Para a surpresa da irmã, a oráculo estava se levantando do chão, resistindo, mesmo com a perna sangrando e o corpo tomado pelo tremor da dor. A marca da Gravidade em seu braço brilhando mais forte que nunca.

Ayla foi tomada pela adrenalina e convicção do que deveria fazer. Como consequência, sequer percebeu a súbita cicatrização do dolorido ferimento em sua perna.

A princesa lunar tremeu, lutando para segurar seu braço no lugar. Ela desviou o olhar da irmã, que lutava para permanecer em pé e voltou a mirar no jovem humano preso aos cabos.

— Mate-o como matou a líder humana.

Os olhos de Caluya marejaram, e ela se lembrou da cena, a vida se esvaindo do corpo da mulher, o olhar de pavor e mágoa que Taluya lançou a ela. Havia se tornado a sua mãe.

— Mate seu inimigo! — a voz mecânica demandou em alto tom, de forma impaciente. — Mate-o agora!

— Não! — Ayla implorou, com a força se esvaindo do corpo.

Caluya respirou fundo e retesou o maxilar, determinada.

— Eu te perdoo — a irmã mais nova afirmou em um tom fraco, mas verdadeiro.

O cômodo recaiu em silêncio, enquanto os efeitos daquelas palavras mudaram o destino de tudo.

Resoluta, a princesa regente apertou a mão sobre o gatilho e atirou. Atirou como se fosse a última coisa que faria na sua vida.

O tiro passou pelo lado de Elliot, atingindo em cheio o visor vermelho da máquina. Calculado, mirando bem no centro.

Ela atirou de novo.

Os cabos em volta do homem começaram a se afrouxar.

Mais um tiro.

Aproximou-se cada vez mais da máquina e atirou mais uma vez.

O corpo de Elliot caiu livre no chão.

Caluya disparou mais dois tiros. Vendo o metal da máquina se derreter e os cabos desencapados soltarem fagulhas.

— Eu não preciso — exprimiu com o choro entalado na garganta, uma dor pulsante crescendo no braço que estava conectado à máquina.

Não importava. Nada mais importava. Morreria, mas a levaria junto.

— Eu não preciso — repetiu, a dor excruciante tomando o seu corpo e crescendo pelos cabos que estavam conectados ao seu lóbulo central. — Eu não preciso de você.

Disparou o último tiro, no centro já exposto da máquina, causando uma explosão que a jogou para longe.

Caluya voou até o outro lado e seu corpo caiu com um baque. Antes de perder a consciência, a última coisa que pensou foi que, finalmente, não tinha mais medo.

CAPÍTULO 69
VIDA LONGA AO IMPERADOR

Tudo no local perdeu a força que o mantinha ativo. Ayla se desvencilhou dos cabos que despencaram, sem vida, à sua volta e correu até Elliot, ainda caído no chão. Diferentes partes do cômodo pegavam fogo com os destroços da máquina, espalhados por todo o lugar.

— Você está bem? — ele perguntou, assim que ela se aproximou, e tocou seu rosto com preocupação, garantindo que ela ainda estava ali. Viva, bem, sua.

— Estou. — Ayla olhou para os destroços da máquina. — Ela nos ajudou — falou de forma surpresa. — Caluya nos ajudou.

— Sim. — Elliot sorriu, levantando-se.

Ele correu os olhos, procurando Caluya pelo cômodo, mas então viu algo muito mais surpreendente.

— Ayla — chamou, colocando a mão no ombro da parceira —, você precisa ver isso.

Ayla virou o corpo e se deparou com a imagem do seu pai, agora liberto dos cabos e sondas, se mexendo na maca, tentando sentar.

— Pai. — Ela caminhou até ele, ainda hesitante.

A cor parecia voltar ao corpo em uma velocidade fora do normal, à medida que o inchaço ia diminuindo, as bolhas cicatrizavam sem deixar marcas, como se nunca tivessem existido. O Imperador estava de volta, sem cabelo algum, pois todos os fios que tinha foram perdidos nos anos de sofrimento. Ele, todavia, era o mesmo, com o mesmo olhar confuso tentando assimilar o que estava acontecendo, o mesmo sorriso triste quando Ayla parou ao seu lado.

— Taluya. — o Imperador esticou a mão para encostar no rosto dela e ela aceitou o gesto, recebendo o carinho.

— Meu pai.

Uma lágrima rolou pelo seu rosto. Mesmo que agora soubesse que não era seu pai biológico, era isso que ele havia sido para ela por todos aqueles anos. *Um verdadeiro pai.*

— Você conseguiu derrotá-la — o homem falou com firmeza, a vida voltando para o semblante.

— Não fui eu, pai, foi Caluya. *Ela* me salvou!

Nesse momento, as portas se abriram e um batalhão de guardas adentrou, confirmando o que haviam visto pelas câmeras. O Imperador estava de volta.

— Vida longa ao Imperador! — todos falaram em uníssono, ajoelhando-se diante dele.

Ayla se afastou da maca, pegou a mão de Elliot e repetiu o mesmo gesto.

— Vida longa ao Imperador — o casal de oráculos falou.

O líder dos guardas foi até a maca para receber ordens do soberano, enquanto Ayla viu o corpo inconsciente de Caluya ser tirado do chão e colocado em outra maca por dois soldados.

— Será que ela vai ficar bem? — Apertou a mão de Elliot com mais força.

— Eu não sei — ele respondeu.

— Espere! — ela gritou para os soldados de repente, chamando a atenção de todos.

Correu até a porta, onde os homens pararam, segurando a maca. Observou o corpo da irmã, as feridas expostas nos braços e no pescoço, o sangue que havia manchado o terno verde, tão belo. Mas o semblante era de paz, pela primeira vez estava em paz.

— Eu te perdoo — soltou as palavras de uma vez, passando a mão em seu cabelo. — Eu te perdoo, Caluya. E eu te amo. *Para sempre.*

Com isso, assentiu e os guardas saíram, levando a princesa.

Passos se aproximaram por suas costas; quando ela se virou, encontrou o pai com o seu corpo de volta ao normal e um guarda que o ajudava a se manter de pé.

— E então? — ele perguntou com as sobrancelhas arqueadas, da mesma forma que fazia quando ela era pequena. — O que quer que eu faça? Porque tenho certeza de que é muita coisa. Estive incapacitado por todos esses anos, mas muito consciente de tudo. E sei que vocês tem um povo inteiro para enviar de volta para o seu planeta natal.

Ayla sorriu, uma segunda lágrima rolou pelo rosto. Seu pai estava de volta.

— Primeiro — falou decidida, olhando para ele e para os guardas. — Vamos precisar que evacuem o palácio e cessem a guerra.

CAPÍTULO 70
O CRISTAL DE BHASKAR

— O palácio, meu pai, foi construído sob a maior e mais avançada nave humana. Ela foi capaz de trazer todos para cá, e é a única que poderá nos levar de volta.

— Então vivemos nos corredores de uma nave por todos esses anos? — O lunar suspirou, a confusão preenchendo sua mente.

— Isso mesmo, meu senhor.

— Eu sempre senti que o palácio escondia algum segredo entre seus corredores e passagens, mas nunca pensei que seria *isso*.

— Existe uma promessa que a Gravidade fez para os humanos há quatrocentos anos, ela se cumpre em quatro dias e a nave é o único caminho de realizá-la. Sei que vai custar tanto para você quanto para os seus súditos, mas poderia ceder o palácio e entregá-lo para os humanos? — Ela fez uma careta ao perguntar, pensando em quão impossível seria aquilo.

— Custar? — O Imperador a olhou com as sobrancelhas arqueadas e os olhos marejados. — Eu estive morto por todos esses anos e voltei à vida! — Aproximou-se dela e colocou uma mão em sua bochecha. — Estou vendo minha filha cumprir o propósito que eu *soube*, naquela noite em que a encontrei, que estava destinada a cumprir. Nada mais é um custo alto para mim. Todo custo já foi pago.

— Então vai nos dar o palácio? — ela perguntou, sem acreditar.

— Ele sempre foi de vocês.

— Obrigada, meu pai — Ayla respondeu com os olhos marejados.

— A Gravidade me manteve vivo por todos estes anos, não ousaria questionar sua vontade. A nave será entregue de volta aos humanos. — O homem se virou para o soldado ao seu lado. — Tragam um droide transmissor agora mesmo, será transmitido por todos os bairros uma ordem imperial, anunciando que o Imperador vive e que o conflito entre humanos e lunares está permanentemente encerrado.

— Sim, senhor — o lunar repassou a ordem pelo seu comunicador auricular.

— Você. — O Imperador apontou para um soldado que estava parado à frente da porta.

Antes de dar a ordem, porém, ele parou, percebendo que a força havia voltado para suas pernas e que conseguia andar sozinho, se desvencilhou do braço do guarda e o dispensou com um agradecimento pelo auxílio.

— Agora vá e me traga o transmissor imediatamente. Envie minha ordem a Kepler. Não temos tempo a perder. Quanto mais cedo encerrarmos o conflito, menos pessoas morrerão.

— Sim, senhor. — O guarda prestou continência e saiu a toda velocidade pelo corredor.

— Você. — Ele retomou o contato com o lunar da porta, que tremia pela sua presença. — Envie um comunicado e notifique a todos no palácio. Ele deve ser evacuado em até uma hora. Todos os pertences devem ser deixados e tudo o que perderem será recompensado depois. Redirecione todos à mansão imperial no mar das crises.

O guarda estava assustado demais para falar, então, apenas assentiu e marchou rumo ao corredor, já compartilhando a notícia com os outros guardas dali.

O Imperador se virou sorridente, encarando Ayla e Elliot, que ainda continuavam tão surpresos quanto todos os outros. Mesmo em seus anos de saúde, Ayla nunca tinha visto seu pai com tanta vida.

— Eu tenho apenas algumas horas para me atualizar sobre os dez anos da sua vida que perdi. Então me conte tudo, começando por este homem aqui. — Apontou para Elliot, pegando-o de surpresa.

A filha riu, e a tensão no rosto de Elliot começou a se esvair.

— Este é Elliot, senhor. Ele é filho do líder do Clã da Europa e é... de todas as formas, meu *marido*, meu parceiro escolhido pela própria Gravidade. Eu e ele somos os últimos oráculos da Gravidade, destinados a pilotar a *Bosei*, escolhidos um *para* o outro, *por* ela.

— Marido, é? — O Imperador arqueou a sobrancelha, focando na única palavra que ressaltou para ele.

— É novidade para mim também — Elliot respondeu, tentando controlar um sorriso que tentava nascer no rosto.

— Saiba que carrega a pérola da Lua em suas mãos, rapaz. Cuide bem dela — o Imperador falou, de forma protetora.

— Eu tenho consciência disso todos os dias — Elliot assegurou, com honestidade.

O rosto de Ayla começou a ruborizar e ela desejou fugir daquela conversa, quando o pedaço de um escombro da máquina que ainda pegava fogo no chão se soltou, fazendo um alto barulho. Eles se viraram, assustados, mas logo perceberam que não era nada grave. O escombro rolou, empurrando o cristal de bhaskar até os pés da oráculo. Ela se abaixou, notando que, até aquele momento, não tinha percebido que o perdera enquanto tentava se libertar dos cabos. Pegou-o em sua mão, branco e reluzente, e o sentiu pesar outra vez. Agora se movia mais como uma bússola, de forma quase imperceptível, pendendo mais para uma direção.

Ela se levantou, encarando seu pai e Elliot.

— Eu acho que está apontando para algum lugar — disse, confusa, e começou a caminhar, deixando que o cristal a direcionasse.

Ayla parou onde a grande máquina costumava ficar, agora toda destruída. Elliot, ao seu lado, notou que a explosão havia descascado algo na parede. Ele se aproximou e puxou a placa da parede com força, que saiu com facilidade.

— O que é isso? — O Imperador se aproximou deles.

Atrás, havia uma parede do mesmo material dos corredores da nave, e preso a ela, um fino compartimento retangular liso, sem qualquer instrução ou comando que indicasse a sua função.

— Ela o escondia — o Imperador ponderou, percebendo que, antes, a máquina que o aprisionava cobria toda essa parte da parede.

— Sim — Ayla concordou, aproximando do local a mão que empunhava o cristal.

O material do retângulo instantaneamente se tornou líquido com seu toque e começou a ondular em volta da sua palma, puxando o cristal para dentro. Ela o soltou e a pedra foi engolida pela parede. Seu olhar preocupado encontrou o de Elliot, que a tranquilizou com um movimento da cabeça.

CLICK.

O chão tremeu abaixo deles e os três caíram ao mesmo tempo. O compartimento triangular onde o cristal se encaixou se acendeu com uma luz azul que começou a se espalhar pelo espaço em diferentes linhas finas, que cresceram pela parede e percorreram todo o cômodo.

Toda a estrutura do palácio sacudiu e as paredes foram descascando, a segunda camada construída desapareceu em questão de minutos, se dissolvendo. Todos os moradores se seguraram, e os que puderam correram desesperados. Do lado de fora, duas das altas torres ruíram, tendo toda a camada que as cobria transformada em pó. Alguns funcionários caíram no vazio, escorregando por entre os telhados e sendo ajudados por outros que estavam seguros em pontes e janelas que ainda permaneciam intactas.

Cômodos inteiros foram desfeitos à medida que as linhas de cor azul tomavam todo o lugar, reativando a nave e revelando o que era um saguão central ou um dormitório da embarcação.

Quando o tremor cessou, Ayla estava prestes a vomitar.

— O senhor está bem? — Dois guardas se aproximaram, ajudando o Imperador a se levantar.

— Estou, obrigado. — Ele moveu a cabeça e com as mãos fortes ajudou Ayla e Elliot a se levantarem.

— Imperador — o guarda continuou, recebendo notícias pelo seu comunicador —, a estrutura do palácio foi alterada em 40%.

O Imperador respirou fundo e olhou em volta, estupefato, pois o próprio cômodo em que estavam havia sido alterado por completo: os resquícios da máquina e os cabos tinham virado pó, e eles estavam agora pisando no saguão de entrada da ponte de imersão dos oráculos.

— Sim! — Ele deu um leve sorriso, sentindo-se pequeno em comparação a tudo aquilo. — Não é mais um palácio, é uma *nave*.

CAPÍTULO 71
O PRONUNCIAMENTO

O tremor que atingiu a região do palácio e a imagem de *Bosei* revelada por ele chamou a atenção de todo o povo nos arredores. O conflito havia cessado antes mesmo de o pronunciamento do Imperador ser transmitido. Com o espetáculo a que todos assistiram do palácio sendo desfeito em questão de segundos, a guerra se tornou sem sentido. Estavam de frente a uma força muito maior que qualquer um deles, e isso tanto lunares quanto humanos reconheceram.

Minutos depois, um holograma do Imperador foi refletido por cada bairro e cada rua da cidade lunar, anunciando que ele estava vivo e que era obrigação dos súditos permitir e auxiliar os humanos a se locomoverem até o palácio.

— É nesta tarde de perdas e de segundas chances que encerramos nossa rivalidade com os humanos, permitindo que eles voltem para seu planeta natal, a Terra, que a Gravidade lhes deu, da mesma forma que ela, em sua misericórdia, nos entregou a Lua.

A mensagem ressoou por cada metro quadrado da superfície, e todo o povo, movido pelo assombro de estarem vendo um fantasma, acatou as ordens.

— Assim que a nave passar pela redoma que cobre nossa cidade, a atmosfera poderá apresentar instabilidades. Por isso, é recomendado que todos os lunares estejam em segurança dentro de suas casas e construções, até que a nave humana seja lançada no espaço, de volta ao seu lar.

Demorou muito menos do que o imaginado para que os arredores do palácio estivessem cobertos de humanos, vindos de todas as direções. Havia lágrimas de alegria e semblantes de assombro em cada rosto. Uma grande comoção tomou a todos enquanto adentravam os portões da nave. Eles esperaram aquela promessa por toda a vida e, naquele momento, mal parecia real estarem vivos para a verem se concretizar.

Elliot e Ayla estavam parados na porta, com o Imperador logo atrás. Os dois oráculos da Gravidade, assumindo seus postos e com grandes sorrisos estampados no rosto, receberam seu povo.

— Marido? — ele sussurrou no ouvido dela, aproximando-se de leve.

Ayla virou-se para ele, segurando um sorriso nos lábios, e voltou o rosto para as pessoas, continuando a cumprimentá-las.

— Sabe que eu não vou deixar isso passar, né? — ele insistiu, depois de cumprimentar uma idosa.

— Acho que eu já contava com isso — ela respondeu, empurrando-o para longe de si e voltando a recebê-los.

Naquele instante, observando cada pessoa que entrava e fitando o sorriso de Elliot, que lhe dava borboletas no estômago, a oráculo sentiu a presença da Gravidade forte e constante à sua volta. Ela não havia se esquecido nem se atrasado, estava *naquele momento* cumprindo sua promessa. Ayla, então, prometeu a si mesma que faria diferente, agiria diferente dos humanos que vieram antes dela, respeitaria a Terra e honraria a Gravidade, se submeteria à sua vontade, pois agora sabia que valia a pena. Foi uma promessa silenciosa, e nessa promessa ela depositou sua vida.

Rostos conhecidos emergiram da multidão e Reuel caminhou até eles, seguido pelos outros líderes.

— Vocês estavam certos, afinal — o líder os cumprimentou com um sorriso e os olhos marejados.

— A Gravidade tem a sua própria forma de fazer as coisas, meu pai. — Elliot se aproximou e o abraçou.

— De fato, ela tem — Lilian comentou do outro lado, caminhando em direção a eles.

— Lilian! — Ayla sorriu, hesitou por um instante e, então, a abraçou. — Obrigada. Obrigada por também ter acreditado.

— Não seria diferente. É a nossa oráculo! — A engenheira sorriu, pela primeira vez a preocupação se suavizando de sua expressão.

— Onde está Miguel? — Ayla perguntou, e isso foi o suficiente para que a feição dela se alterasse.

— Gostaria de não saber, mas infelizmente eu *sei*. — Ela revirou os olhos. — Está empacotando as bugigangas, é muito apegado a elas, mas logo estará aqui.

— Que bom, porque precisaremos de vocês logo, logo — a voz dela saiu falha, um pouco aflita.

— A ponte de imersão! Você a encontrou?

— Sim, e é um pouco intimidadora, eu diria.

— Você vai ficar bem. — Lilian balançou a mão. — É só o futuro de todos nós que depende disso.

O sorriso da oráculo sumiu, o temor estampado.

— Desculpe, não foi assim que soou na minha cabeça. — A engenheira fez uma careta. — A questão é que, se vocês chegaram até aqui, não é na parte do fluxo neural com a nave que falharão.

— Assim eu espero. — A oráculo suspirou, olhando para Elliot ao seu lado, que sorria alegre, sem perceber o quão arriscado e crucial esse próximo passo seria.

CAPÍTULO 72
A PRINCESA DA LUA

Na ponte, Ayla encarava as duas cápsulas de imersão com os braços cruzados.

— Quanto tempo até que todos estejam a bordo? — Lilian perguntou atrás da oráculo.

— Vinte minutos — Reuel respondeu pelo holograma, estava na ponte de controle, junto com Miguel e outros engenheiros.

Era de lá que guiariam a rota da nave durante o percurso de três dias até a Terra. Porém, mesmo com o local intacto, nada funcionava, nem os monitores de vidro que cercavam o espaço, nem os comandos que ativavam as turbinas. A energia vital da nave só era ativada com a conexão dos oráculos, e ninguém que não fosse escolhido poderia fazê-la voar.

— Temos que começar a inserção em vinte minutos, então — exclamou Lilian, fazendo contato visual com a oráculo.

— Tudo bem. — Ayla suspirou, vendo Elliot se aproximar.

— Está tudo bem? — ele indagou, colocando a mão no cotovelo dela e a acariciando.

— Você não está com *medo*? — Ela levantou a cabeça e encontrou o olhar dele.

— Agora? — O rapaz soltou uma pequena gargalhada. — Eu tenho estado com medo desde o início de tudo isso. Mas estamos quebrando todas as possibilidades até o momento, não é, *minha oráculo*?

— É. — Ayla suspirou, encontrando força no oceano interminável de calma que eram os olhos dele.

— Estamos apenas a um passo da Terra. E seja o que for que a *Bosei* está preparando para nós, vamos conseguir e vamos vencer, *juntos*.

— Juntos — ela concordou.

— Vamos repassar o que sabemos até agora, que tal? — Lilian sugeriu do outro lado do cômodo, esfregando as mãos uma na outra.

— Vamos — Elliot assentiu e guiou Ayla pela mão até a pequena mesa onde a engenheira estava. Ambos se sentaram diante dela.

— De acordo com os registros deixados pelo casal de oráculos, *Bosei* funciona de forma muito diferente que qualquer outra nave que conhecemos. Quando entrarem nas cápsulas de imersão, serão induzidos a um estado de coma, onde ficarão em transe por três dias, toda a duração da viagem. A partir de então não teremos mais como nos comunicar com vocês.

— Ótimo — Ayla murmurou, sarcástica.

— De acordo com minhas suposições, as primeiras horas serão as mais difíceis. Dois pilotos, conectados pelas memórias com o corpo de uma nave colossal. Não é qualquer experiência. Até que a conexão esteja firme e estável poderão passar por pequenos períodos de alucinação, onde compartilharão das memórias um do outro e talvez até da nave.

— Da nave? — Elliot perguntou, surpreso. — Acha que ela tem memórias?

— Não, não ela. Mas talvez ainda guarde resquícios dos primeiros a controlá-la.

— O primeiro casal de oráculos.

— Isso, mas são apenas teorias, está bem? Assim que a conexão for estabelecida, acredito que será uma jornada simples. Os propulsores serão ativados pela equipe que está na ponte e vocês dois nos levarão de volta pra *casa*! — Lilian sorriu, ainda processando tudo. — Pela Gravidade! Está mesmo acontecendo.

— De fato, está. — Ayla deu um pequeno sorriso, o olhar ainda perdido.

A engenheira conferiu os detalhes no equipamento que estava em cima da mesa.

— Temos dez minutos para começar a inserção, já que não sabemos quanto tempo vai demorar até que a conexão seja estabelecida. As roupas para se trocarem estão no cômodo ao lado — informou.

— Tudo bem. — Elliot se levantou, com uma leve dor de cabeça ameaçando crescer.

Ele tentava mostrar para Ayla que estava calmo, sabia como ela precisava disso e a paz no seu peito era definitivamente maior do que o seu medo, mas ainda havia um pouco dele ali, presente.

— Eu vou procurar meu pai — Ayla avisou, levantando-se também. — Para me despedir — falou, com um semblante instantaneamente abatido.

A jovem humana desceu pelo elevador cilíndrico de vidro, notando como tudo estava mudado agora. Era sua última vez naquele elevador, naqueles corredores do que um dia havia sido seu palácio, o lar onde cresceu. Seus últimos minutos na Lua, um mundo que não sabia se algum dia voltaria a visitar. E pior de tudo, a última vez vendo o seu pai. Afastados por todos esses anos devido à doença e à dor, ele tinha que voltar à vida e recuperar a saúde justo agora, quando estava prestes a partir?

— *Tinha* — disse a Gravidade de forma leve como uma brisa, e ela se assustou, não se dando conta de que seus pensamentos eram ouvidos. — Eu trabalho *no meu tempo perfeito*.

A frase que a Gravidade já havia dito uma vez voltou à sua mente, trazendo um pouco de consolo. A Lua precisava do seu pai tanto quanto ela e, por mais que não entendesse, bastava confiar que a força que conjurou o universo trabalhava no seu tempo perfeito.

Ela chegou no térreo, correndo contra o tempo. As pessoas a cumprimentavam por cada corredor que passava e Ayla acelerou o passo até a entrada do portão principal da nave, onde disseram que o Imperador estaria.

— Oráculo.

Vozes proclamavam maravilhadas à sua volta, e ela fazia o máximo para respondê-las com um sorriso. Viu os soldados humanos separando as pessoas em setores e alojamentos e percebeu que havia ainda mais humanos na Lua do que imaginava.

Correu até o portão principal, onde poucos lunares ainda eram vistos, destoando dos humanos com sua pele cinza e cabelo verde.

— O Imperador — ela se aproximou de um deles perguntando —, onde está?

— Bem do lado de fora, princesa.

Ela assentiu com um sorriso e correu até lá, estranhando o fato de ser chamada assim. Não era mais princesa, certo?

Finalmente encontrou o seu pai na entrada, ele direcionava aeroplanadores que recebiam os últimos que se retiravam do entorno do palácio, funcionários que lutavam para deixar o lugar em que moraram por toda suas vidas.

Os bairros em volta também estavam sendo evacuados, já que não se sabia o quanto de estrago os propulsores da nave poderiam causar.

— Meu pai — Ayla anunciou sua presença.

O Imperador, que estava de costas orientando dois guardas, parou e enrijeceu por um momento.

— Não! — Ele virou o corpo lentamente. — Já é hora? — Seu olhar preocupado encontrando o de Ayla.

— Sim — ela respondeu com um sorriso triste e olhos marejados.

— Ah, Taluya. — Se aproximou, repousando as mãos sobre o seu rosto. — Isso nunca deveria ser pedido para um pai: que visse a sua filha partir.

— Eu sei. — A lágrima solitária que tinha nos olhos rolou por sua bochecha.

— Mas está tudo bem, porque eu sempre soube que esse momento viria. — Ele sorriu, um sorriso cheio de memórias. — Desde que a encontrei naquele módulo individual, sozinha, chorando, soube que a Gravidade tinha me entregado uma missão. A missão mais gloriosa e desafiadora de todas: amá-la e criá-la, não para mim, mas para um futuro do qual eu não teria controle. Sabia que você iria embora, cumpriria o propósito pelo qual sua vida foi poupada. Por isso, aproveitei cada um desses vinte anos, mesmo quando ia me visitar e a lucidez e a saúde não habitavam em mim, sabia que era a minha filha e *sabia* que deveria aproveitar aqueles momentos, pois eles passariam.

— A-bul — Ayla sussurrou em *lur*, e o abraçou, com as lágrimas rolando.

— Conclua a sua missão, Taluya, por todos que acreditaram e se sacrificaram para que estivesse aqui hoje.

— Sim, senhor. — Ela enxugou as lágrimas no rosto, recompondo a postura.

— E nunca se esqueça — ele acariciou o seu cabelo —, não importa onde esteja, vai continuar sendo minha filha e sempre, *sempre* será a princesa da Lua.

CAPÍTULO 73
A INSERÇÃO

Quando Ayla retornou para a ponte de imersão, Elliot já estava entrando em sua cápsula, com um semblante de desconforto tomando seu corpo. Lilian o ajudou a se deitar e prendia agora as três travas nele.

Ayla se aproximou, fazendo uma careta.

— Está confortável aí? — provocou-o e viu que foi bem-sucedida quando o rosto dele suavizou.

— Absurdamente. Por que não entra na sua para ver? — ele respondeu, apontando com a mão que ainda estava livre para a cápsula ao lado.

Ayla riu e se aproximou dele, tocando seu braço. Seu sorriso desapareceu lentamente e seu rosto adquiriu um semblante determinado.

— É a nossa etapa final, capitão — ela falou, passando de leve a mão pelo rosto dele, com delicadeza, como se mapeasse seus detalhes. — Nos vemos dentro das nossas memórias — disse e abaixou o rosto, retribuindo o beijo na bochecha esquerda dele.

O corpo de Elliot se agitou, amaldiçoando a cápsula por prendê-lo, e quando Ayla voltou o rosto, ele levantou a cabeça no mesmo momento, encostando seus lábios no dela. O toque causou um choque que ambos sentiram. Naquele curto instante suas respirações se misturaram e ela fechou os olhos, aturdida pela sensação. O toque espalhou uma paz inexplicável pelo seu corpo e ela desejou que não houvesse a cápsula entre eles. Ayla sorriu, finalmente, enquanto Elliot ainda a fitava mesmerizado e abaixou a cabeça, e uniu seu rosto ao dele uma última vez, dando-lhe mais um beijo rápido antes de se separarem.

Elliot estendeu a mão presa em direção a ela e deixou a cabeça cair de frustração na cápsula quando ela se afastou, com um sorriso incontrolável nascendo nos lábios.

Ayla suspirou fundo e, enfim, entrou na cápsula de imersão, o corpo se arrepiando com o metal gelado, enquanto tentava controlar a mente, para não se sentir tão claustrofóbica. Assim que se encaixou, o capacete da cápsula foi colocado em sua cabeça, o mesmo processo foi feito em Elliot ao seu lado, que parecia mais calmo agora, anestesiado. A conversa com o seu pai a havia acalmado, ela estava pronta para isso: para cumprir a missão. Tudo o que passou a havia guiado até aquele momento.

Cumpra a missão, viva a promessa, reverberou dentro de sua cabeça. Um lembrete gentil da Gravidade.

— Você está bem? — Elliot perguntou do outro lado, o semblante preocupado.

Ayla abriu um sorriso.

— Você vai descobrir em alguns minutos, já que vai entrar nos meus pensamentos mesmo.

— E por acaso eu vou *estar* neles? —perguntou, mordendo o lábio.

— Em todos eles, Ramsdale. Em *todos* eles.

O sorriso dele a acalmou. Tudo ficaria bem. Estavam mesmo voltando para a Terra.

Ayla colocou a cabeça para dentro da cápsula.

— Tudo certo? — Lilian perguntou pelo comunicador.

— Sim — ambos responderam em uníssono.

— Ótimo. Podem fechar as cápsulas.

Um grupo de soldados que ajudava fechou a cápsula de cada um, empurrando de volta a tampa de vidro que as cobria.

Ayla cerrou os olhos, respirando fundo. No instante seguinte, algo de dentro foi ativado, um líquido gelado começou a escorrer em volta de seus pés, e a oráculo lutou para não se mover. Em pouco tempo, o líquido já estava tomando todo o seu corpo; em instantes seria inserida ao coma e teria a conexão com a nave ativada.

— A *Bosei* responde aos seus pilotos — declarou para si mesma antes de sentir o líquido cobrir todo o seu rosto e apagar.

O que o casal de oráculos viu a seguir foi o completo vazio, a escuridão de todo o espaço e tempo os abraçando, sugando-os para baixo. Ayla tentou se segurar, mas não havia nada em que se agarrar. Elliot tentou gritar, mas não saiu nenhum som de seus lábios. O tempo pareceu passar mais e mais rápido em volta deles, com as primeiras linhas se formando no horizonte. A conexão estava iniciando, estavam indo para algum lugar.

Ayla viu *flashes* de um Elliot pequeno chorando no banheiro da escola no dia das mães humano. Viu uma menina de cabelos encaracolados correndo com a irmã. Um parque de diversões na Terra. O Natal sendo comemorado nas cavernas lunares. Uma festa de aniversário coreana, e um Elliot de quatro anos correndo por todo o canto. Visitou a memória da primeira vez que a Imperatriz bateu nela e como seu pai entrou no quarto logo em seguida, tirando-a de lá. Viu garotos jogando futebol em um campo feito de hologramas. A primeira briga com sua irmã. A primeira vez que Elliot pilotou uma nave. Comendo sorvete. Pintando o cabelo. Correndo de medo. Chorando de rir. Fugindo pelos túneis, a sensação de medo percorrendo cada poro do seu corpo.

Estava, enfim, entrando em uma memória, ela sentiu, mas essa não era sua. Ayla abriu os olhos e estava dentro de uma caverna, iluminada apenas por uma lanterna que estava jogada no chão. Parecia distante, uma bifurcação que tinha se afastado dos bairros humanos e qualquer lugar habitável. Uma forte sensação de insegurança pairava no ar.

Duas crianças passaram rindo por ela, se transformando logo após em poeira. Claro, era uma memória. Ela virou o corpo, procurando o dono da memória em si.

— Elliot? — chamou baixinho, tendo dificuldade para enxergar o que havia mais além.

Porém, um outro som respondeu, um ruído baixinho e feroz.

Ela caminhou até a lanterna e tentou pegá-la no chão, só que logo percebeu que não funcionava assim, não tinha efeito sobre nada na cena, apenas sobre aquele que a estava relembrando.

— Elliot! — gritou mais uma vez, decidida, adentrando a escuridão.

Após alguns passos, ela encontrou a figura de um pequeno garoto de cabelos loiros, encolhido e encostado na parede.

— Elliot, ei! — Ela caminhou até ele e se abaixou. — Isso não é real, é apenas uma memória. Lembre-se disso.

— Não — o garoto respondeu com a voz trêmula, os olhos fixados no outro lado da caverna. — Eu vou morrer, vou morrer aqui, nunca vou ver a Terra, vou morrer igual minha mãe! — Ele tapou os olhos em desespero.

— Elliot — Ayla sorriu, compreensiva —, você *não* morreu. Isso já foi há mais de dez, quinze anos atrás, precisa se lembrar, *não* é real. É apenas uma memória e você já venceu ela.

O rosnado ecoou pela caverna de novo, e ela virou, encontrando a figura que tanto atemorizava o garoto. Um lobo com escamas pontiagudas saiu da escuridão, dando alguns passos para frente. Ele rosnava e mostrava as garras, que eram de um tom alaranjado.

— Um lobo da lua? — Ayla indagou, confusa. — Mas eles não são agressivos.

— A lanterna o assustou — o garoto contou. — Rory a quebrou bem na sua frente e correu.

Ayla voltou o olhar para ele, compassiva.

— E você não conseguiu correr, não é mesmo?

O garoto concordou, balançando a cabeça.

— E como saiu daqui, como acaba a memória? — Ela o incentivou, sentando ao seu lado. — Precisa se lembrar disso também.

— Eu... — Elliot piscava os olhos, tendo dificuldade de encontrar a resposta. — Eu não vou sair, eu vou morrer aqui.

— Elliot, você *já* saiu. — Ayla sorriu ao seu lado, quase orgulhosa. — Isso não é uma memória, é apenas um medo que você alimentou, e essa é a imagem que o medo *produziu* para você. Tenho certeza de que esse nem foi o lobo real que você encontrou, não é mesmo? É apenas o lobo que a sua mente criou, e nesse momento ela está mentindo para você.

— Está? — Pela primeira vez o garotinho a olhou, o semblante assustado.

— Está, sim, e precisa vencer essa memória, deixá-la ir, para continuarmos a inserção e nos conectarmos à *Bosei*. Estamos a caminho da Terra agora mesmo, lembre-se disso.

O Elliot criança a olhou de forma esperançosa e, então, se levantou. Ele caminhou sem medo até o lobo, que ia diminuindo a cada passo que ele dava, tornando-se cada vez mais inofensivo.

Ayla sorriu, mas, antes que pudesse falar alguma coisa, a escuridão a engoliu.

CAPÍTULO 74
CUMPRINDO A MISSÃO

Ayla abriu os olhos e foi pega de surpresa por um raio de Sol que inundou o cômodo em que estava. O Sol nunca tinha esse alcance na Lua. Estava na Terra, pôde identificar isso assim que olhou para a janela e reconheceu o cômodo, era o mesmo alaranjado de seus sonhos. Olhou para baixo, estava vestida com um longo vestido azul-turquesa, cuja manga longa se estendia apenas por um braço, deixando o outro exposto. Suas pernas se moveram sozinhas, e ela percebeu que não as controlava. Saiu do cômodo e foi recebida por duas mulheres que caminharam sorridentes ao seu lado. Seu corpo sabia o que fazer, cada sorriso, cada resposta educada. Porém, aquelas não eram suas memórias.

Adentrou o elevador com elas e saiu na entrada de um largo e luxuoso salão, parecia estar no segundo andar, pelas vozes que vinham de baixo. Foi guiada até a borda, acenando para todos. Viu os hologramas refletidos no teto, em volta do grande lustre de cristal. "Os oráculos da Gravidade, a esperança do amanhã." A imagem refletida era do primeiro casal de oráculos: Marta, com seus volumosos cachos loiros, e Ayo, com seu sorriso contagiante. Eram as memórias deles que ela estava vendo.

Abaixo do lustre estava um telão, que registrava tudo o que acontecia, pegando *takes* diferentes da grande festa.

— Marta Fagundes — alguém anunciou no alto-falante e ela se aproximou do vidro, vendo as mesas onde a alta sociedade da Terra estava sentada no andar de baixo.

Uma grande e luxuosa escada levava até lá. Pensou em descer, mas seu corpo não obedeceu, aparentemente não era isso que acontecia na memória.

— Comandante Ayo Ahmed — mais um anúncio, e dessa vez o corpo dela se virou de forma involuntária, contemplando o companheiro.

No entanto, tudo o que Ayla viu foi Elliot caminhando até ela com um sorriso imenso e, ao mesmo tempo, um semblante confuso. Ele estava mais lindo do que nunca, trajando um terno branco, com uma gravata preta. Aproximou-se dela com um sorriso e uma intimidade que ainda era controlada, resoluta.

— Oi. Sabe que temos que fazer isso, não é? — ele falou chegando mais perto, como se estivesse se desculpando.

A oráculo não entendeu nada, entretanto viu seu rosto respondendo com um "sim". Antes que pudesse pensar, os lábios de Elliot tocaram os dela, macios e frescos. O tempo parou por aquele instante e todo o seu corpo enfraqueceu. Mas tudo aquilo durou pouco, porque foram trazidos de volta por uma salva de aplausos que fez o próprio chão estremecer.

— O casal da Gravidade, senhoras e senhores. — Os dois foram anunciados com energia e empolgação.

O corpo de Ayla se afastou devagar, a cabeça agora girando. Ela viu pelo canto do olho a imagem refletida no telão: Ayo e Marta sorrindo com timidez um para o outro.

O semblante dela se fechou e ela deu um passo para trás, tomando o controle. Não era real, era apenas uma memória. Afobada, ela tropeçou no tecido que tinha enroscado na sua perna e caiu para trás, sendo outra vez abraçada pela escuridão.

Ayla caiu por longos minutos, sentindo a sanidade voltar aos poucos, conseguindo identificar de novo o que era memória e o que era real. Ela e Elliot no palácio eram reais, a *Bosei*, a missão de voltar para Terra. Precisavam estabilizar o fluxo o mais rápido possível.

As luzes acenderam em volta de si, ela estava em pé em um quarto branco, sem paredes ou nada que indicasse que tivesse um fim.

— Elliot! — Ela suspirou aliviada, percebendo que ele estava parado ao seu lado.

— Acho que conseguimos. — Ele sorriu. — Nos conectamos com a nave.

O chão começou a se mover em volta deles, aparentando ser feito de um material líquido, porém eles não afundavam nem se molhavam. A substância subiu, tomando a forma de duas mesas de controle, uma na frente de cada um.

— O que faremos agora? — ela perguntou, perdida.

— Guiamos a nave.

Ambos colocaram as mãos dentro dos painéis, sentindo o líquido gelado e pegajoso as envolverem. No momento em que o fizeram, uma conexão mais forte se firmou entre suas mentes e passaram a saber o que tinham que fazer, juntos, mesmo sem nenhuma palavra ser dita. Eram uma pessoa só agora, eram toda a estrutura da nave. Ayla controlava a parte esquerda, e Elliot, a direita.

Com um movimento das mãos ao mesmo tempo, só que em direções opostas, as turbinas foram ativadas e eles sentiram o chão tremer. Eram os lapsos de conexão dos corpos com a nave.

Prosseguiram, sentindo o líquido branco crescer em volta, tomando mais partes de seus corpos, mas agora não tinham mais medo, sabiam o que estavam fazendo. Estavam se tornando um com a *Bosei*.

Seus batimentos se uniram retumbando por todo o cômodo sem fim e se misturando aos sons de propulsores e motores. Depois de algumas horas, o líquido branco os tinha coberto ainda mais, atingindo o busto deles. O corpo de Ayla ameaçou fraquejar de cansaço, mas Elliot encorajou do outro lado.

— Estamos quase lá, princesa, aguente mais um pouco — ele pediu, com a voz firme.

Ela se forçou a permanecer de pé, e em uma só mente guiaram a nave pela escuridão do espaço. Eles eram as escotilhas, as janelas e o próprio metal que os cobria.

Viram, finalmente ao longe, o pequeno planeta Terra, reluzindo com o Sol atrás de si, pintado com os tons mais belos de azul e verde que Ayla já tinha visto. Naquele momento, pensou que as cores eram como os olhos de Elliot, e isso a confortou um pouco. Ela sentiu ele rir na sua mente, como se tivesse ouvido o pensamento. Continuou mirando o planeta, encontrando nele seu estímulo para aguentar apenas mais um pouco.

Mais horas se passaram, e ela sentia seus pés duros como pedras, o líquido agora cobria parte do seu rosto e só conseguia respirar pelo nariz.

— Elliot — sussurrou, a exaustão e o pavor tomando conta —, eu não vou conseguir.

—Você *já* conseguiu, Ayla. Estamos quase lá, aguente só mais um pouco.

Balançou a cabeça, a fraqueza e a loucura tentando tomar conta, enquanto sentia que estava prestes a ser engolida pelo cômodo. O líquido branco subiu até os seus lábios e ela começou a engasgar. Sentiu as narinas pegando fogo e o pavor tomando o peito. O líquido cobriu seu rosto enquanto a Terra estava cada vez mais próxima.

O pouco de sua consciência que se mantinha acordada ouviu quando a Gravidade sussurrou à sua volta, como uma brisa suave:

— *Eu estou fazendo algo novo. Uma nova Terra para uma nova humanidade. Oráculos não serão mais levantados, pois agora eu cumpri minha promessa. Estão de volta ao planeta em que nasceram, onde a conexão comigo é restabelecida. Falarei com todos e serei ouvida por todos. Uma nova era se inicia e ela será chamada O Fim da Distância.*

Com essas palavras, seu corpo enfim descansou, e dessa vez ela foi abraçada pela própria luz.

CAPÍTULO 75
VIVENDO A PROMESSA

Ayla acordou com a sinfonia mais bela que já tinha ouvido, ressoando ao longe. Seu corpo inteiro ardia, e ela não conseguia abrir os olhos. Sentia-se fraca e com fome, *morta* de fome. Ela tentou, com dificuldade, se sentar na cama, ou onde quer que estivesse deitada. Todo o seu corpo protestou pelo movimento, as articulações pulsando de dor, mas ainda assim conseguiu.

Uma brisa suave entrou no cômodo em que estava, balançando os seus cabelos. Ela sorriu de forma inconsciente, aproveitando a sensação. Foi só então que sua ficha caiu: não tinha vento na nave.

Abriu os olhos, surpresa e eufórica, enxergando tudo embaçado. Será que já estavam na Terra? Eles tinham de fato conseguido? A promessa havia se cumprido?

— Elliot. — Foi a primeira palavra que saiu de seus lábios.

Ayla pulou para fora da cama, sentindo uma superfície áspera e pinicante debaixo dos pés, que estavam descalços. As paredes balançavam à sua volta. Demorou alguns minutos para a sua vista se ajustar e perceber que era, na verdade, uma lona grossa que dançava. Estava em uma tenda.

Deu alguns passos sob a superfície pinicante, encontrando o seu equilíbrio e se acostumando um pouco com ela. Percebeu que tinham trocado sua roupa, usava uma bata marrom de péssimo gosto. Por quanto tempo havia dormido?

A brisa passou por ela mais uma vez, refrigerando todo seu corpo. Ela se sentia viva, renovada, em casa. Ainda assim, seu corpo doía, por isso, caminhou com dificuldade até a entrada da tenda. Quando o Sol da manhã entrou em contato com seu rosto, ela hesitou, trêmula. Nunca havia experimentado um calor assim, tão aconchegante. Ele esquentava, mas não queimava, pelo contrário, parecia abraçá-la.

Abriu os olhos com dificuldade, sendo envolta pela luz.

Ela levantou o olhar para o horizonte, e, então, um suspiro saiu de sua boca pelo que viu. *Bosei*, pousada no topo de uma montanha revestida por variadas e coloridas árvores. Majestosa e destoando de toda a cena.

Um grupo de pássaros passou voando por ela, revelando de onde vinha a doce melodia que a acordou. O Sol brilhava acima de tudo, maior do que jamais havia visto, colorindo o céu com tons de azul e rosa. No fim do horizonte se estendia toda a Terra em sua magnitude, nova, recriada.

Ela inalou o ar, saboreando a sensação de estar, finalmente, no seu planeta natal. Pisando e respirando a promessa.

Um guarda humano a notou e a cumprimentou, sorridente.

— Ela acordou! — gritou, correndo até a outra tenda que havia sido construída bem à frente.

Depois de alguns instantes, um rosto familiar saiu de lá: Elliot. Sempre Elliot. Seu olhar eufórico, cheio de saudade e alegria, se encontrou com o dela. Os olhos cansados, porém, vivos, ganharam um brilho especial quando a viram.

— Elliot... — Ayla exprimiu, com uma lágrima rolando pelo rosto.

Não havia mais ninguém que quisesse ver naquele momento, nenhum outro abraço, nenhum outro toque.

Forçou seus pés a correrem e mirou em direção a ele.

Elliot correu até ela sem pestanejar, alcançando-a muito mais rápido do que ela faria.

— Nós conseguimos. — Ela se debulhou em lágrimas, o corpo colidindo com o dele em um abraço.

— Sim. — Ele a levantou para cima, gentilmente. — Conseguimos, Ayla. *Você* conseguiu! — Ele afastou o rosto alguns centímetros e acariciou o cabelo dela.

Estavam ambos exaustos e emocionados, a jornada até ali havia lhes custado tanto, mas lhes dado muito mais.

— Eu não acredito.

Ela encostou a testa na dele, com lágrimas de alegria molhando seu rosto e o dele. Era o momento mais feliz de toda a sua vida. Estava na Terra e estava com *ele*. Elliot cobriu a cintura dela com seus braços, puxando-a para perto e a abraçou com intensidade, como se nunca mais quisesse soltá-la. Prometeu para si mesmo que não iria.

Um barulho de rodas se movendo sobre a grama fez com que se afastassem, procurando pela origem do som.

— M4! — Ayla exclamou, incrédula, quando viu o seu amado droide de armazenamento de memórias correndo até ela. — Eu não acredito. — Ela se agachou, sentindo a grama acariciar seu joelho.

— Olá, minha senhora — o robô falou, e ela o envolveu em um abraço, como sempre fazia. — Você conseguiu, minha senhora. A Gravidade não errou quando te escolheu.

— Não. — Sorriu, pela primeira vez, saboreando e acreditando naquelas palavras.

Ela se levantou. Viu a *Bosei* em toda sua glória, a luz do Sol sendo refletida no seu casco, a presença de Elliot à sua volta, ele estava bem e estava com ela, e por último, a natureza que a cercava, o cheiro de grama preenchendo as narinas, provando que tudo aquilo era real. Notou então que faltavam duas pessoas e, por um momento, toda aquela alegria se esvaiu de seu coração, tomando lugar a preocupação.

— Tia! — A voz do sobrinho ecoou pelo céu e ela virou o corpo em êxtase, procurando encontrá-lo.

Jafari correu até ela, pulando pela grama com alegria pulsante. O coração do menino também estava sendo curado.

Ayla correu até ele e o abraçou com força, tirando a criança do chão e girando no ar, o que fez com que ambos caíssem. Eles rolaram pela grama, rindo, e Elliot se aproximou, com M4 ao seu lado.

— Você conseguiu, tia, você nos trouxe para casa — o menino exclamou, emocionado. — Aqui é *muito* mais legal do que a Lua.

Ayla soltou uma risada, percebendo que o seu peito nunca havia estado tão leve como naquele momento.

— Porque *aqui* é a nossa casa, foi para esse planeta que fomos criados. Lá era apenas um lugar de espera, não o destino final. Sua mãe nunca esqueceu disso e é por ela que estamos aqui.

— Ela amaria a Terra — Jafari falou, levantando-se, com os olhos marejados.

— Ela a *amou*, mesmo sem conhecê-la — Ayla o consolou, posicionando-se ao seu lado.

Um grupo de humanos que estava em volta começou a se aproximar deles, celebrando e batendo palmas para o segundo e último casal de oráculos.

— Sejam bem-vindos à Terra. — Reuel caminhou até eles com um sorriso e pôs as mãos no ombro de cada um. — Fico feliz que esteja bem, princesa. — Seu olhar se encontrou com o de Ayla e ela franziu o cenho, surpresa pelo título.

— Obrigada. — Sorriu com os olhos. — Há quanto tempo pousamos?

— Quase dezesseis horas. Tudo ocorreu conforme o esperado e todos estão bem.

— Graças à Gravidade. — Balançou a cabeça, em alívio.

— Tendas provisórias estão sendo construídas nos arredores e todos estão *maravilhados*.

— Como não estariam? É a Terra — comentou Elliot, com o rosto reluzindo.

— É, temos uma longa jornada pela frente. — Reuel suspirou. — Reconstruir toda uma civilização, tendo o cuidado de não cometer os mesmos erros de nossos antepassados.

— Nós não vamos — Ayla o encorajou, confiante. — Enquanto respeitarmos a Terra e ouvirmos a Gravidade, estaremos bem.

Uma gota fresca de água caiu sobre a sua pele, pegando-a de surpresa. Olhou para cima, fitando o céu que agora mudava de cor, abrigando nuvens cinzas que chegavam para fazer parte da festa. Diferentes gotas se seguiram, molhando sua pele e a grama.

Ela virou o rosto para Elliot, saboreando a sensação.

— Isso é...

— Chuva! — ele completou com os olhos fechados, abraçando a experiência.

Ayla deu alguns passos para frente e fechou os olhos, sendo abraçada pelas gotas de chuva à medida que elas jorravam do céu, aumentando a pressão. O som dela regando a Terra preencheu os seus ouvidos, a mais deliciosa e calmante melodia. Ayla abriu os olhos e viu que todos comemoravam, assim como ela, abraçando uns aos outros e, por aquele instante, voltando a ser crianças. Voltando a ser um povo finalmente livre.

Em meio à chuva que caía, Ayla pensou ter visto dois vultos à sua frente e piscou, olhando com atenção. Mirya e Eun, sua irmã e sua mãe, sorriam para ela, ao longe, com vestes brancas e reluzentes. As gotas não tocavam o corpo delas, pelo contrário, passavam direto, caindo na grama. Ela sorriu, encarando os vultos, o sacrifício de suas vidas não tinham sido em vão e o legado delas perduraria pelas próximas gerações. Piscou os olhos, e no instante seguinte elas não estavam mais lá. Respirou fundo, deixando a chuva levar suas lágrimas e, pela primeira vez, sentindo o luto e sendo consolada pela Terra.

Em questão de minutos, a chuva cessou por completo e as nuvens se abriram, em um espetáculo particular que só quem tinha um planeta como a Terra para chamar de lar poderia assistir. O Sol reluziu, criando um arco colorido que preencheu o céu, pegando todos de surpresa. Diferentes cores se misturavam umas às outras, reluzindo os raios de Sol, formando uma obra de arte. O arco brilhava, refletindo as exatas cores das cavernas de Luton na Lua, ambiente familiar para muitos ali.

— É um sinal da Gravidade — Elliot exclamou em voz alta, encontrando o olhar de todos ao redor. — É uma lembrança de que ela nos tirou de nossas intermináveis cavernas e nos trouxe para a superfície, de volta para o nosso mundo.

Todos olharam maravilhados, perplexos com a semelhança.

— Ouça, ó humanidade — Reuel bradou de repente, emocionado, com os olhos fixados no céu. — A Gravidade é uma — falou em um suspiro. — Ela tem o universo em suas mãos, e os planetas não são nada mais do que o encosto para seus pés. É ela quem resta quando nossos corpos desfalecem, é ela que pulsa quando a vida se esvai de nosso peito. É ela que, mesmo após gerações, não falha em cumprir suas promessas. — O corpo do líder caiu em um baque, e ele se ajoelhou no chão. — Nós passamos, mas ela permanece — bradou, com a voz anasalada.

— Ela permanece — todos à sua volta repetiram em uníssono e se ajoelharam junto com ele.

"Nenhuma promessa falhou de todas as boas palavras que o Senhor havia falado à casa de Israel; tudo se cumpriu."

JOSUÉ 21:45

CAPÍTULO 76
MINHA ORÁCULO

Mais tarde naquele dia, o céu já havia escurecido e constelações infinitas de estrelas iluminavam o céu, deixando todos maravilhados. A noite da Lua era escura e lisa, com pouco a ser visto na sua imensidão além de um pequeno vulto no planeta Terra ao longe. Mas a noite da Terra era infinita e eterna, e eles viam todo o espaço e se sentiam vistos por ele.

Ayla estava de pé, ao lado da tenda provisória em que havia sido colocada, com os braços cruzados e os olhos fixos no céu. Ao longe uma celebração acontecia, havia música, dança e risadas. Ela observava o céu, enquanto a melodia alegre enchia sua mente. Na manhã seguinte haveria muito trabalho a fazer, uma sociedade para recomeçar, mas, naquela noite, a humanidade celebrava.

Ela se sentia perfeitamente em paz, como se cada ferida do seu coração tivesse finalmente cicatrizado e pudesse agora olhar para cada uma delas sem mais dor. A perda ainda estava presente, o luto, mas havia ao lado deles a gratidão, gratidão por nenhuma dor, nenhuma tristeza ou alegria ter fugido do controle da Gravidade, pelo contrário, ter *somado* para o seu propósito. Ela suspirou, pensando na sensação que teve na caverna, quando Elliot a abraçou, de que a Gravidade também era amor. Sentia-se muito amada naquele momento, mais do que poderia merecer.

Um barulho de passos na grama a alertou e ela virou o corpo, encontrando Elliot parado, observando-a com admiração.

— Estava me espionando, Ramsdale? — Ela provocou, cruzando os braços e abrindo um sorriso.

— Talvez. Estava pensando em mim?

— Você é *muito* convencido, mesmo. — Ela revirou os olhos, vendo-o se aproximar.

— Foi *você* que disse que eu habitava seus pensamentos. — Ele moveu a cabeça, arqueando uma das sobrancelhas, e levantou as mãos.

— E você também não vai deixar isso passar, não é?

— Eu não deixo nada do que você faz passar, Ayla, nunca. — Ele se aproximou, e a cada passo que dava o coração dela não mais batia acelerado, mas se acalmava, derretendo a cada batida. — Nem a rispidez com que me olhou quando nos vimos pela primeira vez no baile, nem o seu primeiro sorriso, nem o seu olhar trêmulo na nossa cerimônia de Oráculos, quando percebi que era *minha* e eu era seu — ele falou mais perto, segurando seu rosto com ambas as mãos.

Ayla suspirou e o olhou com paixão e confiança. Aquela era a vida que teria, sempre confortada e instigada por aqueles olhos. Elliot se aproximou, hesitante, sem cortar o contato visual com seus olhos, e a beijou, continuando o beijo interrompido na *Bosei*. Foi um beijo suave e leve, com várias promessas silenciosas marcadas na pele, costuradas para sempre nos cantos de seus lábios. Elliot, então, suspirou, acariciando a bochecha dela, e se afastou, mantendo-a próxima por alguns centímetros, com uma mão descendo e segurando sua cintura.

— Eu percebi que nunca disse isso antes, então gostaria de deixar claro. Eu te amo, Taluya Knox e Ayla Young, amo tudo o que você é, todas as suas versões, e amo há muito tempo. Te amei na Lua, te amo na Terra e tenho certeza de que te amaria em qualquer outro lugar do universo — ele confessou, com confiança e determinação, enquanto acariciava seu rosto.

Ela suspirou, sentindo-se quebrada e reconstruída por aquelas palavras.

— Eu também te amo, Elliot Ramsdale, e ainda mal acredito que a Gravidade te escolheu para mim — ela respondeu, com um sorriso intoxicante no rosto; estava perdidamente apaixonada.

Ele se aproximou e a beijou outra vez, dessa vez com mais intimidade. Quando se afastou, ambos estavam anestesiados, e Elliot abaixou a mão, tirando algo de dentro do bolso.

— Já que não chegamos a ter alianças de casamento... eu mandei fazer essa para você. — Ele pegou a mão esquerda dela com delicadeza. — *Minha* oráculo — ele falou e beijou a ponta do seu dedo mindinho. — *Minha* oráculo. — Repetiu o gesto por cada dedo, até chegar ao anelar, enquanto a pele dela arrepiava.

Com a mão direita encaixou um anel com uma grande pedra no topo, perfeitamente esculpida: a pedra de Luton que ele havia pego para ela no primeiro dia nas cavernas.

Ayla piscou com os olhos marejados, enquanto observava a cena. Ela levantou o olhar para ele e percebeu que ele também estava emocionado. Elliot uniu seu rosto ao dela e a beijou, antes de envolvê-la em um abraço apertado e a girar no ar.

— Eu sabia — ela comentou com um sorriso orgulhoso, quando ele a colocou no chão.

— Como é?

— De alguma forma, no momento em que você pisou no baile dos Clãs, eu soube que me casaria com você. — Ela sorriu, com os olhos brilhando.

Elliot entrelaçou suas mãos e notou que o olhar de Ayla desceu para a marca da Gravidade, no braço dele, que brilhava de leve, quase imperceptível, assim como a do braço dela. Eles observaram em silêncio as marcas que os haviam tornado um, com um arrepio suave percorrendo seus corpos.

— Eu tenho medo de ela não falar mais comigo. Estava me acostumando a sua voz — Ayla comentou, com um sorriso triste.

Elliot a puxou para perto, com a mão correndo por sua cintura, e ela deitou o rosto no ombro dele, ambos observando a festa que acontecia a alguns metros, na descida da colina.

— Eu acho que não vamos mais ouvi-la — ele comentou finalmente, com pesar. — Mas acho que é porque as palavras não são mais necessárias. Ela está *presente* e pode ser sentida por todos agora, não apenas por nós dois.

— A distância acabou, foi o que ela me disse antes de pousarmos — Ayla falou, olhando o céu com os braços de Elliot se movendo pelo seu corpo, a abraçando por trás, a segurando firme contra ele.

— Ela está próxima agora e... acho que intimidade também é silêncio. Quando um já conhece tão bem o outro que nada mais precisa ser dito. — Ele constatou, pousando sua cabeça na de Ayla, ambos fitando o céu.

— Talvez — ela respondeu com um sorriso saudoso.

Como já poderia ter saudades de alguém que nunca tinha visto? Mas é porque ela a tinha visto, a via em todo lugar, naquele momento nas constelações que brilhavam no céu, formando ao longe o esboço de dois olhos, observando-a e zelando por ela.

— Você acha que eles estão bem? Meu pai, Caluya... — ela perguntou de repente, com os seus pensamentos voltados para a Lua, que brilhava branca no céu, maior que todas as outras estrelas.

— Eu acredito que sim. Talvez não entendamos agora e nunca venhamos a entender, mas, se a Gravidade os criou, assim como criou a nós, ela também tem um propósito para eles. Um propósito para a Lua.

CAPÍTULO 77
O DESTINO DE CALUYA

Haviam se passado duas semanas desde a partida dos humanos. Caluya estava em coma por esse período, travando uma guerra com seu corpo para não permanecer. Ela queria partir; havia salvado sua irmã no final, mas tinha consciência de que para os seus crimes não haveria absolvição e, muito pior, para as suas feridas, nenhuma cura possível. Havia aceitado seu destino, mas seu madito corpo se recusava a partir. A cada dia ela se recuperava um pouco mais, retomando seus sentidos.

Suas memórias do tempo em coma não eram mais do que vultos e borrões, mas em todas elas um rosto permanecia: Axyon. Entrando no quarto. Adormecido na poltrona ao lado. Em frente a ela, encarando-a, esperando por sua morte. Ela sabia que as imagens não passavam de alucinações, mas doía da mesma forma ver o rosto dele tão vívido, tão perto, e se lembrar de como o havia perdido.

O tempo passou e a princesa regente saiu do coma, recuperando-se dentro da ala hospitalar, que era também sua prisão. Não importava quais fossem os turnos, os dois guardas que sempre ficavam parados na porta a olhavam com desprezo e desdém. Ela nunca havia sido uma liderança boa ou gentil e em todo o palácio não havia uma única pessoa que, no final de tudo, se mostrou exclusivamente leal a ela. O retorno do Imperador, em completa saúde e lucidez, destruiu qualquer domínio que Caluya já tivera sobre os lunares, todo o seu respeito construído por anos ruiu em um único dia. Todos agora a condenavam pelo estado de saúde do Imperador, por ela ter sido cúmplice dos planos maléficos da Imperatriz, quando na verdade também havia sido vítima.

Sobre os comentários maldosos dos funcionários e seus olhares, ela não tentava se explicar ou revidar, já que também se condenava — contudo, por um motivo diferente: Mirya. Os dias passavam e as noites angustiantes chegavam, mas nem o sono ou a dor eram capazes de tirar a imagem que se repetia em sua cabeça. A mulher humana, morta aos seus pés. Taluya a fitando com choque e decepção, enquanto chorava por ela.

Ela se amaldiçoava por ter tirado da irmã a única que poderia realmente ser uma boa irmã para ela, Caluya nunca havia sido boa para ninguém e agora tinha consciência disso.

Por isso, quando chegou a notícia de que o seu julgamento perante o Imperador Admiral havia sido marcado para a manhã seguinte, pela primeira vez ela dormiu em paz. Ela temia encontrar o pai, encontrar os olhos de condenação que por tantas vezes a testemunharam entrar e sair do aposento na torre. Mas ela sabia que seria condenada, sabia que ele a puniria por seus crimes com a morte, e, por isso, mesmo que encará-lo novamente doesse como mil asteroides perfurando seu peito, a morte logo seria o seu consolo.

Na manhã seguinte ela despertou cedo e vestiu com dificuldade, porém, sem qualquer ajuda, as roupas novas de prisioneira, de tom laranja-escuro, que haviam sido postas sobre a mesa do cômodo. Mover-se sem um braço tornava o equilíbrio do seu corpo instável, assim como qualquer tarefa simples, um desafio. Depois de pronta, a porta do quarto foi aberta e lhe serviram um café da manhã simples. Ela se recusou a comer e agradeceu, até mesmo abriu um sorriso, o que pegou o funcionário de surpresa.

Depois disso, dois guardas entraram pela porta, trazendo consigo um braço mecânico novo, para que ela utilizasse durante o julgamento.

— Não — ela falou de forma ríspida, assim que tiraram o objeto da caixa transparente em que estava.

Os dois guardas a olharam, confusos.

Custou-lhe todas as forças para abrir um sorriso que não fosse amedrontador, e foi isso que ela fez.

— Não, muito obrigada, eu não irei usá-lo — respondeu, falando baixo, e mesmo o seu sorriso mais inofensivo ainda era intimidador.

— Mas, alteza, você não...

— Não tenho um braço. Eu sei — respondeu, controlando a raiva que estava sempre presente. — E não tenho a intenção de mascarar isso com algum apetrecho artificial.

Os guardas hesitaram, mas, vendo que ela estava resoluta em sua decisão, mandaram a prótese embora.

Saindo do aposento, Caluya deixou o hospital imperial e partiu em uma nave até a assembleia, no centro da cidade lunar, onde encontraria seu pai finalmente e seria julgada. Havia toda uma comoção na cidade, e em todos os estabelecimentos e hologramas espalhados eram transmitidas as filmagens em tempo real do julgamento do século: o julgamento da cruel e traidora princesa Caluya.

Ela manteve a cabeça erguida quando foi guiada pelos guardas para dentro do prédio, com diferentes drones e repórteres com câmeras e microfones apontados para ela. Caluya nada disse, apenas manteve seu olhar vazio e austero. O percurso do corredor passou de forma lenta, e a ansiedade começou a atingir seu peito assim que identificou a entrada da corte de julgamento. As grandes portas do local se abriram em um cômodo amplo, de formato oval, com várias fileiras de cadeiras preenchidas por lunares de todos os lados, que agora a observavam, em silêncio. Ela atravessou pelo fino corredor que havia entre eles, parando bem ao centro, em frente ao trono onde seu pai estava sentado, ao lado de conselheiros e lordes lunares. Ela desviou o olhar para o chão, incapaz de encarar o pai; a vergonha a impedia, a impelia a nunca fazê-lo. Ela não aguentaria os seus olhos, preferia o seu julgamento. Palavras duras, vindas de alguém que nunca a amou — e que, de certa forma, teve todos os motivos para não amá-la — e pronto: aquilo estaria terminado.

— Estamos aqui para o julgamento da princesa Caluya Knox — disse um representante lunar, trajando uma bata vermelha, parado em pé ao lado do trono de seu pai, em alto e bom som.

Um escriba, do outro lado do cômodo, registrava tudo de maneira manual, como demandava a antiga tradição lunar, quando se dizia respeito a julgamentos dentro da família real, em papéis esverdeados.

— Acusada de ser cúmplice da Imperatriz no envenenamento e adoecimento do Imperador Admiral, que permaneceu preso na torre do antigo palácio por seis anos. — Ele começou a listar as acusações, uma por uma. — Acusada de assassinar a líder humana Mirya Young, irmã de sangue de nossa antiga princesa, Taluya Knox, nome humano Ayla Young, oráculo da Gravidade. — Cada palavra atingiu a pele de Caluya como balas, e seu corpo se encurvou cada vez mais, a cabeça ainda mais pendida para o chão, enquanto os olhos ardiam violentamente para segurar as lágrimas.

A gloriosa princesa Caluya nunca havia estado tão deplorável.

— Acusada de bombardear três bairros lunares no distrito de Copernicus e matar seu próprio povo — o representante concluiu.

Um silêncio se instaurou no cômodo e no último momento as pernas de Caluya fraquejaram e ela tombou, caindo de joelhos ao chão, já aguardando sua sentença de condenação. Estava pronta, merecia aquilo, não tinha mais nada ao que se agarrar.

— O Imperador agora decretará a sentença — o representante declamou e todos no cômodo se levantaram.

O Imperador Admiral, de forma silenciosa e com o semblante austero, sem nenhuma emoção clara à vista, se levantou.

— Pelos seus crimes contra o Império Lunar e contra o povo humano — ele falou com a voz firme, ecoando por todo o cômodo, enquanto caminhava em direção à filha mais velha. — Eu declaro Caluya Knox...

As pessoas se inclinaram para frente, todas ávidas para ouvir a sentença, enquanto o corpo de Caluya se encolheu ainda mais no chão, a cabeça escondida entre as pernas.

— Perdoada — o Imperador decretou, ao colocar uma mão suave na cabeça da filha.

Caluya tremeu com o toque e levantou o rosto, confusa, encarando-o pela primeira vez. Ela esperava tudo, ódio, desprezo, rejeição, mas o que encontrou foi o seu pai, o pai que ela jurou que nunca a tinha amado, se ajoelhando à sua frente, com lágrimas nos olhos.

— Que fique registrado para a posteridade que, neste dia, a princesa Caluya foi absolvida de todos os seus crimes e restituída à sua posição de herdeira real, pelo seu grande sacrifício pelo casal de oráculos humanos ao destruir a inteligência que crescia no palácio, alimentada pelo espírito da antiga Imperatriz, e, assim, salvar a minha vida. Que a história a lembre como a princesa perdoada.

As lágrimas que haviam estado ali há anos, alojadas em seu peito, endurecidas como pedras, encontraram finalmente o caminho para sair. Caluya abriu os lábios em choque e deles saíram um soluço agudo e doloroso. Ela se prostrou aos pés do pai com o peito ardendo e sentiu o abraço dele envolvê-la.

Eles nunca haviam sido próximos, e, para ela, era claro que o pai amava apenas a irmã mais nova, enquanto, para ele, a filha sempre fora a sombra da esposa maligna. Aquele era o primeiro abraço de pai e filha que ambos davam em todos aqueles anos. Caluya chorou até o corpo desfalecer, até o aposento ser esvaziado e os repórteres na saída terem ido embora. Ela chorou, até se sentir inteira de novo, com o pai sempre ao seu lado.

— Eu não sei o que poderia fazer para merecer tamanha misericórdia — ela conseguiu falar, finalmente, depois de horas, quando o pai a ajudou a se levantar.

— Você não entende? Já foi perdoada, meu perdão já foi escrito nos registros e não pode ser retirado. A partir de agora, aja diferente. Isso é tudo o que eu, como seu Imperador e seu pai, demando de você — ele falou de maneira firme, mas com um sorriso.

— Obrigada, meu pai — ela assentiu, engolindo em seco.

— Oh. Acho que tem alguém procurando por você. — O semblante do Imperador suavizou e ele apontou para a porta. — Vou deixar uma nave na cobertura preparada para levá-la de volta pra casa. Teremos muito o que conversar quando chegar lá; dessa vez terá que trabalhar para ganhar novamente minha confiança, mesmo que já tenha o meu amor.

— É claro, senhor, eu entendo — ela assentiu, com formalidade.

— Vou deixá-los a sós. — O pai tocou seu ombro e saiu, caminhando em direção à porta.

Caluya não se moveu nem por um instante, o corpo permaneceu estático, parado exatamente onde estava.

— Você não vai olhar para mim? — A voz de Axyon a chamou de trás, causando uma corrente elétrica por todo o seu corpo.

Ela mordeu os lábios, com duas lágrimas rolando pelo rosto, odiando o quão vulnerável ele sempre a tornava, se odiando por como o havia perdido.

— Por favor, vá embora — ela pediu, sentindo-se vulnerável. — Se eu te olhar vai doer ainda mais. E já está doendo *muito*.

O lunar bufou, frustrado, a alguns metros de distância.

— É claro — Axyon falou, com frieza, dando meia-volta em direção à saída.

— Espere. — Caluya virou o corpo em um impulso, pela primeira vez tinha que deixar de ser covarde.

Seu olhar se encontrou com o do ex-marido, os olhos negros profundos, o cabelo em um longo rabo de cavalo, o semblante sempre gentil, mas duro para ela. Pela primeira vez, então, ligou para a sua aparência, seu corpo magro e a ausência de seu outro braço.

— Axyon... — Ela mordeu os lábios, lhe doía fisicamente falar as palavras, mas sabia que precisava. — Me perdoe — ela as soltou, libertando-as, tirando um peso indescritível do peito. — Me perdoe — repetiu com convicção. — Você foi a melhor de todas as coisas que me aconteceu e lhe tratei terrivelmente, o completo oposto de tudo que você sempre mereceu.

O semblante do lunar se abriu, em surpresa e incredulidade.

— A verdade é que eu tinha medo de você, Axyon, eu sempre tive. Você me deixava *completamente* apavorada — ela admitiu, apertando a mão contra o peito, os olhos marejados.

— Medo? — Ele riu de desdém, com raiva nos olhos.

— Sim, medo! O efeito que você sempre causou em mim fazia eu me sentir fraca, vulnerável, você tinha *muito* mais poder sobre mim do que eu sobre você e eu tinha medo do que poderia fazer com isso — ela admitiu, as lágrimas começando a rolar.

— Mas isso é um *casamento*, Caluya! Pertencer, se entregar... não existe casamento sem isso. Eu também me tornei vulnerável e só por isso você conseguiu partir meu coração, porque eu, em algum momento, o entreguei para você — o rapaz falou, engolindo em seco, dando um passo hesitante na direção dela.

— Eu sei! — Ela tapou o rosto em vergonha e raiva.

Odiava, odiava a si mesma, e por isso nunca poderia se perdoar: por ter perdido a única chance de ser verdadeiramente feliz.

— É por isso que eu nunca servi para você. Eu sempre fui rude, fria e ingrata. Com o pior temperamento da Lua. Enquanto você sempre foi gentil, atencioso e *amável*. Você me tratou com cuidado e mais honra e respeito do que eu jamais mereci. Por isso, precisa de uma nova esposa, uma que seja *como* você. Uma que o trate da mesma forma, uma que o valorize. Que encontre o tesouro que eu joguei fora... — A voz dela falhou. — Mas que, mesmo agora, mesmo sabendo que eu nunca vou encontrar maior alegria do que a que uma vez encontrei em seus braços, sendo *sua*, eu serei eternamente grata por esse tesouro ter pertencido a mim, *você* ter pertencido a mim, mesmo por um curto tempo.

As lágrimas cobriam a visão da princesa, que era perfurada por culpa e arrependimento.

Ela enxugou os olhos com as mãos trêmulas e se forçou a olhá-lo uma última vez. Para guardar aquela feição na sua mente para sempre. O lunar que um dia a amou quando ela não era nada, em nenhum momento ou porcentagem, amável.

Caluya abriu um sorriso triste e moveu a cabeça, despedindo-se. Ela virou o corpo para sair e então a voz dele, suave e inebriante, a chamou.

— Eu não vou me casar de novo — ele declarou, confiante, caminhando em direção a ela com o semblante decidido.

Caluya tremeu ao ver a força em seus olhos, se sentindo pequena, assustada.

— Não vou me casar de novo porque já tenho uma esposa. E é unicamente a ela que o meu coração vai sempre pertencer. — Ele se aproximou dela com intensidade e a beijou, sem lhe dar tempo para responder.

Um beijo firme e autoritário, apertando o seu corpo contra o dela com força, tomando de volta o que era seu. Caluya não era mais a força imutável na relação, Axyon era; pela primeira vez, ela se deixou derreter em seus braços.

EPÍLOGO
O ANIVERSÁRIO DE UM ANO

[Quatro anos depois]

O avanço dos humanos por toda a extensão terrestre continuava a se desenvolver de forma estável e consciente. Foi decidido que toda a família Young, incluindo Elliot, Reuel, Jafari e Abul, se mudariam para o continente asiático, para honrar as raízes da penúltima oráculo e Mirya, mulheres que fizeram tanto pela humanidade.

Eles haviam se estabelecido na primeira cidade construída no território, Pangya, totalmente sustentável e ecológica. A comunidade era dividida em bairros circulares e os aros iam diminuindo até chegar ao centro, onde ficava a prefeitura e, ao lado, a residência do casal de oráculos. Era uma construção minimalista e aconchegante de dois andares, feita de bambu, com um largo jardim na parte de trás, que, naquela tarde, estava preenchido por balões.

Cadeiras haviam sido espalhadas pelo espaço, enquanto um varal de luzes foi pendurado nos galhos de todas as árvores, balões coloriram o local, e uma mesa havia sida montada com um grande bolo e docinhos em volta.

Parada na varanda da casa, observando o espaço, Ayla, agora com vinte quatro anos, o cabelo preto batendo na cintura, com duas mechas brancas na parte da frente, trajando um vestido lilás típico da cultura asiática, sorriu. Aquela festa ali, simples como era, com um Jafari adolescente ajeitando as caixas de som, enquanto Reuel, Abul e Osha, segunda esposa de Abul, ajeitavam os detalhes, era mais preciosa para ela do que qualquer outro banquete que já vivera na Lua. Ela abraçou o próprio corpo, grata por estar ali para viver aquele momento. Desde que chegaram à Terra, Ayla não escutou mais a Gravidade; nos últimos quatro anos, ela se tornara silenciosa, porém, profundamente presente. Estava em cada sorriso, em cada árvore, em cada vida diferente que crescia naquele planeta, e isso era suficiente.

— Olha só, Mirya, achamos ela — a voz de Elliot veio de trás e Ayla virou, recebendo-o com um sorriso.

Ele estava mais velho e maduro, o corpo mais forte e os braços marcados na camisa azul que usava. Seu cabelo loiro não estava mais cortado no modelo de soldado e caía até os olhos, com uma franja. Ele sorria para ela, enquanto carregava nos braços uma menina, com olhos amendoados, bochechas fartas e fios tão escuros quanto os da mãe. Ao vê-la, a neném soltou uma gargalhada gostosa.

— Você sabia, Mirya, que eu invadi o baile de casamento da sua mãe? — Elliot começou a caminhar na direção dela, conversando com a filha de forma dramática e exagerada, na intenção de fazê-la rir.

A bebê alternou o olhar entre o pai e a mãe, maravilhada.

— E me apaixonei por ela naquele *exato* momento — ele falou, balançando a cabeça para a frente, o que fez a neném soltar uma outra gargalhada, para a sua satisfação. — Ela estava linda, *tão* linda. Mas nada comparado a como está agora.

Ele parou na frente de Ayla, que fitava ambos com um sorriso que cobria todo o semblante.

— Fale a verdade, sua mãe não é linda? — Ele virou a neném para ela, que estendeu as pequenas mãozinhas de imediato, com um sorriso no rosto.

Ayla a pegou no colo, abraçando a bebê em seus braços. Ela nunca iria se acostumar com aquela sensação, segurar sua filha nos braços, sentir a batida suave de seu coração e o toque de suas mãozinhas. Já fazia um ano, mas todas as vezes em que a segurava tinha vontade de chorar. Aquela neném em seus braços era o maior milagre da Gravidade.

— Eu te amo. — Elliot se aproximou e a beijou suave e delicadamente nos lábios.

— Eu também. — Ela correspondeu, passando os dedos pelos fios loiros dele.

Eles se abraçaram, com a pequena Mirya no meio deles.

— Eu mal acredito que chegamos até aqui. Eu nunca, em toda a minha vida, pensei que eu poderia viver tamanha alegria.

— E você sabe que dá para melhorar, né? — Elliot provocou, aproximando os lábios de seu ouvido. — Dizem que no segundo filho tudo fica ainda melhor.

— Elliot. — Ayla gargalhou e o afastou com a mão, enquanto a neném apenas os observava, entretida com tudo.

— Seu pai é um bobo, sabia, Mirya? Mas, não se esqueça, ele também é o homem que mais te ama em todo o universo.

O sorriso de Elliot suavizou e ele as fitou, surpreso por tamanha graça que recebeu em sua vida. Ele também nunca esperava ou tinha se imaginado digno de viver aquilo.

— Minhas meninas. — Ele acariciou as bochechas da filha, cujas mãozinhas se prenderam de imediato à mão dele.

Naquele momento, o som de M4, vindo de dentro da casa, os alcançou. Ayla virou o corpo.

— M4, está tudo bem? — perguntou, estranhando o movimento acelerado do robô.

M4 estava estável desde a chegada à Terra, mas por alguns momentos sua personalidade mudava de leve e ele parecia saudoso, sentindo falta do cristal que uma vez lhe pertenceu.

— Minha senhora, eu estou recebendo... uma transmissão. — Sua voz saiu incrédula, como se ele mesmo processasse o que acontecia.

— Uma transmissão? De um dos outros continentes? Mas você não tem essa função. — Ayla se abaixou, intrigada.

— Exato. E esse nem é o mais estranho. Eu chequei em meus dados três vezes para ter certeza.

A voz do robô estava diferente e Ayla se ajoelhou, preocupada.

— Uma transmissão de onde, M4?

— Da Lua.

Ayla piscou e todo o seu corpo foi tomado por uma onda de emoção, com os pelos de seu braço se arrepiando. Era impossível.

— Você tem certeza? — Elliot perguntou, com Mirya no colo.

— Afirmativo. Parte do meu processador estava conectado à rede lunar. A conexão foi perdida com a distância, no momento em que *Bosei* passou pela atmosfera terrestre. Porém, de alguma forma, conseguiram me contatar.

— O quê? — Ayla tapou os lábios, com as mãos trêmulas, e se levantou.

— Estão pedindo permissão para conectar a transmissão. E o pedido vem da Lua.

Ayla permaneceu estática por alguns minutos, sem conseguir acreditar, e Elliot a guiou até o jardim, onde a oráculo se sentou, com M4 parado à sua frente, aguardando.

— E então? — O robô perguntou. — Aceitamos a transmissão?

— Sim — Ayla respondeu, trêmula, segurando-se com força à borda da cadeira. — Pode aceitar.

Um compartimento pequeno foi aberto no robô e dele saiu o holograma de um sujeito de pele cinza e semblante firme.

— Pai? — Ayla balbuciou, com lágrimas já rolando por seu rosto.

Todos se reuniram atrás dela.

— Deu certo? — O Imperador olhou em volta, com o semblante emocionado. — Deu certo! Filha, filha!

— Pai. Deu certo, eu te vejo — Ayla assentiu, cobrindo os lábios.

— Querida! Não sabe por quanto tempo estamos trabalhando nisso. Uma antena foi construída pelos últimos três anos, no monte mais alto da Lua, para que pudéssemos contatar vocês — o lunar explicou, com alegria. — Trabalhamos incessantemente até que desse certo. Nenhuma tecnologia me impediria de ver minha filha novamente.

— Oh, pai! — Ayla soluçou, se aproximando do holograma, tentando tocá-lo. — Eu senti tanta saudade de você.

— Você está tão bela, tão *humana*. É até difícil acreditar que já foi minha filha.

— Eu ainda sou, pai, e vou ser para sempre. Não foi isso que você me disse?

— Sim — o homem respondeu, orgulhoso. — Taluya... tem alguém aqui que gostaria muito de vê-la. Na realidade, ela foi a responsável pela construção da antena, supervisionando toda a obra.

Por um momento a respiração de Ayla parou.

— Caluya? Ela está viva?

O Imperador, na transmissão, sorriu e se levantou, saindo da cena. O holograma ficou vazio por alguns segundos, até uma lunar receosa e de olhar agitado se sentar no lugar.

Caluya estava mais velha, com os cabelos verdes cortados curtos, rentes ao ombro. Ela tinha um olhar leve, muito diferente da Caluya que a irmã havia conhecido, e o rosto estava mais cheio, menos esquelético.

— Tal... Ayla. Olá — ela falou, finalmente, com o semblante preocupado e incerto. — Como... você está?

— Caluya! Você está viva! — a irmã mais nova exclamou, voltando a chorar.

— Estou, sim. Você parece bem também. — Ela abriu um sorriso tímido, mas honesto. — Está bem? Está segura? — A culpa escorria pelos olhos da princesa lunar.

— Estou, Caluya. Todos nós estamos muito bem — Ayla respondeu, limpando as lágrimas.

— Que bom. Eu... — A princesa engoliu seco, fechando os olhos. — Eu gostaria de dizer que... sinto muito. Sei que não posso merecer o seu perdão, mas gostaria que soubesse que eu lamento profundamente por toda a dor que lhe causei, por toda a dor que causei à humanidade.

Ayla piscou, chocada em ouvir aquilo, e um sorriso nasceu em seus lábios.

— Caluya, você nos salvou. Se estamos hoje na Terra é graças à sua ajuda. E eu te perdoei, te perdoei há quatro anos — a oráculo afirmou, com um sorriso.

— É sério? — a princesa lunar perguntou, com uma lágrima solitária rolando por sua bochecha.

— É, sim. Você é minha irmã. — A garganta de Ayla ardeu ao falar. — E sempre vai ser.

— Obrigada. — A princesa fechou os olhos e chorou, cena que Ayla nunca pensou que presenciaria em toda a sua vida.

Ela notou que a irmã, na transmissão, tocou de leve a barriga, e só então percebeu que estava grande, no formato de uma esfera.

— Caluya, você... está grávida? — Ela exasperou, em emoção.

Era conhecido por todo o palácio que o casal não podia ter filhos, mesmo que ninguém soubesse de quem exatamente vinha a dificuldade, de Axyon ou de Caluya.

— Sim! É um milagre, Ayla, um milagre da sua Gravidade — a princesa exclamou, eufórica, mas ainda com temor no olhar. — Eu estou com medo, não sei se conseguirei ser uma boa mãe.

— Não diga isso. — Ayla sorriu, parecendo naquele momento a irmã mais velha. — A melhor coisa que poderia te acontecer é a maternidade, ela te transformará por completo. — Ela levantou o olhar para Elliot, que estava parado ao seu lado. — Inclusive, tem alguém que você precisa conhecer.

O esposo assentiu e entregou a neném para Ayla, que a segurou em seus braços.

— Essa é Mirya Ramsdale Young. Minha filha. — Ayla sorriu, balançando a mão da neném que sorria, carismática como sempre era, para a mulher no holograma.

Caluya, do outro lado, tremeu pela menção do nome, as lágrimas começaram a rolar pelo seu rosto de forma incontrolável e ela abriu um sorriso triste.

A transmissão durou por toda a tarde e os lunares, pai e filha, assistiram da Lua enquanto o parabéns para a neném era cantado e as velas assopradas. Jafari brincou com Mirya, que começava a engatinhar, por toda a tarde, chegando ao final da noite muito mais cansado do que a própria bebê. Os convidados chegaram, entre eles Miguel e Lilian, recém-casados.

As estrelas brilharam no céu, a transmissão foi encerrada e Ayla dormiu naquela noite com a certeza que a vinha acompanhando por todos aqueles anos: a Gravidade estava tão viva, real e presente quanto antes, orquestrando todas as coisas para o bem. E ela *era* amor.

AGRADECIMENTOS

Que jornada intensa foi editar este livro para que ele chegasse nas suas mãos, querido leitor e querida leitora!

Quando o escrevi pela primeira vez, em 2022, eu estava com um coração partido e queria muito acreditar no propósito de Deus para a família e para os relacionamentos. Escrevi como uma forma de não deixar que a esperança em mim de que Deus é fiel para cumprir todas as suas promessas morresse. Mas, no processo, encontrei muito mais do que eu esperava: um Deus que é, em si mesmo, maior e melhor do que as próprias coisas que ele prometeu. Um Deus que por si só consome e preenche a tudo, inclusive meu quebrado coração.

Voltar para este livro me lembrou disso; em uma época diferente, com um coração diferente, mas com novas dores e esperas que me pegaram de surpresa. Eu não esperava editar este livro nem relançá-lo agora, mas, como aprendi durante esse processo, a Gravidade trabalha no seu tempo perfeito. E agradeço a Deus por ter sido o tempo perfeito *dele* (e não o meu) que fez com que esta história saísse ao mundo. Elliot e Ayla me lembraram de uma verdade que eu corria o risco de esquecer: de que nada, absolutamente nada, sai do controle daquele que governa o universo e que, sim, ele se importa até mesmo com a publicação de um livro.

Obrigada, Deus, por me amar e por permanecer ao meu lado, me ensinando, instruindo e disciplinando. Você é, e para sempre será, o primeiro a quem eu agradecerei em todas as minhas histórias. Obrigada por usar todas as coisas para o cumprimento da sua vontade perfeita em minha vida, obrigada por nunca se atrasar (como às vezes eu sou tentada a pensar) e por cuidar tão bem de mim.

Obrigada, papai e mamãe, por me amarem e por sonharem comigo. Obrigada, Isaque, meu irmão, por ser um dos maiores fãs dessa obra e por acreditar tanto em mim; quero me ver mais com os seus olhos.

Obrigada, Brunna, minha editora, por sempre cuidar dos meus livros com tanto carinho!

Obrigada a todos os leitores betas e às minhas amigas que amaram essa história: Pri, Thaís, Renata, Helô e tantas outras.

Finalmente, obrigada a você, leitor, por ter chegado até aqui! Confie na Gravidade. Cumpra a missão. Viva a promessa.

Copyright © 2024 Sara Gusella. Todos os direitos reservados.

Todos os direitos desta publicação são reservados à Vida Melhor Editora Ltda. Nenhuma parte desta obra pode ser apropriada e estocada em sistema de banco de dados ou processo similar, em qualquer forma ou meio, seja eletrônico, de fotocópia, gravação etc., sem a permissão dos detentores do copyright.

Produção editorial	Leonardo Dantas do Carmo
Copidesque	Lais Chagas e Bruna Del Vale
Revisão	Marcos Olival
Capa	Rafael Brum
Ilustração	Diego Abreu
Projeto gráfico e diagramação	Tiago Elias

Dados Internacionais de Catalogação na Publicação (CIP)
(BENITEZ Catalogação Ass. Editorial, MS, Brasil)

G989c
1. ed. Gusella, Sara
        Os clãs da Lua / Sara Gusella. – 1. ed. – Rio de Janeiro:
     Thomas Nelson Brasil, 2024.

        336 p.; 15,5 × 23 cm.
        ISBN 978-65-5217-103-0

        1. Ficção científica brasileira. I. Título.

07-2024/107   CDD B869.308762

Índice para catálogo sistemático:
1. Ficção científica: Literatura brasileira   B869.308762
Aline Graziele Benitez – Bibliotecária – CRB-1/3129

Os pontos de vista desta obra são de responsabilidade de seus autores e colaboradores diretos, não refletindo necessariamente a posição da Thomas Nelson Brasil, da HarperCollins Christian Publishing ou de suas equipes editoriais.

Thomas Nelson Brasil é uma marca licenciada à Vida Melhor Editora LTDA.
Todos os direitos reservados à Vida Melhor Editora LTDA.

Rua da Quitanda, 86, sala 601A - Centro,
Rio de Janeiro/RJ - CEP 20091-005
Tel.: (21) 3175-1030
www.thomasnelson.com.br

Este livro foi impresso pela Lisgrafica, em 2024, para a Thomas Nelson Brasil. O papel do miolo é pólen bold 70g/m², e o da capa é cartão 250g/m².